EMMA SCOTT

Be My Tomorrow

Die Romane von Emma Scott bei LYX:

The Light in Us
You Are My Light (*E-Book-Novella zu »The Light in Us«*)
Never Doubt
Between Your Words

Das Beautiful-Hearts-Duett:
Bring Down the Stars
Light Up the Sky

Das All-In-Duett:
All In – Tausend Augenblicke
All In – Zwei Versprechen

Die Only-Love-Trilogie:
1. Be My Tomorrow
2. Forever Right Now *(erscheint Oktober 2021)*
3. Someday, Someday *(erscheint Februar 2022)*

Weitere Romane der Autorin sind bei LYX in Vorbereitung.

Emma Scott

BE MY TOMORROW

Roman

Ins Deutsche übertragen
von Stephanie Pannen

LYX

LYX in der Bastei Lübbe AG
Dieser Titel ist auch als E-Book und als Hörbuch erschienen.

MIX
Papier aus verantwortungsvollen Quellen
FSC® C014496
FSC www.fsc.org

Die Originalausgabe erschien 2017 unter dem Titel »The Butterfly Project«

Für die deutschsprachige Ausgabe:

Textredaktion: Uta Dahnke
Umschlaggestaltung: Sandra Taufer,
unter Verwendung von Motiven von © Collage_Be My Tomorrow;
Klavdiya Krinichnaya / shutterstock; motion_dmitriy / shutterstock;
Africa Studio / shutterstock
Graphic-Novel-Illustrationen: Christopher Stewart
Zeldas Gemälde: Emma Scott, unter Verwendung eines Motivs
von vadimphoto1@gmail.com, depositphotos.com
Satz: Greiner & Reichel, Köln
Gesetzt aus der Adobe Caslon
Druck und Verarbeitung: GGP Media GmbH, Pößneck
Printed in Germany
ISBN 978-3-7363-1532-7

1 3 5 7 6 4 2

Sie finden uns im Internet unter lyx-verlag.de
Bitte beachten Sie auch: luebbe.de und lesejury.de

Liebe Leser:innen,
dieses Buch enthält potenziell triggernde Inhalte.
Deshalb findet ihr auf Seite 397 eine Triggerwarnung.

PLAYLIST

21 Pilots: Heathens
Journey: Don't Stop Believing
Frank Sinatra: My Way
Prince: Purple Rain
Blondie: One Way Or Another
Chicago: You're The Inspiration
Frank Sinatra: I'll Be Home For Christmas
Oasis: Wonderwall
Fitz and The Trantrums: HandClap
Rag'n'Bone Man: Human
The Cinematic Orchestra: To Build A Home

Für Robin, meinen Leuchtturm im Nebel.
Ich mag gelegentlich vom Weg abgekommen
und ziellos umhergewandert sein,
doch dank dir war ich nie verloren.

TEIL I

»Meine Rache ist meine Schuld.«
Ovid: Metamorphosen

SAG ES!
MUTTER, DARF ICH …?
-CHACK-
MUTTER … D-DARF … ICH LEBEN?
NEIN.
BLAM BLAM

1

Zelda
29. November

»Kein Herz«, flüsterte ich in meinen Mantelkragen.

Ein eisiger Wind heulte durch die belebte New Yorker Straße, peitschte meine langen schwarzen Haare nach hinten und riss mir die Worte aus dem Mund. Meine Augen brannten, aber das kam nur vom Wind. Ich weinte nicht. Nie. Nicht mal, nachdem ich von drei der größten Comic-Verlage in Manhattan abgewiesen worden war. Meine Augen tränten vom Wind.

Drei Absagen in zwei Tagen. Die leitenden Redakteure der einzelnen Verlage verschmolzen in meiner Erinnerung zu einem einzigen Mistkerl, der mit arrogant hochgezogenen Augenbrauen meine Arbeit betrachtete. Ein bisschen beeindruckt, aber nicht beeindruckt genug.

»Interessantes Konzept und ausgezeichnetes Artwork. Aber nein.«

Die dritte Absage, von BlackStar Publishing, wurde jedoch von einem winzigen Hoffnungsschimmer begleitet. Der leitende Redakteur war zwar nicht interessiert, doch nach dem Treffen zog mich seine Assistentin beiseite. Iris Hannover wirkte kaum älter als ich mit meinen vierundzwanzig Jahren, mit dunklem Haar, rotem Lippenstift, modischer Brille und hartem Blick. Einem harten Blick, aber keinem gemeinen. Sondern eher einem, als würde sie mich mustern.

»Es ist noch nicht mal Dezember, aber alle sind schon im Feiertagsmodus«, hatte Iris gesagt. »Wenn Sie es noch einmal überarbeiten und mir innerhalb der nächsten paar Wochen die Storyboards liefern können, sorge ich dafür, dass mein Chef einen zweiten Blick darauf wirft.«

»In welche Richtung soll ich es überarbeiten?«, fragte ich.

»Sie haben da etwas Interessantes.« Iris tippte auf meine Zeichenmappe. »Ihr Stil ist fantastisch, aber der Story fehlt etwas. Sie ist reine Prämisse, sie hat keinen Herzschlag. Finden Sie das Herz!«

»Kein Herz«, flüsterte ich erneut.

Blinzelnd sah ich auf die 6th Avenue, wo sich ein langsamer Tross aus Pkws und Taxis in Richtung Uptown bewegte. Alles war grau. Der Himmel, der Bürgersteig, die Gebäude. Eine trostlose Stadtlandschaft in Kohle und schwarzer Tinte, in der das einzige Detail, an das sich der Kolorist erinnert hatte, das Gelb der Taxis war. Passanten rempelten mich an, gegen die Kälte dick eingemummelt mit Mützen und Schals. Sie eilten vorbei, denn anders als ich wussten sie, wohin sie gingen und was als Nächstes kam.

Ich presste meine Zeichenmappe fester an mich. Darin befand sich meine Seele. Die Skizzen für meine Graphic Novel *Mutter, darf ich …?*

Und sie hat kein Herz.

Ich musste zugeben, dass sie nicht rührselig oder gefühlsbetont war. Keine Romanze, keine Tränen. Es war pure Gewalt und Action. Eine dystopische Zeitreisegeschichte über blutige Rache. Die Mission meiner Heldin bestand darin, Pädophile und Kindesentführer aufzuhalten, bevor diese zuschlagen konnten. Sie tat es, um ihre Seele vor der Schuld und der Reue zu retten, mit der sie seit der Ermordung ihres eigenen Kindes leben musste. Es gab keinen Ritter in glänzender Rüstung, der auftauchen und das für sie erledigen würde.

War es nicht das, was die Leser wollten? Eine *Jessica Jones* oder *Black Widow?* Eine toughe Heldin, die ihren Gegnern in den Hintern trat und keinen Mann brauchte, sondern sich selbst rettete? Nein, sie wollten Herz. Viel Glück damit. Mir hatte man das Herz aus der Brust gerissen, als meine damals neunjährige Schwester Rosemary an einem Sommernachmittag vor zehn Jahren aus einem Supermarkt in Philadelphia entführt wurde. Dort, zwischen den Regalen mit Müsli und Suppen, hatte eine Horrorshow begonnen, der ich hilflos hatte zusehen müssen, ohne sie aufhalten zu können. Ich hatte sie hängenlassen, und die Schuldgefühle fraßen mich seitdem von innen auf wie ein Krebsgeschwür. *Mutter, darf ich …?* war aus diesem unerträglichen Schmerz heraus entstanden.

Es hieß entweder zeichnen oder meinen verdammten Verstand verlieren.

Iris, die Assistentin bei BlackStar, wollte in ein paar Wochen die überarbeiteten Storyboards haben. Aber ich hatte keine Ahnung, wie ich das Herz der Geschichte finden sollte, und auch keinen guten Arbeitsplatz dafür. In den letzten drei Tagen hatten mein Essen, die Taxigebühren und die Miete des heruntergekommenen Hostels, in dem ich untergekommen war, meine Ersparnisse aufgefressen wie ein Heuschreckenschwarm. Ich könnte nach Las Vegas zurückkehren, doch das würde sich wie die absolute Niederlage anfühlen.

Ich brauchte einen ruhigen Ort, um einen klaren Kopf zu bekommen. Diese Ecke der 6th Avenue war dafür nicht geeignet. Ich wischte mir mit dem Ärmel über die brennenden Augen – blöder Wind – und trat mit erhobener Hand an die Bordsteinkante, um ein Taxi zu rufen. Dann fielen mir meine schwindenden Finanzmittel ein.

Keine Taxis mehr, Miss Money Bags, schalt ich mich selbst. Ich würde mich der U-Bahn oder dem Bussystem stellen müssen.

Ich überquerte die Straße zur U-Bahn-Station und nahm die Treppe nach unten. Es war nur eine kurze Fahrt von Midtown bis zum Hostel in der Nähe von Port Authority. Ich stieg an der richtigen Station aus und ging die Straße voller Pornoläden, Headshops und Kautionsagenturen entlang.

Es gab keinen Park in der Nähe des *Parkside Hostels*, dafür befand es sich aber über einem winzigen Laden, der Touristenkitsch verkaufte: Sweatshirts und Schneekugeln, Schlüsselanhänger und Spardosen in Form der Freiheitsstatue.

Als ich hier vor drei Tagen das erste Mal aus dem Taxi gestiegen war, hatte mich der ganze Touristennepp zum Lächeln gebracht. Ich war so naiv gewesen, eine geschmacklose Postkarte mit der Aufschrift »Ich komm groß raus im Big Apple!« zu kaufen. Sie war unglaublich kitschig, aber sobald mich einer der großen Verlage für *Mutter, darf ich …?* unter Vertrag genommen hatte, wollte ich diese Postkarte Theo schicken, meinem Freund und ehemaligen Boss aus dem Tattoostudio in Vegas, in dem ich gearbeitet hatte. Sie hätte ihn zum Lachen gebracht.

Nach zwei Schritten in den schmuddeligen Eingangsbereich des Hostels mit seinen dreckigen Fliesen und flackernden Halogenlampen konnte ich bereits Gebrüll und laute Musik von oben hören. Ich konnte kaum hier schlafen, geschweige denn arbeiten.

In meiner ersten Nacht im *Parkside* hatte ich das Zimmer für mich gehabt. Ich hatte die langen Stunden wie Tom Hanks in *Big* verbracht: die wacklige Kommode vor die Tür geschoben und in Embryonalstellung auf dem Bett liegend. Ich hatte versucht, mich so klein wie möglich zu machen, während ich einer Küchenschabe dabei zugesehen hatte, wie sie über den Boden gerannt war. Starr vor Angst.

Aber ich hatte nicht geweint.

Ich schloss die Tür zu meinem Zimmer auf. Das helle Rot und Gelb der Postkarte, die ich für Theo gekauft hatte, war das Erste, was mir ins Auge fiel. Das Zweite war, dass abgesehen von dem, was ich am Leibe trug, alle Kleidungsstücke, die ich nach New York mitgebracht hatte, auf dem Boden verstreut lagen, zusammen mit meinen Reisefläschchen Shampoo, Seife und Lotion, ja sogar dem Etui mit der Antibabypille. Das Zimmer hatte zwei Schließfächer. Die Tür des mir zugewiesenen war aufgebrochen und hing nur noch an einer Angel. Am zweiten Abend war eine Zimmergenossin hereingestürmt, hatte ihren Namen gebrummt – Jane – und einen verschlissenen Schlafsack auf ihr Bett fallen lassen. Dann hatte sie einen blauen Seesack in das andere Schließfach gestopft und war wieder verschwunden. Seitdem hatte ich sie nicht mehr gesehen.

Jetzt war ihr ganzes Zeug weg.

»Was zum …?«

Mein Herz begann zu rasen, und ich lief schnurstracks nach unten zum Empfang, der eher einem Kartenschalter in der U-Bahn glich. Mit zitternder Hand klopfte ich gegen die Plexiglasscheibe, um den Manager auf mich aufmerksam zu machen. Es handelte sich um einen gelangweilt wirkenden Typen mit beginnender Glatze und Bierbauch. Er blätterte gerade durch ein Pornomagazin und paffte einen Zigarrenstummel. Der Rauch erfüllte das Häuschen, in dem er saß, und quoll aus dem runden Loch, durch das Geld und Schlüssel gereicht wurden.

»Mein Zimmer«, sagte ich. »Jemand ist in mein Zimmer eingebrochen. Die haben meine Sachen durchwühlt. Die Frau, die auch da geschlafen hat, ist weg, genau wie ihre Sachen. Vielleicht war sie es?«

Ich weiß nicht, was ich erwartet hatte – vielleicht das gleiche Maß an Empörung. Oder zumindest ein wenig Besorgnis. Stattdessen seufzte der Kerl laut auf und legte sein Magazin beiseite. »Meine Güte. Haben Sie daran gedacht, die verdammte Tür Ihres Fachs abzuschließen?«

Ich starrte ihn an. »Was? Ja. Natürlich«, sagte ich und fühlte, wie ein Teil meiner Angst durch Wut ersetzt wurde. »Ja, ich hab die verdammte Tür abgeschlossen, aber jemand hat sie aufgebrochen.«

»Scheiße«, sagte der Kerl. »Wurde was gestohlen?«

»Ich weiß nicht«, gab ich zu. »Ich bin ausgeflippt und direkt hergekommen.«

Seit ich hier angekommen war, hatte ich viele dumme Dinge getan, doch zumindest hatte ich mein Geld nicht in diesem Hostelzimmer gelassen. Das befand sich in einer flachen Gürteltasche, die ich unter meiner schwarzen Hose trug. Meinen Laptop und meine Zeichenmappe trug ich bei mir. Die einzigen anderen Wertgegenstände waren meine Zeichenutensilien …

Oh mein Gott.

Ich spürte, wie mir das Blut aus dem Kopf wich, als wäre ich eine Skizze, aus der man die Farbe zog. »Oh nein. Oh scheiße, nein.«

Panik trieb mich wieder nach oben. Ich war mir undeutlich der schweren Schritte des Managers hinter mir auf der Treppe bewusst. Ich ging meine Sachen durch, und die Vorstellung, dass irgendein Fremder meine Kleidung – meine Unterwäsche – angefasst hatte, verursachte mir Übelkeit. Aber es war noch alles da. Wertvoll waren nur mein Caban-Mantel und meine Stiefel, die ich natürlich trug. Doch meine Zeichenutensilien waren weg. Mein tragbares Zeichenbrett, meine Stifte, mein Zeichenblock …

Warum? Warum stiehlt jemand Papier und Stifte?

Weil sie teuer waren. Mein wertvollster Besitz. Die Werkzeuge, mit deren Hilfe ich meine Kunst erschuf. Es fühlte sich an, als ob mir plötzlich Finger fehlten.

»Ist was weg?«, fragte der Manager.

»Alles.« Mir drehte sich fast der Magen um, und ich konnte kaum noch atmen. »Sie haben alles gestohlen.«

Der Manager gab ein skeptisches Brummen von sich. »Sieht gar nicht so aus für mich. Da ist doch noch jede Menge Zeug.«

Es ist aus. Es ist alles aus.

Ich schluckte die Tränen herunter und begann meine Kleidung auf einen Haufen zu werfen.

»Rufen Sie jetzt die Polizei?«, fragte ich beiläufig, während ich meine Habseligkeiten zusammensuchte. »Oder hat hier jeder freien Zugang zu den persönlichen Gegenständen Ihrer Gäste?« Ich hielt inne und sah mich um. »Moment. Wo ist mein Koffer? Wo zum Teufel ist mein Koffer?«

Von meinem brandneuen schwarzen Rollkoffer – einem Geschenk von einem meiner Mitbewohner, als ich Vegas verließ – fehlte jede Spur.

»Der wurde auch mitgenommen«, sagte ich. »Irgendjemand hat meinen Koffer und meine Zeichenausrüstung gestohlen.« Ich drehte mich zu dem Manager um. »Nein, nicht irgendjemand. *Sie.* Die Frau, die Sie zu mir ins Zimmer gesteckt haben. Die muss es gewesen sein, richtig?«

»Wahrscheinlich.« Der Manager seufzte und zog ein Handy aus seiner Tasche.

Eine halbe Stunde später trafen zwei Polizisten ein. Ich hatte in der Lobby gewartet, meine Kleidung und Toilettensachen in einem schwarzen Müllsack auf meinem Schoß. Die Cops nahmen meine Aussage auf und meinten, sie würden die anderen Zimmer durchsuchen, fanden aber nichts.

»Die andere Frau hat unter Jane Doe eingecheckt«, sagte der Manager. »Geschrieben D-O-U-G-H.«

»Jane Dough?« Ich warf dem Manager einen finsteren Blick zu. »Wollen Sie mich auf den Arm nehmen?«

Der Kerl zuckte mit den Schultern. »Sie hat bar bezahlt. Da hätte sie sich von mir aus auch Mutter Teresa nennen können.«

Mutter Teresa hatte irgendwann heute Morgen ausgecheckt und war bereits über alle Berge.

»Wir lassen Sie es wissen, falls wir etwas herausfinden«, sagte einer der Polizisten. Sein Lächeln war aufrichtig, aber ich konnte den Subtext hören. *Machen Sie sich bloß keine Hoffnungen.*

Der Manager hob abwehrend die Hände, um zu verdeutlichen, dass er mit der ganzen Angelegenheit nichts zu schaffen hatte. Der Haftungsverzicht, den ich beim Check-in unterschrieben hatte, sicherte ihn rechtlich ab, und das wusste er. Doch nachdem die Cops gegangen waren, sah er mich mit diesem verdammten Müllsack auf dem Schoß allein herumsitzen, und sein Gesichtsausdruck wurde ein bisschen freundlicher.

»Hey, Kleine«, sagte er. »Wie wäre es mit einer kostenlosen Übernachtung? Ist das Mindeste, was ich tun kann.«

Fast hätte ich ihm gesagt, wohin er sich seine kostenlose Übernachtung stecken konnte, doch die Sonne ging bereits unter. Wo hätte ich sonst hingehen sollen?

Philadelphia ist mit dem Zug nur zwei Stunden entfernt.

»Meinetwegen«, blaffte ich den Manager an, um den Gedanken nicht weiterführen zu müssen. »Ich nehme die kostenlose Übernachtung, aber ich will ein Einzelzimmer.«

Er kratzte sich mit seinen dicken, wulstigen Fingern das Kinn, dann nickte er. »Ja, ja, okay.«

In meinem neuen Zimmer warf ich den Müllsack auf das Doppelbett und sah mich um. In einer Ecke standen ein winziger Schreibtisch und ein Stuhl, aber in der Schublade war kein Schreibzeug.

Ich habe weder Stift noch Papier.

Während ich mich bemühte, meine Tränen zurückzuhalten, benutzte ich mein Handy, um meine Optionen durchzurechnen. Ich hatte noch siebenhundert Dollar. Wenn ich nach Vegas zurückfuhr – *Bloß nicht heulen, Rossi!* –, würden schon mal dreihundert Dollar für das Busticket draufgehen. Noch mal dreihundert für mein Zimmer in der Wohngemeinschaft.

Wenn ich in New York blieb, würden meine siebenhundert Dollar keine vierundzwanzig Stunden reichen. Wohnungskautionen waren hier so teuer, dass ich den restlichen Monat kein Geld mehr hätte. Und hier in diesem Hostel konnte ich auf keinen Fall bleiben und versuchen, meine Graphic Novel zu überarbeiten.

»Womit denn auch?«, fiel mir verbittert ein. Meine Zeichenutensilien waren weg. Jedes Mal, wenn ich daran dachte, versetzte es mir einen Stich ins Herz, gefolgt von der schmerzhaften Erkenntnis, dass es mich mindestens fünfzig Dollar kosten würde, Papier und Stifte zu besorgen, die nicht totaler Mist waren.

Ich ließ mein Handy auf die steife orangefarbene Bettdecke fallen, denn meine Berechnungen waren fertig. Das Fazit: Ich war erledigt. Ich würde nach Las Vegas zurückkehren müssen, in mein altes Zimmer in dem überbelegten Apartment mit den ständig wechselnden Mitbewohnern. Theo würde mich bestimmt wieder im Tattoostudio anstellen, aber ich wollte nicht. Ich hatte die Schnauze voll von Tätowierungen. Ich hasste es, meine Kunst aufstehen und aus der Tür spazieren zu sehen, um auf Nimmerwiedersehen zu verschwinden. Ich wollte etwas, was ich in Händen halten konnte. Etwas, das die ganze Welt sehen konnte …

Deine Blödheit wird nur noch von deinem Stolz übertroffen.

Wieder drohten mir Tränen in die Augen zu steigen, also stand ich vom Bett auf, bevor ich losheulte. Ich stopfte den Müllsack mit meinen Habseligkeiten in das Schließfach und schlug es zu. Zeit fürs Abendessen.

Ich musste mich geschlagen geben, fand aber, dass mir die Stadt zumindest noch eine anständige Mahlzeit schuldete, bevor ich nach Vegas zurückkehrte. Ich schnappte mir meine Zeichenmappe und verließ das Zimmer.

2

Zelda
29. November

Rupert, einer meiner Mitbewohner in Vegas, hatte mir erzählt, dass das East Village der Ort war, um ein künstlerisches Gefühl für die Stadt zu bekommen. Zwar fühlte ich mich gerade alles andere als künstlerisch, aber ein Ziel zu haben war besser, als sich vollkommen ahnungslos und verloren zu fühlen. Ich ging zur U-Bahn-Station zurück und nahm einen Zug in südöstliche Richtung. An der Astor Place Station stieg ich aus und ging die St. Marks entlang Richtung 2nd Avenue.

Ich versuchte, mir meine Umgebung einzuprägen – Hipster-Bars und Hipster-Cafés –, während ich nach einem Restaurant suchte, das einigermaßen in Ordnung war, ohne meinen mageren Geldbeutel zu plündern.

Vor einem kleinen italienischen Bistro blieb ich stehen. Auf einer rot-weißen Markise stand *Giovanni's*. Wie klischeehaft, dachte ich, während ich mich von dem warmen Duft einhüllen ließ, der auf die Straße drang. Tomatensoße und Knoblauch, Basilikum und Rosmarin …

Rosmarin.

Plötzlich überkam mich ein so starker Anflug von Heimweh, dass mir schwindlig wurde. So hatte vor langer Zeit die Küche meiner Mutter gerochen.

Ich presste meine Zeichenmappe wie einen Schutzschild

an meine Brust und drückte die Eingangstür auf. Das Bistro war winzig – fünfzehn Tische, auf denen jeweils eine einsame Kerze in einem Glas brannte. Rot-weiß karierte Plastiktischdecken, Plastiktrauben an den Wänden und schlecht gemalte italienische Landschaften.

Es war alles so kitschig, doch das Essen roch genauso köstlich wie das meiner Mutter. Der Duft hüllte mich ein und versetzte mich in Erinnerungen an ihre Küche zurück, zu einer Zeit, als ich noch eine Schwester hatte. Als wir beide uns noch gezankt und an den Haaren gezogen hatten, um dann dem Holzlöffel meiner Mom auszuweichen, die sich beschwerte, weil wir neben dem heißen Herd wie die Tiere balgten.

Fahr nach Hause, flüsterte eine Stimme in meinem Kopf. *Setz dich in einen Zug, und fahr nach Hause.*

Aber dieses Zuhause gab es so nicht mehr. Rosemarys Entführung hatte meine Familie aus Wärme und Liebe wie aus großer Höhe in einen schwarzen Abgrund fallen lassen, auf dessen Boden wir wie Glas zerschellt waren. In uns allen war etwas zerbrochen – in meinen Eltern, Großeltern, Tanten und Onkeln … Meine große, laute italienische Familie war durch das Undenkbare verstummt.

Kochte meine Mutter inzwischen wieder? Ich kannte die Abläufe im Haushalt nicht mehr, denn ich war vor sechs Jahren ausgezogen. Ein selbst auferlegtes Exil. Meine Schuld, mein unvorstellbares Versagen gegenüber Rosemary, hatte mich zu einer Ausgestoßenen gemacht. Das sanfte Drängen meiner Mutter lockte mich zurück, und ein, zwei Mal im Jahr gab ich nach und stattete ihnen einen Besuch ab, immer in der Hoffnung, dass ich ihnen diesmal glauben würde, wenn sie sagten, dass es nicht meine Schuld gewesen war. Doch die Erinnerungen, die das Gegenteil schrien, versetzten mich jedes Mal in Panik und ließen mich zerstört zurück. Diese Erinnerungen waren es, die mich aus der idyllischen Vorstadt von Philadelphia in die Wüste von Nevada getrieben hatten, wo nichts vertraut aussah.

Das *Giovanni's* sah vertraut aus.

Trauer und Heimweh waren inzwischen wie eine Flutwelle, und fast wäre ich rückwärts wieder rausgegangen. Doch in diesem Moment rief mir der Barkeeper, der hinter der langen Mahagoni-Theke des Restaurants stand, zu: »Wie viele, Miss?«

Mir war das Risiko klar gewesen, an einen Ort im Osten zu gehen, der so nah an Philadelphia lag, doch der Ansturm von Erinnerungen war in diesem Moment fast zu viel für mich. Ich war kein Feigling. Mein Dad hatte mich immer ein »toughes Mädel« genannt. *Ein toughes Mädel, das niemals klein beigibt.* Ich würde mich nicht von Erinnerungen zurück in den kalten New Yorker Abend treiben lassen.

»Eine Person«, sagte ich dem dicklichen Mann mit den hochgekrempelten Ärmeln, der Weste und der Krawatte mit den Trauben darauf.

Er deutete auf einen kleinen Tisch im hinteren Teil des Restaurants, wo ich Platz nahm. Meine Zittrigkeit ließ nach, als mir klar wurde, wie hungrig ich war.

Ich schaffe das. Normal sein. Was essen.

Ich legte meine Zeichenmappe neben meine Füße. Die Kerze flackerte in ihrem Glas auf dem Tisch. Während ich die Speisekarte überflog, stellte eine Küchenhilfe wortlos einen Plastikbecher mit Wasser und zwei Eiswürfeln vor mir ab.

Schließlich nahm eine Kellnerin – eine freundliche junge Frau mit dunkler Turmfrisur und goldenen Ohrringen – meine Bestellung auf: Ziti und ein Glas Hauswein. Ich schlug mich angesichts der Situation eigentlich ganz gut, bis sie zurückkam und das dampfende Essen vor mir abstellte. Genau wie zu Hause, dachte ich, außer dass meine Mutter viel zu viel Basilikum genommen hätte, woraufhin sich meine Großmutter beschwert hätte und die beiden den restlichen Abend damit verbracht hätten, sich zu streiten …

Plötzlich verschwamm der Raum vor meinen Augen, ich hatte ein beklemmendes Gefühl in der Brust und bekam keine Luft mehr. Ich sprang auf und lief in den schmalen Gang, der zu den WCs führte. Doch die Damentoilette war abgeschlossen.

»Scheiße.«

Ohne nachzudenken, rannte ich durch die zu helle Küche, vorbei am Dampf und Reinigergeruch der Spülmaschine und durch die Hintertür in eine winzige Gasse, die von einem wackligen Holzzaun gesäumt wurde. Ein Müllcontainer stand hier, der Deckel von Plastiktüten angehoben. Mein Atem gefror, während ich hyperventilierte und in der klirrenden Kälte die Arme um mich schlang.

Reiß dich zusammen, dachte ich. Meine Güte, es ist doch nur Essen. Es ist nur … diese Stadt. Dann hast du eben versagt, na und? Du bist nicht der erste naive Idiot, den New York zerkaut und wieder ausgespuckt hat, und du wirst auch auf keinen Fall der letzte sein.

Große Worte, aber bedeutungslos. Das, was so weh tat, war nicht, dass meine Graphic Novel abgelehnt wurde. Ich hätte sogar verkraften können, dass mein Stil nicht gut genug war. Aber zu hören zu bekommen, dass sie kein Herz hat …

Kein Herz. Es war nicht mein *Herz*; es war meine Lunge, die nach Luft gejapst hatte, während ich dem Lieferwagen hinterhergerannt war. Es war meine Stimme, die um Hilfe schrie – *Bitte, hilf mir doch jemand!* –, weil ich nicht schnell genug rennen konnte. Ich hatte nicht laut genug geschrien. Damals hatte ich Rosie im Stich gelassen, und nun hatte ich erneut versagt. Dabei versagt, ihre Geschichte zu erzählen. Das Buch war eine Entschuldigung, ausgebreitet über hundert Seiten in Schwarzweiß, getuscht mit Reue und koloriert mit Tränen. Alles, was ich an jenem Tag nicht getan hatte, war in die Zeichnungen eingebettet, und die Wut meiner Heldin – ihr gnadenloser Rachedurst – war meine einzige Erleichterung.

Und es war abgelehnt worden.

»Was soll ich jetzt nur machen?«, flüsterte ich.

»Keine Ahnung«, sagte eine gedämpfte männliche Stimme hinter mir. »Vielleicht nicht in dieser stinkenden Gasse erfrieren?«

Ich erschrak fast zu Tode und wirbelte herum. Ein großer, schmaler Mann ungefähr in meinem Alter stand mit einer Mülltüte in der Hand in der Hintertür des Restaurants. Er hatte blonde Haare, einen Dreitagebart und trug ein weißes Hemd, eine schwarze Hose und eine weiße Schürze. Die Küchenhilfe.

»Alles in Ordnung?«, fragte er.

»Ich hätte Ihretwegen fast einen Herzinfarkt bekommen.«

»Entschuldigung.« Er stopfte den Müll in den Container und zog dann aus seiner Gesäßtasche eine Packung Zigaretten. »Was machen Sie hier draußen?«

Ich zuckte mit den Schultern und machte mich so groß, wie es meine ein Meter sechzig erlaubten. »Dieser Ort ist so gut wie jeder andere«, sagte ich.

Der junge Mann steckte sich eine Zigarette an. »Haben Sie sich verlaufen?«

Ja, auf jede erdenkliche Art.

»Nein, ich brauchte nur ein bisschen frische Luft.«

Er sah mich skeptisch an. »Ein bisschen frische, nach Müll stinkende Luft?«

Ein Klugscheißer. Ganz nach meinem Geschmack. Aber nicht das, was ich gerade brauchte. Ich begann in Richtung Hintertür zu gehen. »Ist ja auch egal. Tut mir leid, dass ich Sie gestört habe.«

»Sie stören mich nicht.« Er blies Rauch aus seiner Nase. Der vermischte sich in der kalten Luft mit seinem Atem. Er sagte nichts mehr, beobachtete mich aber mit seinen dunkelblauen Augen. Beiläufig, aber stirnrunzelnd.

»Müssen Sie nicht arbeiten?«, fragte ich.

»Raucherpause.« Er hob seine Zigarette. »Ich dachte, das wäre ziemlich offensichtlich.«

»Touché.«

»Wollen Sie auch eine?«

»Ich rauche nicht.«

»Ist bestimmt besser. Ihr Essen wird kalt.«

»Und dann bekomme ich keinen Nachtisch?«

Seine Mundwinkel verzogen sich zu einem Schmunzeln, und er setzte sich auf eine der drei Stufen, die zur Hintertür des Restaurants führten. »Was ist denn los?«

»Ich brauchte einfach nur kurz einen Moment für mich«, antwortete ich. »Aber ich schätze, das kann ich wohl vergessen.«

»Schätze ich auch.«

Ich riss die Augen auf. »Meine Güte, sind Sie nervig.« Trotz meines Mantels zitterte ich, und mein Magen knurrte laut. Da fiel mir ein, dass Zigaretten appetithemmend waren. »Okay, ich nehme doch eine.«

Er zog die Packung wieder heraus und rutschte beiseite, um mir auf der Stufe Platz zu machen. Ich setzte mich neben ihn und strich meine langen Haare aus dem Weg. Dann nahm ich mir eine Zigarette und beobachtete ihn, während er mir Feuer gab. Im Licht des Feuerzeugs hatten seine Augen ein dunkles Kristallblau, wie ein Saphir mit Hunderten Facetten …

Der Rauch in meiner Lunge brachte mich zum Husten.

»Alles okay?«

Ich nickte eifrig. »Ist 'ne Weile her«, stieß ich trotz des Hustens hervor. Mir tränten die Augen. Jetzt erinnerte ich mich wieder, warum ich das Rauchen aufgegeben hatte. »Das schmeckt schrecklich.«

Der Mann grinste. »Dann machen Sie sie vorsichtig aus, und ich nehme sie zurück.«

»Nein, schon gut. Ich glaube, ich brauche das jetzt.« Ich inhalierte erneut, und beim Ausatmen löste sich auch ein Teil meiner Anspannung. Mein knurrender Magen beruhigte sich ebenfalls.

Eine Minute lang saßen die Küchenhilfe und ich schweigend auf der Treppe und rauchten. Ich musterte ihn aus dem Augenwinkel. Unter seinem langärmeligen Shirt schien er überraschend muskulös zu sein. Sein Kinn war markant und die ansonsten gerade Linie seiner Nase von einer kleinen Delle unterbrochen. Seine blonden Haare waren oben länger und an den Seiten kurz. Sein Gesicht … Gott, sein Gesicht …

Er ist übertrieben attraktiv. Zu perfekt. Wie ein Comicheld.

»Haben Sie auch einen Namen?«, fragte er, den Blick in die Gasse gerichtet.

»Zelda«, antwortete ich.

Er sah mich verwundert an. »Zelda? Wie …«

»Wie in dem Spiel *The Legend of Zelda?*« Ich schnaubte Rauch aus der Nase. »Hab ich schon tausend Mal gehört.«

Der junge Mann zuckte mit den Schultern. »Ich wollte sagen, wie F. Scott Fitzgeralds Frau.«

»Oh«, sagte ich. »Also, eigentlich … ja. Meine Mutter liebte Fitzgerald. Ich bin tatsächlich nach seiner Frau benannt. Meine Schwester …« Ich musste husten und tat so, als wäre der Rauch schuld. »Rosemary. Sie ist nach einer Figur aus einem seiner Bücher benannt.«

»Tender is the Night.« Er registrierte meinen überraschten Gesichtsausdruck und sah weg. »Ich hatte in den letzten Jahren viel Zeit zum Lesen.«

Ich nickte. Ich fragte nicht nach dem Grund, und er fragte mich nicht nach meiner Schwester. Ein guter Deal.

»Und wie heißen Sie?«, fragte ich.

»Link«, antwortete er. Dann wich er lachend vor meinem tödlichen Blick zurück. »Beckett. Ich heiße Beckett.«

Passt perfekt zu ihm, dachte ich und schalt mich sofort dafür. Woher willst du das wissen? Sei nicht dämlich, nur weil er hübsch aussieht.

»Und wie lautet Ihre Geschichte, Zelda?«, fragte Beckett.

»Da gibt es nicht viel zu erzählen«, sagte ich. »Ich kam, ich sah, mir wurde in den Arsch getreten. New York ist ein ziemlich brutaler Ort.«

»Sind Sie Schauspielerin?«

»Künstlerin.«

Beckett nickte und stieß Rauch aus.

»Sind Sie Schauspieler?«, fragte ich. Er sah auf jeden Fall gut genug dafür aus, so viel war sicher.

Er schüttelte den Kopf. »Fahrradkurier.«

»Oh, cool. Fahrradkurier und Küchenhilfe.« Beckett warf mir einen scharfen Blick zu, und ich hob meine Hände. »Beides ehrliche Arten, sein Brot zu verdienen.«

Er schnaubte. »Ja klar. Ehrlich.« Er spie das Wort regelrecht aus und schwieg einen Moment. »Außerdem helfe ich hier nur zweimal in der Woche aus. Um mir ein bisschen dazuzuverdienen.«

»Ich hab gehört, die Mieten hier sind total irre.«

»Haben Sie richtig gehört.«

Ein kurzes Schweigen entstand zwischen uns, das überhaupt nicht unangenehm war. Wieder studierte ich unauffällig Becketts Kinn und das Dunkelblau seiner Augen. Sie strahlten selbst im schäbigen Licht der Lampe über der Tür. Er war größer als ich, und sein Körper strahlte Sicherheit aus. Es kam mir vor, als wäre er so etwas wie ein Fels, der mich vor dem kalten Wind der Stadt schützte. Zumindest eine Zigarettenlänge lang.

»Wohnen Sie in Manhattan?«, fragte ich.

»Nein. Brooklyn.« Er warf mir einen amüsierten Blick zu. »New York City ist mehr als der Times Square und das Empire State Building, wissen Sie?«

Ich verdrehte die Augen. »Ach was? Ich wollte Sie gerade fragen, ob in der Freiheitsstatue Wohnungen vermietet werden.«

Fast hätte er gelächelt. »Suchen Sie nach einer?«

»Nein, ich bin hier fertig«, sagte ich. »Mein Budget ist aufgebraucht.«

Beckett nickte. »Kenn ich gut. Ich hab zwei Jobs, und trotzdem fehlen mir diesen Monat achtzig Mäuse. Ich werde Blut spenden müssen.«

Ich riss die Augen auf. »Sie müssen Blut spenden, um Ihre Miete zu bezahlen?«

»Gelegentlich. Ist keine große Sache. Die Klinik auf der 17th zahlt fünfunddreißig Dollar.«

»Dann fehlen Ihnen immer noch fünfundvierzig.«

»Dann gehe ich zu einer anderen Klinik.« Als Beckett meinen entsetzten Gesichtsausdruck sah, lachte er heiser auf. »War nur ein Scherz. Dann verkaufe ich irgendwas. Vielleicht eines meiner Alben, was echt scheiße wäre.«

»Alben? So richtige Vinylplatten?«

Er nickte. »Ich habe ein paar Klassiker, hauptsächlich von meinem Großvater. Als Gramps starb, habe ich seine Sammlung geerbt. Andere hab ich von Flohmärkten. Die Leute wissen nicht, was sie da haben, und verkaufen ihre Schätze unter Wert.«

Ich zog leicht an meiner Zigarette. So langsam wurde mir übel davon. Oder vielleicht war es die Vorstellung, dass dieser arme Kerl seine wertvollen Sammlerstücke verkaufen musste – ganz zu schweigen von seinem *Blut* –, um seine Miete zahlen zu können.

Er musste meinen bestürzten Gesichtsausdruck bemerkt haben, denn mit einer Geste vertrieb er den Rauch und meine Sorge. »Ist wirklich keine große Sache.«

»Warum legen Sie sich keinen Mitbewohner zu?«, fragte ich.

»Ich wohne in einer siebenunddreißig Quadratmeter kleinen Wohnung. Mir ist noch niemand begegnet, mit dem ich mir so wenig Raum teilen könnte, ohne ihn nach einer Woche umbringen zu wollen.«

Ich nickte. »In Vegas hatte ich mein eigenes Zimmer in einem Haus mit etwa zehn Mitbewohnern. Nur zwei von denen konnte ich leiden, und das auch nicht immer.« Ich legte den Kopf in den Nacken und schaute in den Nachthimmel. Doch durch die Lichter der Stadt waren keine Sterne zu sehen, und er kam mir unendlich tief und leer vor. »Warum bleiben Sie, wenn es so schwierig ist, hier zu leben?«

Beckett zog an seiner Zigarette, als ob er vor seiner Antwort Zeit schinden wollte.

»Bin in Brooklyn geboren und aufgewachsen«, sagte er schließlich, ohne den Blick von der Gasse abzuwenden. »Was wäre die Alternative? Andere Stadt, gleiche Probleme.« Endlich sah er mich an. »Sie verschwinden also wieder?«

»Morgen, mit dem Bus«, sagte ich. »Ich kann nicht bleiben. Ich hatte hier eine Art Vorstellungsgespräch und bin durchgefallen.«

»Für was für einen Job?«

»Sie werden es bestimmt für bescheuert halten.«

»Ja, wahrscheinlich schon.« Er lächelte ironisch.

Ich musste lachen. »Klugscheißer. Ich zeichne Graphic Novels.«

Er starrte mich ausdruckslos an.

»Comicbücher, die eine längere Geschichte erzählen«, erklärte ich.

»Wie *The Walking Dead*?«

»Genau. Ich habe den Entwurf für eine und kam her, um sie ein paar Verlagen vorzustellen. Alle haben mich abgewiesen. Na ja, einer nur halb, aber es spielt keine Rolle. Ich kann nicht lange genug in der Stadt bleiben, um meinen Entwurf zu überarbeiten, und selbst wenn, wüsste ich gar nicht, was für Änderungen ich vornehmen sollte.«

Beckett studierte die Zigarette zwischen seinen Fingern. »Warum können Sie nicht bleiben?«

»Wo soll ich anfangen?« Ich trat meine Zigarette aus. »Bei meiner schlechten Planung? Meinem schwindenden Budget? Der Tatsache, dass ich heute ausgeraubt wurde? Oder dass ich naiverweise gehofft hatte, dass die Verlage meine Arbeit lieben und mich auf der Stelle engagieren würden? Suchen Sie sich was aus.«

Beckett verzog das Gesicht und schüttelte den Kopf. »Warten Sie … Was? Sie wurden ausgeraubt?«

Ich nickte und vertrieb mit einer Handbewegung den letzten Rest Rauch. Dabei wünschte ich mir, mein Versagen könnte sich ebenso leicht in Luft auflösen. »Ich bin hergekommen als naive Idiotin mit einem Traum und bin mit fliegenden Fahnen untergegangen.«

»Wenigstens haben Sie es versucht. Das ist mehr, als die meisten Leute zustande bringen.«

»Ich habe es versucht und bin gescheitert.«

»Also versuchen Sie es erneut.«

»Ich wünschte, ich könnte es«, sagte ich und ließ meinen Blick über die schäbige Gasse wandern. »Es fühlt sich so an, als wäre ich so kurz vor einem Durchbruch. Dieses letzte Vorstellungsgespräch hat mir Hoffnung gemacht. Wenn ich nur irgendwie noch ein paar Wochen hierbleiben könnte, hätte ich eine Chance. Aber das ist unmöglich. Ich muss nach Nevada zurück.«

»Und Sie haben keine Familie oder Freunde in der Nähe?«

Doch, nur eine zweistündige Zugfahrt entfernt.

»Nein«, sagte ich stattdessen, denn ich fand, dass ich einem vollkommenen Fremden schon genug erzählt hatte. Ich konnte jetzt wirklich keinen erneuten Anflug von Heimweh gebrauchen. Ich stand auf und klopfte meinen Hintern ab. »Aber es ist eben, wie es ist. Danke für die Zigarette.«

»Wurden Sie verletzt?«

Ich drehte mich um und warf Beckett einen fragenden Blick zu. »Was?«

»Sie haben gesagt, Sie wären ausgeraubt worden«, erklärte er leise und sah mir dabei in die Augen, als wollte er sich zwingen, sich das anzuhören. »Sind Sie verletzt worden?«

»Nein, ich … Nein. Ich war gar nicht da. Es war ein Einbruch.«

Er lehnte sich gegen die Wand, und sein Seufzen formte in der kalten Luft eine Dampfwolke. Es klang erleichtert. »Das tut mir leid, Zelda.«

Ich runzelte die Stirn. »Ist ja nicht Ihre Schuld. Wie ich bereits sagte, die Stadt hat mir in den Hintern getreten. Je schneller ich von hier wegkomme, desto besser für alle Beteiligten.«

Beckett stand auf, warf seine Zigarette auf den Boden und trat sie aus. Er war mindestens eins neunzig groß. Dennoch fühlte es sich nicht bedrohlich an, in seinem Schatten zu stehen, sondern …

Sicher. Ich fühle mich in seiner Nähe sicher.

»Wissen Sie, wie Sie wieder dorthin zurückkommen, wo Sie wohnen?«, fragte er.

»So, wie ich hergekommen bin, nur rückwärts«, erwiderte ich, um meine beunruhigenden Gedanken mit Ironie zu kaschieren. Denn so war es sicherer für mich.

Beckett studierte mich einen Moment und schien schließlich zu einer Art Entscheidung zu kommen. »Okay.« Er begleitete mich durch die Küche und hielt die Schwingtür auf, die zurück ins Restaurant führte. Für einen Augenblick wurde ich in seinen maskulinen Geruch eingehüllt: Zigarettenrauch und Eau de Cologne.

»Viel Glück, Zelda.«

»Danke ...«, sagte ich und atmete tief ein. Einen Moment später kam ich wieder zur Vernunft und rief: »Ihnen auch«, gerade als sich die Schwingtür zwischen uns schloss.

Verglichen mit draußen, war das Restaurant gemütlich warm und zudem fast leer. Der Manager sortierte Rechnungen an der Kasse, während der Barkeeper die Spülmaschine ausräumte. Jemand hatte mir mein Essen eingepackt, und meine Zeichenmappe, die ich leichtsinnigerweise unterm Tisch gelassen hatte, war glücklicherweise noch da.

Ich hab gerade einen Lauf.

Ich bezahlte meine Rechnung und trat in die eisige Winterkälte hinaus. Mein Atem bildete genauso dichte Wolken wie vorhin beim Rauchen, und ich wickelte mich fester in meinen Mantel.

Was jetzt?

Zurück in dieses beschissene Hostel für meine Gratisübernachtung. Ich sah mich schon am nächsten Tag an der Busstation stehen, auf dem Weg zurück nach Las Vegas, mit meinem Zeug in einem Müllbeutel und mit eingezogenem Schwanz. Die Übernachtung war nicht gratis. Ich hatte sie mit meinem brandneuen Koffer, meinen Zeichenutensilien und meiner Würde bezahlt.

Meine Wangen brannten vor Scham. Ich drehte mich nach rechts und ging los. Ich hatte Beckett gesagt, dass ich die gleiche U-Bahn zurück nehmen würde, aber in Wirklichkeit hatte ich einen furchtbaren Orientierungssinn. Nichts kam mir bekannt vor, und die Gebäude ragten so hoch um mich herum auf, dass ich mich winzig fühlte. Und verloren.

An einer Ecke zog ich mein Handy heraus, um eine dieser Verkehrs-Apps zu finden, von denen mir meine Freunde erzählt hatten. Während ich darauf wartete, dass sie lud, hörte ich vor dem Restaurant Stimmen. Mit einem Fahrrad über der Schulter wünschte Beckett dem Barkeeper und der Kellnerin einen schönen Abend. Ich sah zu, wie er das Rad abstellte und den Helm vom Lenker nahm. Während er den Gurt unterm Kinn befestigte, drehte er sich zu mir um.

Schnell schaute ich auf mein Handy.

Aus dem Augenwinkel nahm ich wahr, wie Beckett sein Rad in meine Richtung schob. Er hatte seine Arbeitskleidung gegen eine wetterfeste Hose und eine dunkelblaue, abgetragene Gore-Tex-Jacke getauscht. Sein kleiner Rucksack hatte einen breiten Gurt, der statt über seine Schultern diagonal über seine Brust verlief. Daran war etwas befestigt, das wie ein kleines CB-Funkgerät aussah.

»Alles okay?«, fragte er.

»Alles bestens.«

Ich tippte ein Symbol an: ein kleiner weißer Bus vor hellgrünem Hintergrund. Die App lud ein paar Bus- und U-Bahn-Linien und Haltestellen mit jeweils einer Zeit daneben.

»Rufen Sie sich ein Taxi?«, fragte Beckett.

»Nein, ich …« Es fiel mir schwer, nicht zu fluchen. Die App ergab nicht den geringsten Sinn für mich. »Ich muss nur zur Astor Station.«

»Da muss ich auch hin«, sagte er. »Ich begleite Sie.«

Ich sah auf. »Sie begleiten mich?«

»Genau das hab ich gesagt.«

»Nein, danke. Ich schaffe das schon.«

Beckett zuckte mit den Schultern. »Wie Sie meinen.«

Doch statt auf sein Rad zu steigen, begann er langsam zu gehen, und zwar in die entgegengesetzte Richtung – nicht in die, die ich hatte nehmen wollen. Schnaubend folgte ich ihm.

»Sie müssen das nicht tun.« Ich musste rufen, weil ich knapp zehn Meter Abstand zu ihm ließ.

»Was denn?« Er warf einen Blick über seine Schulter. »Warum folgen Sie mir, Zelda? Weil meine Station auch zufällig Ihre ist?«

Ich verdrehte die Augen und presste meine Zeichenmappe fester an mich. Durch eine rote Ampel schloss ich unfreiwillig zu ihm auf.

»Nur bis zur Station«, sagte ich.

Beckett nickte. Ein Schmunzeln umspielte seine Lippen. »Nur bis zur Station.«

Schweigend gingen wir den nächsten Block entlang. Dauernd stieß die Tüte mit dem Essen gegen meinen Oberschenkel, bis ich genug davon hatte und sie in die nächste Mülltonne werfen wollte. Wenn ich es nicht frisch hatte essen können, würde ich es kalt in meinem beschissenen Hostel bestimmt nicht herunterbekommen.

»Moment«, sagte Beckett. »Sie wollen es nicht?«

»Nein.«

Er streckte die Hand aus. »Dann nehme ich es.«

Ich reichte es ihm und fühlte mich wie ein Arschloch, weil ich Essen hatte wegwerfen wollen.

»Es ist nicht für mich«, sagte Beckett, ohne mich anzusehen, während er seinen Rucksack schloss und ihn wieder aufsetzte. Wir zogen weiter.

Drei Blocks später erreichten wir den Eingang der U-Bahn-Station, und ich erkannte sie wieder. Beckett schulterte sein Rad, um die Treppe nach unten zu nehmen. Die gelbe Lackierung war an ein paar Stellen abgeplatzt, und der Rückstrahler hatte einen Sprung. Es sah aus wie eine Mischung aus Rennrad und Mountainbike, mit geraden statt gebogenen Lenkern. Obwohl der Rahmen ein bisschen ramponiert wirkte, war an Ketten und Gangschaltung kein Rost zu sehen. Beckett kümmerte sich offensichtlich gut um die wichtigen Dinge.

»Nehmen Sie das Ding immer mit in die Bahn?«, fragte ich, während er es in der Station wieder abstellte.

»Das muss ich. Morgens ist das echt nervig, aber bis sie einen besseren Weg aus Brooklyn erfinden …« Er zuckte mit den Schultern.

»Sie wohnen in Brooklyn, arbeiten aber in Manhattan?«

»Sechs Tage die Woche.« Er wies mit dem Kopf auf eine Karte an der Zementwand der Station neben einem Fahrkartenautomaten. »Wo müssen Sie denn hin?«

Ich spitzte die Lippen. »Zum Hotel Das-geht-Sie-gar-nichts-an.«

»Sind Sie immer so unhöflich zu Leuten, die Ihnen helfen wollen?«, fragte Beckett. Seine blauen Augen strahlten im gelben Licht der Station.

»Ich bin nicht unhöflich«, entgegnete ich. »Nur vorsichtig. Großer Unterschied.«

»Das ist klug«, sagte er. »Aber Sie kennen sich hier offensichtlich nicht aus. Sagen Sie mir zumindest die Gegend, damit ich Sie in den richtigen Zug setzen kann.«

»8th Avenue, in der Nähe von Port Authority.« Ich weigerte mich, von seinem Angebot gerührt zu sein.

Beckett runzelte die Stirn. »Da kommen und gehen eine Menge Leute. Um diese Uhrzeit nicht die sicherste Gegend.«

Er schob sein Rad zu einer Bank, setzte sich und lehnte es gegen seine Knie. Dann zog er ein Handy aus seiner Tasche. »Wie heißt Ihr Hotel?«

»Es ist kein Hotel, sondern ein Hostel. Das *Parkside*. Aber Sie müssen nicht …«

»Cool. Ich bringe Sie hin.«

Ich blinzelte ihn überrascht an. *»Sie wollen mich hinbringen?«*

»Entschuldigung, mein Fehler. Ich meinte natürlich, dass ich jetzt zufällig zum *Parkside Hostel* muss.« Er studierte sein Handy und scrollte mit seinem Daumen. »Sie dürfen mich gern begleiten, wenn Sie möchten.«

»Sie müssen das wirklich nicht tun«, protestierte ich. »Ich kenne mich in New York nicht besonders aus, aber ich weiß, dass Brooklyn in einer ganz anderen Richtung liegt.«

»Sogar in einem anderen Bezirk«, sagte er, ohne aufzusehen.

Stirnrunzelnd überlegte ich, was ich darauf sagen sollte. Schließlich setzte ich mich neben ihn auf die kalte Steinbank. »Ich weiß gerade wirklich nicht, ob Sie supernett oder ein Stalker sind.«

»Weder noch«, sagte er. »Wenn ich morgen aufwache und in den Nachrichten höre, dass Sie auf dem Weg zum Hostel überfallen wurden, würde ich mich schlecht fühlen. Ich tue das für mich. Nicht für Sie.«

»Okaaay … danke?«

»Keine Ursache.«

Mir gingen unzählige freche Antworten durch den Kopf, aber ich bekam keinen Ton heraus. Noch nie hatte ich einen Kerl wie diesen Beckett getroffen.

»Sind alle New Yorker wie Sie?«, fragte ich.

»Wie bin ich denn?«, erwiderte Beckett, ohne aufzusehen.

»Wenn ich Sie zeichnen würde, wären Sie *Enigma Man*, der verirrte Frauen zu ihren beschissenen Hostels am anderen Ende der Stadt begleitet, ohne eine Gegenleistung zu wollen.«

»Soll ich dafür etwa eine Belohnung verlangen?« Bevor ich antworten konnte, bohrten sich seine dunkelblauen Augen in meine. »Und ich habe Ihnen doch schon gesagt, dass ich das für mich mache.«

Ich schürzte die Lippen. *Dahinter steckt eine Geschichte.*

Ein Zug fuhr kreischend in die Station ein.

»Ist das meiner?«, fragte ich.

Beckett sah kurz zu mir auf, dann starrte er wieder auf sein Handy. »Der danach.«

Wieder verfielen wir in Schweigen. Er sah mich nicht an, und nur unsere Ellbogen berührten sich gelegentlich. Doch trotz seiner Distanziertheit hatte ich in seiner Gegenwart immer noch dieses Gefühl von Sicherheit.

Ein weiterer Zug fuhr mit einem warmen, nach Aluminium riechenden Luftzug ein.

»Das ist Ihrer«, sagte Beckett und steckte sein Handy ein.

Dann schob er sein Rad in den Zug und zwang damit ein paar Pendler in der Nähe der Tür, zurückzuweichen. Niemand machte Beckett deswegen das Leben schwer, und er wirkte ohnehin nicht so, als würde ihn das interessieren.

Ich stieg hinter ihm ein, und er wies auf einen freien Platz ein paar Reihen entfernt. Ich setzte mich, immer noch vollkommen erstaunt über seine seltsame Ritterlichkeit. Der Zug setzte sich ruckelnd in Bewegung, und ich presste meine Zeichenmappe fest an mich. Beckett hielt sich an einem Handlauf fest, das Rad leicht an seine Beine gelehnt. In den Kurven bewegte er sich mit dem Zug wie ein Matrose auf einem Schiff. Er studierte auch nicht wie besessen den Liniennetzplan in der Nähe der Tür, wie ich es tat, aber als der Zug das dritte Mal langsamer wurde, drehte er sich zu mir um.

»Ihre Haltestelle.«

Unsere Haltestelle, korrigierte ich ihn in Gedanken und folgte ihm aus dem Zug, durch die Station und die Stufen hinauf zur Straße. Zurück in die kalte Nacht.

»Welche Adresse?«, fragte er.

»Wenn ich sie Ihnen nicht sage, googeln Sie sie einfach mit dem Namen, den ich Ihnen dummerweise gegeben habe, oder?«

»Schneller, als Sie sie mir nennen können«, sagte er mit einer Spur Belustigung in der Stimme.

Ich seufzte und verriet ihm die Adresse. Sofort ging Beckett los, als wäre er schon hundert Mal am *Parkside Hostel* gewesen. Es war so seltsam, dass ich fragen musste.

»Haben Sie schon mal dort übernachtet?«

»Nein.«

»Und woher …«

»Ich kenne das Hostel nicht, aber ich kenne Kreuzungen.« Er klopfte auf seinen Lenker. »Ist mein Job.«

»Oh. Richtig. Klingt logisch.«

Ich beschloss, die Klappe zu halten, bevor ich noch was Dummes sagte. In Wahrheit war ich dankbar, dass Beckett bei mir war. Die Straßen waren dunkel und voller Schatten. Mit meiner Zeichenmappe dicht an mich gepresst ging ich so nah neben ihm, wie ich es wagte, ohne dass es so wirkte, als würde ich seine Nähe suchen.

Becketts Gang war selbstbewusst, aber ich bemerkte, dass er sich aufmerksam umsah. Es war, als wäre sein Körper auf Autopilot, doch sein Geist wach. Vor uns wärmte sich ein Obdachloser an einem Lüftungsschacht. Als wir näher kamen, bettelte er uns mit lauter Stimme an. Ich wich zurück. Beckett blieb ebenfalls stehen, doch nur, um ein paar Dollar aus der Hosentasche zu ziehen.

»Schönen Abend, Mann.« Er drückte dem Penner die Scheine in die Hand und ging weiter.

Der Obdachlose murmelte etwas und schlurfte in die andere Richtung davon.

Ich machte den Mund auf, um etwas zu sagen, dann schloss ich ihn wieder. *Er bekommt seine Miete nicht zusammen, aber verschenkt sein Trinkgeld?* Vielleicht hatte er nicht die Wahrheit gesagt, was seine Mietsituation anging, doch das bezweifelte ich. Er hatte dem Mann das Geld so gegeben, wie er mich zu meinem Hostel brachte – als hätte er keine andere Wahl.

Wir erreichten das *Parkside*. Niemand saß am Empfang, doch ich hatte einen 24-Stunden-Schlüssel.

»Okay, wir sind da«, sagte ich. »Danke fürs Begleiten, besonders, da es für Sie so weit ab vom Schuss ist.«

»Kein Problem«, erwiderte Beckett. Sein Blick wanderte von der Straße zur Tür hinter mir, runter zu seinen Schuhen und schließlich zurück zu mir. Das Schweigen zwischen uns wurde immer dichter. Die trübe Beleuchtung des Hosteleingangs ließ Becketts Augen fast lila aussehen. Er machte den Mund auf, als ob er das Schweigen brechen würde, dann klappte er ihn wieder zu.

Er stieg auf sein Rad. »Gute Nacht, Zelda.«

»Nacht.«

Mit einer Geschwindigkeit, die auf den dunklen Straßen der Stadt gefährlich wirkte, trat er in die Pedale. Sein Fahrstil war perfekt, wie der eines Fahrers der Tour de France. Er lehnte sich in die Kurven, geschmeidig wie Seide und blitzschnell. Nach wenigen Sekunden war er verschwunden.

Ich starrte auf die dunkle Stelle, wo ich ihn zuletzt gesehen hatte. Ich würde ihn niemals wiedersehen und war mir nicht sicher, wie ich dazu stand. Es war kein Bedauern, das ich verspürte, sondern eher eine seltsame Form von … Nostalgie? Als ob ich ihn vermisste.

Das Gefühl von Sicherheit war weg. Das vermisste ich ebenfalls.

Ich ging ins Zimmer und ließ mich auf die dünne Matratze fallen. Die Sprungfedern quietschten unter meinem Gewicht. Ich rief Rupert an. Er war mein zuverlässigster Mitbewohner (was nicht viel hieß), und ich musste ihn bitten, mich in ein paar Tagen von der Busstation in North Vegas abzuholen.

»Oh, hey, Zel«, meldete sich Rupert. Im Hintergrund konnte ich Musik und laute Stimmen hören. »Was gibt's? Wie läuft's im Big Apple?«

Ich runzelte die Stirn. Er klang wie ein Typ, dessen Freundin gerade nach Hause gekommen war und der ein anderes Mädchen im Schrank versteckt hatte.

»Nicht so gut wie erhofft«, antwortete ich ehrlich. »Ich komme in ein paar Tagen zurück und wollte dich bitten, mich abzuholen.«

»Du kommst zurück?« Der Lärm hinter Rupert wurde gedämpft, und ich wusste, dass er sich in die winzige an die Küche angrenzende Vorratskammer zurückgezogen haben musste. »Scheiße, Zel, das ist jetzt echt ungünstig.«

»Wem sagst du das?«, murmelte ich, dann richtete ich mich alarmiert auf. »Moment mal. Ungünstig für mich oder dich?«

»Ähm, na ja …«

»Rupert, was ist los?«

»Ich hab irgendwie dein Zimmer vermietet.«

Fast wäre mir das Handy aus der Hand gefallen. »Du hast *was?*«

»Du hast gesagt, New York wäre eine sichere Sache.«

»Ich hab gesagt, es wäre *wahrscheinlich* sicher.« Ich stockte, als mir klar wurde, dass das überhaupt keinen Sinn ergab. Ungeduldig schüttelte ich den Kopf. »Jedenfalls habe ich auch gesagt, dass du mein Zimmer auf jeden Fall zurückbehalten sollst, bis ich dich anrufe. Das jetzt ist mein Anruf.«

»Beruhige dich. Du findest doch was anderes. Du kannst …«

»Nicht ohne Kaution *und* erste Miete im Voraus«, sagte ich. »Verdammt, Rupert, das ist das Letzte, was ich gerade gebrauchen kann.«

»Mein Fehler, Zel. Die Couch gehört dir«, sagte er. »Für so lange du willst. Oder du tust dich mit Cheryl zusammen, bis du was Eigenes findest.«

»Wie großherzig von dir«, sagte ich und rieb mir die Augen.

»Was?«

»Nichts.«

»Du weißt doch, wie das hier läuft, Zel. Leute kommen und gehen …« Ich konnte das Achselzucken in Ruperts Stimme hören. »Wir dachten, du gehst.«

»Tja, na ja, tue ich nicht.« Ich biss mir in die Backe, bis mir die Tränen nicht mehr die Kehle zuschnürten. »Schaff deinen Arsch in drei Tagen zur Busstation. Ich rufe dich noch mal wegen der Zeit an.«

Rupert war die Erleichterung anzumerken. »Na klar. Sag mir, wann. Ich werde da sein.« Eine kurze Pause. »Und hey, Zel? Tut mir leid, dass es für dich da drüben nicht hingehauen hat. Diese Verlage wissen nicht, was ihnen entgeht.«

Ich wollte mich bedanken, doch es kam als heiseres Flüstern raus. Ich beendete den Anruf und ließ das Handy auf die schäbige Bettdecke fallen.

Dann ging ich zum Fenster und starrte auf die Wand des gegenüberliegenden Gebäudes. Ich musste mich verrenken, um den Nachthimmel zu sehen, und auch hier gab es keine Sterne. Nichts als eine dunkelblaue Leere, kalt und gleichgültig.

3

Beckett
29. November

Der Zug nach Brooklyn war für einen Freitagabend ziemlich leer. Die Straßen meines Viertels in einer zwielichtigen Ecke von Williamsburg waren ebenfalls ruhig, abgesehen von einem Typen, der im Vorbeigehen in sein Handy brüllte, und einer Sirene, die in der Ferne heulte. In New York heulte immer mindestens eine Sirene in der Ferne.

In meinem mit Graffiti besprühten alten Wohngebäude ohne Aufzug stieg ich mit meinem Rad auf der Schulter die Treppe hinauf in den zweiten Stock. In dem schmalen Flur flackerten grelle Halogenlampen. Ich blieb vor Wohnung 2C stehen und nahm Zeldas Essen aus meinem Rucksack. Glücklicherweise war der Behälter in der Plastiktüte noch intakt. Das Essen fühlte sich sogar noch ein bisschen warm an.

Ich klopfte. Dreißig Sekunden später hörte ich das Knarren von Bodendielen und wie ein Riegel zurückgeschoben wurde. Die Tür öffnete sich, so weit es die Vorlegekette zuließ, und funkelnde braune Augen spähten aus einem Nest aus Falten.

»Hey, Mrs Santino«, sagte ich. »Ich hab hier was für Sie. Ich hoffe, Sie haben Appetit auf Italienisch.« Ich warf einen Blick auf meine Uhr. »Um zwanzig nach zwölf.«

Sie schnupperte und schloss die Tür. Die Kette rasselte, und die Tür ging erneut auf, diesmal weit genug, um mir die

Tüte aus der Hand zu reißen. Mit gespitzten Lippen musterte sie mich von Kopf bis Fuß. Dann schnupperte sie erneut und machte mir ohne ein Wort die Tür vor der Nase zu.

Schmunzelnd schüttelte ich den Kopf. »Gute Nacht, Mrs Santino.«

Ich ging zu 2E, schloss auf und betätigte den Lichtschalter. Meine winzige Wohnung wurde von einer einzelnen Halogenlampe in hässliches Licht getaucht. Ich schob das Rad über den dünnen Industrieteppichboden in seine Ecke in der Nähe des Badezimmers.

Zehn Schritte, und ich war in der Küche. Dort trank ich einen Schluck Wasser aus einer Flasche aus dem Kühlschrank und ging ans Fenster, um einen Blick in die Nacht zu werfen, die durch die Lichter der Stadt niemals ganz dunkel werden würde.

Zelda war da draußen, auf der anderen Seite des Flusses in Manhattan, hoffentlich sicher in dem Hostel, das sie ein Drecksloch genannt hatte. Ich atmete tief ein und langsam wieder aus. Ich hatte meine Schuldigkeit getan. Ich hatte sie sicher dorthin gebracht.

Pass auf dich auf, Zelda.

Ich setzte mich an den kleinen Tisch am Fenster und hatte plötzlich das dringende Bedürfnis zu reden. Mich *auszudrücken*, wie es meine Englischlehrerin Mrs Browning in der Highschool ständig von mir verlangt hatte.

Drücke aus, wie du dich fühlst, Beckett. Öffne dein Herz. Deine Worte sind wunderschön. Und sie haben Macht.

Damals hatte es für mich nach kitschigem Schwachsinn geklungen, doch der Rat meiner Lehrerin war mir nie aus dem Kopf gegangen. Ich wollte daran glauben, dass Worte Macht hatten. Macht, die Vergangenheit zu ändern. Wieder in Ordnung zu bringen, was kaputt war. Zu heilen. Indem ich die

Worte zu Papier brachte, konnten sie auf den Leser eine Art Magie ausüben.

Ich hatte eine Leserin. Mrs J. Der Monat war fast zu Ende, und ich hatte ihr noch keinen Brief geschrieben. Bis heute Abend hatte ich nicht gewusst, worüber ich schreiben sollte.

Aus einer Schublade holte ich Stift und Papier.

29. November
Liebe Mrs J,

in der Highschool gab es ein Mädchen namens Hannah Walters. Sie wollte Schauspielerin werden, und wenn ihr Arschloch von Vater sie nicht gezwungen hätte, Jura zu studieren, würde sie jetzt Hollywood rocken. Oder den Broadway. Sie hat die Hauptrolle in jedem Schulstück bekommen. Alle anderen waren immer neidisch, dass sie den ganzen Ruhm einheimste, aber nur bis zur Premiere. Dann war offensichtlich, dass sie es verdient hatte. Im Abschlussjahr war das Frühlingsstück der PS 241 Rashomon. Kennen Sie das? Es gibt auch eine Verfilmung. Jedenfalls ist es eine japanische Geschichte über einen Samurai, seine Frau und einen Banditen. Der Bandit tötet den Samurai und vergewaltigt seine Frau. Das ist jedenfalls eine Version. In einer anderen verführt die Frau den Banditen und hilft, den Samurai zu töten. In einer weiteren bringt sich der Samurai selbst um. Jede Figur – der Bandit, die Frau und sogar der tote Samurai durch ein Medium – erzählt eine andere Geschichte, und das Publikum fragt sich am Ende, welche denn nun stimmt. Meine Kumpel und ich wollten uns eigentlich betrinken und uns in die Premiere schleichen. Um uns über das Stück lustig zu machen, nicht um es uns tatsächlich anzuschauen. Doch es war zu gut. Es gab nichts, worüber wir uns hätten lustig machen können. Meine Freunde wollten ihr Gesicht wahren, indem sie behaupteten, es sei langweilig, und nach dem zweiten Akt gingen. Aber ich blieb bis zum Schluss.

Hannah Walters spielte das Medium. Sie kam auf die Bühne als diese durchgeknallte, fast geisterhafte Kreatur, die sich windet und die Geister beschwört, bis der tote Samurai durch sie zu sprechen beginnt und seine Geschichte erzählt. Sie trug weiße Lumpen, die unter dem Schwarzlicht leuchteten, und ihr Gesicht war kreidebleich, mit Augen, die wie schwarze Löcher wirkten, mit denen sie in die Geisterwelt sehen konnte. Ihre Stimme glich einer Totenklage, als ob es ihr Schmerzen bereiten würde, den Toten eine Stimme zu geben. Es kam mir vor, als stünde ich unter einem Bann, unfähig, die Augen von ihr abzuwenden.

Nach dem Stück habe ich Hannah gesagt, dass sie das einzig Sehenswerte auf dieser Bühne war. Ihre Reaktion bestand darin, mich zu küssen. Wahrscheinlich war sie nur vom Erfolg des Stücks oder ihrer Darbietung berauscht. Doch das war mir egal. Ich erwiderte den Kuss. Ihre Lippen schmeckten nach der weißen Fettschminke. Dadurch kam es mir vor, als wäre ich Teil dieser Magie, die sie erschaffen hatte.

Wir gingen drei Monate miteinander, bis ihr Dad drohte, mir mit einer Heckenschere den Schwanz abzuschneiden, falls er mich wieder in der Nähe seiner Tochter erwischen sollte. Ich war nicht gut genug für sie. Zu arm. Zu wild. Ein schlaksiger Junge in schäbiger Kleidung, der bei seinem gebrechlichen Großvater lebte, dem die Stärke fehlte, den Jungen zu disziplinieren. Hannah zu verlieren war keiner der Glanzpunkte meines Lebens, doch hatte ich sie geliebt? Ich bin mir nicht sicher. Ihre Darbietung in Rashomon ist mir fast ebenso sehr im Gedächtnis geblieben wie sie selbst. Doch Hannah hatte etwas Magisches an sich. Ich glaube, das war es, was ich geliebt hatte.

Seitdem war ich mit vielen Frauen zusammen. Hatte Sex mit ihnen, meine ich. Nichts Dauerhaftes. Nichts, was ich fort-

setzen wollte. Was ihnen fehlte, war Magie. Klingt das kitschig? Wahrscheinlich, aber wenn man in dieser beschissenen Welt etwas findet, was in all dem Schmutz und der Dunkelheit leuchtet, ist es nur natürlich, sich dazu hingezogen zu fühlen.
Ich habe heute eine Frau getroffen.
Mein erster Eindruck von ihr war alles andere als magisch. Um die Wahrheit zu sagen, ist sie mir schrecklich auf die Nerven gegangen. Aber sie war klug. Zierlich und wunderschön, mit großen grünen Augen und langem schwarzen Haar. Ich musste dem Drang widerstehen, es zu berühren.
Sie verlässt morgen die Stadt. Sie hatte ein Vorstellungsgespräch, aus dem nichts geworden ist. Das ist zwar scheiße, aber zumindest hat sie ihr Glück versucht, hat es gewagt. Sie ist Künstlerin. Zeichnet Comics. Ich hatte eine Million Fragen an sie. Ich wollte fragen und fragen, denn ich war sicher, dass ich tagelang mit Zelda hätte reden können, ohne dass uns jemals der Gesprächsstoff ausgegangen wäre.
Ja, ihr Name ist Zelda. Ihren Nachnamen weiß ich nicht. Weil ich weder das noch die vielen anderen Sachen gefragt habe, die mir durch den Kopf gegangen sind. Sie verlässt morgen die Stadt, aber das ist nicht der Grund, warum ich den Mund gehalten habe. Es war Ihretwegen, Mrs J.
Verstehen Sie, unsere Geschichte ist ein bisschen wie Rashomon. Sie hat drei Figuren: Sie, Ihren Mann und mich. Die Frau, der tote Samurai und der Bandit, der ihn getötet hat. Anders als im Stück gibt es nur eine Interpretation unserer Geschichte. Als Sie beide nach Hause kamen, waren dort Einbrecher, und Ihr Mann bekam einen Herzinfarkt und starb. Es gibt keine andere Version.
Ich habe diese Frau namens Zelda nicht gefragt, ob sie mal mit mir ausgehen würde. Ich habe nicht nach ihrer Nummer gefragt. Ich habe sie zu ihrem Hostel begleitet und gehen lassen. Schließ-

lich hätte sie früher oder später erfahren, dass ich ein verurteilter Straftäter bin, der zwei Jahre wegen bewaffneten Überfalls gesessen hat. Kein besonders guter erster Eindruck. Keine Magie.
Wie auch immer. Wer bin ich, dass ich auch nur versuchen könnte, etwas Echtes mit einer Frau anzufangen? Sie waren siebenundzwanzig Jahre mit Mr J verheiratet. Ich erinnere mich, das im Bericht des Staatsanwalts gelesen zu haben. Doch meine Freunde und ich – meine Banditenkollegen –, wir haben das beendet, nicht wahr? Ich habe geholfen, es zu beenden.
Der tote Samurai ist immer tot. Das ändert sich nie, egal, wer die Geschichte erzählt.
Es tut mir leid. Es tut mir so leid. Das wird sich auch niemals ändern.

Beckett Copeland

Ich las mir den Brief noch mal durch, dann steckte ich ihn in einen Umschlag und schrieb in meiner winzigen, präzisen Handschrift *Mrs J* darauf. Gramps sagte immer, meine Buchstaben ahmten die einer Schreibmaschine perfekt nach. Wir hatten damals keine Schreibmaschine, und einen Computer konnten wir uns nicht leisten, also hatte ich für die Schule alles per Hand schreiben müssen.

Ich warf den Umschlag auf den Schreibtisch und ließ den Blick durch meine Wohnung schweifen. Ich versuchte, sie mit den Augen meines Bewährungshelfers zu sehen. Roy würde morgen für unser monatliches Treffen vorbeikommen. Ich hatte noch ein paar Sachen zu erledigen, also kniete ich mich vor meine Plattensammlung, die neben meinem Schreibtisch vor der Wand gestapelt war. Ich hatte mal mehr, doch der Winter war eine harte Zeit für Fahrradkuriere im Allgemeinen und meinen Arbeitgeber Apollo Courier im Besonderen.

Ich zog Journey's *Greatest Hits* heraus und legte sie auf meinen Crosley-C10-Plattenspieler. Auf Ebay würde ich für den 400 Dollar bekommen. Aber eher würde ich eine meiner Nieren verkaufen.

Ich setzte die Nadel aufs Vinyl. Nach einem Knacken erfüllte *Don't Stop Believing* die Wohnung. Ich räumte ein bisschen auf, spülte Geschirr und sammelte ein paar schmutzige Kleidungsstücke in meinen Wäschekorb. Ich war fertig, bevor das Lied vorbei war. In einer so kleinen Wohnung würde mich Unordnung in den Wahnsinn treiben.

Ich öffnete das Fenster einen Spalt breit und rauchte eine Zigarette, während ich der Musik lauschte. Es war ein gutes Album. Ein bisschen kitschig, aber manchmal denke ich, dass kitschig nur bedeutet, dass etwas in einfachste Begriffe gepackt wird.

Hör niemals auf zu glauben.

Das ist alles. Keine Metapher. Keine Poesie. Ein simpler Rat im Wert von fünfunddreißig Dollar bei jedem Pfandleiher. Wahrscheinlich würde ich das Album versetzen müssen, aber ich würde es vermissen.

»Ein Dach über dem Kopf würdest du mehr vermissen«, sagte ich, während ich meine Kippe am Fensterbrett ausdrückte.

Roy gefiel der Geruch von Zigarettenrauch in der Wohnung nicht, also ließ ich das Fenster noch weitere fünf Minuten auf. Der Heizlüfter zickte mal wieder, und schon bald entstanden jedes Mal, wenn ich ausatmete, kleine Dampfwolken. Ich schloss das Fenster und versetzte dem Heizlüfter einen Tritt. Er ächzte und stieß warme Luft aus. Genug, um meine Hände kurz zu wärmen, dann fuhr er wieder herunter, um gerade so viel Wärme auszustrahlen, dass ich mir in der Nacht nicht den Hintern abfrieren würde.

Widerwillig zog ich meine wetterfeste Jacke und Hose aus

und tauschte sie gegen eine Jogginghose und zwei T-Shirts übereinander. Schließlich zog ich noch ein Sweatshirt drüber, stieg ins Bett und wickelte mich in die Decke ein. Dann wartete ich darauf, dass mir warm wurde. Ein altbekannter dumpfer Schmerz lief mir wie ein kalter Schauer über die Haut und nistete sich in meinen Eingeweiden ein.

Ich wollte eine Frau bei mir im Bett.

Kurz überlegte ich, ob ich morgen Abend versuchen sollte, jemanden aufzureißen, schlug mir die Idee aber direkt wieder aus dem Kopf. Die Komplikationen waren es nicht wert, und wie ich Mrs J geschrieben hatte, war ausgeschlossen, nach mehr als Sex zu suchen.

Dennoch sehnte ich mich danach. Ich wollte hören, wie jemand anders neben mir atmete. Ich wollte eine Frau halten, ihren Körper an meinem spüren, ihre Arme und Beine um mich geschlungen, während wir uns gegenseitig vor der Kälte schützten. Eine Person allein im Winter, das war hart. Aber zwei Personen zusammen …

Zusammen. Ein Wort, das ich niemals benutzte.

»Komm drüber weg«, murmelte ich in mein kaltes Kissen. Mrs Js Kissen war ebenfalls kalt. Ihr Bett leer. Dank mir konnte auch sie das Wort *zusammen* nicht mehr benutzen.

Endlich schlief ich ein und träumte von Hannah Walters' wehklagendem Medium, nur dass es nicht der tote Samurai war, dem sie Worte verlieh. Es war Mr J.

Hannah bewegte sich über die Bühne und stellte einen Mann mittleren Alters dar, überrascht von den vier Dieben, die gerade sein Reihenhaus plünderten. Hannah presste sich die Hand an die Brust, als Mr J den Herzinfarkt bekam. Hannah schrie. Oder vielleicht war es auch Mrs J, als sie zusehen musste, wie ihr Ehemann umfiel und das Leben seine Augen verließ, noch bevor er den Boden berührte.

Ich verfolgte das Geschehen auf der Bühne genauso starr, wie ich damals *Rashomon* in der Highschool verfolgt hatte. Unfähig wegzusehen. Gezwungen mitzuerleben, was ich getan hatte.

Sieh hin, wehklagte Hannah.

Sieh zu, wie ein Mann stirbt …

… in dem Wissen, dass es deinetwegen passiert ist.

Um genau acht Uhr am nächsten Morgen klingelte es an der Tür. Ich war bereits angezogen und kochte Kaffee. Roy Goodwin lächelte breit, als ich ihm die Tür öffnete. Er trug einen buschigen Schnurrbart wie Tom Selleck und zog sich an wie ein Sozialkundelehrer – Polyesterhosen und Hemden. Manchmal sogar einen Pullunder.

Doch nicht heute Morgen. Er zog seine Windjacke aus, wobei sich sein Ausweis von der Gefängnisbehörde, den er am Hemd trug, darin verfing.

Ich war mir sicher, dass ihn einige seiner anderen Probanden für zu weich hielten. Vielleicht versuchten die Verzweifelteren unter ihnen sogar, ihn übers Ohr zu hauen. Doch das wäre ein Fehler. Trotz seines gemütlichen Aussehens war Roy durchtrainiert und schnell. Früher war er beim FBI, hatte jedoch vor fünf Jahren auf Bewährungshelfer umgesattelt, da er die Kriminellen nicht mehr jagen, sondern ihnen helfen wollte. Soweit ich das beurteilen konnte, war er gut darin.

»Wie läuft's, Beckett?«, fragte Roy, während er sich sein Klemmbrett unter den Arm steckte und die Hände rieb.

»Kann mich nicht beklagen«, antwortete ich. »Wie geht es Mary?«

»Bestens. Ich soll dir Grüße bestellen.«

»Grüß sie bitte zurück«, sagte ich. »Kaffee?«

»Gern«, sagte Roy. »Man merkt jetzt schon, dass es dieses

Jahr ein harter Winter wird.« Er sah sich in meiner winzigen, spärlich eingerichteten Wohnung um. »Ich fange währenddessen schon mal an, ja? Einen Schuss Milch, keinen Zucker.«

»Verstanden.«

Ich machte ihm seinen Kaffee fertig, während er durchs Badezimmer ging, wo er die Dusche, den Wäschekorb, die Schubladen unter dem Waschbecken und das Medizinschränkchen durchsuchte. Er war gründlich, aber respektvoll, was ich zu schätzen wusste. Mein erster Bewährungshelfer war ein Arschloch gewesen, der meine Wohnung auseinandergenommen hatte, als wäre er einer dieser Fernseh-Cops. Ich hatte ihn nur einen Monat, bevor ich Roy zugeteilt wurde. Den Grund dafür hab ich nie erfahren, aber ich würde mich auf keinen Fall darüber beschweren.

Als Roy aus dem Badezimmer kam, machte er sich Notizen auf seinem Klemmbrett. Dann steckte er es sich wieder unter den Arm und ging auf die Knie, um unter meinem Bett nachzusehen. Er tastete die beiden Kissen auf dem Sofa ab und kontrollierte dann die Unterseite des Couchtischs und das Innere seiner Schublade. Schließlich ließ er, wie zur Belohnung, seine Finger über meine Plattensammlung gleiten. Mit Chicagos *Chicago 17* lehnte er sich auf die Fersen zurück.

»Wow. Was für ein Sammlerstück.« Er sah zu mir auf. »Sag mir nicht, dass jemand dieses Schätzchen auf einem Flohmarkt verramscht hat.«

»Die gehörte zu Gramps Sammlung«, antwortete ich. »Keine Ahnung, warum er die hatte. Er stand eher auf Frank Sinatra. Soll ich sie auflegen?«

»Scheißt der Bär in den Wald?«

Roy reichte mir das Album, und ich setzte die Nadel auf, während er sich ein paar weitere Notizen auf seinem Klemmbrett machte. »Jetzt hätte ich gern diesen Kaffee.« Unter seinem Schnurrbart breitete sich ein Lächeln aus, während *You're The Inspiration* meine Wohnung erfüllte.

Einen seltsamen Augenblick lang war mir, als wäre ich in einer dieser Achtziger-Jahre-Sitcoms, wo der Vater immer verständnisvoll ist, ganz egal, was für einen Mist der Sohn baut, und wo es immer ein Happy End gibt.

Du drehst langsam durch, Copeland, dachte ich. Das ist nur der Song und Roys Magnum-Schnurrbart.

Der Gedanke brachte mich zum Schmunzeln. Roy hatte mich bei der Durchsuchung wie üblich mit Nachsicht behandelt, aber ich machte es *ihm* ja auch einfach. Ich hatte keine Bilder an der Wand, um dahinter Drogen zu verstecken, keine Vasen, um darin Waffen zu deponieren, überhaupt keine Deko in der Wohnung.

Roy setzte sich auf die winzige Couch vor dem kleinen, uralten Fernseher, der auf zwei Getränkekästen stand. Ich setzte mich auf den verschlissenen Sessel zu seiner Linken. Die Wohnung war so klein, dass ich das Bett hätte berühren können, wenn ich hinter mich gegriffen hätte. Roy stellte, immer noch lächelnd, seinen Kaffee auf den zerkratzten Couchtisch. Doch ich wusste, dass er mich musterte.

»Bist du clean?«, fragte er geradeheraus.

»Scheißt der Bär in den Wald?«, erwiderte ich und brachte ihn damit zum Lachen.

Drogentests gehörten nicht zu meinen Bewährungsauflagen, außer Roy hatte einen Verdacht, doch er durfte Stichproben machen, wann immer er wollte. Jeden Monat fragte er mich, ob ich clean war, und ich sagte ihm die Wahrheit. Roy konnte Lügen erschnuppern, wie andere Menschen morgens aufwachten und den Kaffee rochen.

Außerdem waren Drogen nie mein Problem gewesen. Sondern mich verzweifelt nach einem besseren Leben zu sehnen als dem, das mein Großvater und ich hatten führen müssen. Dieses bessere Leben auf Kosten anderer zu suchen war ebenfalls mein Problem gewesen. Doch Mr Js Tod vor meinen Augen und die anschließenden zwei Jahre in der Otisville Correctional hatten mich davon kuriert.

»Wie läuft die Arbeit bei Apollo?«, fragte Roy und ließ das Klemmbrett auf seinen Schoß sinken.

»Schleppend«, sagte ich. Er runzelte besorgt die Stirn, und schnell fügte ich hinzu: »Aber im Dezember ist meistens mehr los. Um die Feiertage gibt es eine Menge Last-Minute-Lieferungen. Und viele Leute lassen sich Essen bringen. Niemand will in seiner Mittagspause in diese Kälte müssen.«

»Ich hab gehört, dass Uber jetzt auch ins Kuriergeschäft drängt.«

»Ich komm klar, Roy.«

Er machte sich eine Notiz auf seinem Klemmbrett. »Und wie läuft's bei *Giovanni's*?«

»Gut.«

»In zwei Tagen ist die Miete fällig.« Er hob seinen Becher Kaffee an den Mund, ohne den Blick von mir zu nehmen. »Hast du genug?«

Es war, als könne dieser Kerl Gedanken lesen. Doch es hatte keinen Zweck, ihn anzulügen. »Ich bin ein bisschen knapp bei Kasse, aber ich bekomme es hin.«

»Wie?«, fragte er sanft.

Meine Kehle schnürte sich zu. Roy war so alt wie mein Vater … falls mein Vater noch lebte und sich nicht in ein frühes Grab gesoffen hatte. Meine Mutter und er hatten sich aus dem Staub gemacht, als ich acht gewesen war. Nach allem, was ich wusste, konnten sie auch beide tot sein. Es war mir egal.

»Auf *legale* Weise, wie immer«, sagte ich.

Roy lehnte sich zurück.

»Ich habe heute Abend noch eine Schicht im *Giovanni's*«, sagte ich. »Ich kann es immer noch schaffen.«

Ich erwähnte nicht, dass die Chancen, an einem einzigen Abend achtzig Dollar durch meinen Job als Küchenhilfe zu verdienen, gegen null gingen. Aber weil es Roy war, musste ich das auch gar nicht.

»Es ist gegen die Vorschriften«, sagte er langsam. »Ich sollte es nicht mal anbieten …«

»Dann lass es«, erwiderte ich und zwang mich zu einem Lächeln, um die Schärfe in meiner Stimme abzumildern. »Ich krieg das schon hin, Roy. Ich werde überleben. Wie immer.«

Der Verkauf meines *Journey*-Albums würde mir schon mal die Hälfte einbringen, Blut zu spenden den Rest. Seltsam, wie sich beides fast gleich anfühlte.

Einen Moment lang sah Roy so aus, als würde er diskutieren wollen, doch dann ließ er es mir durchgehen. »Also gut, dann zurück zur Tagesordnung. Hattest du Kontakt mit Mr Carlyle, Mr Lorens oder Mr Nash?«

»Nein«, sagte ich. Ebenfalls die Wahrheit. Keiner der anderen Jungs, die bei dem Einbruch dabei waren, hatte versucht, mich zu kontaktieren, und ich würde es umgekehrt auf keinen Fall tun.

»Gut.«

»Ich dachte, Nash wäre wieder im Rikers«, sagte ich.

Roy runzelte die Stirn. »Wo hast du denn das gehört?«

»Von Darlene«, antwortete ich. »Was so etwas angeht, ist sie besser als jedes Klatschblatt.«

»Sei vorsichtig bei ihr«, sagte Roy. »Junkies sind wie schwarze Löcher. Früher oder später saugen sie jeden in ihre Dunkelheit. Ich will auf keinen Fall sehen, dass du dich mit ihr oder ihrem Dealer einlässt.«

»Sie hat keinen Dealer«, entgegnete ich. »Sie ist seit Monaten clean.« Ich erwähnte nicht, dass Darlene Montgomery trotz all ihrer Probleme eine Freundin war. Eine gute Freundin. Und ich ließ meine Freunde nicht fallen, nur weil sie mal einen Fehler machten. Ich hatte auch einen Fehler gemacht. Einen großen. Und Darlene und unsere kleine Gruppe von Freunden hatte mich nicht dafür verurteilt. Da war es das Mindeste, was ich tun konnte, den Gefallen zu erwidern.

Roy machte sich eine Notiz und stellte ein paar weitere Standardfragen. Dann legte er sein Klemmbrett endgültig hin.

»Was gibt's sonst noch Neues, Beckett? Erzähl mir was Gutes.«

Ich hab jemanden kennengelernt ...

»Gibt nicht viel zu erzählen«, sagte ich stattdessen.

»Hast du eine Freundin?«

Wie machte er das nur immer? Als mir Roy ein Grinsen nach dem Motto *Wir sind doch unter uns* zuwirft, schaue ich schnell weg.

»Nein, da gibt es niemand Besonderes. Außerdem wischen die meisten bei verurteilten Straftätern eher nach links.«

»Sie wischen ... nach links?«

»Das ist so ein Ding bei einer Dating-App.« Ich winke ab. »Egal. Nur ein dummer Scherz.«

Roy nickte und stellte seine nächste Frage mit einer Mischung aus Hoffnung und Zögern. »Hast du über die Feiertage was Schönes vor?«

»Klar, Roy. Ich fliege nach Jamaika«, antwortete ich ironisch. »Werde ein bisschen am Strand herumliegen, Rum trinken und erst im Frühling zurückkommen.« Ich grinste ihn an. »Ist es zu spät, den Antrag dafür einzureichen?«

Er lachte auf, aber es klang angestrengt. »Ein bisschen zu spät.«

Ich hatte ein Jahr Bewährung hinter mir. Blieben noch zwei. Bis dahin durfte ich den Staat New York nicht ohne Zustimmung der Behörde verlassen, und auch dann nur mit einem Monat Vorlaufzeit und auf Empfehlung von Roy. Das Land zu verlassen stand überhaupt nicht zur Debatte.

»Also, ich hab nachgedacht …«, begann Roy, lehnte sich vor und verschränkte die Finger. »Meine Frau macht einen fantastischen Weihnachtsbraten. Mit Ananasscheiben. Du weißt schon, mit diesen Cocktailkirschen in der Mitte? Und dann steckt sie als Dekoration noch Gewürznelken rein, im genausten Muster, das man sich vorstellen kann.« Er tätschelte väterlich mein Knie. »Ich würde es fast als Beleidigung für sie empfinden, wenn du dieses Jahr wieder ablehnst, ihn zu probieren.«

Er sagte das mit einem Augenzwinkern. Genau wie letztes Jahr. Einen Monat nach meinem Abstecher in die Kriminalität war mein Großvater gestorben, und nun bestand der Stammbaum der Familie Copeland allein aus mir. Ich hasste es, dass Roy das wusste. Hasste es, dass mein Leben für ihn eine offene Akte war. Doch das war eben eine der Konsequenzen, wenn man ein Verbrechen beging. Meine Vergangenheit war für jeden einsehbar, der sich dafür interessierte. Ich war ein verurteilter Straftäter. Selbst nach meiner Bewährungszeit in zwei Jahren würde mich das für immer verfolgen.

Das ist eben der Preis, den du zahlen musst …

Ich lächelte Roy schwach an. »Vielleicht schaue ich kurz vorbei.«

Genauso gut hätte ich *Im Leben nicht!* sagen können, und wir wussten es beide. Seit mich meine Eltern im Stich gelassen hatten, vermied ich es, anderen Menschen zu nah zu kommen. Roy war mein Bewährungshelfer. In zwei Jahren würde auch er aus meinem Leben verschwinden. Es hatte keinen Sinn, die Dinge zu verkomplizieren.

Roy sah mich einen Moment lang prüfend an. Ich erwiderte seinen Blick unverwandt. Zehn Sekunden lastete die Stille, bis er schließlich nachgab und sich auf die Oberschenkel schlug. »Okay, Beckett. Aber es wird Mary das Herz brechen.«

Wir standen auf. Er ging voraus zur Tür, während ich die drei Schritte zu meinem Schreibtisch am Fenster machte. Dort schnappte ich mir den Umschlag, auf dem *Mrs J* stand, und reichte ihn Roy.

»Sie sorgen dafür, dass sie ihn bekommt, ja?«

Roys Lächeln war sanft. »Natürlich.« Er wusste, wie das lief. Seit dem Gefängnis schrieb ich Mrs J einmal im Monat einen Brief. Bisher waren es siebenunddreißig. Der, den Roy jetzt in der Hand hielt, war Nummer achtunddreißig.

»Hat sie …« Ich räusperte mich und sah zu Boden. »Hat sie sich mal gemeldet? Auf einen der Briefe?«

»Nein«, antwortete Roy leise.

Ich nickte. »Wahrscheinlich schmeißt sie sie in den Müll, ohne sie zu öffnen. Kann ich ihr nicht verdenken, aber …«

Meine Stimme verlor sich, als Roy den Brief öffnete und las, was ich geschrieben hatte. Der erneute Eingriff in meine Privatsphäre fühlte sich an wie ein Stich ins Herz.

Roy sah mit einem seltsamen Lächeln im Gesicht zu mir auf. »Zelda. Wie die Frau von Fitzgerald.«

»Genau das hab ich auch gesagt«, erwiderte ich fröhlich, ehe mir einfiel, dass ich das für mich hatte behalten wollen.

Wieder sahen wir uns an, während sich der Moment mit all dem auflud, was Roy mir sagen wollte: dass meine Schuldgefühle alles zerfressen würden, was ich mir seit dem Gefängnis aufgebaut hatte, wenn ich mir nicht endlich vergeben würde. Und ich schmeckte die Weigerung, mit der ich ihn abschmettern würde. Als Mr J starb, war ich aufgrund seiner schlechten Gesundheit nicht wegen Mord oder Totschlag angeklagt worden. Doch für mich war das nur eine Formalität. Seine schlechte Gesundheit war mir vollkommen egal.

Doch das würde ich Roy nicht sagen. Wir hatten das alles schon viele Male besprochen. In einem anderen Leben hätte ich Roy Goodwin sehr gern gehabt. Ich hätte die Feiertage bei ihm und seiner Frau verbracht und ihren mit Ananas und Cocktailkirschen belegten Schinkenbraten gegessen. Doch was Vergebung anging, irrte sich Roy. Mr J war tot, und die einzige Person, die mir vergeben konnte, war Mrs J.

An der Tür zog Roy seine Jacke an und erhob scherzhaft drohend den Zeigefinger. »Sag deinem Vermieter, dass er endlich diese verdammte Heizung reparieren soll, verstanden? Es ist eiskalt hier drin.«

»Reparieren?«, erwiderte ich mit einem breiten Grinsen, damit er sich besser fühlte. »Die ist extra so niedrig gestellt. So bleibe ich auf Zack.«

»Ha! Na klar.«

Mit der Hand, in der er nicht den Brief an Mrs J hielt, tätschelte er meine Wange. Genau wie Gramps es immer getan hatte. Für einen Bewährungshelfer war es eine viel zu persönliche Geste gegenüber einem seiner Probanden, aber er tat es, und ich ließ ihn gewähren. Seine Hand war warm. Väterlich.

Dann trat ich zurück.

»Pass auf dich auf, Beckett. Und ruf an, wenn du irgendetwas brauchst. Dann bis nächsten Monat.«

Ich nickte, dankbar, dass er nicht mehr sagte oder anbot, und schloss die Tür hinter ihm.

Dann nahm ich Chicago vom Plattenteller und legte Frank Sinatra auf. Ich setzte die Nadel auf das dritte Lied. *My Way* erfüllte meine Wohnung.

Es war Gramps Lieblingslied.

4

Zelda
30. November

Der Traum kam wie immer, in Erinnerungsscheibchen. In sich verändernden Bildern, die rasch aufeinanderfolgten und mich einem bestimmten Moment entgegenzerrten.

Wo ist deine Schwester?

Der gelbe Boden des Supermarkts. Regale mit Suppen, Regale mit Dosen. Blaue, rote und braune Etiketten.

Erneut die Stimme meiner Mutter, die Frage, die uns die nächsten sechs Monate verfolgen sollte, bis uns die Polizei genau sagte, wo sie war …

Wo ist deine Schwester?

Durch die Augen einer Vierzehnjährigen sah ich Rosemary am Ende des nächsten Gangs.

Den Mann, der meine Schwester an der Hand hielt und sie wegführte.

Ihren Blick über die Schulter.

Ihr kleines Gesicht, unsicher und hilflos.

Und ich erlebte, wie ich hilflos zurückstarrte.

Wie immer in diesem Traum war ich hilflos.

Ich versuchte zu rufen, doch meine Stimme war weg. Ich wollte mich bewegen, doch meine Beine waren wie Blei. Erst als sie draußen und nicht mehr zu sehen waren, konnte ich meine unsichtbaren Fesseln abstreifen.

Ich rannte ihnen nach, genau wie ich es im echten Leben getan hatte.

Ich schrie wie am Spieß, genau wie vor zehn Jahren.

Und im Traum war ich genau wie damals zu spät.

Der Lieferwagen fuhr mit quietschenden Reifen davon, und ich war zu langsam oder verängstigt (oder *zu jung*, wie mir immer wieder gesagt worden war), um ihn aufzuhalten.

Rosemary war fort.

Ich erwachte schweißgebadet und mit einem Schrei. Keuchend und mit weit aufgerissenen Augen sah ich mich um. Für einen Moment wusste ich nicht, wo ich war.

Das Hostel!, schrie mein Verstand, wie um sich zu schützen. Du bist im Hostel in New York, nicht dort! Nicht an jenem Tag!

Ein lautes Schluchzen erstickte mein Keuchen, bis ich es herunterschluckte und nach Luft schnappte. Wie immer, wenn mich dieser Albtraum heimsuchte, beruhigte ich mich, indem ich mir einen anderen Ausgang vorstellte. Ich skizzierte ihn vor meinem geistigen Auge, in grobem Schwarz-Weiß.

Ich war stark, kein kleines vierzehnjähriges Mädchen. Ich hatte einen Baseballschläger. Oder ein Messer. Oder eine Schusswaffe. Meine Schwester sah über ihre Schulter. Erst unsicher, dann mit einem Ausdruck der Erleichterung. Weil ich da war. Ich tippte ihrem Entführer auf die Schulter, dem Arschloch, das ein kleines Mädchen mit seinen Lügen dazu gebracht hatte, ihn zu begleiten. Als er sich umdrehte, war es *sein* Gesicht, das sich verzerrte. Erst vor Unsicherheit. Dann vor Furcht.

Und schließlich vor Schmerz.

Schmerz von zehn Jahren. Meiner. Der meines Vaters. Und besonders der meiner Mutter.

Ich schloss die Augen und begann kontrolliert zu atmen, wie Frauen in den Wehen es taten. Den Schmerz wegatmen.

Warten, bis er seine Klauen löst. In die Erleichterung atmen. Nicht an die nächste Welle denken, von der man weiß, dass sie kommt.

Ich schloss die Augen und atmete das heiße Feuer meines Zorns davon. Als die Erinnerungen nachließen, warf ich die Decke zurück und ging ans Fenster. Ich füllte meinen Blick mit der Stadt. Graue, harte Kanten, krasse vertikale Linien, die selbst die Sonne nicht abschwächen konnte. New York war gemein. Kalt und gleichgültig. Es hatte nicht die Vertrautheit von Philadelphia oder die entlegene Sicherheit von Las Vegas. Dieser Stadt, die vor meinem Fenster aufragte, war es egal, ob ich lebte oder starb, blieb oder ging, Erfolg hatte oder versagte.

Greif mich an, flüsterte sie. *Oder verschwinde. Mir ist es gleich.*

Aber mir nicht. Meine Graphic Novel war für meine Mutter. Ich wollte, dass die Welt von der Wut meiner Mutter erfuhr. Ich brauchte es. Ich hatte meine Schwester nicht gerettet. Meine Kunst war das Einzige, was ich für sie tun konnte.

»Ich werde nicht gehen«, sagte ich leise. Die Worte schwebten, präzise geschrieben, in einer schwarz-weißen Blase über meinem Kopf.

Es war, als hätte jemand in mir einen Schalter umgelegt, und plötzlich richtete ich meine Aufmerksamkeit darauf, wie ich das Unmögliche zur Realität machen konnte.

Mit meiner Vegas-Miete und dem Geld für die Rückfahrt hatte ich vierhundert Dollar, um mir eine Wohnung zu suchen, und noch dreihundert übrig, um zu überleben, bis ich einen Job gefunden hatte. Ich klappte meinen Laptop auf und begann, die Kleinanzeigen zu durchforsten.

Ich rief ein paar Nummern von Anzeigen an, in denen Mitbewohner gesucht wurden und die halbwegs anständig klangen, doch jedes Mal wurde mir gesagt, dass meine 400 Dollar nicht für die Kaution reichen würden. Nicht mal annähernd.

Die Leute, die die weniger anständig klingenden Anzeigen aufgegeben hatten, wollten mein Geld gern nehmen, ließen bei mir aber alle Alarmglocken schrillen. Andere klangen nicht so schlecht, doch die Wohnungen lagen am Rand von Queens oder der Bronx. Genauso gut hätten sie auf dem Mond liegen können. Die Stunden vergingen, während ich weitersuchte.

Gegen dreizehn Uhr wurde mir bewusst, dass ich noch nichts gegessen hatte, und ich bereute, die Reste von gestern weggegeben zu haben.

An Beckett.

Der einzigen Person, die ich in dieser Stadt kannte.

Du kennst ihn nicht, korrigierte ich mich. Du weißt nichts über ihn.

Doch das stimmte so nicht, wurde mir klar. Ich wusste viele Dinge über ihn. Man konnte gut mit ihm reden. Er war ein Besserwisser und ziemlich distanziert, aber das war ich ja auch. Mir war in seiner Gegenwart nicht unwohl. Er ließ keine Alarmglocken läuten. Er gab Obdachlosen Geld, obwohl er selbst nicht viel davon hatte. Er hatte zwei Jobs, und für einen davon musste er fünf Tage die Woche in aller Herrgottsfrühe durch Manhattan radeln. Er nahm Essensreste für einen Freund mit und begleitete wildfremde Frauen zu ihrem Hostel, selbst wenn es am anderen Ende der Stadt lag, nur damit sie sicher nach Hause kamen.

Er ist ein anständiger Kerl, dachte ich. Und er brauchte Geld für seine Miete.

Ich schnappte mir die Mülltüte mit meinen Sachen sowie Zeichenmappe und Laptop und ging nach unten. Der Manager war da, hinter seiner Plexiglasscheibe. Ich gab den Schlüssel ab und checkte aus. Dabei betete ich inständig, dass ich am Abend nicht wieder hier stehen würde.

Ich hatte etwas Zeit totzuschlagen, also kaufte ich mir an

einem Foodtruck Gyros und eine Limo und verbrachte den Rest des Nachmittags damit, in der Stadt umherzustreifen. Dabei versuchte ich, mich mit der U-Bahn, den Bussen und Orientierungspunkten der Stadt vertraut zu machen. Wenn mein verrückter Plan funktionierte, würde es nicht Manhattan sein, wo ich mich auskennen musste.

Als die Sonne unterzugehen begann und sich dichte graue Wolken am Himmel festsetzten, zitterte ich trotz meines Mantels. Es pfiff ein kalter Wind, und es regnete leicht. Es war fast Eisregen. Ich suchte Zuflucht in einem *Starbucks*, streckte eine Tasse Kaffee über Stunden und fragte mich, ob ich den Verstand verloren hatte. Ob mein Plan, genau wie meine Graphic Novel dazu verdammt war, abgewiesen zu werden.

Um zwanzig vor sieben kehrte ich auf die Straße zurück. Ich trat in den eiskalten Wind, der sich auf meinen Wangen wie kleine Messer anfühlte, und machte mich auf den Weg zu *Giovanni's*.

Das kleine Bistro war wie ausgestorben. Der Sturm hielt die Leute wohl zu Hause. Gestern Abend hatte mir Beckett gesagt, er würde gute Trinkgelder brauchen, um seine Miete bezahlen zu können. Ich hatte während meiner Schulzeit oft genug gekellnert, um zu wissen, dass das nicht passieren würde. Die Bedienung würde keine achtzig Dollar machen, ganz zu schweigen von der Küchenhilfe.

Aber ich kann das ändern.

Nervös suchte ich im Halbdunkel des Restaurants nach ihm. Der Manager stand hinten und sprach mit dem Barkeeper. Als ich hereinkam, lächelten beide höflich.

»Hi«, sagte ich und schob schnell den Müllsack zwischen meine Beine und die Bar. »Arbeitet Beckett heute Abend?«

Bitte sagt ja. Bitte sagt ja. Bitte …

»Das tut er«, antwortete der Manager. »Er kommt um sieben. Normalerweise würde er um fünf anfangen, aber ich hab schon geahnt, dass es heute ruhig werden würde. Sind Sie mit ihm befreundet?«

»So in der Art«, sagte ich und seufzte erleichtert. »Ich will ihn nicht in Schwierigkeiten bringen oder so. Nur kurz mit ihm reden, wenn er eine Pause hat.«

Der Manager lächelte. »Beckett kommt immer pünktlich. Ich gebe ihm gern ein paar Minuten, um mit *einer Art* Freundin zu reden.«

Ich lächelte schwach, und der Manager ging nach vorn, um ein Paar zu begrüßen, das dem Sturm getrotzt hatte, um herzukommen.

Der Barkeeper, ein Mann mittleren Alters mit ergrauendem Haar, Weste und Krawatte über einem weißen Hemd, nickte mir zu. Er sah aus wie ein Statist aus einem Sinatra-Film. Mit dem Charme der alten Welt. »Kann ich Ihnen was bringen, Miss?«

»Nur eine Cola, danke.«

Dieselbe Kellnerin, die mich gestern bedient hatte – die mit der Turmfrisur und den großen goldenen Kreolen –, kam zur Bar.

»Meine Güte, hier ist so viel los wie in einer Gruft«, sagte sie. »Drei Wodka Martinis, Vince. Zwei für meine Gäste und einen für mich, damit sich diese Schicht lohnt.« Sie zwinkerte mir zu.

»Netter Versuch, Darlene«, erwiderte Vince und stellte mir meine Cola hin. Während er Wodka – für zwei – in einen Mixbecher gab, wandte ich mich an die Kellnerin.

»Dürfte ich Ihnen eine Frage stellen?«

»Na klar«, sagte sie. »Ich hab alle Zeit der Welt.«

»Arbeiten Sie schon länger mit Beckett zusammen?«

Sofort breitete sich ein Lächeln auf ihrem Gesicht aus. »Seit etwa einem Jahr, jeden Freitag- und Samstagabend. Es ist die reine Folter.«

»Folter?«

Sie stemmte eine Faust in die Hüfte und lehnte sich über die Bar. »Haben Sie ihn sich mal angesehen? Er ist ein echt scharfes Prachtexemplar von einem Mann, und ich versuche ihn schon ewig mit nach Hause zu nehmen. Leider muss ich mich mit ihm als meinem besten Freund begnügen.«

Ich lächelte in meine Cola. »Ich wollte eher etwas über seinen Charakter wissen.«

Darlene starrte mich ausdruckslos an.

»Ich meine, wie *ist* er so?«

»Mädchen, er ist der Beste. Einer von den Guten, und davon gibt es weiß Gott nicht genug. Zumindest nicht in meiner näheren Umgebung.«

Vince stellte zwei perfekte Martinis auf Darlenes Tablett. »Du brichst mir das Herz, Dar.«

Sie lachte. »Du hast geheiratet, lange bevor ich überhaupt geboren wurde, alter Mann.« Sie deutete auf mich. »Sie fragt nach unserem Becks. Sag ihr was, Vince.«

»Er würde Ihnen, ohne zu zögern, sein letztes Hemd geben.«

Ermutigend, dachte ich, versuchte aber, mir nicht allzu große Hoffnungen zu machen.

»Aber warum fragen Sie das alles eigentlich?« Darlenes freundliches Auftreten wich einem plötzlichen Misstrauen. »Er steckt doch nicht in Schwierigkeiten, oder?«

»Nein, nein, im Gegenteil.« Da mir keine plausible Notlüge einfiel, zuckte ich mit den Schultern und grinste. »Ich schätze, ich versuche wohl auch, mit ihm nach Hause zu gehen.«

»Ha! Viel Glück dabei«, sagte Darlene mit einem zweideutigen Augenzwinkern. Dann nahm sie ihr Tablett auf und lehnte sich zu mir vor. »Ich drücke Ihnen die Daumen. Oder werde verdammt neidisch sein, eins von beiden.«

Ich nippte an meiner Cola, plünderte den Brotkorb, den mir Vince hingestellt hatte, und wartete auf Beckett. Genau zehn Minuten vor sieben tauchte er auf und war um Punkt sieben startbereit. Er machte sich sofort an die Arbeit und begann einen der Tische abzuräumen.

Ich wappnete mich, rutschte von meinem Barhocker und ging zu ihm.

»Hey«, sagte ich.

Beckett sah kurz über seine Schulter. Dann ein zweites Mal. Das Dunkelblau seiner Augen leuchtete auf. Dann runzelte er die Stirn und machte sich wieder an die Arbeit.

»Was machen Sie denn hier? Sind die Ziti so unwiderstehlich?«

»Ich muss mit Ihnen reden.«

»Ich hab gerade erst angefangen. Meine Pause ist um neun.«

»Ja, aber es ist doch gerade gar nichts los«, sagte ich. »Und es ist wichtig.«

Als Beckett alles auf sein Tablett geräumt hatte, richtete er sich auf. Er zögerte, warf einen Blick zum Manager, der mit Vince hinter der Bar plauderte.

»Geben Sie mir einen Moment«, sagte er und wies mit dem Kopf auf einen Tisch für zwei in einer Ecke. »Ich komme gleich.«

Ich nickte und nahm Platz. Die Kerze flackerte in ihrem Halter. Darlene kam vorbei und nahm das zweite Gedeck weg. Sie empfahl mir gerade die Pasta e fagioli, als sich Beckett auf den zweiten Platz setzte.

»Hey, Dar«, sagte er, sein Lächeln und Tonfall ebenso beiläufig wie herzlich.

»Hey, Süßer«, gurrte sie, schenkte mir ein wissendes Lächeln und ging.

»Ich habe nur fünf Minuten«, sagte er.

»Ich habe Suppe bestellt«, platzte ich heraus.

Becketts Augenbrauen, die dunkler waren als seine blonden Haare, zogen sich zusammen. »Glückwunsch?«

Ich schüttelte den Kopf und spürte, wie meine Wangen heiß wurden. »Ich meine, ich wusste nicht, ob Sie auch etwas wollen. Ich könnte Ihnen was bestellen.«

Sein Stirnrunzeln vertiefte sich. »Ich arbeite gerade. Zumindest theoretisch. Warum sind Sie noch in der Stadt? Ich dachte, Sie wollten nach Vegas zurück.«

»Stimmt, das hatte ich vor. Aber jetzt nicht mehr.«

Ich trank einen Schluck, weil mein Mund plötzlich staubtrocken war. Beckett sah mich an, als wäre ich eine Außerirdische; eine feindliche noch dazu. Das wird nie funktionieren, dachte ich und fragte mich dann, ob ich das überhaupt wollte. Vielleicht war er ein Arschloch. Vielleicht lagen Darlene und Vince falsch. Vielleicht lag ich mit meinem ersten Eindruck von ihm ebenfalls daneben. Eigentlich konnte ich mich immer auf mein Bauchgefühl verlassen, doch vielleicht hatte es mich diesmal in die Irre geführt wie bei so vielem auf dieser katastrophalen Reise.

Doch lauter als alles andere sagte mir mein Instinkt, dass ich in New York bleiben musste. In Las Vegas wartete nichts mehr auf mich, und Philadelphia war einfach zu schmerzhaft. Meine Graphic Novel war gut. Sie könnte sich verkaufen. Ich brauchte nur genug Zeit, um sie zu überarbeiten. Diese Überzeugung war es, die meine Nerven beruhigte.

Ich verschränkte die Hände ineinander und lehnte mich vor. »Ich habe einen Vorschlag für Sie.«

Beckett lehnte sich zurück. »Okay.«

»Ich will Ihre Mitbewohnerin sein.«

Überrascht riss er die Augen auf, und ich konnte sehen, wie sein Adamsapfel über seinem Hemdkragen hüpfte.

»Sie wollen meine Mitbewohnerin sein«, wiederholte er heiser.

»Natürlich nicht dauerhaft«, erklärte ich. »Sie hätten mich auf keinen Fall länger als ein Jahr am Hals. Danach sind Sie mich wieder los.«

Er starrte mich lange an, blinzelte und lachte dann skeptisch auf. »Sie wollen meine Mitbewohnerin sein«, wiederholte er erneut.

»Genau.«

»In meiner siebenunddreißig Quadratmeter kleinen Wohnung.«

»Ja.«

»Sie hätten überhaupt keine Privatsphäre. *Ich* hätte keine Privatsphäre.«

»Ich würde mich bemühen, Ihnen aus dem Weg zu gehen.«

Beckett starrte mich einen Moment lang nachdenklich an. Dann sagte er: »Tut mir leid, Sie enttäuschen zu müssen, aber ich brauche und suche keinen Mitbewohner.«

»Aber Sie brauchen das Geld, oder?«

Er verschränkte die Arme vor der Brust. »Tja, jetzt bin ich echt froh, dass ich Ihnen gestern Abend so viel Persönliches erzählt hab, dass Sie es heute gegen mich verwenden können.«

»Glauben Sie mir, ich bin noch viel verzweifelter als Sie«, sagte ich. »Meine beschissene Situation ist seit gestern noch viel schlimmer geworden. Meine idiotischen Mitbewohner in Vegas haben mein Zimmer an jemand anderen vermietet.« Ich griff unter dem Tisch nach meiner Mülltüte. »Ich präsentiere die Gesamtheit meiner weltlichen Besitztümer.«

Beckett schaute auf die Tüte, und flüchtig sah ich seine Miene sanfter werden, doch nur für einen Augenblick. Ich schob die Tüte wieder zwischen meine Füße.

»Ich sage das nicht, um Sie unter Druck zu setzen«, fuhr ich fort. »Sondern nur, dass wir beide am Arsch sind, okay? Wir könnten einander helfen. Das ist mein Vorschlag.«

Beckett trommelte mit den Fingern auf der Tischplatte, dann schüttelte er den Kopf, als wolle er einen unerwünschten Gedanken vertreiben.

»Sie kennen mich überhaupt nicht«, sagte er leise.

»Ein bisschen schon. Ich habe mich nach Ihnen erkundigt ...«

»Sie haben sich nach mir *erkundigt?*«, wiederholte er mit erhobener Stimme und lehnte sich über den Tisch. »Bei wem?«

Ich wich ein wenig zurück. »Bei Vince. Und Darlene.«

Wie aufs Stichwort kam Darlene in diesem Moment mit meinem Essen. »Hier ist Ihre Suppe, Süße.«

»Sie hat dich nach mir gefragt?« Beckett starrte sie an.

»Hat sie.« Darlene kniff ihm in die Wange. »Ich hab ihr gesagt, dass du ein echt scharfes Prachtexemplar von einem Mann bist.«

Innerlich stöhnte ich, während Beckett rot wurde. »Nein«, sagte ich, während meine Wangen vor Verlegenheit zu brennen begannen. »Die *andere* Sache, die Sie über ihn gesagt haben.«

Darlene seufzte. »Ach ja, richtig. Ich hab gesagt, dass du einer der wenigen wirklich guten Männer auf dieser Welt bist. Einer der besten.« Sie lehnte sich verschwörerisch zu mir vor. »Er versucht, es geheim zu halten, aber er ist total schlecht darin.«

Im Gehen zwinkerte sie Beckett zu, der ihr nachstarrte.

Ich versteckte mein Schmunzeln hinter einem Schluck Cola.

»Es ist nicht dasselbe wie eine Hintergrundüberprüfung, aber Vince hat das Gleiche gesagt. Mehr oder weniger.«

»Aha.« Beckett lehnte sich zurück, die Arme verschränkt, das Gesicht ausdruckslos. »Und was hat Ihre Hintergrundüberprüfung noch ergeben? Bitte erleuchten Sie mich.«

Seufzend stellte ich mein Glas ab. »Es tut mir leid. Ich wollte nicht in Ihrem Leben herumschnüffeln. Aber ich bin eine Frau, und Sie sind ein Mann …« Ich zuckte mit den Schultern. »Das Risiko ist hoch in fremden Städten.«

»Und was ist mit dem Risiko für mich? Wen bitte ich um Referenzen, bevor ich eine vollkommen Fremde bei mir wohnen lasse? Vielleicht Ihre idiotischen Mitbewohner in Vegas?«

»Sie haben recht«, sagte ich. »Nein, Sie haben vollkommen recht. Haben Sie was zu schreiben?«

Er blinzelte und lachte auf. »Was zu schreiben? Sicher, warum nicht?« Er suchte in der Tasche seiner Schürze herum und fischte einen Kugelschreiber heraus.

Ich zog eine Cocktailserviette heran, schrieb einen Namen sowie eine Telefonnummer auf und schob sie ihm hin.

Beckett warf einen Blick darauf. »Theo Fletcher.«

»Mein alter Boss in dem Tattoostudio, in dem ich in Vegas gearbeitet habe. Er kann für mich bürgen.«

Beckett starrte mich einen Moment lang an, dann legte er die Serviette auf den Tisch zurück und rieb sich die Augen. »Hören Sie, Zelda, es tut mir wirklich leid, dass Sie in dieser Lage stecken, aber zu mir zu ziehen … ist nicht die Lösung.«

Unter dem Tisch ballte ich meine Hände zu Fäusten. »Es ist die einzige Lösung, die ich habe, und sie wird uns beiden helfen. Sie haben mir selbst geraten, es weiter zu versuchen, wissen Sie nicht mehr?«

»Wann?«

»Gestern Abend. Ich meinte, dass ich es versucht hätte und gescheitert wäre, und Sie meinten, ich solle es *weiter versuchen*. Darum bin ich jetzt hier und versuche es weiter.« Ich lehnte mich vor. »Ich kann nicht in diesem Hostel bleiben. Es ist laut und unsicher, und ich muss an meiner Novel arbeiten können. Ich muss sie überarbeiten, damit ich es *weiter versuchen* kann. Ich weiß genau, wenn ich diese Stadt verlasse, werde ich nicht zurückkommen. Oder zumindest eine ganze Weile nicht. Ich stehe kurz vor einem Durchbruch, das kann ich spüren. Ich brauche nur ein bisschen mehr Zeit, und Sie brauchen das Geld.« Ich begann auf meiner Unterlippe herumzukauen. »Oder?«

»Vergessen Sie, was Darlene gesagt hat, Zelda«, sagte Beckett mit schwerer Stimme. »Sie sollten wohl besser mit meinem Bewährungshelfer reden.«

Überrascht lehnte ich mich zurück. »Bewährungshelfer?«

Beckett presste die Lippen zu einem Lächeln voll resignierter Verbitterung zusammen. Dann erhob er sich. »War nett, mit Ihnen zu plaudern. Jetzt muss ich wieder …«

»Warten Sie«, rief ich. »Ich will nur … bitte warten Sie.«

Beckett zögerte, dann ließ er sich wieder auf den Stuhl sinken. Ich wusste nicht, wie ich die nächste Frage stellen sollte. Er trommelte auf dem Tisch herum, während meine Suppe zwischen uns kalt wurde.

Schließlich sagte er: »Bewaffneter Überfall.«

»Bewaffneter Überfall«, wiederholte ich. »Sie … hatten also eine Waffe.«

»Ja«, sagte er und starrte mich kalt an. »Ich hatte eine Waffe. Und eine Maske. Wie im Film.«

Ich wusste nicht, was ich sagen sollte, und hatte Angst, dass weitere Fragen diese Geschichte noch schlimmer machen und mich nach Vegas zurückschicken würden.

»Okay.«

»Ist es das?« Becketts Stimme triefte vor Ironie. »Ist es *okay*, dass ich mit drei anderen Jungs in ein Haus in der Upper East Side eingebrochen bin? Und dass die Bewohner – ein Ehepaar – früher nach Hause kamen und uns überrascht haben? Und wir sie mit Sicherheit genauso? Tatsächlich haben wir sie mit unseren Waffen und Masken sogar so sehr überrascht, dass der Mann einen Herzinfarkt bekommen hat und tot umgefallen ist.«

Mir rutschte das Herz in die Hose, und plötzlich spürte ich das ganze Brot, das ich vorhin an der Bar gegessen hatte, wie einen Klumpen Zement im Bauch. »Er ist gestorben?«

»Ist er«, sagte Beckett. »Man hat uns nicht wegen Totschlags angeklagt, obwohl die Staatsanwaltschaft das versucht hat. Mr Johannsen hatte einen hohen Cholesterinspiegel, eine Herzvorerkrankung und so weiter und so fort, also hatten wir in dieser Hinsicht echt Glück.«

Die Verbitterung in seiner Stimme machte mir klar, dass Beckett es keineswegs als Glück ansah.

»Ich habe also bei einem Einbruch mitgemacht, aus Versehen jemanden getötet und zwei Jahre im Gefängnis verbracht. Wie klingt das? Bin ich immer noch der perfekte Mitbewohner?«

Ich lachte schwach. »Ich hab auf *Craigslist* schon Schlimmeres gesehen.«

Beckett starrte mich an.

»Tut mir leid«, sagte ich. »Ich mache in den schlimmsten Momenten immer die schlechtesten Witze.«

»Sie machen Witze«, sagte Beckett. »Dann stört Sie also nichts an dem, was ich gerade erzählt habe? Dass ich vorbestraft bin? Die Tatsache, dass ich jemanden umgebracht habe?«

»Das haben Sie nicht«, erwiderte ich. »Der Mann ist gestorben, aber Sie haben ihn nicht umgebracht. Sie haben das ja nicht geplant. Es war schlechtes Timing. Sie hatten nicht vor …«

»Es spielt keine Rolle, was ich *vorhatte*«, widersprach mir Beckett. »Sondern das, was *passiert* ist. Der Mann ist tot, und wenn wir bei ihm nicht eingebrochen wären, wäre er noch am Leben. Ende der Geschichte.«

»Aber Sie fühlen sich schlecht deswegen«, sagte ich und spürte, dass ich mich gefährlich nah am Rand eines Abgrunds bewegte. »Es ist ja nicht so, als ob …«

Becketts Blick wurde eisig. »Ich fühle mich schlecht deswegen? Ich fühle mich …« Seine Worte verloren sich in Fassungslosigkeit. »Diese Unterhaltung ist vorbei.«

Er stand auf, und diesmal rief ich ihn nicht zurück, sondern blieb allein vor meiner unberührten Suppe sitzen. Es war vorbei.

Vielleicht ist es besser so, dachte ich. Ein bewaffneter Überfall ist schlimm. Zwei Jahre Gefängnis sind schlimm. Er ist ein vollkommen Fremder. Es war dämlich von mir, zu denken, dass es klappen könnte.

Außer dass mir Beckett nicht gefährlicher vorkam als jeder andere Fremde, bei dem ich je ein Zimmer gemietet hatte. Und es war offensichtlich, dass er sein Verbrechen bereute. Der Schmerz in seinen Augen, als er darüber gesprochen hatte, war deutlich zu sehen gewesen. Ich kannte diesen Blick aus jedem Spiegel, in den ich sah. Ich erkannte die Schuld, die auf ihm lastete, denn mir ging es genauso.

Oder vielleicht willst du auch so verzweifelt hierbleiben, dass du deine Vorsicht das Klo runterspülst, um mit einem Verbrecher zusammenzuziehen.

Doch dieses Vielleicht spielte keine Rolle. Beckett war nicht interessiert, und es war klar, dass mich das Universum damit vor einer weiteren furchtbaren Entscheidung bewahren wollte.

Darlene kam mit einem To-go-Behälter für meine Suppe zurück und sah mich traurig an. »Auch kein Glück, was?« Sie schnalzte mit der Zunge. »Wirklich eine Schande. Aber gut, dass Sie es versucht haben.«

»Ja, ich hab's versucht«, murmelte ich.

Wieder versucht. Wieder versagt.

Ich sah zu ihr auf. »Wissen Sie von … seiner Vergangenheit?«

»Sie meinen, dass er gesessen hat? Klar. Er ist mein bester Freund. Und irgendwie haben wir uns so auch kennengelernt. Unser Boss hier arbeitet mit dem Bewährungsamt zusammen. Er stellt gern Ex-Sträflinge ein. Ermöglicht ihnen einen Neuanfang.« Sie strich sich eine braune Locke hinters Ohr und zuckte mit den Schultern, während sie zu Boden sah. »So wie mir.«

»Oh?«

»Ja.« Darlene setzte sich auf den freien Platz. »Ich hatte Drogenprobleme, okay? Aber Becks … er nicht. Ich schwöre, er hat ein Herz aus Gold.« Sie senkte die Stimme. »Er steckte in einer schlimmen Situation, wissen Sie? War verzweifelt. Also hat er etwas Dummes gemacht. Aber er bereut es. Jede Minute.«

Sie sah über meine Schulter.

»Ich glaube, wir schließen bald. Unser Boss hat so was erwähnt, weil der Sturm so schlimm ist. Seine Frau hat immer Angst, dass der Strom ausfällt.« Darlene stand auf und machte eine einladende Geste. »Wie auch immer. Kommen Sie doch mal wieder vorbei, ja? Lassen Sie sich von diesem großen Dummi nicht auch wegschieben.«

Ich wollte ihr sagen, dass es zu spät war, doch es hatte keinen Sinn. Ich würde sie eh nicht wiedersehen. Ich schnappte mir meine Sachen und die Suppe und ging zum Ausgang.

Mit gesenktem Kopf verließ ich das Bistro und machte mich bereit, den Rest dieser hoffnungslosen Reise hinter mich zu bringen.

Draußen regnete es in Strömen, und die Tropfen explodierten auf der Straße. Ich fischte in dem Müllsack nach meinem rot-weiß gestreiften Regenschirm.

Hinter mir öffnete sich die Bistrotür, und ein paar Angestellte kamen heraus. Sie zogen sich Kapuzen über oder öffneten ihre Regenschirme.

»Wir machen früher zu, wie ich gesagt habe«, rief Darlene, während sie sich den Kragen ihres Mantels über den Kopf hielt. »Wir hatten ja eh keine Gäste.« Sie lächelte mich durch den Regen fröhlich an, und jetzt, da ich danach suchte, konnte ich den Tribut sehen, den die Drogen von ihr gefordert hatten. Er stand ihr in den müden Augen und den dunklen Ringen darunter geschrieben.

Normalerweise war ich eher distanziert, aber plötzlich verspürte ich den Drang, Darlene zu umarmen.

»Oh«, sagte sie. »Okay.« Und sie erwiderte die Umarmung.

»Passen Sie auf sich auf«, sagte ich, als ich losließ.

»Das mach ich, danke. Sie auch.«

Sie eilte davon, und es war irgendwie herzzerreißend, wie glücklich sie war, dass eine Fremde sie umarmt hatte.

Ich beschäftigte mich damit, meinen Regenschirm zu öffnen, als Beckett mit seinem Rad über der Schulter auftauchte. Er warf mir einen Blick zu, während er es zwischen uns abstellte und sich die Kapuze seiner Jacke über den Kopf zog.

»Sie werden pitschnass«, sagte ich. Was für eine dumme Bemerkung.

»Ist mir egal«, erwiderte er, obwohl ich bemerkte, dass er mit einem resignierten Seufzen die Straße betrachtete.

»Wir müssen zur selben Haltestelle, oder?«, fragte ich.

»Schätze schon.«

Ich öffnete meinen Schirm und ging näher an ihn heran. Es war gar nicht so einfach, den Schirm über uns beide zu halten. Beckett war so verdammt groß, dass es mir kaum gelang.

»Was tun Sie da?«, fragte er.

»Gott, Sie sind ja riesig«, murmelte ich. »Wonach sieht es denn aus? Ich bekomme einen Krampf, weil ich versuche, von hier unten an Sie heranzukommen. Hier.« Ich reichte ihm den Regenschirm. »Ich schiebe Ihr Rad, und Sie halten das Ding über uns.«

Beckett nahm den Griff des Schirms, und mir entging nicht das Schmunzeln, das seine Lippen umspielte, als ich den Lenker umfasste und zu schieben begann. Er hielt den Schirm schön fest und schützte uns so vor dem Sturm.

Während es weiterhin in Strömen goss, hatte wenigstens der Wind nachgelassen. Wir wurden nicht mehr von allen Seiten angeweht, doch das Prasseln der Tropfen auf meinem Schirm war laut und unnachgiebig. Wir eilten durch die dunklen, leeren Straßen zur Astor Station. Beckett reichte mir den Regenschirm zurück und trug sein Rad die Stufen hinunter.

Eine Handvoll durchnässter Menschen wartete auf beiden Seiten auf ihren Zug, und das Wasser von ihren Schirmen und Mänteln bildete Pfützen um sie herum.

»Danke für den Schirm«, sagte Beckett.

»Kein Problem«, erwiderte ich. »Also bis dann. Obwohl … eher nicht.«

»Ja«, sagte er mit schwerer Stimme. »Bis dann.«

Wir trennten uns am unteren Ende der Treppe. Ich ging zu meinem Gleis, er zu seinem auf der anderen Seite. Ich sah zu, wie Beckett sein Rad zu dem Zug schob, der gerade quietschend in die Station einfuhr und anhielt. Beckett verschwand dahinter. Ich konnte ihn nicht mehr sehen.

Das war es jetzt also.

Meine Beine fühlten sich seltsam hohl an, und ich ging auf eine Bank zu, um mich hinzusetzen und auf den Zug zu warten, der mich zurück ins Hostel bringen würde, nach Las Vegas, zu dem Leben, das ich hatte, statt dem, das ich wollte.

Der Zug Richtung Brooklyn verließ die Station.

Beckett war immer noch da.

Mir schlug das Herz bis zum Hals. Wie erstarrt sah ich zu, wie er auf mein Gleis kam. Er setzte sich neben mich auf die Bank, das Rad an seine Knie gelehnt, halb von mir weggedreht.

Nach einem Moment sagte er: »Die Waffe war nicht geladen.«

»Okay.«

»Mein Kumpel hat sie mir vor dem Einbruch gegeben. Ich hab ihm gesagt, dass ich sie weder will noch brauche, aber er meinte, es sei nur zur Sicherheit. Nur zur Abschreckung, falls uns jemand aufhalten wollte.« Sein Blick verdüsterte sich bei der Erinnerung. »Es hat funktioniert.«

»Okay.«

»Geladen oder nicht, es wurde als bewaffneter Überfall gewertet«, fuhr er fort, dann sah er mir in die Augen. »Ich hab nie jemandem wehtun wollen. Das würde ich niemals.«

Ich wusste nicht, was ich sagen sollte, also versuchte ich es mit der Wahrheit. »Ich glaube Ihnen.«

Becketts Gesicht hellte sich ein wenig auf. »Was ich getan habe … war unglaublich dumm.«

Ich nickte. »Na ja, ich hab alles stehen und liegen lassen, um zweitausendfünfhundert Meilen ohne Plan B in eine fremde Stadt zu reisen.«

Beckett schmunzelte. »Nicht ganz das Gleiche.«

Ich konnte meine Schwester nicht retten.

»Nein«, erwiderte ich. »Aber wir machen alle Fehler, oder?«

Er sah mir mit seinen dunkelblauen Augen in meine grünen. Schließlich nickte er, aber es kam mir vor, als hätte er mir direkt ins Herz geschaut und sei einverstanden mit dem, was er gesehen hatte.

»Sie hätten sie lieben sollen«, sagte ich, um meinem Schmerz eine andere Quelle zu geben, »meine Graphic Novel. Ich war mir so sicher, dass sie sie lieben würden, aber das haben sie nicht. Wie verdammt dämlich ist das?«

Beckett senkte den Blick auf das Rad, das an seinem Knie lehnte. Er strich über den Rahmen, und plötzlich hatte ich ein Bild vor Augen: einen kleinen Jungen mit strubbeligen blonden Haaren, der seinen geliebten Hund streichelte. Seinen Gefährten, der sich an sein Bein lehnte und vor Freude bellte, wenn der Junge aus der Schule nach Hause kam. Bis Beckett weggeschickt wurde. Die Szene verblasste und wurde wieder durch den jungen Mann ersetzt, der neben mir saß. Ob ihn jemand vermisst hat, als er im Gefängnis war?, fragte ich mich. Hatte jemand auf ihn gewartet? Hatte er auch irgendwo eine Familie, der er nicht mehr gegenübertreten wollte?

»Ich will meine Platten nicht verkaufen«, sagte er und riss mich damit aus meinen Gedanken.

»Und ich will nicht nach Vegas zurück.«

Das Schweigen zwischen uns dauerte an, während ein Zug einfuhr und die Station wieder verließ.

»Meine Wohnung ist ein Studio«, sagte er schließlich. »Keine Wände, kein Schlafzimmer. Keine Privatsphäre. Mein Sofa ist schmal und kann nicht ausgezogen werden.«

Plötzlich breitete sich Wärme in meiner Brust aus. Die Wärme der Hoffnung.

Ich bemühte mich, gelassen zu klingen. »Ich dachte, ich könnte mir eine von diesen Luftmatratzen zulegen, wissen Sie? Eine, die ich tagsüber wegräumen kann, damit sie uns nicht im Weg ist.«

»Das könnte funktionieren.«

»Und ich weiß, dass vierhundert Dollar eigentlich zu wenig für meinen Anteil sind, aber ich suche mir direkt am Montag einen Job, um den Rest bezahlen zu können.«

»Sie werden ja nicht mal ein richtiges Bett haben«, sagte er. »Vierhundert ist fair.«

»Ist das die Hälfte der Miete? Ich will die Hälfte zahlen.«

»Ist nah genug dran.«

Ich wartete darauf, ob noch mehr kam, und als dem nicht so war, sagte ich: »Ich bin leise. Ich höre keine laute Musik, außer über Kopfhörer. Tagsüber werde ich arbeiten und abends an meiner Graphic Novel sitzen und versuchen, Sie nicht zu stören.«

Er nickte. »Die Heizung fällt immer wieder aus, egal wie oft ich es beim Vermieter melde«, sagte er. »Sie werden frieren. Dauernd.«

»Damit komme ich klar.«

»Montags bis freitags arbeite ich zehn Stunden täglich als Kurier«, fuhr Beckett fort. Seine Finger strichen über den gelben Metallrahmen seines Rads. »Freitag- und samstagabends helfe ich bei *Giovanni's* aus, aber Sonntag – morgen – ist mein freier Tag. Da tue ich, was immer ich will, selbst wenn es gar nichts ist. Ich schaue Football, höre Musik – auf meinem Plattenspieler, nicht über Kopfhörer –, oder ich schlafe.«

Ich nickte. »Ich werde Ihnen aus dem Weg gehen.«

»Sie müssen meinen Bewährungshelfer Roy kennenlernen«, sagte er und sah mir dabei fest in die Augen.

Ich erwiderte seinen Blick unverwandt. »Okay.«

»Ich muss ihm sagen, dass sich meine Wohnsituation geändert hat. Das ist in Ordnung, solange Sie niemanden mitbringen, nach dem per Haftbefehl gesucht wird oder der ein Junkie ist.«

»Ich kenne hier niemanden«, sagte ich. »Und ich bin nicht gerade eine Partygängerin. Alle Klischees, die Sie über Comic-Nerds kennen, treffen auf mich zu.«

Beckett schmunzelte. »Für einen Nerd wirken Sie ziemlich draufgängerisch.«

»Alles für meine Kunst.« Ich streckte meine Hand aus. »Rossi. Zelda Rossi.«

Er nahm meine Hand in seine. Sie fühlte sich rau an. Warm. Stark.

»Beckett Copeland.«

»Schön, dich kennenzulernen, Beckett Copeland.«

Als wir uns losließen, kündigte eine Anzeige auf dem gegenüberliegenden Gleis einen Zug Richtung Brooklyn an.

»Ich muss vollkommen verrückt sein«, murmelte er. »Oder du.« Er nickte zu dem anderen Gleis hinüber. »Das ist meiner. Oder … unserer?«

Unserer.

Ich fuhr mit Beckett Copeland nach Brooklyn.

5

Beckett
30. November

Als wir an der Station Clinton-Washington Avenue ausstiegen, stellten wir fest, dass der Regen aufgehört hatte. Es war nur ein kurzer Weg zu mir, und wir waren den Großteil davon still. Doch mein Blick wurde wie durch Magie immer wieder zu Zelda Rossi gelenkt.

Sie reichte mir nur bis zur Schulter, und sie krümmte sich in ihrem Mantel ein bisschen, aber man konnte ihr ansehen, dass es vor Kälte war, nicht vor Angst oder Nervosität. Ein kleines Lächeln umspielte ihre Lippen, und wenn das Licht der Straßenlaternen ihre strahlend grünen Augen erhellte, lag in ihnen die gleiche Erleichterung, die ich verspürte.

Ich führte sie die zwei Treppen zu meinem Stockwerk hinauf und blieb vor 2C stehen.

»Bist du sicher, dass du dir die nicht fürs Mittagessen morgen aufheben willst?«, fragte ich und hielt die Tüte mit der Suppe von *Giovanni's* hoch. Sie hatte gesagt, sie bereue es, sie bestellt zu haben.

Sie warf einen Blick auf die Tüte, dann sah sie weg. »Nein, ich glaube, ich brauche mal eine Pause von italienischem Essen.«

Ein Schatten legte sich über ihre Augen. Gestern Abend hatte ich eine ähnliche vorübergehende Traurigkeit gesehen, als sie mir erzählt hatte, dass sie keine Familie in der Nähe hat.

Meine Nachbarin musste uns reden gehört haben, denn ich hatte kaum angeklopft, als sich die Tür von 2C bereits öffnete.

»Hey, Mrs Santino«, sagte ich. »Lust auf Suppe heute?«

Sie ignorierte mich und sah stattdessen Zelda mit zusammengekniffenen Augen an. »Hmmpf«, brummte sie, riss mir die Plastiktüte aus der Hand und machte uns die Tür vor der Nase zu.

Ich sah zu Zelda. »Tief in ihrem Herzen ist sie uns dankbar.«

Sie lachte leise. »Sind da auch meine Reste von gestern Abend gelandet?«, fragte sie, während ich mein Rad zu 2E weiterschob.

»Ich versuche, ihr Essen zu bringen, sooft ich kann«, sagte ich, während ich nach meinem Schlüssel suchte. »Ich weiß nicht, wann oder warum es angefangen hat, aber ich hab sie noch nie ihre Wohnung verlassen sehen. Auch keinen Besuch. Allerdings bin ich auch zehn Stunden pro Tag bei der Arbeit, also …« Ich zuckte mit den Schultern. »Sie ist immer wach und nimmt immer an, was ich ihr gebe, also schätze ich, dass sie es braucht.«

»Das ist aber ziemlich nett von dir, Copeland.«

Ich schaute zu ihr, während ich aufschloss. Der Schatten hatte Zeldas Augen verlassen, war durch Sanftheit ersetzt worden, einen fast verträumten Ausdruck, der mich so faszinierte, dass ich mir das Knie an meinem Rad stieß, als ich es über die Schwelle schob.

»Das ist sie also?«, sagte sie, während sie mir hineinfolgte.

»Das ist sie«, sagte ich. Jetzt gab es kein Zurück mehr. Zelda hier einziehen zu lassen würde mir entweder den Hintern retten, was die Miete anging, oder es war ein riesiger Fehler.

Oder es könnte richtig gut sein.

Ich ließ diesen Gedanken im Flur und schloss die Tür. Ich meinte, was ich Mrs J am Abend zuvor geschrieben hatte. Was Frauen anging, war ich nur an zwanglosem Sex interessiert. Zelda war lediglich eine Mitbewohnerin. In ein paar Wochen würde sie wieder fort sein.

Sie sah sich schweigend in der Wohnung um.

Mehr hab ich nicht zu bieten, dachte ich. Nimm's oder lass es. Ich verschränkte die Arme und bereitete mich auf eine ironische Bemerkung vor. Oder ein schlichtes *Das wird nicht funktionieren.*

»Tja, das wird ganz schön gemütlich, oder?«, sagte sie lachend.

»Was ist denn so lustig?«, fragte ich und versuchte, dabei nicht wie ein defensives Arschloch zu klingen.

»Gar nichts«, sagte sie. »Ich bin nur erleichtert. Du kannst dir gar nicht vorstellen, wie erleichtert ich bin. Ja, die Wohnung ist klein, aber sie ist *sauber*. Sie ist *aufgeräumt*.« Sie steckte ihren Kopf ins Badezimmer direkt neben der Wohnungstür. »Oh mein Gott, es ist ein verdammtes *Wunder*.«

Sie zog ihn zurück, und ihr Lächeln wurde immer breiter. »Der Typ, mit dem ich mir in Vegas ein Badezimmer geteilt habe? Die Klospülung zu betätigen war offenbar gegen seine Religion.«

»Das ist ja … ekelhaft«, sagte ich, und ein Schmunzeln durchbrach meine kühle Fassade.

»Wem sagst du das? Eine andere Mitbewohnerin hat von Anfang an gesagt, dass sie keine Lust auf den Abwasch hat. Oh, sie hat gekocht und gegessen und Geschirr benutzt, aber aufs *Abwaschen* hatte sie keine Lust.« Zelda war inzwischen in der Küche und strich über die billige, aber saubere Arbeitsfläche. »Himmlisch.«

»Ich mag keine Unordnung«, sagte ich achselzuckend.

»Ich auch nicht. Man könnte mich sogar als Ordnungsfanatiker bezeichnen«, sagte Zelda und gab mir zwei Daumen nach oben. »Ein guter Start, Copeland.«

»So weit, so gut«, bestätigte ich. »Außer dass ich nicht weiß, wo du heute Nacht schlafen willst. Es ist zu spät, um eine Luftmatratze zu kaufen.«

Sie legte die sechs Schritte bis zum Sofa zurück. »Ich bin klein. Für eine Nacht kann ich mich hier draufquetschen.«

»Sicher?« Ich rieb mir den Nacken. Er tat mir schon weh, wenn ich mir nur vorstellte, auf dieser schäbigen alten Couch zu schlafen.

»Ich bin anpassungsfähig.« Zeldas Blick verweilte auf dem Schreibtisch am Fenster.

»Da kannst du arbeiten«, sagte ich und begann ein paar Blätter und meinen uralten, kurz vorm Dahinscheiden stehenden Laptop beiseite zu räumen. »Ich benutze ihn kaum.«

Zeldas Augen füllten sich mit einer seltsamen Art von Glück. Sie ging zum Schreibtisch und legte ihre Zeichenmappe auf die zerkratzte Oberfläche. »Perfekt.« Sie sah mich an. »Alles ist absolut perfekt.«

»Das freut mich«, sagte ich.

Es war die Wahrheit. Nach zwei Jahren meiner fünfjährigen Haftstrafe hatte mich der Richter wegen guter Führung auf Bewährung entlassen. Er hatte gesagt, ich hätte meine Schuld gegenüber der Gesellschaft beglichen, doch ich war anderer Meinung. Ich hatte noch viel wiedergutzumachen.

Wieder machte sich Schweigen zwischen uns breit, bis Zeldas Blick auf meine Plattensammlung fiel, die zwischen Schreibtisch und Fernseher an der Wand stand. Sie kniete sich davor. »Darf ich?«

»Klar.«

»Dieses Zeug ist älter als das, was ich normalerweise höre«, sagte sie, während sie meine Sammlung durchging. »Ich bin so was wie eine musikalische Analphabetin. Wenn es nicht im Radio läuft, kenne ich es wahrscheinlich nicht.«

Dann zog sie ein Album aus der Reihe an der Wand. »Moment mal … das hier kenne ich.« Sie drehte das Album um. *Parallel Lines* von Blondie. »Weißt du, *One Way or Another* ist der inoffizielle Soundtrack meiner Graphic Novel.«

»Echt?«

»Ja. Sie spielt in der Zukunft, also ist das für meine Heldin quasi klassische Musik. *One Way or Another* ist der Song, mit dem sie sich aufputscht.«

»Wofür?«

»Um in der Zeit zurückzureisen und die bösen Jungs fertigzumachen.«

»Natürlich.«

Sie klappte das Album auf, um den Liedtext zu lesen. »›*I'm gonna getcha, getcha, getcha*‹«, sang sie leise und schrecklich schief. Dann lachte sie. »Wie auch immer.«

Sie schaute das Album ein letztes Mal liebevoll an, bevor sie es an genau dieselbe Stelle zurückschob, an der sie es gefunden hatte, und lehnte sich zurück. »Ja, das ist absolut perfekt, Copeland. Aber wohl eher für mich als für dich.«

»Ist trotzdem ein gutes Arrangement für uns beide«, sagte ich.

»Na ja, ich glaube dennoch, dass ich dabei besser abschneide. Und ich stehle dir deine Privatsphäre.«

»Ich hab mir zwei Jahre lang eine fünf Quadratmeter kleine Zelle mit einem anderen Typen geteilt. Mit der Situation hier komme ich ein, zwei Monate gut klar.«

Klasse, dachte ich. Erinnere sie ruhig immer wieder daran, dass du gesessen hast.

Sie legte die Arme um sich. »Okay, dann sollte ich wohl mal meinen ehemaligen Mitbewohner anrufen. Damit er Bescheid weiß.«

»Und ich telefoniere mit Roy. Er wird dich treffen müssen.«

Sie lächelte schwach. »Okay.«

Glücklich, Arschloch? Du hast ihr Angst gemacht. Oder zumindest das bisschen Gelassenheit zerstört, das sie bei ihrer Ankunft hier empfunden hatte. Aber vielleicht war das in Ordnung. Ich wollte nicht, dass sie in Angst lebte, aber vielleicht war es besser, wenn sie niemals vergaß, wer ich war.

Du meinst, es ist besser, wenn du *niemals vergisst, wer du bist.*

Zelda setzte sich aufs Sofa, um mit ihren Leuten zu telefonieren, und ich ging in die Küche, um Roy anzurufen. Ich bekam seine Mailbox dran und hinterließ mit leiser Stimme eine kurze Nachricht.

»Hey, Roy, hier ist Beckett. Du hattest recht damit, dass es diesen Monat mit der Miete knapp wird, also hab ich mir eine Mitbewohnerin gesucht. Höchstens für ein paar Wochen. Ich weiß, dass du sie kennenlernen musst, also ruf jederzeit zurück. Danke.«

Ich wollte gerade auflegen, als mich ein seltsames Gefühl – eine Wärme – durchfuhr.

»Es ist Zelda«, fügte ich meiner Nachricht noch hinzu, ehe ich den Anruf beendete.

Ich starrte mein Handy an, dann drehte ich mich zu Zelda um, die mit ihrem Gespräch ebenfalls fertig war. Unsere Blicke trafen sich, und ich lächelte. Sie erwiderte das Lächeln.

»Ich hab meinen Mitbewohner aus Vegas gebeten, mir mein Zeug zu schicken«, sagte sie. »Keine Sorge, ich hab nicht viel. Nur meine restlichen Klamotten, das Tattoogerät und meine Farben, auch wenn ich nicht weiß, ob ich noch tätowieren möchte.«

»Ich könnte meinen Boss fragen, ob er dir einen Job bei *Giovanni's* gibt«, sagte ich.

»Das ist nett, aber ich will auch kein italienisches Essen servieren. Ich fange morgen an, mir was zu suchen.«

»Klingt gut.«

Die Atmosphäre war nicht mehr ganz so angespannt wie vorhin. Zwei Fremde, die versuchten, sich in einer neuen Situation zurechtzufinden. Ich wollte etwas tun, um ihr die Befangenheit zu nehmen, aber was sollte ich sagen? *Ich verspreche, dir nichts anzutun, während du schläfst?*

»Ich bin erledigt«, sagte Zelda. »Macht es dir was aus, wenn ich mich fertig mache und schlafen gehe?« Ihr Gesichtsausdruck wurde unsicher. »Oder bist du ein Nachtmensch? Wolltest du aufbleiben und noch fernsehen?«

»Nein, das nicht. Nur ein bisschen Akkordeon üben.«

Sie zog eine Augenbraue hoch.

»Hab ich das nicht erwähnt?«, sagte ich beiläufig. »Ich spiele zwischen Mitternacht und vier Uhr gern Akkordeon.« Dann legte ich in gespielter Sorge den Kopf schief. »Das ist doch kein Problem für dich, oder?«

»Aber nicht doch«, sagte sie.

»Ich hoffe, du magst Polka.«

»Wer nicht?«

Zelda lachte und zog ihren Mantel aus. Ich sah beides als gutes Zeichen an. Sie begann, sich wie zu Hause zu fühlen. Sie lachte über meine dummen Scherze.

Sie hängte ihren Mantel an den Haken an der Tür und nahm ihren Müllbeutel ins Badezimmer mit. Während ich dem Geräusch des laufenden Wassers lauschte, zog ich so schnell wie möglich meine Arbeitskleidung aus. Die Badezimmertür war die einzige Abtrennung in dieser Wohnung. Die Möglichkeit, halbnackt erwischt zu werden, hatte sich von *nicht existent* zu *wahrscheinlich* geändert. Ich zog meine Schlafanzughose und ein Sweatshirt an. Das Wasser lief weiter. Gut. Dann wurde mir klar, dass die Couch nicht schlaffertig war.

»Scheiße.«

Ich kramte in dem winzigen Schrank neben meinem Bett und zog eine alte blaue Decke heraus, die ein bisschen muffig, aber sauber roch, und ein kleines Kissen, das ich seit einer Ewigkeit besaß. Ich legte beides gerade auf das Sofa, als Zelda in einer Leggings, Socken und einem ausgeleierten Sweatshirt aus dem Bad kam. Ihre Haare hatte sie zu einem Dutt aufgetürmt, und auf ihrer zierlichen Nase saß eine eckige schwarze Brille.

Na toll, dachte ich ironisch. Was bin ich froh, dass sie nicht total süß oder so was ist.

»Ich hab mein Zeug im Schrank unter dem Waschbecken verstaut«, sagte sie. »Ich hoffe, das war okay.«

»Mehr als okay. Du wohnst jetzt hier.«

Die Worte hingen schwer in der Luft.

»Stimmt wohl«, sagte sie nach einem Moment. »Ich hab zwar noch nicht bezahlt …«

»Morgen ist der Erste«, erwiderte ich. »Du kannst es mir dann geben.« Ich deutete auf die Decke. »Die Couch ist nicht besonders toll zum Schlafen. Ich hoffe, die Decke reicht.«

»Perfekt«, sagte Zelda. Sie legte ihre Brille und ihr Handy auf den Couchtisch, dann verkroch sie sich unter der Decke.

Ich ging zum Lichtschalter an der Tür. »Hast du alles?«

»Ja. Danke.«

Ich schaltete das Licht aus, ging im Dunkeln zu meinem Bett und legte mich rein. Auf die kurze Entfernung konnte ich Zeldas Lächeln erkennen, ihr Kinn, das gerade noch aus der Decke hervorlugte, ihre Augen, die ihr bereits zuzufallen begannen.

»Ich bin so müde«, sagte sie leise. »Mir wird jetzt erst bewusst, wie sehr mich das alles ausgelaugt hat.«

»Ich weiß, was du meinst«, sagte ich und dachte an den Stress, der mir so lange auf der Seele gelastet hatte, bis ich vollkommen verspannt gewesen war. Doch jetzt würde ich die Miete morgen bezahlen können. Mit Zeldas vierhundert Dollar hatte ich sogar so viel finanziellen Spielraum wie schon lange nicht mehr. Ich würde meine Platten behalten können – ganz zu schweigen von meinem Blut. Ich musste mich nicht mehr abstrampeln, um den Kopf über Wasser zu halten. Ich konnte mich entspannen. Zumindest für eine Weile.

Bereits jetzt merkte ich, dass ich freier atmen konnte. Und ich wollte ihr danken. Ich wollte etwas sagen – egal was –, um sie wissen zu lassen, dass sie sich ebenfalls entspannen konnte. Dass sie verschnaufen und nachdenken konnte, ohne Angst davor haben zu müssen, ausgeraubt oder abgewiesen zu werden.

»Gute Nacht, Copeland«, sagte Zelda mit schwerer Stimme. »Danke, dass du in dieses verrückte Arrangement eingewilligt hast.«

»Wir haben ja beide was davon.«

»Ja.«

»Und, Zelda?«

»Hm?«

Sie war bereits dabei einzudösen. Ohne Angst. Diese Frau war tapfer. Und tough. Ich lächelte.

»Nichts. Gute Nacht«, sagte ich, und das Geräusch ihres gleichmäßigen Atems ließ auch mich schnell einschlafen.

6

Zelda
1. Dezember

Ich erwachte mit schweren Armen und Beinen und schlaftrunkenen Gedanken. Ich lag zusammengerollt in der für mich bequemsten Position der Welt – auf der Seite, das Kissen in den Armen, warm eingewickelt und ohne Wecker, der mich von der Couch vertrieb. Ich kuschelte mich tiefer unter die Decke und sah durch den kleinen Wohnraum zu der Stelle, an der mein neuer Mitbewohner schlief.

Beckett lag auf dem Bauch, sein Gesicht halb in seinem Kissen begraben. Der sichtbare Teil wirkte entspannt. Kein Stirnrunzeln, keine zusammengezogenen Augenbrauen. Friedlicher als im Wachzustand.

»*Enigma Man*«, flüsterte ich. Ein Held, der seinen Nachbarn Essen gibt, das Geld für seine Miete Obdachlosen spendet und seine Wohnung einer vollkommen Fremden zur Verfügung stellt. Keine Superkräfte, abgesehen von seiner überwältigenden Großzügigkeit.

Und der zwei Jahre für bewaffneten Überfall im Gefängnis gesessen hat.

Das Gefühl von Sicherheit ließ ein wenig nach, kehrte jedoch schnell wieder zurück und hüllte mich warm ein wie die Decke, die er mir gegeben hatte. Ich kuschelte mich hinein und schlief wieder ein.

Einige Zeit später fand mich der Duft von Kaffee und lockte mich wieder aus dem Schlaf. Blinzelnd setzte ich mich auf. Beckett war in der Küche und hantierte mit der Kaffeemaschine.

»Sorry, hab ich dich geweckt?«, fragte er.

»Nein, nein, schon gut. Mach dein Ding. Tu so, als sei ich gar nicht hier.«

»Das wird sich schlecht einrichten lassen«, sagte er leise, dann hustete er. »Kann ich dir einen Kaffee anbieten?«

Ich lächelte. »Gern. Schwarz, bitte.« Ich warf die Decke zurück und legte fröstelnd die fünf Schritte zur Küchenecke zurück.

»Das liegt an diesem nutzlosen Mistding«, sagte Beckett und gab mir einen Becher. Dann warf er einen bösen Blick auf den altmodischen Heizlüfter unter dem Fenster mit seinem abgesprungenen weißen Lack. »Es funktioniert gerade genug, um nicht zu erfrieren.«

»Weiß der Vermieter Bescheid?«

»Ich hab es ihm gegenüber ein, zwei Mal erwähnt«, sagte Beckett schmunzelnd.

»Muss er über mich Bescheid wissen?«

»Besser nicht«, sagte er. »Wahrscheinlich würde er versuchen, die Miete zu erhöhen.«

»Die wie hoch ist?«

Beckett trank einen großen Schluck Kaffee.

Ich stellte meinen Becher ab. »Ich will die Hälfte zahlen. Wie hoch sie auch sein mag, es ist nur fair, wenn ich die Hälfte zahle.«

»Wir haben deinen Anteil doch bereits verhandelt. Du hast doch nicht mal ein richtiges Bett«, sagte Beckett. »Vierhundert Dollar. Letztes Angebot.«

Eigentlich wollte ich widersprechen, doch Becketts Gesichtsausdruck sagte mir, dass es keinen Sinn hatte. »Meinetwegen.« Ich wühlte in meinem Müllsack nach meiner Gürteltasche, fischte vierhundert von meinen verbliebenen siebenhundert Dollar heraus und legte sie auf die Arbeitsfläche, wo Beckett sie beäugte, als hätte ich gerade eine volle Windel auf seinem Küchentisch deponiert.

»Danke«, murmelte er und steckte das Geld ein. »Also. Du brauchst eine Luftmatratze, richtig?«

»Wenn du einen Tipp hast, wo ich so was bekomme, wäre das toll.«

»Klar.«

Wir setzten uns am Schreibtisch unter dem Fenster vor meinen Laptop. Nachdem wir ein Fachgeschäft für Sportausrüstung gefunden hatten, zeigte mir Beckett, wie man sich im Bussystem von Brooklyn zurechtfand. Sein Kopf war dicht zu meinem gebeugt. Er roch nach Kaffee, nach Wärme und durch und durch männlich.

Hör auf mit dem Mist, Rossi, sagte ich mir. Das vergangene Jahr der Enthaltsamkeit machte sich bemerkbar. Einem unverschämt attraktiven Mann wie Beckett so nahe zu sein, weckte mein Verlangen wie ein Feueralarm mitten in der Nacht. Ich schüttelte mich in Gedanken und konzentrierte mich wieder auf die Buslinien und Straßen.

»Großartig, danke«, sagte ich, während ich auf meiner Unterlippe herumkaute. »Alles klar.«

»Du siehst aber nicht so aus, als sei alles klar.«

Ich verzog das Gesicht. »Ich gehe zur Haltestelle Atlantic to Vanderbilt, nehme den B69 Richtung Innenstadt und steige an der Ecke von Vanderbilt und Dekalb aus. Ich hab's kapiert. Ich bin nicht total hilflos.«

Beckett sah stirnrunzelnd aus dem Fenster. Es hatte zu regnen begonnen.

»Vielleicht sollte ich dich begleiten.«

Ich klappte meinen Laptop zu. »Aber heute ist doch dein freier Tag.«

»Weiß ich«, sagte er. »Aber du wirst viel Zeug brauchen, um dich hier einzuleben. Essen, die Luftmatratze, was immer du sonst brauchst. Ab morgen muss ich die ganze Woche bis mindestens sieben arbeiten.«

»Ja und?«

»Und du musst die Stadt kennenlernen. Heute ist dein Orientierungstag. Wir fangen mit der unmittelbaren Nachbarschaft an.«

Ich kaute weiter auf meiner Unterlippe herum. »Aber es regnet. Und es ist dein freier Tag.«

»Und ich entscheide selbst, wie ich ihn verbringe.« Er schüttelte den Kopf. »Gott, bist du stur.«

»Ich dachte, ich wäre rücksichtsvoll«, erwiderte ich und stemmte die Hände in die Hüften.

Mein finsterer Blick brachte ihn zum Lachen. »Oh, schon verstanden. Du bist eine von *diesen* Frauen.«

Ich riss die Augen auf. »Wie bitte? Was bin ich?«

»Eine von diesen Frauen, die darauf beharren, alles allein zu schaffen, und nie Hilfe annehmen.«

Ich verschränkte die Arme. »Wenn ich mich richtig erinnere, habe ich gestern ziemlich wortreich und demütig um deine Hilfe gebeten.«

»Ja, aber das war was anderes. Ich wette, du hättest abgelehnt, wenn ich es dir zuerst angeboten hätte.«

»Du unterschätzt meine Verzweiflung«, sagte ich. »Seit wann ist Unabhängigkeit eigentlich etwas Schlechtes?«

»Ist es nicht. Aber Hilfe abzulehnen ist dämlich.« Als ich ihm weiter finstere Blicke zuwarf, sagte er: »Wow. Ist lange her, dass mich eine Frau das letzte Mal so angesehen hat.«

»Ist es auch lange her, dass du eine Frau dämlich genannt hast?«

»Ich meinte doch nicht, dass *du* dämlich wärst. Ich meine …« Er fuhr sich durchs Haar. »Hör zu, kann ich dich nicht einfach zu dem verdammten Laden begleiten? Die Luftmatratze ist bestimmt schwer, es regnet in Strömen, und in den Bussen hier sitzen manchmal etwas komische Typen, okay? Ich weiß nicht, ob es dir gestern Abend aufgefallen ist, aber du befindest dich hier nicht gerade in Central Park West.«

Ich behielt die Arme vor der Brust verschränkt, meine Lippen gespitzt. »Es regnet nicht *in Strömen*.«

In diesem Moment erhellte ein Blitz das Fenster, und eine halbe Sekunde später ertönte Donner. Der leichte Schauer verwandelte sich in einen Platzregen, der gegen das Fenster prasselte, als würde er hereinwollen. Becketts selbstgefälliges Grinsen machte mich wahnsinnig.

Ich warf die Hände in die Höhe. »Meinetwegen!«

Zwanzig Minuten später standen wir in Regenmänteln an der Bushaltestelle und drängten uns unter meinen Regenschirm.

Ich schaute zu Beckett. Da war es wieder, dieses nervige Gefühl von Sicherheit, zusammen mit einem Durcheinander aus anderen Gefühlen.

Zum Beispiel Schuld, weil du dich so angestellt hast, nur weil er dir helfen wollte?

Meine Mutter hatte mir immer gesagt, dass Dankbarkeit an erster Stelle steht. *»Ganz egal, was passiert, selbst an deinem schlimmsten Tag musst du etwas finden, wofür du dankbar bist. Dadurch wirst du dich besser fühlen.«*

Wieder schaute ich zu Beckett auf, dann die Straße entlang, mit ihren zahllosen Wohnhäusern unter dem grauen Himmel.

»Ich bin schon seit langer Zeit auf mich allein gestellt«, sagte ich leise.

Beckett stand so nah bei mir, dass ich es spürte, als er zu mir sah. »Kann ich verstehen«, sagte er. »Geht mir auch so.«

»Man gewöhnt sich daran, die Dinge auf eine bestimme Art zu machen«, fuhr ich fort. Ein alter Sedan mit verrosteter Motorhaube fuhr an uns vorbei. »Um zu überleben.«

Ich schaute ihm in die Augen, dann drehte er den Kopf weg und nickte. »Ich weiß genau, was du meinst.«

»Also, was ich zu sagen versuche …«

»Musst du nicht«, unterbrach er mich. »Schon gut.«

Ich runzelte die Stirn. »Meine Mutter hat immer gesagt, dass Dankbarkeit …«

»Der Bus kommt«, sagte Beckett.

Der B69 kam rumpelnd zum Stehen. Mit einem Zischen sprangen die Türen auf. Beckett schloss den Regenschirm. »Nach dir.«

Ich blieb stehen, um ihn anzustarren.

Er seufzte. »Gern geschehen, Rossi, und jetzt steig in diesen verdammten Bus ein, bevor wir klitschnass sind.«

Ich stieg in den verdammten Bus.

Im Sportgeschäft suchte ich mir eine Luftmatratze aus. Das dicke Gummiding in seiner Packung war genau so, wie Beckett vorhergesagt hatte: furchtbar schwer. Nach nur zehn Minuten Tragen begannen meine Arme zu brennen. Wortlos nahm er sie mir ab, hob sie auf seine Schulter und warf mir einen Blick zu, der sagte *Denk nicht mal dran.*

Ich verbarg mein Lächeln im hochgestellten Kragen meines Mantels.

Ich kaufte eine Aufbewahrungsbox für meine Kleidung, dann schauten wir auf dem Heimweg in einem kleinen Lebensmittelladen vorbei, um ein paar Dinge zu besorgen, ohne die ich nicht leben konnte: Salat, Brot, Käse, ein bisschen Gemüse und Salatdressing. Ich notierte mir den Bus und die Straßen, damit ich ohne Becketts Hilfe zurückkommen und richtig einkaufen gehen konnte.

Der Regen hatte nachgelassen, doch die Bushaltestelle war eine einzige riesige Pfütze. Beckett warf einen Blick auf die Einkaufstüte, die ich von einer Hand in die andere nahm. »Kochst du gern?«, fragte er.

»Ja, aber in Vegas war die Küche meistens zu ekelhaft, um etwas zuzubereiten. Doch jetzt, da ich hier bin, fange ich vielleicht wieder damit an.« Ich sah zu ihm auf. »Und du?«

Er schüttelte den Kopf. »Ich komme meistens erst gegen sieben nach zehn Stunden Fahrerei nach Hause. Dann bin ich zu fertig.«

»Ich kann für uns kochen«, sagte ich. »Ich bin jetzt keine Meisterköchin, aber ich hab ein paar gute Rezepte im Ärmel. Hat mir meine Mom beigebracht.« Diese letzten Worte kamen mir über die Lippen, bevor ich sie aufhalten konnte, und ich plapperte schnell weiter, ehe sich Beckett nach meiner Familie erkundigen konnte. »Das mache ich einfach gern, wenn ich die Chance dazu habe.«

»Du musst nicht für mich kochen«, sagte Beckett.

»Ich würde mich wie ein Riesenarschloch fühlen, wenn ich was für mich allein zum Abendessen mache. Willst du, dass sich deine neue Mitbewohnerin wie ein Riesenarschloch fühlt?«

Er lächelte, sagte aber nichts.

»Oh, schon verstanden«, sagte ich. »Du bist einer von *diesen* Typen.«

Er sah mich an. »Was für Typen?«

»Einer von diesen Typen, die so übertrieben stolz sind, dass sie nie andere etwas für sich machen lassen.« Ich grinste. »Ich wette, wenn du dich verirrst, würdest du dir eher deinen Arm abhacken, als nach dem Weg zu fragen.«

»Das stimmt«, sagte er mit einem selbstgefälligen Lächeln. »Weil ich mich niemals verirre.«

»Aber du musst doch essen, oder? Also wie wäre es damit? Ich koche genug für zwei, und was immer du nicht isst, muss ich Mrs Santino geben.«

Er sah mich nicht an, aber ich bemerkte das Lächeln, bevor er es unterdrückte. »Damit kann ich leben.«

Zurück in der Wohnung machte sich Beckett an die Arbeit, meine Luftmatratze aufzupumpen, während ich meine Einkäufe in der Küche verstaute. Als die Matratze aufgepumpt war, standen wir beide davor. Ich war zufrieden, doch Beckett legte die Stirn in Falten.

»Sieht nicht besonders bequem aus«, sagte er.

»Machst du Witze?« Ich setzte mich darauf und hüpfte ein bisschen auf und ab. »Das ist, wie auf einem Trampolin zu schlafen.«

Es sollte ein Scherz sein, doch Beckett lächelte nicht.

»Die Heizung ist furchtbar. Du wirst auf dem Boden frieren.«

»Das klappt schon«, sagte ich. »Ist doch nur für ein paar Wochen. Und außerdem wollte ich es doch so, weißt du noch?«

Er sah mich an, als ob er protestieren würde, als sein Handy klingelte. Mit immer noch finsterer Miene ging er dran. »Oh, hey, Roy.« Er hörte einen Moment zu, dann zog er die Brauen zusammen. »Ja, ich denke, das würde gehen. Ich frag sie kurz.« Er ließ das Handy sinken. »Mein Bewährungshelfer Roy will uns heute Abend zum Essen einladen. Er und seine Frau.«

»Machen Bewährungshelfer so was?«

»Roy Goodwin macht so was.«

»Klingt gut.« Ich kraxelte von der Luftmatratze und kraulte ihn an der Schulter. »Schau nicht so mürrisch, Copeland. Jemand will uns zum Essen einladen? Sag ihm, ich bin dabei. Nur nichts zu Schickes, okay? Mein Ballkleid ist noch in Vegas.«

Beckett hob das Handy wieder ans Ohr. »Ja, klingt super, Roy. Um sieben, okay. Bis dann.«

»Warum siehst du aus, als müsstest du zu einer Wurzelbehandlung?«

Er zuckte mit den Schultern. »Nur so. Alles gut.«

»Gibt es da was, was ich wissen sollte? Was wird er von mir wissen wollen?«

»Bist du vorbestraft?«

»Ich bin mal über ein U-Bahn-Drehkreuz geklettert, ohne zu bezahlen. Zählt das?«

Er begann zu lächeln, dann kam ihm ein Gedanke. »Wo?«

»Was wo?«

»Wo bist du über das Drehkreuz geklettert? Hier?«

Ich strich mir eine Strähne hinters Ohr. »In Philly. Ist eine Ewigkeit her.«

»Oh, ich dachte, du wärst noch nie in einer Großstadt gewesen«, sagte er. »Stammst du nicht aus Vegas?«

»Nicht ursprünglich«, antwortete ich, während ich mich damit abmühte, die Luftmatratze hochzuheben. »Wo sollen wir dieses Ding denn tagsüber verstauen?«

Beckett nahm das andere Ende, und zusammen lehnten wir die Matratze an die Wand zwischen seinem Schrank und der Wohnungstür.

»Ist nicht die hübscheste Deko«, sagte ich.

»Das geht schon«, sagte er.

Ich holte meine wenigen Habseligkeiten aus der Mülltüte und packte sie in die Aufbewahrungsbox, die ich gekauft hatte.

Beckett werkelte an seinem Rad herum. Wir schwiegen beide, doch die ganze Zeit erwartete ich, dass er nach Philadelphia oder meiner Familie fragen würde. Dann würde er wissen, dass meine Eltern nur zwei Stunden mit dem Zug entfernt waren, und die nächste offensichtliche Frage würde lauten, warum ich nicht bei ihnen blieb, statt mich mit in seine winzige Wohnung zu zwängen.

Doch er fragte überhaupt nichts, sondern legte eines seiner Alben auf – Prince –, und ich musste nicht antworten.

Gegen achtzehn Uhr durchsuchte ich meine kleine Auswahl an Klamotten nach etwas, was einigermaßen präsentabel aussah und nicht vollkommen zerknittert war. Ich hatte noch nie von einem Bewährungshelfer gehört, der seine Probanden so zum Essen ausführte, als ob es ein sonntägliches Dinner wäre. Dabei wollte er mich doch nur überprüfen.

Ich fand eine schwarze Leggings und eine schwarze Bluse, die nach ein paar Tagen im Müllsack nicht allzu schlimm zerknittert war. »Ich geh mal kurz duschen, wenn das in Ordnung ist«, sagte ich. »Außer, du willst zuerst …?«

Beckett sah vom Sofa auf, wo er sich die Nachrichten eines Lokalsenders anschaute. »Geh ruhig«, sagte er. »Ich spring danach rein.«

Ich nickte und schloss mich in dem kleinen Badezimmer ein, in dem kaum genug Platz war für Dusche, Toilette und Waschbecken. Alles roch ziemlich maskulin: Es gab zwar Deo, Seife und Shampoo, doch ohne die fruchtigen Düfte, die ich mochte. Stattdessen waren sie frisch und schlicht. Bevor mir bewusst wurde, was ich tat, atmete ich tief durch die Nase ein.

Das ist er. Das ist Beckett.

Ich wusste nicht, wo dieser Gedanke herkam oder was ich damit anfangen sollte. Ich sah mich um und betrachtete diesen intimen Ort, den er nun mit mir teilte. Eine einzelne Zahnbürste auf dem Waschbecken, daneben eine ordentlich von hinten aufgerollte Tube Zahnpasta. Ein Stück Seife in einer Schale. Eine einsame Shampooflasche in der Dusche.

Ich stellte mein Shampoo neben seines und mein Reinigungszeug neben seine Seife.

Besser.

Die Dusche war hellgrün gefliest, die Armaturen älter als ich. Aber alles war sauber. Fast gemütlich. Ich hatte gedacht, dass ich mich in der Dusche eines fremden Mannes seltsamer fühlen würde.

Aber es ist jetzt auch meine Dusche, dachte ich, während das Wasser meine Haare durchnässte und meinen Rücken herunterlief. Während ich sie shampoonierte, begann ich *Purple Rain* zu summen.

Nach dem Duschen trocknete ich mich ab und wickelte das Handtuch wie einen Turban um meine Haare. Dann zog ich mich an und schminkte mich, wobei ich mich aber mit dem schwarzen Kajal zurückhielt. Dann verließ ich das Badezimmer, wo sich die Düfte meines Shampoos und Parfüms mit denen von Beckett vermischten.

»Die Dusche gehört ganz dir«, sagte ich.

Er drehte sich um und schaute über die Rückenlehne der Couch. Sein Blick wanderte kurz über meinen Körper, dann sah er weg. »Danke.«

Ich übernahm seinen Platz auf dem Sofa, der immer noch warm war, während er duschen ging, wo ich eben noch gestanden hatte. Nackt. Keine zehn Minuten zuvor.

Tag zwei, Rossi, und du hast bereits schmutzige Gedanken im Hinblick auf deinen Mitbewohner.

Ich schnappte mir die Fernbedienung, zappte herum und ließ schließlich einen lauten, nervigen, unsexy Werbespot laufen.

Beckett kam aus dem Badezimmer.

Sein Outfit wirkte schick, aber nicht teuer. Ein blaues Hemd, das nicht in seiner dunklen Jeans steckte. Unter dem hässlichen Licht der Halogenlampe leuchtete sein feuchtes Haar wie Gold. Nein, eher wie Messing, dachte ich. Die Künstlerin in mir ging in Gedanken ihre Stifte durch, um die richtige Farbe zu finden. *Für Haare und Dreitagebart würde ich Chromgelb nehmen. Und ein Kobalt- oder Saphirblau für seine Augen …*

Beckett winkte vor mir mit seiner Hand herum. »Hallo?«

Ich blinzelte. »Tut mir leid. Du siehst …« *Atemberaubend.* »Nett aus.«

Seine Augen wurden weicher, sein Gesichtsausdruck jedoch nicht. Mir war aufgefallen, dass das öfter passierte. Wie sein Gesicht das eine auszusagen schien, seine Augen jedoch etwas ganz anderes.

»Danke«, sagte er. »Du siehst auch sehr nett aus.«

Wir sehen beide nett aus, dachte ich. Das schwächste Wort, das man sich vorstellen kann. Und warum liegt dann trotzdem so eine Spannung in der Luft?

Ich erhob mich von der Couch. »Bin ich für einen Bewährungshelfer und seine Frau präsentabel genug?«

Ein kleines Lächeln umspielte Becketts Lippen. »Perfekt. Prima, meine ich. Du siehst prima aus.«

Prima. Die kleine Schwester von nett.

Mir gefiel »perfekt« besser.

Das Schweigen zwischen uns war fast greifbar, wurde jedoch vom Geräusch der Türklingel unterbrochen. Beckett ging zur Gegensprechanlage.

»Roy?«

»Höchstpersönlich«, sagte eine gut gelaunte Männerstimme. »Unser Taxi steht unten.«

»Wir sind sofort da.«

Beckett nahm meinen Mantel vom Haken an der Tür. Ich wollte ihn entgegennehmen, doch stattdessen hielt er ihn auf, um mir hineinzuhelfen.

»Und da heißt es immer, es gäbe keine Kavaliere mehr«, sagte ich, während ich mich umdrehte, damit er mir meinen Mantel über die Schultern ziehen konnte.

»Meinem Großvater waren gute Manieren sehr wichtig«, sagte Beckett.

»Er war ein guter Lehrer«, sagte ich sanft.

Beckett erwiderte nichts, während er seine wetterfeste Jacke anzog und sich eine Mütze aufsetzte. Ich schnappte mir meinen Regenschirm, und wir gingen nach unten.

7

Zelda
1. Dezember

»Ich muss sagen, Copeland«, meinte ich, während wir die Stufen hinunterstiegen und unsere Schritte durch das heruntergekommene Treppenhaus hallten, »das fühlt sich schon ein bisschen so an, als würde ich deine Eltern kennenlernen.«

»Sie sind nicht meine Eltern«, sagte er. Sein kalter Tonfall jagte mir einen Schauer über den Rücken, aber als wir an der Tür zur Straße angekommen waren, sah er aus, als täte es ihm leid. »Roy und Mary sind gute Menschen. Du wirst sie bestimmt mögen.«

Ich nickte und behielt meine neunmalklugen Kommentare für mich. Er wollte offensichtlich ebenfalls nicht über seine Eltern und seine Familie reden. Das konnte ich nachvollziehen. Und wie ich das konnte.

Roy und Mary Goodwin erwarteten uns draußen an ihrem Taxi. Ungeachtet dessen, was Beckett gesagt hatte, strahlten sie uns an wie stolze Eltern vor dem Abschlussball. Mary, eine mollige Frau mit schulterlangem braunem Haar, begrüßte Beckett mit einer Umarmung, dann hielt sie sein Gesicht in ihren behandschuhten Händen, um ihn anzusehen.

»Wie geht es dir, Schatz? Wir haben uns viel zu lange nicht mehr gesehen.« Sie gab ihm einen Kuss auf die Wange. »Und

Sie müssen Zelda sein. Ich bin Mary. Freut mich, Sie kennenzulernen, Liebes.«

»Danke, gleichfalls«, sagte ich.

»Roy Goodwin, junge Dame.« Roy drückte mir väterlich die Hand. »Schön, Sie kennenzulernen.«

»Gleichfalls, Mr Goodwin«, sagte ich. »Oder ist es Officer?«

»Keine Formalitäten«, erwiderte er. »Einfach nur Roy. Ich hoffe, ihr seid hungrig. Ich dachte, wir könnten zu diesem Restaurant in der 3rd Avenue gehen. Da baut man sich seinen eigenen Burger zusammen. Das wäre doch was! Klingt das gut?«

»Klingt toll«, sagte ich.

Roy Goodwin war wohl der fröhlichste Mensch, den ich seit Langem getroffen hatte. Offenbar waren die Übel der Welt, mit denen er beruflich jeden Tag zu tun hatte, nichts, verglichen damit, seinen eigenen Burger zusammenzustellen. Ich konnte mir ein Lächeln nicht verkneifen, doch Beckett wirkte stoisch, als ob er sich mental auf eine Tortur vorbereiten würde.

Ich stieß ihm in die Rippen, während wir zum Taxi gingen und die Goodwins darüber diskutierten, wer wo sitzen sollte. »Das ist dein *Bewährungshelfer?*«, flüsterte ich. »Er ist toll. Sie sind beide toll.«

Er nickte und brummte.

Da steckt eine Geschichte hinter, dachte ich, und wieder wurde mir klar, wie wenig ich eigentlich über Beckett Copeland wusste. Alles passierte so schnell – mein Einzug, dann das Abendessen mit den Goodwins. Es fühlte sich an, als wäre ich mitten in ein Buch versetzt worden, ohne die vorherigen Kapitel gelesen zu haben.

Aber nicht schlecht, dachte ich. Ich würde weiterlesen.

Beckett setzte sich nach vorn neben den Fahrer, und weil ich schmal war, landete ich zwischen Roy und Mary auf der Rückbank. Sie plapperten und zankten, sowohl miteinander als auch mit Beckett. Ihr Umgang war so entspannt und familiär, so beiläufig, dass ich mich des Eindrucks nicht erwehren konnte, dass sie doch eine Familie waren.

Vielleicht sind sie das auch. Oder sie sind für ihn zumindest so nah dran wie möglich. Ich könnte ihn fragen – später, unter vier Augen. Andererseits würden Fragen über seine Familie wahrscheinlich welche über meine nach sich ziehen.

Vergiss es, dachte ich und genoss Becketts genervte Miene, als sich Mary vorbeugte, um seinen Kragen zu glätten und ihn zu einem Haarschnitt zu drängen.

Der Burger-Laden hatte ein poliertes Parkett und Backsteinwände. In der Mitte stand eine große Serviertheke, an der die Gäste ihre eigenen Beläge und Fritten auswählen konnten. Das Restaurant war gut besucht und von angeregten Unterhaltungen erfüllt. Nachdem wir unsere Teller vollgeladen hatten, erspähten wir einen Tisch für vier, der gerade frei wurde, und schnappten ihn uns.

»Ist das nicht großartig?«, sagte Roy. »Es ist hier immer so voll, weil es einfach so gut ist.«

»Wie gefällt es Ihnen, Zelda?«, fragte Mary, als ich gerade in meinen Cheeseburger mit extra Gurken biss.

Ich nickte und versuchte mit vollem Mund zu lächeln. Ich hatte in den letzten Tagen kaum etwas gegessen und zwei meiner Mahlzeiten an Mrs Santino abgegeben. Ich war ausgehungert, und es war mir ein bisschen peinlich, dass ich so schlang. Ich schluckte meinen halbgekauten Bissen herunter und spülte mit einem Schluck Cola nach. »Wirklich gut«, gelang es mir schließlich zu sagen.

»Das freut mich.«

Sie entließ mich aus ihrem Scheinwerferlächeln, doch bevor ich die Zähne wieder in meinen Burger schlagen konnte, sagte

Roy: »Erzählen Sie mal, Zelda, wo haben Beckett und Sie sich kennengelernt?«

»Vorgestern im *Giovanni's*«, sagte ich. »Ich brauchte eine Unterkunft, ziemlich dringend. Und Beckett hat sich meiner erbarmt.«

»Wir haben beide etwas von dieser Abmachung«, korrigierte Beckett. »Und es ist ja nur für ein paar Wochen.«

Roy und er tauschten einen Blick, dann lächelte mir Roy zu. »Tja, ich finde diese Abmachung wunderbar klug. Sich mit jemandem zusammenzutun macht Dinge wie Miete und Nebenkosten doch viel einfacher, oder?«

Beckett konzentrierte sich auf sein Essen und stippte eine Fritte in das kleine Pappschälchen mit Ketchup. »Es ist ein gutes Arrangement.«

Seine Stimme klang gleichgültig, doch mir entging nicht der Blick, den er mir zuwarf. Wie üblich waren Gesicht und Tonfall distanziert, doch seine Augen ... die verletzliche Sanftheit darin konnte er nicht verbergen.

Unter Marys Führung verlief die Unterhaltung in angenehmen Bahnen. Schließlich gab selbst Beckett seine Zurückhaltung auf und lachte über einen von Roys schlechten Witzen. Fast hätte ich den Abend ohne ein Verhör hinter mich gebracht, doch als wir uns zurücklehnten, um unser Essen sacken zu lassen, legte Mary ihre Hand auf meine.

»Zelda, Liebes, erzählen Sie uns etwas über sich. Stammen Sie aus New York?«

»Nein.« Ich wich Becketts Blick aus. »Ich komme aus Las Vegas.«

»Und haben Sie dort Familie?«

Ich trank einen Schluck Cola, um Zeit zu gewinnen, doch es hatte keinen Sinn zu lügen. »Nein, sie wohnen an der Ostküste. In Philadelphia.«

»Oh, das ist ja nicht so weit«, rief Mary aus. »Wie schön für Sie. Und werden Sie ihnen über die Feiertage einen Besuch abstatten?« Sie lehnte sich vor und nickte in Becketts Richtung. »Wir hätten den da ja gern bei uns, aber er ziert sich immer.«

»Mary«, sagte Roy in einem leicht warnenden Tonfall.

»Ich weiß, ich weiß, aber man darf doch wohl hoffen, oder?« Mary lächelte mir zu. »Aber wo waren wir gerade? Haben Sie schon Pläne für die Feiertage?«

Ich wand mich auf meinem Platz. »Ich weiß noch nicht genau.«

Das war meine Version der Wahrheit. Meine Eltern wussten, wie schwer es für mich war, sie zu besuchen. In den sechs Jahren seit meinem Auszug war ich nur ein paarmal da gewesen. Ich wollte ja. Ich vermisste sie schrecklich, doch es war eine echte Folter für mich. Mein Körper protestierte gegen einen Besuch zu Hause auf eine Vielzahl schrecklicher Arten …

Panik begann in mir aufzusteigen.

Oh nein, scheiße … nicht jetzt. Warum jetzt?

Seit einem Jahr hatte ich keine richtige Panikattacke mehr gehabt, doch ich erkannte die Symptome. Normalerweise baute sich die Angst langsam auf, ähnlich wie die Quecksilbersäule eines Thermometers allmählich in den roten Bereich kletterte. Das hier allerdings fühlte sich an, als würde sie direkt oben starten und aus der Skala explodieren wollen. Mein Herz begann zu rasen, und mir brach der Schweiß aus, während mich alle am Tisch ansahen.

»Ich …« Ich musste schlucken. »Ich weiß nicht …«

Roy und Mary sahen sich besorgt an, und Beckett runzelte die Stirn.

Das Atmen fiel mir immer schwerer, während sich meine Umgebung langsam zu verändern begann wie ein Foto, das sich in einer Dunkelkammer entwickelte, und zwar zu Handy's Supermarkt mit den Reihen voller bunter Dosen und meiner Schwester am Ende des Gangs.

Von weit her drang Marys Stimme zu mir. »Alles in Ordnung, Liebes?«

Wo ist deine Schwester?

Beckett schob seinen Stuhl zurück, und das Quietschen ließ mich ein bisschen zusammenzucken. Aber nicht genug. Panik schnürte mir die Kehle zu, und es fühlte sich an, als ob jedes einzelne meiner Nervenenden in Flammen stand. Eine Hand legte sich auf meinen Arm, und Beckett zog mich sanft auf die Beine.

»Sie hat mir gesagt, dass sie … ähm … eine Phobie hat.« Seine Stimme drang gedämpft durch das Rauschen in meinen Ohren. »Vor geschlossenen Räumen mit vielen Leuten darin. Richtig, oder?«

Ich starrte ihn durch einen entsetzlichen unscharfen Nebel aus Erinnerungen an, der meinen Verstand zu fluten versuchte, und nickte.

Roy erhob sich von seinem Platz. »Soll ich jemanden rufen?«

»Nein, nein, sie braucht nur ein bisschen frische Luft«, entgegnete Beckett und nahm meinen Mantel von der Rückenlehne meines Stuhls. »Wir treffen uns in fünf Minuten draußen, okay?«

Er wartete nicht auf eine Antwort, sondern half mir durch das enge Labyrinth aus Tischen und Stühlen hinaus auf die Straße und um die nächste Ecke. Die kalte Nachtluft war wie eine Ohrfeige – die ich dringend nötig hatte. Ich atmete tief ein und lehnte mich gegen Beckett, der mich sicher an Arm und Rücken festhielt.

»Geht es wieder?«, fragte er und musterte mich eingehend. »Oder soll ich doch Hilfe rufen?«

Ich schüttelte den Kopf und rief mir ins Gedächtnis, was mir ein Therapeut gesagt hatte, als ich sechzehn war. Tief einatmen ... tief ausatmen, dachte ich und stellte mir vor, wie die Luft – blau eingefärbt wegen der Kälte – in meine Lunge strömte und wieder hinaus. Die Erinnerung an den Supermarkt ließ nach, wie die Bilder in einem Film verblassten, um zu einer anderen Szene überzublenden – zum Parkplatz eines Burger-Ladens und zu Beckett, der meine Hand hielt. Mein Puls beruhigte sich.

»Es geht wieder«, sagte ich und atmete tief aus.

»Sicher?«

Ich nickte erneut. »Alles okay. Danke.«

Beckett ließ mich langsam los, dann half er mir in den Mantel. »Panikattacke, richtig?«, fragte er.

»Woher weißt du das?«

Seine Jacke war noch im Restaurant. Er steckte die Hände in seine Hosentaschen, und sein Atem bildete Dampfwolken in der kalten Luft. »Ein Kumpel in der Schule hatte das auch«, sagte er. »Passiert dir das oft?«

»Nicht oft«, sagte ich. *Aber zu oft. Selbst ein Mal ist zu viel.*

»Aber es gibt einen Auslöser?«

»Ja.« Ich wickelte den Mantel fester um mich. »Familienzeug. Das hat mich jetzt gerade kalt erwischt.«

Beckett nickte. »Vielleicht können wir nachher noch mal darüber reden?«, fragte er leise. Sein Blick folgte einem Auto, das den Parkplatz verließ. »Für den Fall, dass es wieder passiert, damit ich weiß, was zu tun ist.«

»Du hast doch genau gewusst, was zu tun ist.« Die Scham ließ meine Wangen schneller rot werden als die Kälte. »Tut mir leid, dass ich so ein Theater gemacht habe.«

»Hast du nicht«, erwiderte Beckett mit einem Lächeln. »Aber es könnte sein, dass Mary dich jetzt mit nach Hause nimmt. Ich werde einen neuen Mitbewohner finden müssen.«

Irgendwie schaffte er es, dass sich ein Lächeln auf meinem Gesicht ausbreitete, obwohl ich doch gerade eben noch das Gefühl gehabt hatte, von Erinnerungen erstickt zu werden.

Roy und Mary verließen mit dem gleichen besorgten Gesichtsausdruck das Restaurant.

»Zelda, alles in Ordnung, Liebes?«, fragte Mary.

Ich bemerkte, wie Roy zwischen Beckett und mir hin- und hersah.

»Es geht ihr gut«, sagte Beckett.

»Sie kann aber auch für sich selbst sprechen«, erwiderte ich leichthin.

Beckett schüttelte schmunzelnd den Kopf und hob kapitulierend die Hände.

Ich wandte mich an Mary. »Das tut mir wirklich furchtbar leid. Es passierte so schnell, dass es mich ein bisschen … überrumpelt hat. Ist mir schon eine Weile nicht mehr passiert, also war ich nicht vorbereitet. Aber das ist man wohl nie so richtig.«

»Machen Sie sich gar keine Gedanken«, sagte sie und sah Beckett liebevoll an. »Und ich bin so froh, dass Beckett genau wusste, was er für Sie tun kann.«

Ich sah zu ihm auf. Ja, das wusste er. Noch nie war ich so schnell von einer so starken Panikattacke überrascht worden, die dann aber auch fast genauso schnell wieder verschwunden war.

Roy gab Beckett seine Jacke. »Ich hab ein Taxi gerufen. Sollte gleich hier sein.«

»Sie müssen aber nicht hier draußen bei mir in der Kälte warten«, sagte ich.

»Das machen wir doch gern«, entgegnete Roy.

Zusammen drängten wir uns unter der hellen gelben

Leuchtreklame des Burger-Ladens zusammen, bis das Taxi eintraf. Die ganze Zeit über berührte meine Schulter Beckett.

Das Taxi hielt am Straßenrand.

»Ich geh nach vorn«, sagte Roy, als Beckett zur Beifahrertür gehen wollte. »Nicht, dass mir hinten noch übel wird.«

Er trug seine Notlüge grinsend vor, doch ich spürte eine scharfe Intelligenz hinter all der Heiterkeit. Roy entging nichts. Beckett widersprach nicht, sondern öffnete die hintere Tür. Ich rutschte in die Mitte, neben Mary, und Beckett zwängte sich neben mir hinein. Seine Beine waren so lang, dass sein Oberschenkel an meinem Knie lehnte.

»'tschuldigung«, murmelte er.

»Macht nichts«, versicherte ich ihm.

Mary erfüllte das Taxi auf dem ganzen Weg zu Becketts Wohnung mit angenehmem Geplauder. »Noch mal vielen Dank für das Essen«, sagte ich beim Aussteigen. »Es war wirklich sehr nett, Sie kennenzulernen.«

»War uns ein Vergnügen, Liebes«, entgegnete Mary. »Ich hoffe, wir sehen uns bald wieder.«

»Auf jeden Fall«, sagte Roy. Er stieg aus, um sich nach hinten zu seiner Frau zu setzen. Dabei blieb er kurz stehen und legte mir die Hand auf die Schulter. »Passen Sie auf sich auf«, sagte er mit einem Unterton von *Danke*.

Wir gingen nach oben, einen ganzen Abend voller Geheimnisse und unausgesprochener persönlicher Vorgeschichte im Schlepptau. Beckett sagte nichts, doch seine dunkelblauen Augen waren voller Besorgnis.

Diese gottverdammten Panikattacken. Jedes Mal, wenn ich eine hatte, brach ein weiterer Teil von mir weg und ließ mich unvollständiger und schwächer als vorher zurück.

Ich bin nicht schwach. Alles ist gut. Es geht mir gut.

»Ist echt schwer, sich Roy als Bewährungshelfer vorzustellen«, sagte ich.

»Dann versuch erst mal, ihn dir als FBI-Agent vorzustellen«, erwiderte er.

»Was? Das gibt's doch nicht.«

»Ich weiß. Roy mit Dienstwaffe und schusssicherer Weste, wie er die Tür eines Kriminellen eintritt?«

»Völlig unmöglich«, sagte ich.

Wir erreichten die Wohnungstür, und Beckett zog einen Schlüsselbund aus der Jackentasche.

»Ich glaube nicht, dass er viel im Einsatz war, aber trotzdem. Er sieht eher nach einem Sozialkundelehrer aus als nach einem Bewährungshelfer.«

»Er ist toll«, sagte ich. »Mary auch. Und sie haben dich offensichtlich sehr gern. Oder behandeln sie alle seine Probanden so?«

»Mit Sicherheit«, sagte Beckett, obwohl er nicht besonders überzeugt klang. Er schloss die Tür auf und hielt sie mir auf. »Wir müssen dir einen Schlüssel nachmachen«, sagte er.

»Kann ich morgen erledigen«, erwiderte ich und zog meinen Mantel aus. »Ich muss mir eh ein paar Dinge besorgen, hauptsächlich Zeichenmaterial. Oh, und einen Job.«

Beckett nahm mir den Mantel ab und hängte ihn für mich auf. Ganz beiläufig, als würde er das schon seit Jahren jeden Tag für mich tun. »Okay, dann lasse ich ihn morgen bei dir.«

»Danke.«

Wir wechselten uns im Badezimmer ab, zogen uns um, wuschen uns und putzten die Zähne. Ich legte die Luftmatratze auf den Boden und Becketts große blaue Decke darüber.

»Bettlaken«, sagte ich, während ich eine Art Schlafsack aus der Decke machte, statt direkt auf dem kalten Gummi zu schlafen. »Meine Einkaufsliste für morgen: Bettlaken, Zeichensachen, einen Job.«

Beckett betrachtete stirnrunzelnd die Matratze. »Sicher, dass du mit dem Ding klarkommst?«

»Ja, das ist total gemütlich.« Ich warf einen Blick auf mein Handy, das neben mir auf dem Boden lag. »Es ist erst neun Uhr«, sagte ich. »Bitte fühl dich meinetwegen nicht gezwungen, schon schlafen zu gehen. Diese Panikattacken machen einen müde. Aber mach ruhig, was du willst. Schau Fernsehen oder was auch immer.«

Beckett strich sich übers Kinn. Er wirkte immer noch nicht überzeugt. »Ich muss um fünf aufstehen, um meinen Zug zu erwischen. Ich schaue nur noch kurz nach der Heizung. Ich will nicht, dass sie in der Nacht ausfällt und du frierst.«

»Ich komm klar. Wirklich.«

Beckett klopfte gegen den Heizlüfter und fluchte. Der gab ein leises Wimmern und Zischen von sich, das ihn zufriedenzustellen schien. Dann machte er das Licht aus und ging ins Bett.

»Gute Nacht, Zelda«, sagte er.

»Gute Nacht, Beckett.« Fast hätte ich Copeland gesagt, aber nachdem er mir durch meine Panikattacke geholfen hatte, fühlte es sich nicht mehr richtig an. Trotz all meiner Mühe hatte uns mein Beinahe-Zusammenbruch ein bisschen näher zusammengebracht.

Konzentriere dich, Rossi, dachte ich. Morgen würde ich neue Zeichenutensilien besorgen und damit anfangen, meine Graphic Novel zu überarbeiten. Das war der Grund, warum ich hier war. Nichts anderes.

Die Luftmatratze war kalt und roch nach Autoreifen. Dennoch schlief ich schnell ein. Ich träumte von einer sturmumtosten Insel. Ein Monsun tobte über den Himmel und peitschte das Wasser zu monströsen, dröhnenden Wellen auf, die mich verschlingen wollten. Beckett war auch da. Er stand zwischen mir und dem wilden Meer. In seiner Hand hielt er ausgerechnet meinen Mantel.

Ich will nicht, dass du frierst, sagte er, während er mir in den Mantel half. Er hatte ein trauriges, wehmütiges Lächeln im Gesicht, während die Wellen um uns herum brachen. Um *ihn* herum.

Ich stand im Schutz seines großen, starken Körpers, und das Wasser berührte mich nicht mal.

8

Zelda
2. Dezember

Ich erwachte am nächsten Morgen, als Beckett leise die Badezimmertür schloss. Blinzelnd warf ich einen schläfrigen Blick auf mein Handy. Zwei Minuten nach fünf.

Gott, wie macht er das nur?

Ein paar Sekunden später war die Dusche zu hören, und ich setzte mich auf, sah zum Fenster über dem Schreibtisch. Ich wollte wissen, ob es regnete, doch es war zu dunkel, um etwas zu erkennen. Wieder griff ich nach meinem Handy und schaute die Temperatur nach.

»Null Grad?« Ich stieß einen leisen Pfiff aus. »Du liebe Güte.«

Die Vorstellung, dass Beckett bei dieser Kälte die nächsten zehn Stunden in Manhattan herumfahren würde, jagte mir einen Schauer über den Rücken. Ich warf die große blaue Decke ab und tapste in die Küche.

»Mistding«, murmelte ich zu dem Heizlüfter und stellte die Kaffeemaschine an. Dann eilte ich zurück in die relative Wärme meines improvisierten Betts.

Ich döste bereits wieder, als ich die Badezimmertür aufgehen und Schritte an mir vorbeihuschen hörte.

»Was ist denn das?«, fragte Beckett von der anderen Seite des Küchentresens.

»Während du geduscht hast, ist die Kaffeefee vorbeigekommen«, murmelte ich schlaftrunken.

»Ach wirklich?«

»Psst. Ich schlafe.«

Ich spürte Becketts Blick auf mir. Also setzte ich mich auf und strich mir die Haare aus dem Gesicht. »Warum guckst du mich so an?«

»Kommst du klar heute? Weißt du, wo du das bekommst, was du brauchst?«

»Ich komme klar. Versprochen«, sagte ich. »Und du kommst zu spät zur Arbeit, wenn du dich jetzt nicht ranhältst.«

»Wir sollten wohl besser Handynummern austauschen.« Er trank einen Schluck Kaffee. »Für Notfälle.«

»Stimmt.« Ich schnappte mir mein Handy, und wir gaben uns gegenseitig unsere Nummern.

»Vorwahl 702?«, fragte er mit einem ironischen Lächeln. »Ändere das mal lieber. Du bist jetzt eine New Yorkerin.«

»Das wird sich noch zeigen. Wenn ich es wieder verpatze, heißt das zurück nach Vegas für mich.«

Beckett nickte, sagte aber nichts. Er trank seinen Becher leer. »Danke noch mal für den Kaffee.«

»Kein Ding.«

Unter meine Decke gekuschelt sah ich zu, wie er seine wetterfeste Jacke anzog und sich seine Kuriertasche überstreifte. Er trug eine enge Hose, die seine schlanken, aber muskulösen Beine betonte, jedoch bei Weitem nicht warm genug aussah.

Er macht das beruflich. Er ist daran gewöhnt.

Dem folgte ein weiterer Gedanke.

Wer fragt ihn, ob er klarkommen wird?

»Wirst du denn klarkommen?«, platzte es aus mir heraus. Die Worte hatten einfach die Prüfstelle umgangen, die bei mir normalerweise zwischen Gedanken und Worten stand. Er warf mir einen seltsamen Blick zu, irgendwo zwischen verwirrt und gerührt. »Ich meine, es ist echt kalt da draußen«, fügte ich hinzu. »Bist du denn warm genug angezogen?«

Beckett lächelte sanft. »Danke, aber ich bin daran gewöhnt.«

»Oh, na klar. Hatte ich mir schon gedacht …«

Zwischen uns breitete sich eine peinliche Stille aus. Ich verkroch mich tiefer unter meiner Decke. Becketts Gesichtsausdruck wurde wieder verschlossen.

»Der Schlüssel liegt auf der Arbeitsfläche«, sagte er, während er sein Rad durch die Tür schob.

»Danke. Ich lasse ihn nachmachen.«

»Gut. Dann bis heute Abend.«

»Hab einen schönen Tag.«

»Du auch.«

Die Tür schloss sich und beendete glücklicherweise das unnatürliche Geplauder unter Mitbewohnern.

Hey, genau das wolltest du doch, oder? Keine Ablenkungen. Kein Lächeln attraktiver Männer.

Es konnte jedoch auch nicht schaden, wenn Beckett und ich Freunde wurden, besonders, da wir auf so engem Raum zusammenwohnten. Es fiel mir nicht leicht, Freunde zu finden. Es gab zu viel, worüber ich nicht reden wollte. Ich hielt andere Menschen mit Ironie und albernen Witzen auf Abstand. Meine Beziehungen zu Männern waren entweder freundschaftlicher Natur oder zwanglose Sexgeschichten. Nichts, was tiefer ging.

So hatte ich die letzten zehn Jahre nach Rosemarys Verschwinden überlebt.

Aber du bist hier, um zu arbeiten, also fang endlich damit an.

Ich schwor mir in dem Moment, mir einen Abendjob zu suchen. Zwar konnte ich da eigentlich am besten an meiner Graphic Novel arbeiten, doch wenn ich abends irgendwo kellnerte, konnte ich Beckett besser aus dem Weg gehen. Vielleicht würde mir das Zeichnen am Tag ja die Perspektive geben, die ich brauchte, um die Veränderungen zu erkennen, die Black-Star Publishing verlangte.

Aber du hast angeboten, für ihn zu kochen.

»Das kann ich immer noch. Wir werden dann nur nicht zusammen essen«, sagte ich in die leere Wohnung. Dann rieb ich mir die Augen. »Ich dreh langsam durch. *Konzentrier dich*, Rossi.«

Ich duschte und zog meine letzten sauberen Leggings an, dazu einen übergroßen weißen Pullover und meine Stiefel. Ich schminkte mich gerade, als ich hörte, wie die Wohnungstür aufgeschlossen wurde.

»Hast du was vergessen?«, rief ich.

Keine Antwort, aber Schritte in der Wohnung, und einen Moment später hörte ich, wie der Kühlschrank geöffnet wurde. Ich machte die Badezimmertür einen Spalt breit auf.

»Beckett? Hallo?«

Immer noch keine Antwort, doch die Geräusche aus der Küche gingen weiter. Eine Schranktür quietschte. Das metallische Geklapper einer Besteckschublade erklang.

Ich spähte aus dem Badezimmer in den Küchenbereich. Dort stand eine schlanke Frau mit dem Rücken zu mir. Braune Haare, eine enge Jeans und ein schwarzer Pullover. Sie hatte Kopfhörer in den Ohren und schien Musik zu hören. Sie sang leise mit und tanzte – gar nicht mal so schlecht – auf der Stelle, während sie Hüttenkäse direkt aus der Packung löffelte. *Meinen* Hüttenkäse. Als sie sich zur Seite drehte, erkannte ich sie als die Kellnerin aus dem *Giovanni's*. Darlene.

Ich verschränkte die Arme und räusperte mich. »Hi.«

Die Frau riss die Augen auf und hätte sich vor Schreck fast verschluckt. »Scheiße!«

Der Löffel segelte durch die Luft, und Hüttenkäse flog aus dem Behälter, als sie ihn auf die Arbeitsfläche knallte und sich an ihr festklammerte.

»Oh mein Gott, du hast mich zu Tode erschreckt«, rief Darlene laut, da sie immer noch ihre Kopfhörer trug. Schwer atmend zog sie sie aus den Ohren, und schließlich schien sie mich wiederzuerkennen. »Du bist die, die letztens bei uns im Restaurant war …«

»Zelda.«

»Zelda …« Sie musterte mich verwirrt. »Was machst du denn hier?«

»Was *ich* hier mache?«

»Moment.« Darlene riss ihre mit schwarzem Kajal geschminkten Augen weit auf und begann zu grinsen. »Oh mein Gott, du hast doch nicht …? Du *hast!*«

Ich blinzelte verwirrt. »Was habe ich?«

»Du? Und Beckett?« Sie hob die Hände und drehte sie in der Luft. »Du weißt schon …«

»Nein«, sagte ich. »Gott, nein, so ist das nicht.«

Ich ging um die Arbeitsfläche herum zu ihr in die Küche. Die war zu klein für zwei, also schob ich sie sanft beiseite, um mir einen Schwamm zu holen. Dann begann ich damit, den Hüttenkäse wegzumachen, der auf dem Tresen und der Wand gelandet war.

»Aber wie ist es dann?«, fragte Darlene, nahm die Packung und setzte ihren Snack auf der anderen Seite der Arbeitsfläche fort. »Was könnte es denn sonst sein?«

»Wir teilen uns einfach für ein paar Wochen diese Wohnung. Ich muss arbeiten, und die Miete zu teilen macht Sinn.«

»Ohhh«, sagte Darlene. »Warst du deshalb im *Gio's* und hast nach ihm gefragt?«

»Ja, so ungefähr«, antwortete ich. Dann nahm ich Darlene den Hüttenkäse aus der Hand und starrte sie an. »So kann ich mir die Miete leisten. Es macht Sinn.«

Sie lutschte den Löffel ab und lüpfte die Augenbrauen. »Das hast du schon mal gesagt. Miete, Schmiete. Ihr wohnt zusammen. Da wird das andere nicht lang auf sich warten lassen.«

Ich stellte den Hüttenkäse in den Kühlschrank zurück und genoss für einen Augenblick die kühle Luft an meinen Wangen.

»Alles andere ist ausgeschlossen«, sagte ich und schloss die Tür. Nachdrücklich. »Er arbeitet den ganzen Tag, und ich werde mir einen Abendjob suchen. Zufälligerweise genau jetzt. Also, wenn es dir nichts ausmacht …«

Darlene ignorierte meinen Wink mit dem Zaunpfahl. »Ich begleite dich. Oh mein Gott, ich dachte schon, heute würde ein total langweiliger Tag werden, aber wir könnten in die City und Mädelskram machen. Du willst doch bestimmt in Manhattan arbeiten, oder?« Ein plötzlicher Einfall ließ sie nach meinem Arm greifen, und sie riss die Augen auf. »Oh mein Gott, Zel, ich hatte gerade eine Idee. Du könntest …«

»Auf keinen Fall«, sagte ich, bevor sie den Satz zu Ende sprechen konnte. »Ich werde nicht im *Giovanni's* anfangen. Oder in irgendeinem anderen italienischen Restaurant.«

Sie wirkte enttäuscht. »Schade. Warum nicht? Hast du keine italienischen Wurzeln?«

»Ja, aber …«

»Oh, schon kapiert«, sagte Darlene. »Ich konnte mir mal einen ganzen Monat lang nur Dosensuppe leisten. Seitdem kann ich sie nicht mal mehr ansehen. Wahrscheinlich hast du dich einfach nur an italienischem Essen überfressen, richtig?«

Im Gegenteil. Ich vermisse es.

»So was in der Art«, sagte ich.

Darlene hüpfte aufgeregt neben mir herum, während ich meine Tasche und meinen Mantel zusammensuchte. »Was auch immer du tun willst, tu es in Manhattan. Da gibt es viel bessere Löhne. Was ist es denn eigentlich, was du tun willst?«

Darlenes Energie war ein bisschen anstrengend. Ich fragte mich, ob sie echt oder gekünstelt war. Ich schaute ihr in die Augen, um zu sehen, ob sie was genommen hatte. Doch soweit ich sagen konnte, wirkten sie normal.

Sei nicht so voreingenommen. Sie ist einfach nur fröhlich. Könntest du auch mal versuchen.

»Ich bin Tätowiererin«, sagte ich. »Aber lieber würde ich kellnern. Da bekommt man das Geld direkt.«

Darlene hakte sich mit ihrem schmuckbehangenen Arm bei mir unter. »Kein Problem, da besorge ich dir was.«

»Ich muss auch noch ein paar Zeichensachen kaufen. Und einen Schlüssel nachmachen.« Während ich die Tür zuschloss, sah ich sie mit hochgezogenen Augenbrauen an. »Vielleicht hast du ja eine Empfehlung, wo man einen Schlüssel nachmachen lassen kann?«

Sie lachte. »Du bist so witzig, Zel. Den Schlüssel hat mir Becks vor einem halben Jahr gegeben, als es mir ziemlich schlecht ging. Damit ich von meinem schlechten Umgang loskomme, verstehst du? Aber das ist lange her.« Ihre Mundwinkel sanken, wie durch die schlechten Erinnerungen heruntergezogen. »Ich schwöre, ich bin jetzt sauber. Ich würde diesen Scheiß niemals mit zu Becks bringen. Er würde große Schwierigkeiten mit seinem Bewährungshelfer bekommen, und ich würde nie etwas tun, um ihm zu schaden. Niemals.«

Sie war inzwischen den Tränen nahe, und ich legte schnell meinen Arm um sie, obwohl sie mit ihren Ankle Boots gute fünfzehn Zentimeter größer war als ich.

»Ich glaube dir, Dar«, sagte ich und schenkte ihr mein freundlichstes Lächeln, das ich schon eine ganze Weile nicht mehr bemüht hatte. »Mir ist schon aufgefallen, dass Beckett eine philanthropische Ader hat.«

Darlenes eigenes Lächeln kehrte zurück und vertrieb sofort die Wolken der Schuld, die ihr Gesicht verfinstert hatten. Ich beneidete sie darum.

»Er ist bei seinem Großvater aufgewachsen«, sagte sie, als wir durch den Flur gingen. »Der hat ihm beigebracht, immer das Richtige zu tun.«

»Was ist mit dem Überfall?«

Sie seufzte. »Ein schlimmer Fehler, den er sich niemals verzeihen wird.« Sie schüttelte den Kopf. »Er hatte nur seinen Gramps. Keine andere Familie. Und sie hatten nicht viel Geld. Die Verzweiflung kann einen Menschen zu irren Dingen treiben.«

Ich nickte und hatte plötzlich einen Kloß im Hals. »Ich weiß.«

»Er schreibt Briefe an Mrs J. Die Ehefrau?« Sie winkte ab. »Aber ich sollte ihn die Geschichte erzählen lassen. Wenn du es schaffst, ihn zum Reden zu bringen.« Sie wedelte mit einem Finger vor meinem Gesicht. »Aber ganz egal, was er behauptet, er ist ein guter Mann. Es liegt ihm im Blut, und ein einziger dämlicher Fehler kann das nicht ändern.«

Ich lächelte. Es fühlte sich gut an, dass jemand so von Beckett sprach.

Weil er praktisch ein Fremder ist, von dem ich jede Nacht fünf Schritte entfernt schlafe. Das ist alles.

Draußen regnete es gerade nicht, doch der Himmel war grau, und auf den Bürgersteigen glitzerten Pfützen. Die Stadt breitete sich um mich herum und über mir aus. Plötzlich war ich froh, Darlene an meiner Seite zu haben. Nicht nur als Begleitung, sondern als neue Freundin. Ich mochte sie. Wir passten gut zusammen, obwohl sie auf den ersten Blick wie mein genaues Gegenteil wirkte. Außerdem kam sie mir wie jemand vor, der es nicht persönlich nehmen würde, wenn ich über bestimmte Dinge nicht reden wollte. In Vegas hatten meine Mitbewohnerinnen immer so getan, als würde ich persönliches Zeug nur deshalb zurückhalten, um sie zu ärgern. Ich stellte mir vor, dass Darlene nur mit den Schultern zucken, lächeln und darüber hinweggehen würde.

Ich hakte mich bei ihr unter. »Wollen wir?«

»Ja«, sagte sie und strahlte über beide Ohren. »Auf geht's.«

Im Zug nach Manhattan erzählte ich ihr von meiner Graphic Novel. Wir schwankten hin und her, während wir uns an dem Handlauf über uns festhielten. Es war eine Stunde nach dem dichteren morgendlichen Pendlerverkehr unter der Woche. Dennoch war der Wagon voll, und die Passagiere standen dicht gedrängt in schweren Wintermänteln. Die Wände waren mit Graffiti beschmiert, die mich an Tattoos erinnerten.

»Der erste Halt ist also ein Künstlerbedarf?«, fragte sie. »Ich kenne da einen Laden in SoHo, den du lieben wirst.«

»Erst der Job«, erwiderte ich. »Bis ich eine Aussicht auf ein Einkommen habe, tue ich mich schwer, Geld für meine Utensilien auszugeben.«

»Stimmt, Papier und Stifte kann man nicht essen«, pflichtete mir Darlene bei.

»Ich brauche einen Job, aber Papier und Stifte brauche ich fast noch mehr«, sagte ich. »Wenn ich nicht heute Abend endlich mit der Arbeit an meinem Buch anfangen kann, werde ich … keine Ahnung. Ruhelos. Nervös.«

»Wie ein Junkie, der einen Schuss braucht?« Sie lachte, als sie meinen entsetzten Gesichtsausdruck sah. »Oh mein Gott,

Zel. Schon gut. Ich meinte doch nur, dass ich weiß, was du meinst.«

Sie blickte in Fahrtrichtung und lehnte ihren Kopf an ihren Arm.

»Bevor ich auf die dunkle Seite gewechselt bin, war ich Tänzerin«, erzählte sie. »Ich war gar nicht mal so schlecht, wenn ich das sagen darf. Und an den Tagen, an denen ich nicht tanzen konnte, hatte ich das Gefühl, aus der Haut fahren zu wollen. Aber auf eine gute Art und Weise.«

Der Zug verschwand in einem Tunnel Richtung Manhattan. Darlenes große braune Augen verfinsterten sich, während sie die Dunkelheit auf der anderen Seite des Fensters betrachtete. »Als ich mit den Drogen anfing, war das eine ganz andere Art von Ruhelosigkeit. Sucht ist ekelhaft. Ich vermisse das Verlangen, Kunst zu erschaffen. Das ist genau wie eine Droge, oder? Wenn man zu lange darauf verzichten muss, beginnt es einen von innen aufzufressen.«

Ich nickte. »Genau so fühlt es sich an.« Ich ließ ein paar Augenblicke vergehen, um das Gerede über Sucht von ihrer Kunst zu trennen, dann fragte ich sanft: »Was hast du denn getanzt?«

»Alles Mögliche – Jazz, Modern, Gesellschaftstänze und Stepptanz. Aber am liebsten waren mir die brasilianischen Sachen. Samba. Carimbo. Capoeira fand ich am besten. Hast du das schon mal gesehen? Es hat etwas von Kampfkunst. Es ist, als ob man gleichzeitig tanzt *und* kämpft.« Ihre Stimme wurde leiser. »Ich hab mich dann immer irgendwie mächtig gefühlt.«

»Denkst du manchmal darüber nach, wieder damit anzufangen?«, fragte ich sie, dann schüttelte ich den Kopf. »Tut mir leid, das war viel zu persönlich.«

Darlene verzog das Gesicht. »Ist es das? Nein. Becks scherzt immer, dass mein Leben ein Buch ist, das an den versauten Stellen aufgeschlagen ist.«

Ich musste schmunzeln, aber mir fiel auf, dass sie meine Frage nicht beantwortet hatte. Mit routinierter Leichtigkeit wechselte ich das Thema. »Ihr steht euch ziemlich nah, oder?«

»Wir sind beste Freunde«, sagte sie automatisch, dann warf sie mir einen Blick zu. »Aber keine Sorge. *Mehr* sind wir nicht. Ich drück dir die Daumen, dass ihr bald miteinander im Bett landet. Aber ich erwarte einen vollständigen Bericht.«

Ich hustete verlegen. »Wir werden nicht im Bett landen, keine Sorge.«

»Ja, klar.« Sie lachte. »Ihr wohnt zusammen. Es ist ein kalter Winter. Seine Heizung ist ständig kaputt. Ich gebe euch höchstens zwei Wochen.«

»Diese Wette wirst du verlieren.«

»Du hast wirklich tolle Augen«, sagte sie plötzlich und sah mich durchdringend an. »Groß und hinreißend und unglaublich grün.«

Ich trat einen Schritt zurück. »Danke?«

»Ist mir vorhin schon aufgefallen, und darum weiß ich es.«

»Weißt du was?«

»Dass Becks und du es miteinander treiben werdet.«

Meine Wangen begannen zu brennen, und ich schlug ihr spielerisch gegen den Arm. »Hörst du wohl auf, das zu sagen?«

Sie zuckte mit den Schultern, als läge unser Schicksal nicht in ihrer Hand. »Aber es stimmt. Deine Augen sind spektakulär, und Becks ist ein alter Romantiker, ganz egal, wie distanziert er zu sein vorgibt.«

Ich schmunzelte, weigerte mich jedoch, ihre Worte ernster zu nehmen als albernen Klatsch. »*Es miteinander treiben* und *Romantik* sind aber nicht das Gleiche.«

»Ich weiß, aber ich bin ja auch kein Schriftsteller wie er.«

»Er schreibt?«, fragte ich.

»Irgendwie schon. Aber das soll er dir am besten selbst erklären.« Sie musterte meine Augen ein letztes Mal, dann schüttelte sie lachend den Kopf. »Oh ja. Er wird dir nicht widerstehen können.«

Ich wich ihrem prüfenden Blick aus und ignorierte das wilde Klopfen meines dummen Herzens. »Sind wir bald da?«

Die U-Bahn kam zum Stehen, und Darlene warf einen Blick aus dem Fenster auf den Stationsnamen. »Ja. Das ist unsere. Dann besorgen wir dir mal einen Job.«

Darlene führte mich zur 79th Street Station an der Upper West Side. Wir gingen die Amsterdam entlang zur 81st, wo elegante Menschen in eleganter Wintermode flanierten. Wir kamen an einer älteren Dame in einem Pelzmantel vorbei, die zwei kleine Zwergspitze ausführte. Darlene bückte sich, um einen von ihnen zu streicheln, während sie mit seinem Frauchen plauderte. Der Hund kam Darlenes Berührung entgegen, doch als ich ihn zu streicheln versuchte, schnappte er nach mir und kläffte.

»Die sind so niedlich!«, gurrte Darlene, als wir weitergingen.

Ich schnaubte. »Die erinnern mich an Fizzgigg. Nichts als Fell und Zähne.«

Sie starrte mich ausdruckslos an.

»Aus *Der dunkle Kristall?*«, fragte ich.

»Ist das so ein Comicding?«

Ich lachte. »Nein, ein Film. Schon gut.«

»Hier ist es.«

Sie hatte uns zu einem kleinen altmodisch wirkenden Laden mit gelb-weiß gestreifter Markise geführt. Auf dem Schaufenster stand in eleganter weißer Kursivschrift *Annabelle's*.

Ich warf einen Blick auf die Speisekarte neben der Tür und runzelte die Stirn. »Das ist ein Frühstücks- und Brunchcafé. Ich will doch abends arbeiten.«

Darlene machte einen Schmollmund. »Warum sagst du mir das erst *jetzt?*«

»Ich hab es dir gesagt. Vorhin. Ich hab dir gesagt, dass ich einen Abendjob suche.«

Sie biss sich auf die Unterlippe. »Oh. Das hab ich wohl nicht mitbekommen. Aber die Sache ist die: Kellnerjobs sind in Manhattan nicht so leicht zu bekommen, weil die Trinkgelder so gut sind, okay? Also wenn du keinen perfekten Lebenslauf hast, wirst du mich brauchen. Hast du einen perfekten Lebenslauf?«

»Das würde ich nun nicht behaupten.«

Darlene schnaubte. »Und du hast in einem Tattoostudio gearbeitet. Nicht in einem Restaurant.« Sie zog mich an der Hand und öffnete die Tür. »Komm schon. Die Managerin, Maxine, ist zwar voll die Bitch, aber der Neffe der Besitzerin ist in meiner Entzugsgruppe. Sie schuldet mir was.«

Vierzig Minuten später kam ich mit einem Job wieder raus. Ich würde montags bis freitags von acht bis vierzehn Uhr arbeiten.

»Sie bekommen natürlich nicht die lukrative Wochenendschicht«, hatte Maxine gesagt und mich unter ihren falschen Wimpern und aufgemalten Augenbrauen angesehen. »Dafür habe ich viel besser qualifiziertes Personal. Doch Sie haben Glück, dass mir gerade jemand fehlt. Sie werden um genau halb acht morgen früh hier sein, um sich von Anthony einweisen zu lassen. Sie dürfen jetzt gehen. Ich muss mich um meine Gäste kümmern.«

Darlene hatte mich unterm Tisch viel zu fest triumphierend getreten. Ich musste zugeben, dass ich Glück gehabt hatte. Die hohen Preise im *Annabelle's* bedeuteten, dass ich anständige Trinkgelder bekommen würde. Bestimmt mehr als hundert Dollar pro Schicht.

»Hab ich gut gemacht, oder?«, fragte Darlene, als wir das Restaurant verließen. »Maxine wird die Chefin aus der Hölle sein, aber das schaffst du schon.«

»Ich hab schon schlimmere gehabt.« Ich lachte erleichtert auf. Jetzt konnte ich mir ohne schlechtes Gewissen meine Zeichenutensilien kaufen. Ich umarmte Darlene fest. »Danke.«

»Gern geschehen«, sagte sie strahlend und ging so aufrecht, als wäre sie drei Meter groß.

Im Künstlerbedarf in SoHo flippte ich ein wenig aus und kaufte Sakura-Liner und Stifte sowie einen Canson-Zeichenblock, alles zusammen im Wert von fünfzig Dollar. Ich hoffte inständig, dass die Qualität meiner Materialien irgendwie zu einer höheren Qualität meiner Arbeit führen würde. Ich hatte immer noch keine Ahnung, was ich an *Mutter, darf ich …?* ändern sollte, aber zumindest hatte ich jetzt anständige Stifte, mit denen ich es versuchen konnte.

»Du kannst also Leute zeichnen?«, fragte Darlene, während der Mann an der Kasse meine Einkäufe in eine Tüte steckte. »Wie Porträts?«

»Hab ich als Tätowiererin alles gemacht«, antwortete ich.

»Ich wollte immer schon mein Porträt zeichnen lassen«, sagte sie, als wir zurück in die Nachmittagskälte gingen. »Einmal, da war ich noch ein Kind, war ich mit meinem Vater auf Coney Island, und ein Straßenkünstler hat mich gezeichnet. Ich war so aufgeregt, dass ich kaum stillsitzen konnte. Ich wollte unbedingt sehen, wie ich durch die Augen eines Künstlers aussah, weißt du?« Ihr Lächeln wurde schwächer, und sie hielt den Blick starr nach vorn gerichtet. »Aber als er fertig war, hab ich nur noch geheult.«

»Warum? Was war passiert?«

»Es war kein richtiges Porträt. Er hatte eine Karikatur angefertigt, versteht du? Total übertriebene Gesichtszüge und ein riesiger Kopf. Meine Sommersprossen, die mich sowieso verunsichert haben, waren so groß wie Münzen. Es sollte lustig sein, doch ich fand es nur furchtbar. Dem Künstler tat es furchtbar leid, und mein Dad war sauer, dass ich heulte, aber ich fand, dass ich so nicht aussah. Das ist mir lange im Gedächtnis geblieben.«

Sie sah mich an und schüttelte sich. »Gott, sag mir einfach, dass ich die Klappe halten soll, wenn ich so losplappere.« Sie lachte verlegen.

»Niemals.« Ich drückte ihre Hand. »Ich kann dich gern mal zeichnen, Darlene. Wenn du willst.«

»Wirklich? Danke, Zel«, sagte sie. »Du bist eine tolle Freundin.«

Ich wollte scherzhaft sagen, dass wir uns doch erst ein paar Stunden kannten, doch es wollte mir nicht über die Lippen.

»Du auch«, sagte ich stattdessen.

Zurück in Brooklyn ließen wir einen Schlüssel für mich nachmachen, kauften noch ein paar Lebensmittel ein und holten uns dann einen Kaffee in einem Donut-Laden. Gegen drei musste Darlene nach Hause, um sich für ihre Schicht im *Giovanni's* fertig zu machen.

»Ich arbeite jeden Tag außer Sonntag«, sagte sie auf dem Weg zurück zu meiner Wohnung. »Marcello, der Besitzer, ist ein wahrer Lebensretter. Nicht viele Arbeitgeber würden jemanden mit einer Vorgeschichte wie meiner oder Becks einstellen.«

An meinem Gebäude angekommen, blieb sie stehen und umarmte mich. »Ich schulde dir einen Hüttenkäse«, sagte sie.

»Auf keinen Fall«, sagte ich. »Komm vorbei, wann immer du willst.«

Ihr Lächeln war herzlich, während sie rückwärts die Straße entlangging. Dann wurde es verschlagen. »Das nächste Mal klopfe ich aber. Ich will Becks und dich doch nicht *in flagranti* erwischen.«

»Wirst du nicht. Versprochen.«

Sie legte die Hand ans Ohr, formte wortlos *Was?* mit den Lippen und tat so, als könnte sie mich nicht verstehen.

Lachend winkte ich ihr nach und war froh, dass sie nicht sehen konnte, wie rot meine Wangen wurden.

Lächerlich, dachte ich auf dem Weg nach oben. Mit Beckett zu schlafen würde nur unser Arrangement zerstören. Es war besser, mich allein auf meine Arbeit zu konzentrieren, und aufgeregt breitete ich in der Wohnung meine neuen Utensilien aus. Ich legte die Stifte in eine Reihe, klappte den Zeichenblock auf und öffnete meine Mappe, um die bereits fertigen Panels anzusehen.

Ich war nicht so arrogant zu denken, dass sie nicht verbessert werden könnten. Ich hatte nur keine Ahnung, wo oder wie ich anfangen sollte. Mit kritischem Blick suchte ich nach Makeln, nach Logiklöchern, nach Stellen, an denen *Herz* fehlte.

Die Schatten des Tages fielen lang auf den Schreibtisch, ehe der Abend über den Himmel kroch und das Licht erstickte. Und genauso löste sich meine gute Laune auf. Meine hoffnungsvolle Freude über eine neue Freundin, einen neuen Job, einen Neuanfang. Ich begann, das Abendessen zu kochen, lief in der Wohnung auf und ab, hörte Musik … nichts half. Als Beckett gegen sieben von der Arbeit kam, war mein Blatt Papier noch vollkommen unberührt.

9

Beckett
2. Dezember

Zum ersten Mal seit über einem Jahr kam ich in eine Wohnung, die nicht dunkel und kalt war. Das Licht war an, Zelda wuselte in der Küche herum, und aus dem Ofen drang ein köstlicher Duft.

»Hey«, rief ich, nahm meinen Helm ab und lehnte mein Rad gegen die Tür.

»Hey ebenso«, rief sie zurück. »Das Abendessen ist fast fertig.«

Während ich meine dicken, wasserdichten Handschuhe auszog, bemerkte ich, dass der kleine Couchtisch für zwei gedeckt war. »Kann ich helfen?«, fragte ich.

»Ja, kann ich mir die mal leihen?«, fragte Zelda und deutete auf die Handschuhe. »Du hast keine Topflappen. Wie kannst du keine Topflappen haben?«

»Weil ich normalerweise nicht mit Töpfen hantiere«, erwiderte ich. Dann zog ich meine Handschuhe wieder an und ging in die Küche. »Ich mach das. Moment, was soll ich tun?«

»Den Auflauf aus dem Ofen holen. Aber vorsichtig.« Sie verzog das Gesicht, während sie die heiße Form betrachtete. »Pass auf deine Finger auf.«

Die Handschuhe funktionierten gut als Topflappen. Die Hitze des Ofens ließ mein kaltes Gesicht kribbeln, und der köstliche Geruch des Auflaufs ließ mir vor Hunger schwindlig werden.

»Was ist das?«, fragte ich.

»Brokkoli-Käse-Nudel-Auflauf«, sagte Zelda. »Du bist für die Getränke verantwortlich. Bier ist im Kühlschrank.«

Ich öffnete zwei IPAs, während sie mir eine große Portion Essen auf den Teller gab und sich eine kleinere. Wir setzten uns an den Couchtisch, sie sich auf den Boden, ich mich aufs Sofa.

»Was schulde ich dir für die Lebensmittel?«, fragte ich, nachdem wir genug gegessen hatten, um den größten Hunger zu stillen.

»Nichts«, antwortete sie. »Und verdirb uns nicht die Feier mit geschmacklosem Gerede über Geld.«

Ich grinste. »Was feiern wir denn?«

»Ich hab einen Job«, sagte sie. »Er ist zwar nicht genau das, was ich wollte …« Sie schaute auf ihren Teller. »Ich wollte was für abends, damit ich dir aus den Füßen bin, aber Darlene hat mich zu diesem Frühstückscafé gebracht …«

»Darlene?«

»Ja, sie ist plötzlich hier aufgetaucht. – Das war in Ordnung«, fügte sie hinzu, als ich die Stirn runzelte. »Ich mag sie. Sehr gern sogar. Und sie kannte jemanden in diesem schicken Frühstückscafé in der Upper West Side und hat mir einen Job verschafft. Wie es aussieht, kann ich da gutes Geld verdienen, aber wie ich schon sagte, ist es nicht abends.« Sie sah mich mit ihren unglaublich grünen Augen an, und ihr Blick strahlte zugleich Schönheit und Intelligenz aus. »Ich hoffe, das ist okay.«

»Was? Ja, klar.« Ich riss mich blinzelnd aus meiner Mini-Trance. »Warum sollte es nicht okay sein?«

Sie zuckte mit den Schultern und strich sich eine Strähne

ihres langen schwarzen Haars hinters Ohr. »Ich will dir nicht im Weg sein.«

»Du bist mir nicht im Weg«, sagte ich. »Du wohnst hier. Hör auf, dich dafür zu entschuldigen.«

»Ich *entschuldige* mich nicht«, blaffte sie mit plötzlichem Temperament zurück. »Ich versuche nur, Rücksicht zu nehmen. *Du* hast mir doch gesagt, dass du niemanden kennst, mit dem du es aushalten würdest, auf so kleinem Raum zu leben.«

Ich zuckte mit den Schultern. »Jetzt schon.«

Sie starrte mich einen Augenblick an, und ihr harter Gesichtsausdruck wurde ein bisschen weicher. »Okay«, sagte sie. »Gut. Aber erwarte nicht, dass ich jeden Abend einen Auflauf mache. Die Zubereitung hat lange gedauert, und ich habe eine Graphic Novel, die sich nicht von selbst zeichnet.«

Ich verkniff mir ein Schmunzeln. »Das ist das beste Abendessen, das ich seit Langem hatte, Zelda. Danke.«

Sie öffnete den Mund, klappte ihn dann wieder zu und sah weg. »Gern geschehen.«

Ich machte die Küche sauber, dann setzte ich mich hin und schaute einen Film auf meinem Laptop. Zelda arbeitete an ihrem Comic. Sie saß über den Zeichenblock gebeugt. Ihre Haare bildeten eine Mauer zwischen ihm und dem Rest der Welt. Sie schien Schwierigkeiten zu haben. Der Boden um den Schreibtisch war mit zerknülltem Papier übersät.

Nach einer Stunde riss sie eine weitere Seite von ihrem Block. Ich erhaschte einen Blick auf die Skizze einer jungen Frau mit strenger Frisur und einem schwarzen Bodysuit, bevor Zelda sie zusammenknüllte und zu den anderen warf.

»Läuft es nicht so gut?«, fragte ich.

Ich erwartete und freute mich irgendwie auch auf eine ihrer sarkastischen Antworten. Zelda stützte das Kinn auf ihre Hand und sah mich an. Sie trug ihre schwarze Hornbrille, mit der sie zugleich klug und unverschämt sexy aussah.

»Überhaupt nicht«, sagte sie und trat gegen die Schneebälle aus Papier zu ihren Füßen. »Und doch ist es eine Verbesserung gegenüber dem absoluten *Nichts*, das ich den ganzen Nachmittag lang geschafft habe.«

»Was ist das Problem?«, fragte ich.

»Der eine Verlag, der mich nicht direkt abgelehnt hat, will, dass ich sie überarbeite.« Sie schüttelte den Kopf und fuhr mit den Fingern über ihre fertigen Zeichnungen. »Ich weiß aber nicht, was sie wollen. Es ist weder Liebesgeschichte noch Drama. Sondern ein Action-Abenteuer. Es geht um Leben und Tod, verziert mit einem Hauch Chaostheorie.«

»Chaostheorie?« Ich stellte den Laptop auf den Couchtisch. »Jetzt bin ich neugierig. Macht es dir was aus, wenn ich mal einen Blick reinwerfe?«

»Nein, mach nur«, sagte sie und räumte ihren Platz am Schreibtisch, damit ich dort sitzen konnte. »Da ist meine Graphic Novel in all ihrer herzlosen Pracht.«

Ich zog die erste Seite zu mir. Dieselbe Heldin in Schwarz richtete eine Waffe auf einen untersetzten Kerl auf dem Boden.

»*Mutter, darf ich …?*«, las ich den Titel laut vor. »Also, worum geht es?«

Zelda stand hinter mir, und als sie sich vorbeugte, konnte ich ihr Parfüm riechen.

»Es spielt etwa hundert Jahre in der Zukunft. Eine dystopische Welt, doch nicht wegen eines Atomkriegs oder Umweltverschmutzung – auch wenn die Erde dadurch ebenfalls ziemlich kaputt ist. Aber was sie so dystopisch macht, ist nicht eine einzige große Katastrophe, sondern Abertausende kleine. Morde, Vergewaltigungen, Schießereien …« Sie räusperte sich. »Kindesentführungen, Menschenhandel. Das alles bringt die Menschheit auf einen kollektiven Tiefpunkt. Kein Mitgefühl, keine Rücksicht auf den Planeten oder sonst etwas. Jeder kämpft für sich allein. Es ist wie eine schreckliche graue Wolke aus Wut und Angst, die über allem schwebt.«

»Klingt ja echt heiter«, sagte ich. »Aber irgendwie auch plausibel. Was ist die Lösung?«

»Zeitreisen. Es gibt eine Behörde namens Butterfly Project, die Zeitungsartikel aus der Vergangenheit über schreckliche Verbrechen zusammenträgt und die darin enthaltenen Informationen in eine Datenbank eingibt. Dann schicken sie Spezialagenten in der Zeit zurück, um die Verbrechen zu verhindern, bevor sie begangen werden. Die Wissenschaft ist nicht hundertprozentig genau. Es kommt immer wieder zu Fehlern, aber sie versuchen es dennoch. Sie hoffen, dass es zu einer besseren Zukunft führt, wenn sie das Elend der Vergangenheit verringern.«

Meine Finger klammerten sich an den Rand des Tischs, während ihre Worte auch mich in der Zeit zurückzerrten. Zum Elend meiner eigenen Vergangenheit. Dem schäbigen, mit Kakerlaken verseuchten Apartment meines Großvaters, in dem ich aufgewachsen war. Den kaputten Möbeln, dem fleckigen Teppich. Gramps, der in seinem Lieblingssessel mit der verschlissenen Polsterung saß. Ich roch den Rauch seiner Pfeife, die er immer zwischen den Zähnen gehabt hatte. Sah vor mir, wie sich seine schmale Brust beim Husten verkrampfte. Seine wässrigen Augen und die heisere Stimme.

»Du verdienst etwas Besseres als das hier, Beck.«

Ich schluckte, um den Kloß in meinem Hals loszuwerden und mit ihm die Erinnerung.

Die Verringerung des Elends der Vergangenheit führt zu einer besseren Zukunft.

Genau deshalb hatte ich mich damals zu diesem dämlichen Einbruch überreden lassen. Um das Elend zu verringern. Nicht nur meines, sondern auch das meines Großvaters. Er hatte auch etwas Besseres verdient. Nur, dass ab da alles entsetzlich schiefgelaufen war …

Ich räusperte mich. »Und die Frau in Schwarz gehört zu diesen Agenten, die in der Zeit zurückreisen?«

»Genau. Das ist Kira. Ihr Codename beim Butterfly Project lautet *Mutter*.«

Zeldas langes schwarzes Haar fiel über meine Schulter, als sie auf die Zeichnung ihrer Heldin tippte. Ich sah zu ihr auf.

Gott, sie ist so verdammt schön.

Zelda war Balsam für meine Augen – gegen die Erinnerung an das verzweifelte Leben mit Gramps und die Bedingungen, unter denen wir damals lebten. Ein wunderschöner Sonnenaufgang nach einer Woche grauen Himmels. Allein die Berührung ihrer frisch gewaschenen, seidigen Haare auf meiner Haut war ein Luxus.

»Okay …« Blinzelnd riss ich meinen Blick von Zeldas zarter Halsbeuge los. »Was … äh, was ist Mutters Geschichte?«

»Ihr Kind wurde ermordet«, sagte Zelda. »Jetzt wird sie von Rachedurst getrieben. Sie reist in die Vergangenheit, um Kindsmörder und Pädophile zu töten. Sie nimmt sie nicht fest. Sie tötet sie. Jeden einzelnen. Ohne Gnade.«

»Und was bedeutet der Titel?«, fragte ich.

Sie deutete auf die Zeichnung des untersetzten Typen, eines Pädophilen, der Mutter um sein Leben anflehte.

»Kira verlangt von all ihren Perversen das Gleiche«, erklärte Zelda. »Sie lässt sie *Mutter, darf ich leben?* fragen.« Sie sah mich grimmig an. »Die Antwort ist immer *Nein*.«

Mit einem Mal hatte ich das Gefühl, dass ich zu nah an Zeldas Arbeit war. Sie wollte sie zurück. Schnell stand ich auf.

»Klingt faszinierend«, sagte ich. »Und was gefiel den Verlagen nicht daran?«

»Kein Herz«, schnaubte Zelda und ließ sich auf den Stuhl sinken. »Ich meine, mir ist klar, dass es düster ist, aber das soll es ja auch sein.«

Ich ging zum Kühlschrank, um mir noch ein Bier zu holen. »Und worum geht es sonst noch in der Geschichte?«

»Was meinst du?«

»Na ja, was macht sie so? Mit wem redet sie?«

Zelda runzelte die Stirn. »Mit anderen Agenten. Den Wissenschaftlern vom Butterfly Project.«

»Warum schicken sie nicht einfach jemanden in der Zeit zurück, um den Kerl zu erwischen, der ihr Kind getötet hat?«

»Das ist schnell erklärt«, sagte Zelda lächelnd. »Wie ich schon sagte, ist die Wissenschaft dahinter ziemlich ungenau. Zufällig. Die Datenbank wählt den Ort und die Zeit aus, und der Agent springt dorthin. Kira hofft, dass sie eines Tages zum Mörder ihrer Tochter springt, doch die Chancen dafür sind astronomisch klein.«

»Ist sie verheiratet? Hat sie einen Schluffi von Ehemann, der zu Hause auf sie wartet, während sie in der Zeit herumreist, um Perversen in den Arsch zu treten?«

Zelda verzog das Gesicht. »Nein, sie ist eine Einzelgängerin. Und sag mir nicht, dass meine Geschichte eine Romanze braucht. Kira muss nicht von einem Mann gerettet werden.« Sie senkte die Stimme. »Sie rettet sich selbst, auf die einzige Art, die sie kennt.«

»Okay.« Ich trinke einen Schluck Bier und lehne mich an den Tresen. »Wer versucht, sie zu stoppen?«

»Manchmal machen ihr die Perversen das Leben schwer. Manchmal bekommt sie Probleme mit der Polizei ihres jeweiligen Einsatzorts, aber sie kann sie immer überlisten.«

Ich nickte. »Aber wer *stoppt* sie? Ich meine, nicht körperlich. Sondern mental. Oder eher moralisch?«

»Moralisch?«

Ich zuckte mit den Schultern und gab mir alle Mühe, diese Unterhaltung locker zu halten. »Ist es nicht ein moralischer Konflikt, einem Kerl eine Kugel in den Kopf zu jagen, bevor er etwas getan hat?«

»Aber doch nicht *irgendeinem* Kerl«, blaffte Zelda. »Einem Perversen. Einem ekelhaften, Kinder missbrauchenden Tier.«

»Ja, aber hat sie schon mal versucht, sie zu verhaften, bevor sie diese Leute ermordet? Ich kann mir nicht vorstellen, dass es gut für ihre Seele ist, zu töten, ganz egal, wie sehr es der Kerl verdient hat.«

Zelda starrte mich an, als wäre mir ein zweiter Kopf gewachsen. »Darum geht es doch gerade. Der Kerl *verdient* zu sterben. Unbedingt.«

Ich hob beschwichtigend die Hände. »Hey, ich bin ja ganz deiner Meinung. Ich meine nur, in Bezug auf deine Story, wo ist der Konflikt?«

Als Zelda die Brauen zusammenzog, wusste ich, dass ich mich auf dünnem Eis bewegte. Es war immer riskant, die Kunst von jemand anderem zu kritisieren, egal wie gut die Absichten waren. Das bewies die plötzliche Härte ihres Tonfalls.

»Sie hat jede Menge Konflikte«, sagte Zelda. »Ihr ganzes Leben besteht aus Konflikten. Da ist die Schuld, weil sie ihr Kind nicht retten konnte …« Sie schüttelte den Kopf, und ihre Hände ballten sich zu Fäusten. »Ihre Tochter ist *tot*. Und sie konnte es nicht verhindern. Damit muss sie jeden Tag leben, und die einzige Erleichterung, die sie je hat, besteht darin, jene zu töten, die diesen endlosen Schmerz anderen Müttern antun. Anderen Familien. Anderen Schwestern …« Bei dem letzten Wort bricht ihre Stimme.

Heilige Scheiße, was passiert hier?

Ich stellte vorsichtig mein Bier auf die Theke. »Zelda …«

»Da hast du deinen Konflikt«, sagte sie mit zitternder Stimme. Sie klappte ihre Zeichenmappe zu, und mir entgingen nicht die Tränen, die sie hinter ihrer Brille wegblinzelte. »Musst du ins Badezimmer? Ich wollte jetzt duschen, damit ich nicht … damit wir uns morgen nicht … in die Quere kommen.«

»Hey, tut mir leid, wenn ich …«

»Nein, schon gut. Alles *in Ordnung*.«

Sie schlug die Badezimmertür hinter sich zu, bevor ich mich für meine Worte entschuldigen konnte, da ihre Graphic Novel offensichtlich viel mehr war als das von ihr beschriebene Action-Abenteuer. Ihre Reaktion war keine Abwehrhaltung gegen Kritik. Nicht mal annähernd.

Die Dusche begann zu laufen, und sie würde mich nicht mehr hören.

Die Geschichte hat ein Herz, dachte ich, während ich meine Finger über ihre Arbeit gleiten ließ. *Es ist nur unter so viel Schmerz begraben.*

Später am Abend machte ich das Licht aus. Zelda lag schon auf ihrer Luftmatratze, die ich bereits hasste, und ich ging ebenfalls ins Bett. Wir wünschten uns angespannt eine gute Nacht, dann trat eine schwere Stille ein. Die Minuten verstrichen, doch ich konnte einfach nicht einschlafen. Es war, als wären die Dinge zwischen uns irgendwie in Schieflage geraten. Als ob Zelda, wenn ich nichts sagte, die nächsten Tage quasi nackt und verletzlich herumlaufen würde, während ich weiterhin vollständig bekleidet war.

Als ich ein ruheloses Rascheln von der Luftmatratze her hörte, nutzte ich meine Chance.

»Hey«, sagte ich in die Dunkelheit. »Bist du noch wach?«

»Ja«, erwiderte sie. »Kann nicht schlafen.«

»Das ist meine Schuld.«

»Ist es nicht. Tut mir leid, dass ich vorhin ein bisschen ausgerastet bin. Ich weiß es zu schätzen, dass du helfen willst, aber die Graphic Novel …« Sie seufzte. »Ich weiß nicht, wie ich sie verbessern soll, weil sie genau so ist, wie ich sie brauche.«

»Das verstehe ich. Ich mag deine Geschichte, Zelda.«

»Wirklich?«

»Ja, und mir gefiel, was du darüber gesagt hast: dass die Verringerung des Elends der Vergangenheit in eine bessere Zukunft führt. Das ist irgendwie auch meine Geschichte. So bin ich zu diesem Einbruch gekommen, für den ich dann zwei Jahre im Gefängnis saß.«

»Was meinst du damit?« Ihre großen Augen schimmerten in der Dunkelheit.

»Mein Großvater hat mich zu sich genommen, als ich acht Jahre alt war. Meine drogensüchtige Mutter und mein alkoholkranker Vater sind abgehauen, und Gramps hat sich um mich gekümmert. Er hat sein Bestes getan, hat aufgepasst, dass ich zur Schule ging. Er hatte kein Geld, keinen tollen Job, aber was er besaß, war Integrität. Das war das Einzige, was er an mich weiterzugeben hatte, und ich habe ihn enttäuscht.«

Ich drehte mich auf den Rücken und verschränkte die Finger hinter dem Kopf.

»In dieses Haus einzubrechen ging gegen alles, wofür er stand, aber damals war ich einundzwanzig, hatte zwei Jobs, und er lag mit Leberzirrhose im Hospiz. Ich wusste, dass ihm die Zeit davonlief, und wollte ihm auch ein besseres Leben ermöglichen. Ihn an einen schönen Ort bringen, bevor er starb. Vielleicht einen warmen Strand, wo er im Sand sitzen, sein Gesicht in die Sonne drehen und seine Pfeife rauchen konnte.«

»Aber dazu ist es nicht gekommen«, sagte Zelda leise.

»Nein. Ich wurde erwischt. Gramps starb drei Tage nach meinem Haftantritt. Die Pflegerinnen meinten, er wäre geistig nicht mehr da gewesen. Er hat nicht gewusst, was ich getan habe. Hat nicht gewusst, dass ich versucht habe, etwas zu nehmen, was mir nicht gehörte, und dass dabei ein Mann gestorben ist. Er hat nie etwas davon erfahren.« Ich drehte meinen Kopf in ihre Richtung. »Das ist der einzige Grund, warum ich morgens noch aus dem Bett komme.«

Ich stellte mir vor, wie meine Geschichte wie gedruckte Worte über uns in der Luft schwebte. Zelda konnte sie lesen und ich sie nicht zurücknehmen.

»Dein Großvater hat dich sehr gut erzogen, Beckett.«

»Er hat sein Bestes gegeben, und ich hab's vermasselt. Ich hab einen Riesenfehler gemacht. Es ist nicht leicht, das hinter sich zu lassen.«

»Und du wünschst dir, du könntest zurückgehen und es ändern.«

»Genau«, sagte ich. »Mehr als alles andere. So was wie das Butterfly Project könnte ich gut gebrauchen.«

»Ich auch«, sagte Zelda. »Mehr als alles andere.«

Ich wandte mich ihr ganz zu und wartete, ob sie reden oder schlafen wollte. Sie redete. Aus dem Nest ihrer Bettdecke erhob sich ihre Stimme mit sumpfigem Schmerz. Die Worte kamen aus ihrem einsamen Innern. Rostig vor Nichtgebrauch, so lange in der dunklen Tiefe vergraben, dass selbst das schwache Licht der Wohnung im Vergleich plötzlich hell wirkte.

»Meine Schwester wurde entführt«, sagte Zelda. »Sie war neun, ich vierzehn. Ich war dabei, als es passiert ist.«

Jeder Muskel meines Körpers spannte sich an. »Du warst …?«

»Ja. Ich hab es gesehen und konnte es nicht aufhalten. Ich hab es versucht. Ich bin so schnell gerannt, wie ich konnte, aber der Lieferwagen war schneller. Ich hab so laut geschrien …«

Ihre Stimme versagte, und ich schloss die Augen in der Dunkelheit, als könnte ich damit das Bild von dem Mädchen mit den langen schwarzen Haaren aussperren, das etwas Kostbarem hinterherrannte, das es niemals einholen würde.

»Scheiße, Zelda …«

»Aber ich … ich hab versagt. Ich hab meine Schwester im Stich gelassen. Meine Eltern.« Sie schnappte zitternd nach Luft. »Darum bekomme ich Panikattacken, wenn mich jemand nach meiner Familie fragt. Ich kann sie nicht besuchen, ohne vollkommen auseinanderzufallen, und ich will es auch gar nicht. Diese Schuld ist wie eine Feuersbrunst, die mich von innen heraus verbrennt.«

»Aber sie geben doch wohl nicht *dir* die Schuld, oder?«

»Nein«, sagte sie. »Aber das müssen sie auch nicht. Ich weiß, was passiert ist. Ich war dabei.«

Ich merkte, dass ich meine Hände unbewusst zu Fäusten geballt hatte.

»Haben sie den Kerl geschnappt? Ich meine …«

»Haben sie«, sagte Zelda, die Stimme ruhig, in der nur noch ein leichtes Zittern zu hören war. »Gordon James hat die Entführung und Ermordung meiner Schwester gestanden. Er rottet seit zehn Jahren im Todestrakt in Pennsylvania vor sich hin, und wir – meine Familie und ich – warten seitdem auf den Anruf. Und wenn er kommt, werde ich in einem kleinen Raum sitzen und zusehen, wie der Mistkerl krepiert. Um abschließen zu können. Oder so ähnlich. Um mir Erleichterung zu verschaffen. Ich kann nicht selbst abdrücken wie Mutter, aber ich kann dabei sein, weißt du?«

Du willst nicht sehen, wie jemand stirbt, dachte ich automatisch, behielt es aber für mich. Es stand mir nicht zu, Zelda zu sagen, was ihr Erleichterung oder Seelenfrieden bringen oder sie von dem Berg an Schuld befreien würde, den sie auf ihren schmalen Schultern trug.

Zelda seufzte. »Darum geht es also in *Mutter, darf ich …?*. Ich kann nicht in der Zeit zurückreisen und dieses Arschloch davon abhalten, meine Schwester zu entführen, Kira aber schon. Mutter kann es, und ich … ich brauche das.«

Geh zu ihr, dachte ich. Geh zu ihr rüber. Man erzählt so eine Geschichte nicht, ohne dass einen hinterher jemand wenigstens in den Arm nimmt. Nur ein kleines bisschen Trost …

Doch ich konnte mich nicht rühren. Die Ungeheuerlichkeit ihrer Geschichte drückte mich nieder. »Tut mir leid, Zelda. Das tut mir furchtbar leid.«

»Mir tut es leid, dass ich es dir erzählt habe«, sagte sie. »Ich meine, ich bereue es nicht, aber es ist eine so hässliche Geschichte. Tut mir leid, dass ich sie dir aufgezwungen hab, aber willst du mal was Seltsames hören? Ich hab das noch nie jemandem erzählt. Schon genauer darüber nachzudenken, ohne es durch *Mutter, darf ich …?* zu filtern, kann bei mir eine Panikattacke epischen Ausmaßes provozieren.«

»Ja?«

»Aber dir hab ich es erzählt, und ich fühle mich … fast erleichtert, was mir vorher unmöglich erschien.« Sie lächelte mich im Halbdunkeln an. Es war ein schönes, weiches Lächeln, weit entfernt von schlimmen Erinnerungen. »Du hast deine Berufung verfehlt, Copeland. Du hättest Therapeut werden sollen. Meiner hat nie mehr als ›Es geht mir gut‹ aus mir herausbekommen.«

»Freut mich, dass ich helfen konnte.«

»Es ist deine Stimme«, sagte sie schläfrig. »Du hast eine nette Stimme.«

Ich spürte, wie der Schlaf uns überkam, als ob wir ein paar

der Geister, die uns heimsuchten, vertrieben hätten und endlich ein bisschen ruhen konnten.

Bevor ich ganz weg war, kam mir ein Gedanke.

»Zelda? Warum hast du die Zeitreisebehörde *Butterfly Project* genannt?«

»Das gehört zur Chaostheorie. Ein Schmetterling flattert in Malaysia mit den Flügeln, und die Veränderung des Luftstroms verursacht einen Tornado in Florida. Ich liebe diese Vorstellung. Dass selbst eine winzige Tat eine riesige Wirkung haben kann. Die Agenten, die für das Butterfly Project arbeiten, wollen die Tragödien auslöschen, die Elend und Schmerz verbreiten, weil sie hoffen, dadurch bessere Dinge in Bewegung zu setzen. Güte, Freundlichkeit, Glück.« Sie lächelte müde. »Alle guten Dinge.«

»Das gefällt mir«, sagte ich. »Das gefällt mir sehr gut.«

»Mir auch«, sagte sie. »Gute Nacht, Beckett.«

»Gute Nacht, Zelda.«

Ich lag in der Dunkelheit und wartete darauf, dass sie einschlief. Ich betrachtete ihre Gestalt unter der Decke, lauschte dem Klang ihres Atems. Als sie endlich tief und fest schlief, döste auch ich ein.

10

Beckett
3. Dezember

Als ich am nächsten Morgen aus dem dampferfüllten Badezimmer trat, war wieder Kaffee fertig. Es war erst zwanzig Minuten nach fünf, aber Zelda saß schon am Schreibtisch und zeichnete vor sich hin, dick eingepackt in Pullover und Schal.

»Fängt dein neuer Job so früh an?«, fragte ich, während ich mir einen Kaffee einschenkte.

»Nein, aber ich konnte nicht mehr schlafen. Ich hatte einen seltsamen Traum nach dem anderen und bin voller Ideen aufgewacht. Ich weiß noch nicht genau, was ich mit ihnen anfangen werde, aber es ist ein Anfang.«

Sie lächelte mich kurz an und beschäftigte sich dann wieder mit ihren Skizzen. Ich spürte noch das Gewicht unseres Gesprächs gestern Nacht zwischen uns wie eine seltsame Energie, die nicht wusste, ob sie bleiben oder gehen sollte. Unseren persönlichen Schmerz in der Dunkelheit zu enthüllen hatte uns näher zusammengebracht, doch das Licht des Tages wollte uns jetzt wieder auseinanderzwingen.

Ich trank meinen Kaffee, schnappte mir einen Proteinriegel und ging raus. »Sag der Kaffeefee danke von mir«, sagte ich an der Tür. »Und ich wünsche dir einen guten ersten Arbeitstag.«

Sie drehte sich auf ihrem Stuhl um, die Knie unters Kinn gezogen. »Dir auch«, sagte sie mit einem schwachen Lächeln.

Sie sah da hinten in der Wohnung klein und zerbrechlich aus, und wieder bedauerte ich, sie gestern Abend nicht mehr getröstet zu haben.

Aber ich musste zu lange gestarrt haben. Langsam zog Zelda ihre Brille bis auf die Nasenspitze herunter und begann zu schielen, bis sich ihre Augen auf perfekte, aber unheimliche Weise gegenseitig ansahen.

Ich lachte. »Das ist verstörend.«

»Los jetzt!«, sagte sie und machte sich wieder an die Arbeit. »Du kommst sonst noch zu spät.«

Lächelnd ging ich die Treppe hinunter und zur Tür hinaus. Zum ersten und wahrscheinlich letzten Mal war ich für die eisige New Yorker Luft morgens um halb sechs dankbar. Ich hatte niemanden, der mir eine Ohrfeige verpassen konnte, also war dies das Nächstbeste.

Du kommst ihr zu nah, und das weißt du auch.

Ich fuhr im Morgendunst zur Clinton-Washington-Station. Während der ganzen Fahrt im vollgepackten Zug wanderten meine Gedanken immer wieder zu Zelda. Zu unserem Gespräch. Ihrem Schmerz und meinem. Und zu ihrem Lächeln, kurz bevor sie eingeschlafen war …

Fast hätte ich meine Station verpasst.

Apollo Courier befand sich in einem kleinen, chaotischen Büro in Two Bridges, Manhattan. Der Teppichboden war voller Schlamm und Schmutzspuren Hunderter Räder, die dort täglich rein- und rausgeschoben wurden. Wes Young und Nigel Brooks waren bereits da, ihre Räder an sich gelehnt, während sie ihre ersten Aufträge in das GPS ihrer Handys eingaben. Wes war klein und dunkelhaarig, Nigel groß und blond. Beide trugen die wärmste und flexibelste Fahrradkleidung, die sie sich leisten konnten.

»Copeland«, sagte Wes, und wir stießen unsere Fäuste aneinander. »Heute soll es wohl Schneeregen geben, der die ganze nächste Woche anhält. Bist du bereit für diese Scheiße?«

»Kann es kaum erwarten«, sagte ich, während ich Nigels Hand schüttelte.

Nigel, ein Australier, sah mich mit zusammengekniffenen Augen an. »Du hast letzte Nacht einen weggesteckt.«

»Ich ... was?«, stammelte ich halb lachend. »Nicht mal annähernd, aber danke für dein Vertrauen.«

Doch jetzt musterte mich Wes, mein bester Freund, ebenfalls genauer. »Aber du siehst ... anders aus.«

»Ich esse mehr Ballaststoffe.«

»Nein, nein, nein«, sagte Nigel und streifte seine Handschuhe über. »Wesley hat recht. Du siehst wirklich aus, als hättest du letzte Nacht Glück gehabt.«

Unsere Empfangsdame Ramona verdrehte die Augen, während sie mir meinen ersten Auftrag gab. Sie war zweiundsechzig und hatte schon vor langer Zeit gelernt, das dumme Gerede der Kuriere auszublenden.

»Ja, genau«, sagte Wesley mit einem Lachen. »Spuck's aus. Wer ist sie? Jemand, den wir kennen?«

»Habt ihr Clowns heute vielleicht noch vor, euch an die Arbeit zu machen?«, fragte Ramona, ohne von ihrem Computer aufzusehen.

Wir brachten unsere Räder nach draußen und stiegen auf. Jeder von uns trug ein kleines Funkgerät am Schultergurt seiner Kuriertasche, und wir stellten sie jetzt alle auf die Frequenz ein, auf der uns Apollo über frisch reingekommene Aufträge informierte.

»In der Mittagspause, Alter«, sagte Nigel auf dem Weg nach draußen. »Ich will alle schmutzigen Einzelheiten.«

»Fick dich«, sagte ich.

Nigel fuhr davon und kratzte sich zum Abschied mit dem Mittelfinger am Rücken.

Ich lachte auf, dann sah ich Wes' wissenden Blick.

»Da war nichts letzte Nacht«, sagte ich. »Tut mir leid, euch enttäuschen zu müssen.«

»Ich glaube dir«, sagte Wes. »Nigel ist der mit den versauten Gedanken, nicht ich. Aber du wirkst wirklich anders. Als ob der ganze schwere Scheiß, den du mit dir herumschleppst, etwas leichter geworden wäre.«

»Wie tiefsinnig, Alter.«

Er lachte. »Ich meine es ernst. Hast du gute Neuigkeiten bekommen oder so?«

»Ich hab einen Mitbewohner.«

»Echt? In deinem Schuhkarton von Wohnung?«, sagte Wes und hob beschwichtigend die Hände, als ich ihm einen bösen Blick zuwarf. »Hey, ich wohne in einer Künstlerkommune. Gegen meinen Willen.«

»Du wohnst da wegen Heidi«, korrigierte ich. »Weil du hoffnungslos in sie verschossen bist.«

»Lenk nicht ab«, sagte er. »Wir frieren uns hier die Eier ab, um über dein Leben zu sprechen, nicht über meines. Und ich wette gutes Geld, dass es sich bei deinem Mitbewohner um eine Frau handelt.«

»Stimmt. Aber klopf dir nicht zu sehr auf die Schulter, Wes. Du hattest eine Fünfzig-fünfzig-Chance.«

Er ignorierte meine Ironie. »Und wie heißt sie?«

»Ihr Name ist Zelda. Sie zeichnet Comics.«

»Echt?« Wes schürzte die Lippen und nickte anerkennend. »Dann ist sie also jetzt schon zu cool für dich.«

Ich musste lachen. Mein Atem gefror in der kalten Luft zu einer Wolke.

»Stimmt. Sie ist echt verdammt cool.«

»Okay, sie ist also schon mal cool. Aber ist sie auch sexy? Cool *und* sexy?«

»Und klug«, sage ich. »Sie hat einen tollen Humor, der ihr hilft, in meinem *Schuhkarton* zurechtzukommen.«

»Alles klar. Du stehst auf sie«, sagte mein bester Freund, gerade als sich sein Funkgerät meldete. Ohne den Blick von mir zu nehmen, hörte er zu, dann brachte er sein Kinn an das Gerät und drückte den Sprechknopf. »Das ist ein zehn-vier, mein Guter, Ende«, sagte er mit einem übertriebenen Südstaatenakzent. Dann richtete er den Kinngurt seines Helms. »Na ja, meinen Segen für dieses Arrangement hast du jedenfalls. Und für alles, was daraus entstehen könnte.«

»Daraus wird gar nichts entstehen«, widersprach ich. »Sie bleibt nur ein paar Wochen bei mir, um an einem Projekt zu arbeiten. Das bedeutet ihr viel. Da werde ich nichts riskieren. Meine Wohnung ist echt zu klein für den Fall, dass was schiefgeht.«

»Ja, das klingt alles nach deinem typischen Beckett-Blödsinn«, sagte Wes unbekümmert. »Als ich vorhin sagte, dass du anders aussiehst, meinte ich *glücklich*. Wer auch immer diese Zelda ist … vielleicht ist sie es wert, das Risiko einzugehen.« Er legte mir die Hand auf die Schulter. »Du bist nicht mehr im Knast, weißt du?«

Wes fuhr los, um seinen ersten Auftrag zu erledigen, und mir wurde klar, dass ich für meinen bereits drei Minuten hinterm Zeitplan lag. Die nächsten neun Stunden meiner Schicht verbrachte ich damit, gegen den eiskalten Wind anzukämpfen, die Straßen nach schwarzen Eisstellen abzusuchen und idiotischen Autofahrern auszuweichen, die rechts abbogen, ohne ihren toten Winkel zu überprüfen.

Als ich endlich wieder in Brooklyn ankam, hatte sich meine Entschlossenheit, auf Abstand zu Zelda Rossi zu bleiben, wie Eis in meinen Knochen festgesetzt …

… und begann zu schmelzen, sobald ich die Wohnungstür öffnete.

Sie hatte wieder gekocht – dem Duft nach Hackbraten – und saß, über ihre Arbeit gebeugt, am Schreibtisch.

»Hey«, sagte ich.

»Selber hey«, erwiderte sie fröhlich und drehte sich zu mir um. Ihre Haare hatte sie wieder zu einem Dutt auf ihrem Kopf aufgetürmt, und sie trug diese verdammte Brille, die mir das Denken schwerfallen ließ. »Essen ist in zwanzig Minuten fertig.« Ihr Lächeln wurde ein bisschen schwächer, als sie mich ansah. »Gott, du siehst ja wie ein Eiszapfen aus.« Sie trat gegen den Heizlüfter zu ihren Füßen. »Dieses Mistding.«

»Klingt, als hättest du einen schönen Tag gehabt«, sagte ich. »Wie war deine erste Schicht?«

»Die Managerin erinnert mich an Cruella De Vil, aber einer meiner Kollegen namens Anthony hat das mehr als ausgeglichen. Ich hab den ganzen Tag gelacht, und wie es aussieht, werde ich viel Geld verdienen. Win-win.«

»Klingt toll.«

Ich wollte sie nach der Graphic Novel fragen, entschied mich aber anders, weil ich am Abend zuvor schon genug Schaden angerichtet hatte. Doch Zeldas grüne Augen strahlten hinter ihrer Brille, und sie wirkte regelrecht aufgedreht.

Sie biss sich auf die Unterlippe und legte ihre Hand unters Kinn. »In der U-Bahn auf dem Weg nach Hause hatte ich plötzlich dieses Bild vor Augen. Für *Mutter, darf ich …?*. Und es ging mir nicht aus dem Sinn, also hab ich angefangen, es zu zeichnen, sobald ich wieder zurück war.«

»Ach, echt?«

»Ja, echt.« Sie wickelte sich eine Strähne um ihren Finger. »Willst du es sehen?«

»Klar.«

Ich gesellte mich zu ihr an den Schreibtisch. Auf der Skizze war Mutter mit einem ihrer Opfer zu sehen, das vor ihr kniete und um sein Leben bettelte. Aber da war auch ein dunkelhaariger Mann in einem Trenchcoat, umhüllt von Licht, der ihre Hand davon abhielt, dem Perversling das Gehirn rauszupusten.

»Siehst du den?«, sagte Zelda und tippte auf ihre Zeichnung. »Keine Ahnung, wer er ist, aber er springt gerade aus einem Riss im Raum-Zeit-Kontinuum, aus der Zukunft. Er hält Mutter davon ab, diesen Typen zu töten.«

»Verstehe.«

»Ich hab nie gewollt, dass sie damit aufhört, Rache zu üben. Und doch ist da jetzt plötzlich dieser Kerl. Ich denke, sein Name ist Ryder. Und er geht mir einfach nicht mehr aus dem Kopf.«

»Okay.«

»Er ist *kein* potenzieller romantischer Partner. Das kann ich dir gleich sagen.«

Ich zwang mich zu einem Lächeln. »Nein?«

»Nein.« Zelda sah zu mir auf und suchte meinen Blick. »Kira hat sowieso zu viel Mist um die Ohren, um was für einen Typen zu taugen.«

»Kapiert.« Ich rieb eine schmerzende Stelle an meiner Brust, wo meine Kuriertasche den ganzen Tag zu fest aufgelegen hatte.

»Ich weiß noch nicht, was er ist«, sagte Zelda. »Aber ich glaube …« Sie sah wieder auf ihre Arbeit. »Ich glaube, es geht in die richtige Richtung. Und ich hab mich gefragt … ob du vielleicht …«

Ich blinzelte sie an. »Was genau willst du mich fragen, Zelda?«

Sie schnaubte genervt, begleitet vom Hauch eines Lächelns. »Muss ich es dir wirklich vorbuchstabieren? Du bist eindeutig so was wie eine Muse, denn bis zu unserem kleinen Enthüllungsgespräch gestern Abend hatte ich nicht die geringste Ahnung, wie ich dieses verdammte Buch überarbeiten soll. Also, vielleicht hast du ja wirklich etwas an dir, Copeland. Und Darlene hat gesagt, du wärst Schriftsteller. Stimmt das?«

»Nicht mal annähernd.« Ich rieb mir verlegen den Nacken. »Manchmal schreibe ich Briefe. Das war's.«

Zelda nahm die Nebenkostenabrechnung, die ich verschicken wollte, vom Schreibtisch.

»Ist diese winzige, perfekt präzise Handschrift deine?«

»Ja.«

Sie legte den Brief wieder hin. »Okay, ich erkläre dir jetzt, wie das läuft: ein Comic wird gezeichnet und getuscht. Manchmal von ein und derselben Person, aber es gibt auch noch den Letterer. Sie – oder *er* – schreibt die Dialoge, allen geschriebenen Text. Und oft arbeiten beide Künstler auch zusammen an der Geschichte.«

Ich sah sie überrascht an. »Du willst, dass ich mit dir an deiner Graphic Novel arbeite?«

Sie biss sich wieder auf die Unterlippe. »Ja. Vielleicht. Keine Ahnung. Ich steh eigentlich nicht auf Kooperationen, besonders, was meine Kunst angeht. Aber was du gestern Abend über die Geschichte gesagt hast …« Sie drehte einen Buntstift auf dem Schreibtisch. »Es ist sinnvoll, wenn es zu Kira eine Kontrastfigur gibt. Denn ich glaube, dass man vielleicht nur etwas über sich lernt, wenn ein anderer die eigenen Überzeugungen infrage stellt, oder? Ich sage nicht, dass sie sich in eine Pazifistin verwandelt und aufhört, kranke Schweine zu töten, die Kinder belästigen. Aber wenn es jemanden gibt, der ihr harte Fragen stellt, hilft das vielleicht dabei, mehr darüber zu erfahren, wer sie ist. Und das wird mir helfen, das zu finden, was der Verlag sehen will. Das Herz der Geschichte. Ihr Herz.«

Ich konnte nicht fassen, was sie mir da zutraute. Es war

überwältigend und sehr schmeichelhaft. Und das genaue Gegenteil meiner Pläne, auf Abstand zu ihr zu bleiben.

»Zelda …«

»Und praktisch betrachtet könnte das auch Geld bringen, wenn es gut läuft. Wenn es der stellvertretenden Redakteurin von BlackStar Publishing gefällt. Ich glaube, dass ich – dass wir – einen Vertrag bekommen könnten, wenn wir ihr die Überarbeitung liefern, die sie will.«

»Es ist dein Buch, Zelda. Ich will kein Geld dafür, dass ich ein paar Buchstaben auf eine Seite kritzle.«

Sie schnaubte. »Du hast keine Ahnung, wie viel Arbeit es ist, ordentlich zu lettern. Ich hasse es, und darum bin ich begeistert, dass deine Handschrift aussieht wie ein verdammter Schriftsatz. Aber darüber hinaus würdest du mir auch helfen, die Geschichte zu entwickeln. Und am Schluss teilen wir das Geld, das wir dafür bekommen, fifty-fifty, denn dieses Buch in die Welt zu bringen ist mir wichtiger als Geld.«

Ich rieb mir das stoppelige Kinn. »In der Highschool hab ich früher ziemlich gute Geschichten geschrieben. Meine Lehrer sind immer ausgeflippt.«

Zelda begann zu strahlen wie eine grüngoldene Fackel. »Und *mochtest* du es, Geschichten zu schreiben, die deine Lehrer haben ausflippen lassen?«

Ich grinste. »Irgendwie schon.« Ich schüttelte den Kopf über den Irrsinn des Ganzen und hörte mich sagen: »Okay. Sicher. Ich bin dabei.«

Zelda sah mich mit zusammengekniffenen Augen an. »Warte mal, Copeland. Mach es nicht, weil ich dich um Hilfe bitte. Mach es nicht, weil ich dir leidtue oder weil du denkst, dass du irgendeine kosmische Schuld begleichen musst. Mach es nur, wenn du es auch wirklich willst. Denn ansonsten werde ich echt sauer auf dich.«

Ich lachte. »Nein, ich will es. Wirklich. Und ich fühle mich geehrt, dass du mich einlädst, an deiner Arbeit teilzuhaben.«

Sie warf mir einen weiteren strengen Blick zu, doch ich konnte das Licht in ihren Augen sehen, und es war wunderschön.

»Ganz sicher?«

»Ganz sicher.« Und das war die Wahrheit. Überrascht stellte ich fest, dass ich den Job wollte. Um etwas zu erschaffen, statt die Dinge anderer auszuliefern oder ihr schmutziges Geschirr abzuräumen.

»Und kein Gezicke wegen der Bezahlung«, sagte Zelda. »Wir teilen alles, was uns dieses Baby einbringt, selbst wenn es nur für einen Burger von *Micky-D* reichen sollte. Dann teilen wir auch den.«

Ich musste lachen. *Gott, diese Frau.* »Ja, Herrgott noch mal. Ja.«

Zeldas Lächeln wurde immer breiter, bis es zu ihren leuchtenden Augen passte. Dann schüttelten wir uns die Hand. »Willkommen an Bord, Copeland«, sagte sie. »Und bevor mein Hackbraten verbrennt, hier deine erste Aufgabe.«

Sie tippte auf die leere Stelle über dem Mann namens Ryder, als er gerade aus dem Äther auftauchte, um Kira aufzuhalten.

»Was sagt er?«, fragte Zelda mit sanfter Stimme. »Was könnte er ihr sagen, was sie in eine neue Richtung schicken könnte? Eine, die nicht nur aus Rache und Schmerz besteht?«

Ich sah diese wunderschöne und kluge Frau an, die neben mir saß. Ich verdiente keine Chance auf Glück, sie aber schon. Ich konnte mir nicht mal vorstellen, wie es sich anfühlte, sich verantwortlich zu fühlen, weil man die Entführung seiner kleinen Schwester nicht hatte aufhalten können. Ich konnte ihr tausendmal sagen, dass es nicht ihre Schuld gewesen war, doch ich wusste, dass sie mir nicht glauben würde. Ich würde niemals zu ihr durchdringen.

Doch vielleicht konnte ich ihr helfen, Wut und Schmerz hinter sich zu lassen und wieder mit sich ins Reine zu kommen.

Ich setzte meine Fingerspitze neben ihre auf die leere Stelle über Ryder. »Ich weiß, was er sagt. *Es gibt einen anderen Weg.*«

ES GIBT EINEN ANDEREN WEG.

TEIL 2

»Im Mantel der Freundschaft wird die Liebe kommen.«
Ovid

11

Zelda
15. Dezember

»Bist du dir sicher?«, fragte Darlene, als wir die Weihnachtsabteilung des Target in der Atlantic Terminal Mall durchstöberten. »Willst du wirklich einen großen Tannenbaum?«

»Gott, nein«, sagte ich. »Dafür haben wir keinen Platz. Aber ein kleiner Minibaum, der auf unseren Schreibtisch passt, würde hinkommen. Und ich will eine Lichterkette. Ich hab das Gefühl, unter dieser hässlichen Leuchtröhre einzugehen.«

Strahlend folgte mir Darlene durch die überfüllte Abteilung, während ich den großen roten Einkaufswagen an den Regalen mit Geschenkpapier und -schleifen vorbeischob.

»Klingt toll«, sagte sie. »Und ich finde es gut, dass Becks und du zusammen an deinem Comic arbeitet. Er hat gemeint, er wäre echt gut.«

Ich blieb stehen. »Hat er?«

Sie nickte. »Im *Giovanni's*. Er hat gesagt, sobald er sich deine Arbeit genauer angesehen hat, war er ganz begeistert von seinem Potenzial.«

»Hat er?«

»Hat er? Hat er?«, äffte mich Darlene nach, und ich schlug ihr mit hochroten Wangen spielerisch auf den Arm. »Ja, *hat* er«, sagte sie. »Ich glaube, das genaue Wort, das er benutzt hat, war *brillant*.«

Schnell schaute ich zu Boden, während eine plötzliche Wärme meine Brust erfüllte.

»Kann man mit Graphic Novels viel Geld verdienen?«, fragte Darlene unvermittelt.

»Es ist auf jeden Fall möglich«, antwortete ich. Ihre sprunghaften Themenwechsel verwirrten mich immer noch ein bisschen. »Wenn sie gut ankommt, könnte sie durchaus Geld einbringen. Aber das ist mir nicht so wichtig. Ich meine, klar würde es mich freuen, wenn sie erfolgreich ist, ich bin ja nicht dämlich, aber das ist nicht der Grund, warum ich es mache. Und ich glaube, Beckett weiß auch, dass die Chancen, auf eine Goldader zu stoßen, eher gering sind.«

Darlenes Lächeln erstarb. »Ich hoffe, dass ihr Erfolg habt. Denn Becks hat weder Krankenversicherung noch Ersparnisse. Keiner von diesen Kurierfahrern hat das. Ich bin froh, dass er bis jetzt noch nicht von einem Taxi erwischt wurde, aber wie lange soll sein Glück halten?«

»Sag doch so was nicht.« Die Vorstellung, ihm könnte etwas zustoßen, trieb mir einen eisigen Dolch ins Herz.

»Nein, du hast recht, du hast recht. Lass es uns nicht herbeibeschwören. Ich mache mir einfach nur Sorgen.«

Na toll. Ich jetzt auch …

»Sein Job ist ziemlich gefährlich, oder?«, fragte ich.

Darlene nickte. »Jeden Tag zehn Stunden im Verkehr herumflitzen. Egal, wie schlecht das Wetter ist.«

»Da habe ich vorher noch nie drüber nachgedacht.« Ich biss mir auf die Unterlippe.

Darlene lehnte sich an mich. Ihre besorgte Miene wurde von einem spitzbübischen Lächeln abgelöst. »Was sehe ich denn da? Wird die toughe Zelda etwa soft? Wegen Becks?«

Ich schnaubte. »Weil ich um seine Sicherheit besorgt bin? Das ist nur menschlich und bedeutet doch nicht, dass ich …«

Ich suchte nach einem Wort, das mich nicht in Schwierigkeiten bringen würde, aber Darlene war schneller.

»Dass du in ihn verknallt bist?« Ihr kam ein plötzlicher Gedanke, und sie riss die Augen auf. »Apropos schlechtes Wetter …«

Ich sah sie verwirrt an. »Apropos was?«

»Gestern Nacht waren es minus fünf Grad.« Sie klimperte unschuldig mit den Wimpern. »Funktioniert das mit deiner Luftmatratze? Oder habt ihr, Becks und du, schon ein *alternatives* Schlafarrangement gefunden?«

Ich verdrehte die Augen. »Von wegen.«

Ich verschwieg, dass ich die Luftmatratze schon seit Längerem nicht mehr sehen konnte. Ich verabscheute es, mich auf das kalte Gummiding zu legen. Aber das sagte ich Darlene nicht, genauso wenig wie ich ihr erzählte, dass Beckett sie jeden Abend böse ansah, wenn wir sie von der Wand nahmen, um sie auf den Boden zu legen.

Auf gar keinen Fall würde ich ihr sagen, dass ich ziemlich durcheinander war, was Beckett anging. Er war, wie Darlene es so treffend beschrieben hatte, ein echt scharfes Prachtexemplar von einem Mann. Ich genoss es, ihn anzusehen, besonders, wenn er auf dem Weg zur Arbeit war und ich einen Blick auf seine muskulösen Beine in seiner Radfahrermontur werfen konnte. Dieses Kribbeln im Bauch war leicht zu erklären: Ich war eine warmblütige Frau, die auf engstem Raum mit einem wunderschönen Mann zusammenlebte.

Jeden Tag schwerer zu erklären war, wie sehr ich mich abends auf seine Rückkehr freute. Auf sein *Hey* mit seiner tiefen Stimme. Oder darauf, wie sich seine dunkelblauen Augen mit Ideen füllten, wenn wir an *Mutter, darf ich …?* arbeiteten.

Zusammen.

»Schläfst du deshalb nicht mit ihm? Weil du ihn magst?«

Darlenes Worte waren wie ein Schlag ins Gesicht, und panisch fragte ich mich, ob sie irgendwie meine Gedanken lesen konnte. »Wie kommst du denn darauf?«

Sie seufzte verträumt. »Ich wünschte, ich könnte das auch. Warten, weißt du? Es zu etwas Besonderem machen. Aber meistens tue ich es einfach nur aus Angst, dass mir der Kerl sonst abhaut.« Ihr spitzbübisches Lächeln kehrte zurück. »Aber du hast Becks in der Tasche.«

»*Becks* und ich sind nur Freunde. Und jetzt Kollegen. Es wäre ein riesiger Fehler, wenn wir etwas miteinander anfangen würden und es dann nicht klappt.«

»Warum gehst du davon aus, dass es nicht klappt?«

»Ich bin nicht gut in Beziehungen. Selbst wenn ich was mit ihm anfangen wollen würde – was ich nicht will –, steht zu viel auf dem Spiel, was meine Unterkunft und jetzt die Graphic Novel angeht. Ich würde es mit Sicherheit nur verpatzen und alles ruinieren.«

»Ich kapier es nicht«, sagte Darlene, während wir den Einkaufswagen in einen Gang mit Lichterketten schoben. »Du wirkst, als hättest du alles im Griff. Auf jeden Fall besser als ich.«

Ich verzog das Gesicht. *Oh Darlene, ich sitze auf einem Thron aus Lügen …*

»Der Teil mit dem Sex ist leicht«, sagte ich ihr. »Eine gute Freundin zu sein aber nicht. Meine letzte Quasi-Beziehung ist über ein Jahr her. Der Typ hat sich darüber beschwert, dass ich Romantik nicht mal erkennen würde, wenn sie direkt vor mir stünde. Ich war zu distanziert und gefühlskalt.«

Genau wie meiner Story fehlt mir das Herz.

»Dann bist du eben nicht besonders gefühlvoll, na und?«, sagte Darlene. »Das ist Becks auch nicht. Harte Schale, weicher Kern.«

Ich sah sie an. Sie hatte immer wieder beteuert, dass Becks

und sie nur Freunde waren. Ihre wiederholten Versuche, uns zu verkuppeln, kamen mir aufrichtig vor. Doch was, wenn sie nur eine Maske waren, um ihre wahren Gefühle für einen Mann zu verbergen, der ihren eigenen Worten nach der beste Mensch der Welt war?

Bei dem Gedanken drehte sich mir fast der Magen um. Darlene war inzwischen nicht nur zu einer geschätzten Freundin geworden, sondern auch zu jemandem, den ich beschützen wollte. Das Leben hatte es nicht gut mit ihr gemeint. Ihre Hände und ihr Herz sehnten sich nach etwas, woran sie sich festhalten konnten.

Ein weiterer Grund, die Sache mit Beckett freundschaftlich zu halten.

Ich drückte ihre Hand. »Wir müssen uns jetzt aufs Einkaufen konzentrieren, Dar, sonst erliegen wir noch dem Target-Fluch.«

»Dem was?«

»Wenn man mit dem Plan reingeht, zwanzig Dollar auszugeben, und am Schluss hundert für Sachen ausgegeben hat, die man nicht braucht.«

Breit grinsend hielt sie einen Weihnachtstoilettendeckelbezug hoch. »Den brauche ich unbedingt.«

»Oh nein! Zu spät!«

Obwohl wir uns alle Mühe gaben, dem Fluch zu widerstehen, erwischte er mich ebenfalls. Für sechzig Dollar kaufte ich einen Minibaum mit winzigen roten und grünen Lichtern, zwei klare Lichterketten und einen kleinen Läufer, von dem ich nicht wusste, dass ich ihn wollte, bis ich ihn sah. Doch der Teppichboden in unserer Wohnung hatte ein hässliches Industriegrau. Der Läufer hatte ein geometrisches Muster mit ineinandergreifenden Quadraten in leuchtenden Farben. Maskulin genug für Beckett, künstlerisch genug für mich.

Darlene und ich saßen im Zug nach Hause, als sie die unausweichliche Feiertagsfrage stellte.

»Bist du Weihnachten da?«

Ich klammerte mich fester an den Handlauf. »Bin mir noch nicht sicher. Ich muss mal meine Eltern anrufen, um das zu besprechen …«

Ich ließ die Worte in der Hoffnung verhallen, dass sie nicht nachhaken würde.

Darlene seufzte. »Becks bleibt wahrscheinlich zu Hause, obwohl ich wette, dass Roy ihn wie letztes Jahr zu sich eingeladen hat.«

»Wie läuft das eigentlich mit den beiden?«, fragte ich. »Roy und seine Frau sind letztens mit uns essen gegangen, angeblich als Teil von Becketts Bewährungsauflagen. Stattdessen war es eher wie ein Sonntagsessen mit der Familie.«

»Überrascht mich nicht. Roy hat Becks direkt ins Herz geschlossen, viel mehr als bei Bewährungshelfern üblich. Ich wünschte, meiner wäre auch so nett, aber leider ist er ein Arschloch.« Sie zuckte mit den Schultern. »Jedenfalls haben Roy und seine Frau keine Kinder, also sind sie vielleicht deshalb so gut zu Becks. Oder vielleicht sind sie einfach besonders nette Menschen.«

»Denkst du, Beckett wird ihre Einladung zu Weihnachten annehmen?«

Darlene seufzte erneut. »Wahrscheinlich nicht. Er ist wegen des Einbruchs ziemlich neben der Spur. Das hat er dir doch erzählt, oder? Wie die Bewohner nach Hause kamen und der Mann gestorben ist?«

»Ja, hat er mir erzählt.«

»Es frisst ihn von innen auf, obwohl es absolut nicht seine Schuld war. Nicht wirklich. Also bestraft er sich selbst, der große Dummkopf.«

Diese Unterhaltung war viel zu schnell viel zu persönlich geworden, und ich fühlte mich unwohl, hinter seinem Rücken über Beckett zu reden.

Glücklicherweise wechselte Darlene mal wieder völlig unvermittelt das Thema. »Ich hasse diese Jahreszeit«, sagte sie. »Man fühlt sich so einsam, weißt du?«

»Hast du Familie, die du über Weihnachten besuchen kannst?«, fragte ich.

»Oh sicher. Die wohnen direkt hier in Queens. Aber meine Schwester ist nicht wie ich eine Riesenenttäuschung. Ich würde mir die ganze Zeit nur anhören müssen, wie toll ihr Job, ihr Mann und ihre Altersvorsorge ist.«

»Du bist doch keine Riesenenttäuschung.«

»Sagst du«, erwiderte sie. »Vielleicht muss ich nur mal wieder so richtig flachgelegt werden. Es gibt keinen besseren Stimmungsaufheller als einen welterschütternden Orgasmus.«

Die kleine alte Dame mit dem Kopftuch, die vor uns in der U-Bahn saß, nickte. »Da haben Sie recht, Schätzchen.«

Darlene und ich sahen uns an, dann brachen wir in Lachen aus. Wir mussten so sehr lachen, dass wir Tränen in den Augen hatten. Und in diesen wenigen Sekunden erlebte Darlene einen echten Moment ungetrübten Glücks. Die alte Dame lachte mit uns, und ich hätte ihr am liebsten einen Kuss dafür gegeben, dass sie die dunklen Wolken vertrieben hatte, die über meiner Freundin schwebten.

Ich machte im Geiste einen Schnappschuss von Darlene in diesem Moment, prägte mir das Bild ein und hoffte, es später in einer Zeichnung festhalten zu können.

Schwer beladen kam ich um sechzehn Uhr nach Hause. Beckett hatte sich bereits für seine Samstagsschicht im *Giovanni's* auf den Weg gemacht, doch der Duft seines Eau de Cologne hing noch in der Luft.

Ich stellte den Weihnachtsbaum auf den Schreibtisch am Fenster und arrangierte ihn hinter ein paar meiner Zeichnungen und Becketts Lettering-Übungen.

Als Nächstes hängte ich die klaren Lichterketten an die Wand gegenüber der Wohnungstür. Sie fingen an Becketts Bett an und endeten in der Ecke neben der Küche.

Die Sonne ging bereits unter. Ich stellte die grelle Leuchtstoffröhre an der Zimmerdecke aus und machte die Lichterketten an. Ihr gedämpftes Leuchten war in der Dämmerung wunderschön, wie Glühwürmchen, die an der Wand entlang tanzten.

Ich erinnerte mich daran, wie meine Eltern Rosemary und mich mal in einem Sommer zu einem Glühwürmchenfestival in Pennsylvania mitgenommen hatten. Der Ausdruck in Rosies Gesicht, als sie eines mit der Hand gefangen hatte …

Ich atmete tief durch, um die Erinnerung zu vertreiben. Aber es war der fünfzehnte Dezember. Ich konnte es nicht länger hinausschieben. Das war Mom und Dad gegenüber nicht fair.

Ich nahm mein Handy und setzte mich an den Schreibtisch, meine Graphic Novel vor mir ausgebreitet. Nein, unsere Graphic Novel. Becketts und meine.

»Und deine auch, Rosie«, flüsterte ich in das schummrige Glühwürmchenlicht. In den Fenstern des gegenüberliegenden Gebäudes gingen nach und nach die Lichter an. Warme, gelbe Quadrate mit Familien darin, die Abendessen kochten oder fernsahen. Sie waren am Leben und zusammen und heil.

Ich scrollte meine Kontakte durch. Mein Daumen zögerte kurz, dann drückte er den grünen Knopf.

Meine Mutter ging nach dem zweiten Klingeln dran, und ich stellte sie mir in ihrer modernen Küche an dem alten olivgrünen Wandtelefon vor, von dem sie sich nicht trennen wollte. Das Kabel war wie eine Sicherheitsleine, durch die sie sich zwar nicht weit entfernen konnte, die sie aber mit der Person verband, mit der sie sprach.

»Rossi.«

»Hallo, Mom«, sagte ich.

Eine Pause. Ein Atemzug.

»Hi, mein Schatz.« In ihrer Stimme lagen Erleichterung und Liebe und die stille, sanfte Vorsicht, mit der sie immer mit mir sprach. Als ob wir eine meiner Panikattacken vermeiden könnten, wenn wir nur leise waren und sie nicht aufweckten. »Wie geht es dir?«

»Gut. Ich bin in New York.«

»Ach ja?« Ihre Stimme ging eine Oktave rauf. »Was gibt es denn da?«

Ich erzählte ihr von meiner Graphic Novel und Beckett und wie wir sie nach den Feiertagen zu einem großen Verlag bringen wollten.

»Sie werden sie lieben, mein Schatz«, sagte sie. »Ich bin so stolz auf dich.«

Ich versuchte die Tränen zurückzublinzeln. »Danke, Mom. Wie geht es Dad?«

»Toll, obwohl ich weiß, wie traurig er sein wird, deinen Anruf verpasst zu haben. Heute ist Bowlingabend.«

»Ach ja. Ich rufe bald noch mal an, um mit ihm zu reden.«

Die Stimme meiner Mutter wurde zögerlich. »Meinst du, du schaffst es dieses Jahr, uns zu besuchen? Du bist gerade so nah.«

Ich schloss meine Augen gegen den Schmerz, der von meinem Herzen Besitz ergriff. »Ich will ja, Mom. Das weißt du. Aber …«

Mein Blick fiel auf das Panel, das ich gezeichnet hatte. Das, in dem Ryder aus dem Nichts auftauchte, um Kira zu sagen, dass es einen anderen Weg gab.

»Wenn es geht, würde ich gern jemanden mitbringen.«

»Natürlich, mein Schatz.« Sie schrie fast vor Freude. »Bring mit, wen immer du willst.«

Ich lächelte, und der Schmerz in meiner Brust ließ nach. »Es ist noch nicht sicher, ich muss ihn erst fragen …«

»Ihn? Also ist dieser Jemand ein Mann?«

»Ja, schon, aber er ist nur ein Freund. Und ich weiß nicht mal genau, ob er überhaupt mitkommen will, aber …«

»Aber du wirst ihn fragen«, sagte sie.

Ich lächelte. »Ja. Ich werde ihn fragen. Ich glaube, das könnte mir helfen, keine Panikattacken zu bekommen. Wenn er dabei ist, meine ich.«

Weil ich mich mit ihm immer sicher fühle.

»Wenn es zu schwer für dich ist, verstehe ich das, mein Schatz. Das tun wir alle.«

»Ich weiß, Mom«, sagte ich. »Aber ich will es versuchen.«

»Weil du stark bist. Du warst schon immer stark.«

Nicht immer, wollte ich sagen. *Nicht, als es darauf ankam.*

Ich beendete den Anruf bei meiner Mutter, wohl wissend, dass sie jetzt auf mein Erscheinen hoffte, während ich voller Zweifel war. Mein letzter Versuch, sie zu besuchen, war der Geburtstag meines Vaters letzten Juni gewesen. Sobald mich das Taxi vom Flughafen in meine alte Nachbarschaft Rittenhouse gebracht hatte, war es mir vorgekommen, als ob mir eine unsichtbare Hand die Kehle zudrücken würde, und meine Haut hatte gekribbelt, als läge ich in Eiswasser.

Die Ärzte hatten eine posttraumatische Belastungsstörung bei mir festgestellt. Das war vor zehn Jahren gewesen, als ich zum ersten Mal einen hysterischen Anfall bekommen hatte, weil ich in Rosemarys Zimmer gegangen und sie nicht da gewesen war. Als mir klar geworden war, dass sie nie wieder dort sein würde.

Panikattacken, PTBS oder wie auch immer sie es nannten, zwangen mich, einen Haufen Pillen zu schlucken, um einen Besuch zu Hause durchzustehen, und die machten mich unglaublich müde. Sie verwandelten mich in einen Zombie, der am Rand eines unerträglichen Schmerzes entlangtaumelte.

Dennoch versuchte ich es. Um meiner Familie willen versuchte ich es ein, zwei Mal im Jahr. Und ein, zwei Mal im Jahr wurde ich in aller Deutlichkeit daran erinnert, dass ich alles andere als stark war.

Aber vielleicht, wenn Beckett dabei wäre ... Wenn ich dieses Gefühl von Sicherheit hätte. Wenn er mir den Rücken stärken würde ...

Vielleicht würde ich es dann schaffen.

Es war bereits nach elf, als Beckett von seiner Schicht im *Giovanni's* zurückkam. Ich war noch wach, dokterte an *Mutter, darf ich ...?* herum und versuchte den Mut aufzubringen, ihn wegen Weihnachten zu fragen. Nach unserem Telefonat freute sich meine Mutter darauf, dass ich kommen würde. Ich durfte sie nicht enttäuschen.

»Hey«, sagte Beckett.

»Selber hey«, erwiderte ich und drehte mich um. Beckett stand in der Wohnung, strahlte Kälte ab, und an seiner Jacke schmolzen Eiskristalle. Doch der Blick seiner dunkelblauen Augen wirkte warm, als er die Lichterketten an der Wand und den kleinen Weihnachtsbaum vor mir auf dem Schreibtisch betrachtete.

»Was ist das alles?«

»Ist es okay?«, fragte ich. »Ich konnte diese schreckliche Leuchtstoffröhre nicht mehr ertragen.« Ich deutete auf die hässliche Lampe an der Decke, die ausgeschaltet war. Die einzige Beleuchtung, unter der ich arbeitete, waren die kleine Schreibtischlampe und die Weihnachtslichter.

»Es ... es gefällt mir«, sagte Beckett. »Sehr sogar.«

»Großartig.« Das weiche Lächeln auf seinen Lippen machte mich plötzlich nervös. »Tja, es weihnachtet sehr ...«

Innerlich stöhnte ich über diese alberne Bemerkung, doch Beckett schien sie nicht weiter zu stören. Er zog seine Arbeitskleidung aus, ohne den Blick von den Lichtern zu lösen. Und von mir.

»Und was ist mit dem Läufer?«, fragte ich. »Wenn du ihn hasst, können wir ihn gegen einen besseren tauschen, aber ...« Ich sprach mit tiefer, rauchiger Stimme weiter. »Der macht den Raum überhaupt erst gemütlich.«

Beckett sah mich ausdruckslos an.

»Das ist ein Zitat. Aus *The Big Lebowski*«, sagte ich mit hochroten Wangen. »Nie gesehen? Nein? Schon gut.«

»Er sieht toll aus«, sagte Beckett. Er wirkte nachdenklich und geistesabwesend.

»Okay, toll. Da bin ich froh.«

»Ich geh mal duschen, um mich aufzuwärmen«, sagte er, immer noch abgelenkt.

»Tu dir keinen Zwang an.«

Ich muss unbedingt damit aufhören, mit Filmzitaten um mich zu werfen ...

Mit dem festen Vorsatz, ihn danach wegen Weihnachten zu fragen, legte ich mich auf die Luftmatratze, um zu warten.

Als Beckett schließlich in einer Dampfwolke aus der Dusche kam, trug er bereits seine Schlafanzughose und ein langärmliges Henley-Shirt. Mit ihm kam eine Anspannung in den Raum wie eine düstere Wolke, als er neben seinem Bett vor mir stand.

»Das funktioniert so einfach nicht mehr«, sagte er nach einem Moment.

»Was funktioniert nicht mehr?«, fragte ich mit einer Spur von Angst in der Stimme.

»Du auf dem Boden. Ich im Bett. Das ist einfach nicht richtig.«

Erleichtert lachte ich auf. »Scheiße, ich dachte schon, du schmeißt mich raus.«

Er verzog das Gesicht, als hätte er etwas Verdorbenes gerochen. »Gott, nein. Das würde ich niemals tun …«

»Ich komme klar hier unten«, sagte ich.

»Tust du nicht«, erwiderte Beckett. »Das ist einfach falsch. Es ist kalt. Unbequem. Und du bist … Du solltest nicht auf dem verdammten Boden schlafen, Zelda.«

Da ist es. Genau wie Darlene gesagt hat …

»Ich schlafe nicht auf dem Boden, sondern auf einer Luftmatratze«, sagte ich und spürte mein Herz gegen meinen Brustkorb hämmern. »Was ist die Alternative?«

»Du schläfst im Bett. Ich schlafe auf der Luftmatratze.«

Ich starrte ihn an und er mich. Es war wie ein mentales Kräftemessen. Nach einem Kampf fühlte es sich aber nicht an. Sondern so, als ob wir beide einer Anziehungskraft widerstehen würden.

»Das ist vollkommen verrückt«, sagte ich nach einem Moment und verschränkte die Arme. »Für dich wird es noch viel unbequemer sein, weil du so verdammt groß bist. Ich bin klein. Ich passe hier drauf. Ist wirklich keine große Sache.«

»Es gefällt mir nicht«, sagte Beckett. »Ich kann nicht weiter in diesem Bett schlafen, während du auf dem Boden liegst. Ist mir scheißegal, wie groß oder klein wir sind. Du nimmst das Bett.«

»Nein.«

»*Doch.* Ich schlafe auf der Luftmatratze. Basta.«

»Wieso bist du plötzlich so herrisch?«

Er richtete seinen Zeigefinger auf mich. »Schaff deinen Hintern endlich in mein verdammtes *Bett*, Zelda Rossi.«

Wir beide erstarrten, während seine Worte zwischen uns in der Luft hingen.

Beckett fuhr sich durchs Haar. »Gott verdammt, ich meine … du weißt, was ich meine.«

Ich schlang die Arme um mich und streckte trotzig das Kinn vor. »Weiß ich, aber ich brauche dein Mitleid nicht.«

»Es geht nicht um Mitleid. Sondern um … *ach verdammt.*« Er seufzte frustriert, dann stemmte er die Hände in die Hüften und atmete tief durch. »Bitte, Zelda«, sagte er. »Tu es einfach. Für mich? Für meinen Seelenfrieden?«

»Ich habe keine Ahnung, was plötzlich in dich gefahren ist«, sagte ich. »Aber meinetwegen. Für eine Nacht.«

»Für eine Nacht.«

»Nein. Vielleicht können wir … keine Ahnung. Uns abwechseln. Einmal du, einmal ich. Aber ich vertreibe dich nicht dauerhaft aus deinem Bett. Okay?«

Wir starrten einander an.

»Sag endlich ja, Beckett, oder wir schlafen einfach beide auf dem verdammten Boden.«

»Meinetwegen«, blaffte er nach einem Moment, dann kletterte er auf die Luftmatratze. Seine Füße standen über, außer er zog sie an, und er versuchte das mit der blauen Decke zu vertuschen.

»Siehst du, ich hatte recht«, sagte ich. »Du bist zu groß.«

Er zog sich die Bettdecke über den Kopf. »Deine Vorurteile gegenüber großen Menschen habe ich zur Kenntnis genommen.«

Ich starrte ihn schweigend an, da ich nicht wusste, ob ich über seinen Scherz lachen oder ihn verfluchen sollte. Es war, als ob ich hilflos umhertreiben würde. Die alten Schutzmauern um mein Herz begannen zu bröckeln, und mein Gehirn arbeitete wie verrückt, um sie wieder zu kitten.

Langsam bewegten sich meine Beine auf Becketts Bett zu. Ich legte mich hinein und zog die Decke über mich.

Oh Gott, hilf mir …

Das Kissen, die Decke und das Bettlaken waren erfüllt von Becketts frischem maskulinen Duft, einer Mischung aus Eau de Cologne und Seife, Aftershave und dem Geruch seiner Haut. Mit jedem Luftholen atmete ich ihn ein.

»Endlich zufrieden?«

»Meinen Willen zu bekommen macht mich immer zufrieden«, sagte er.

Ich musste mir in die Backe beißen, um nicht zu lachen, und schlief fast sofort ein, umgeben von allem, was ihn ausmachte.

12

Beckett
16. Dezember

Ich erwachte zum Duft von Kaffee, der die Wohnung erfüllte. Zelda war am Schreibtisch, über ihre Arbeit gebeugt, ein Knie unters Kinn gezogen. Ihre langen schwarzen Haare hatte sie wie immer zu einem Dutt auf dem Kopf gebunden. Sie trug ihre Brille, und sie war dick eingepackt gegen die Kälte. Der Heizlüfter stand nah an ihren Füßen und keuchte leise vor sich hin. Die Lichterketten leuchteten und vertrieben den grauen Dunst des Wintermorgens.

Diese Lichter. Der Läufer. Die Veränderungen an der düsteren Trostlosigkeit dieser Wohnung waren so klein, doch sie hatten die seltsamste Wirkung auf mich.

In den letzten zehn Tagen hatte ich mir alle Mühe gegeben, meine Beziehung zu Zelda locker zu halten. Freundlich und professionell zu sein, während wir zusammen an *Mutter, darf ich ...?* arbeiteten. Und nicht mehr.

Doch zum ersten Mal seit langer Zeit verspürte ich Hoffnung. Auf so viele Dinge. Vielleicht schufen Zelda und ich etwas Unglaubliches auf dem Fundament, das sie gelegt hatte. Vielleicht würde diese Novel ein Erfolg werden und sich gut verkaufen. Mein Leben könnte eine andere Richtung einschlagen.

Bis jetzt hatten sich die Gedanken an meine Zukunft auf

eine endlose Aneinanderreihung von Tagen beschränkt, die ich auf meinem Rad durch New York fuhr. Kurier zu sein, bis ich zu alt war oder verletzt wurde. Vielleicht änderte Zelda ja jetzt mein Schicksal. Sie war bereits eine künstlerische Partnerin – etwas, was ich nie vorhergesehen hätte.

Ich schlug die blaue Decke zurück und stand mühsam von der Luftmatratze auf.

Zelda drehte sich um und warf mir einen ihrer ironischen Blicke zu, die ich zu lieben gelernt hatte. »Und wie war's? Scheiße, oder? Weil du zu groß bist.«

Ich widerstand dem Drang, meinen schmerzenden Lendenwirbelbereich zu massieren, und lächelte unschuldig. »Ich habe keine Ahnung, wovon du redest.«

Sie kniff hinter dieser verdammten Brille die Augen zusammen, dann drehte sie sich wieder zum Schreibtisch um.

Ich schenkte mir einen Kaffee ein. »Willst du heute an der Novel arbeiten?«

»Heute ist doch dein freier Tag«, sagte Zelda, ohne aufzusehen.

»Was bedeutet, dass wir viel geschafft bekommen.«

Sie spielte mit ihrem Stift herum, dann drehte sie sich zu mir um. »Ich will die Stadt sehen«, sagte sie. »Ich meine Manhattan. Ich bin schon seit Wochen hier und habe noch nichts gesehen außer den Restaurants, in denen wir arbeiten, und dem Target.«

»Einige Leute würden töten, um den Atlantic Terminal Target zu sehen«, erwiderte ich. »Du hast keine Ahnung, wie viel Glück du hast.«

Sie verdrehte die Augen. »Klar, es ist das achte Weltwunder. Aber ich meine es ernst. Meine Graphic Novel ist in guter Verfassung. Lass uns *irgendwohin gehen*.«

Ich lehnte mich an den Tresen und dachte einen Moment

nach. Dann fiel mein Blick auf den kleinen Weihnachtsbaum auf dem Schreibtisch.

Die Linie N nach Manhattan war vollgepackt mit Kinderwagen und Leuten, die ihre Weihnachtseinkäufe erledigten. Am Herald Square wechselten wir in die Linie H und stiegen in der 47th Street aus.

»Rockefeller Plaza?«, fragte Zelda. Sie hatte sich einen grauen Strickbeanie über die Ohren gezogen. Ihre Haare fielen über ihren Mantel, und weiße Strickhandschuhe mit einem hübschen Blumenmuster bedeckten die Tintenflecken an ihren Fingern.

»Warst du schon mal hier?«

»Nein. Ich hab nur mal im Fernsehen gesehen, wie der Weihnachtsbaum eingeschaltet wurde. Die Größe ist immer …«

Ihre Stimme verlor sich, als wir um eine Ecke bogen und sich der Platz vor uns ausbreitete.

»Heilige Scheiße«, sagte sie.

Die Eislaufbahn wirkte wie ein weißer Teppich zu Füßen der goldenen Prometheusstatue. Über den Schultern erhob sich der Rockefeller-Weihnachtsbaum, fast dreißig Meter hoch und mit Lichtern in allen denkbaren Farben geschmückt.

»Ich hätte nie gedacht, dass er so … groß ist.« Ihr Blick wanderte langsam von der Baumspitze zu den Leuten, die darunter Schlittschuh liefen.

»Willst du auch?«, fragte ich mit einem Nicken zu der Eisbahn.

»Können wir? Willst du auch?« Jetzt richteten sich ihre Augen auf mich, und sie strahlten so dermaßen, dass ich wegschauen musste.

»Ja. Gern«, sagte ich. »So kann man den Baum am besten aus der Nähe betrachten.«

Wir gingen zum Schlittschuhverleih und mussten eine gute Stunde warten, bis wir loslegen konnten, da immer nur hundertfünfzig Personen gleichzeitig fahren durften. Endlich konnten wir das Eis betreten. Ich hatte so was zwar noch nie gemacht, aber wie schwer konnte es schon sein?

Das fand ich einen Sekundenbruchteil später heraus, als mein Schlittschuh das Eis berührte und ich fast ausgerutscht wäre. Hektisch klammerte ich mich an das niedrige Geländer, um nicht auf dem Hintern zu landen.

Anmutig, Copeland. Verdammt anmutig.

Zelda lachte, aber das Lachen wurde zu einem Kreischen, als ihr genau das Gleiche passierte. Sie ruderte mit den Armen, und ihre Schlittschuhe rutschten unter ihr vor und zurück. Ich griff nach ihr, sie klammerte sich an meine Hand, und ich zog sie an mich.

Langsam bahnten wir uns unseren Weg die Wand entlang, als würden wir gegen einen Hurrikan ankämpfen.

»Oh mein Gott, das ist ein Albtraum«, sagte Zelda, obwohl sie von einer vor Kälte roten Wange zur anderen grinste.

»Nein, warte. Wir schaffen das.« Mit kleinen, vorsichtigen Schritten manövrierte ich mich an ihre linke Seite, weg von der Abgrenzung. Dann nahm ich ihre Hand. »Okay, und jetzt lass die Wand los.«

»Auf keinen Fall«, sagte sie.

»Ich hab dich.«

»Bist du dir sicher?«

»Bin ich nicht«, sagte ich, als ich fast mein Gleichgewicht verlor. »Aber es klang ziemlich überzeugend, oder? Das ist alles deine Schuld.«

»Meine?«, lachte sie.

»Ich dachte, du wärst so was wie ein Eiskunstlaufwunderkind, um mir zu zeigen, wie das geht.«

»Und ich dachte, du wärst ein Wochenend-Hockeyspieler, der *mir* zeigt, wie das geht. Aber jetzt sind wir beide schlecht.«

Wie um ihre Bemerkung zu unterstreichen, rutschten die Schlittschuhe unter mir weg, ich fiel hin und riss Zelda mit. Wir landeten ineinander verdreht auf dem Hintern. Obwohl es wehtat, mussten wir lachen.

»Bist du verletzt?«, fragte ich.

»Nur mein Hintern und mein Stolz. Ansonsten ist alles in Ordnung.«

»Okay, gut.« Ich legte mich auf dem Eis auf den Rücken. »Ich glaube, so bleibe ich jetzt ein Weilchen.«

Zelda lachte. »Hier unten ist es sicherer.«

Ich sah auf und riss bewundernd den Mund auf. Blind tastete ich nach ihrem Arm. »Zelda, das musst du dir ansehen.«

Ich dachte, sie würde eine witzige Bemerkung machen oder mich verrückt nennen, doch sie legte sich neben mich aufs Eis, und ihre Haare berührten fast meine Wange.

Wir blickten nach oben, in den Himmel, der ein dunkles Blau angenommen hatte, und auf den Weihnachtsbaum, der über uns aufragte. Er war ein glitzernder Kegel mit tausenden bunten Lichtern. Die ganze Stadt funkelte durch die Lichter des Baums und der Wolkenkratzer. Reflektiert vom Eis und der Goldstatue des Prometheus.

Die Welt war wunderschön. Sogar noch schöner mit Zelda neben mir, Schulter an Schulter. Und trotz des Eises unter mir wärmte sie mich.

»Siehst du das auch?«, fragte ich.

Ich spürte, wie sie nickte. »Wunderschön.«

Wir blieben nur ein paar Minuten so, bis uns ein Mitarbeiter der Eisbahn daran erinnerte, dass es nicht besonders schlau war, auf dem Boden zu liegen, während hundertachtundvierzig andere Leute mit scharfen Schlittschuhen an unseren Köpfen vorbeisausten. Aber das war es wert. Meine Jacke war feucht, aber auch das war es wert.

Die Lichter der Stadt in Zeldas Augen reflektiert zu sehen war es wert.

Wir gaben unsere Schlittschuhe zurück, und ich kaufte uns zwei heiße Kakao. Dann setzten wir uns unter einen Heizpilz an einen Tisch neben der Bahn. Ich sah Zelda an. Meine Gefühle waren ein einziges Durcheinander, aber vielleicht, wenn ich meine Worte einfach kommen ließ, würde sich eine neue Geschichte in der kalten Nachtluft zwischen uns entfalten.

»Ich wollte dich was fragen«, sagte sie. Ihre behandschuhten Finger hielten ihren Kakao, und sie kaute auf ihrer Unterlippe herum.

»Na klar«, erwiderte ich. »Leg los.«

Sie starrte auf ihren Becher. »Du weißt ja, dass ich diese Panikattacken bekomme, wenn ich meine Familie besuche. Oder auch nur darüber nachdenke.«

Ich nickte.

»Und deshalb sehe ich sie nur selten. Höchstens ein, zwei Mal im Jahr. Und das ist scheiße. Ich vermisse sie. Sehr. Aber es ist einfach … zu viel.« Sie schüttelte den Kopf. »Ich weiß, dass das feige klingt, aber …«

»Tut es nicht«, sagte ich.

Sie schenkte mir ein reumütiges Lächeln, dann fuhr sie fort: »Es kommt mir aber feige vor. Ich weiß, dass es meiner Mutter wehtut, aber … Jedenfalls muss ich sie jetzt, da ich nur ein paar Stunden von Philly entfernt bin, *unbedingt* besuchen. Es ist vielleicht ein Fehler, aber ich muss es versuchen.« Bisher hatte sie starr auf ihren Kakao geschaut, doch jetzt sah sie mir in die Augen. »Also hab ich mich gefragt, ob du vielleicht Lust hättest, mich zu begleiten.«

Ich lehnte mich zurück. »Du willst, dass ich Weihnachten bei deiner Familie verbringe?«

Sie nickte. »Weil … ich weiß, das klingt jetzt verrückt, aber wenn du bei mir bist, fühle ich mich sicher.«

Mein Herz begann wild zu klopfen. »Zelda … ich weiß nicht, was ich sagen soll.«

»Seltsam, oder? Keine Ahnung warum, aber seit ich dich getroffen hab …« Sie schüttelte den Kopf. »Erinnerst du dich an den Burger-Laden? Du hast genau gewusst, was zu tun ist. Noch nie war eine meiner Panikattacken so schnell vorbei. Du hast nicht nur geholfen. Du hast sie *aufgehalten*. Und als ich dir erzählt hab, was mit Rosemary passiert ist …« Sie zuckte mit den Schultern und sah weg. »Es war okay. Irgendwie war es durch dich okay für mich, die Worte auszusprechen, die immer wie Säure gebrannt haben.«

Ich starrte Zelda an, und sie musste mein Schweigen negativ deuten, denn sie vergrub ihr Gesicht in den Händen. »Oh Gott, tut mir leid«, sagte sie zwischen ihren Fingern hindurch. »Ich versuche wirklich nicht, dir ein schlechtes Gewissen zu machen, damit du mitkommst. Wenn du nicht willst, musst du natürlich nicht. Aber ich …«

»Ich will«, sagte ich, und in der kurzen Sekunde, in der sie den Kopf hob und mich hoffnungsvoll – und vielleicht sogar glücklich – ansah, saugte die beschissene Realität meiner Situation die ganze Aussicht auf etwas Schönes aus der Luft.

»Aber ich kann nicht«, sagte ich.

Ihr Lächeln erstarb. »Du kannst nicht?«

»Ohne die schriftliche Erlaubnis der Bewährungsbehörde darf ich den Staat nicht verlassen«, sagte ich und hasste jede Silbe, die aus meinem Mund kam. Ich hasste es, dass ich für einen kurzen Moment die harten Beschränkungen meines Lebens vergessen hatte. Hasste es, wie sich die Lichter der Stadt nun in eine mit Stacheldraht gesicherte Mauer verwandelten, die mich gefangen hielt. Und vor allem hasste ich diese wenigen magischen Momente, als ich auf dem Eis gelegen und mich normal gefühlt hatte. Ich hatte mich nicht wie ein Straftäter gefühlt. Meine Zukunft war mir nicht hoffnungslos vorgekommen. Die Momente verhöhnten mich jetzt, und ich hasste es.

»Kannst du diese Erlaubnis bekommen?«, fragte Zelda.

»Es muss dreißig Tage im Voraus sein.«

»Vielleicht kann Roy ja etwas tun …«

»Kann er nicht.« Ich warf meinen Pappbecher mit dem Kakao in den Mülleimer, obwohl er noch fast voll gewesen war, und stand auf. »Sollen wir? Es wird langsam ziemlich kalt hier draußen.«

»Beckett …«

»Tut mir leid, Zelda. Das Angebot war wirklich sehr nett, aber ich kann nicht.«

Weil ich ein Straftäter bin. Schön blöd, dass ich das vergesse habe.

13

Zelda
22. Dezember

Während der Woche nach dem 16.12. war Beckett ein anderer Mensch. Er war kaum in der Wohnung, und wenn er es war, sprach er kaum. Zweimal schickte er mir eine Nachricht, dass ich ohne ihn essen sollte, weil er nach Feierabend noch was mit Freunden machen wollte. Er zog sich von der Arbeit an der Graphic Novel zurück, und ich sagte nichts deswegen. Ich konnte mich selbst kaum darauf konzentrieren. Ich hatte sie mit ihm geteilt, und es tat schrecklich weh, dass er sie jetzt zurückgab.

Ist doch egal, sagte ich mir. *Ich schaffe das auch allein. Wie immer.*

Doch mein Herz flüsterte, dass es alles andere als egal war.

Am Donnerstagnachmittag war im *Annabelle's* wegen der bevorstehenden Feiertage viel los, und ich verließ meine Schicht eine Stunde später als üblich. Ich hatte einen Haufen Trinkgeld in der Tasche und ein Gourmet-Thunfisch-Sandwich in einer Plastiktüte an meinem Handgelenk. Jemand hatte eine Bestellung zum Abholen aufgegeben, war aber nicht aufgetaucht.

An dem kleinen Supermarkt bei uns um die Ecke machte ich halt. Ich war inzwischen Stammkundin geworden und kam dreimal die Woche, um frische Lebensmittel zu kaufen. Die

Kassiererin, eine Frau mittleren Alters mit umwerfenden braunen Haaren, kannte mich gut.

»Hey, Afsheen«, sagte ich, während ich einen Butternut-Kürbis und einen Bund Rucola aufs Band legte. »Wie geht es Ihnen heute?«

»Mir geht's gut, Süße. Das wird ein köstlicher Salat, oder?«, fragte sie, als sie meine Einkäufe in eine Tüte packte.

Ich lächelte. »Das ist zumindest der Plan. Wenn ich es nicht vermassele. Neues Rezept.«

»Ich glaube fest an Sie«, sagte sie mit einem Augenzwinkern. »Oh, und wenn ich Sie vor dem Fünfundzwanzigsten nicht mehr sehe …« Sie bückte sich und holte eine kleine Topfpflanze hervor. Sie hatte wächserne grüne Blätter und leuchtend orange, rote und gelbe Blüten.

Afsheen stellte die Pflanze auf die Theke und glättete ihren mehrfarbigen Hidschab. »Eine Kleinigkeit, um die Wohnung im Winter aufzuhellen.«

»Für mich?« Tränen stiegen mir in die Augen, und ich musste blinzeln. *Komm schon, Rossi, sei nicht so eine Heulsuse.* Ich räusperte mich. »Das wäre doch nicht nötig gewesen.«

»Es ist für die Feiertage«, entgegnete Afsheen und drohte scherzhaft mit dem Finger. »Ein Nein akzeptiere ich nicht.«

»Vielen Dank. Sie ist wunderschön.«

Wir verabschiedeten uns, und ich verließ den Laden mit zwei Einkaufstüten an einem Arm und einer Topfpflanze unter dem anderen. So ein kleines Ding, aber ich liebte sie jetzt schon. Die Blüten erinnerten mich an ein buntes Feuerwerk.

Ich ging den Rest des Wegs nach Hause und kam gerade an, als es wieder zu regnen begann. An der 2C blieb ich stehen. Meine Arme waren zwar voll, aber irgendwie schaffte ich es, zu klopfen. Mrs Santino öffnete und spähte durch den von der Kette gesicherten Türspalt.

Ich ließ die Tüte von *Annabelle's* vor ihr baumeln. »Mögen Sie Thunfisch?«

Die Tür wurde wieder geschlossen, und ich fragte mich, ob sie vielleicht nur von Beckett Essen annahm. Doch drei Sekunden später ging sie wieder auf, sie schnappte sich die Tüte und machte wieder zu.

Ich grinste triumphierend. »Ich nehme das mal als ein Ja.«

Dann ging ich zu 2E weiter, fischte den Schlüssel aus meiner Handtasche und öffnete die Tür.

Fast hätte ich den Einkauf und meine Topfpflanze fallen lassen.

Darlene war auf dem Sofa, mit dem Gesicht Richtung Tür. Sie war nackt, und ihre kleinen Brüste hüpften, während sie rittlings auf einem Mann saß. Sie hatte den Kopf in den Nacken gelegt, den Mund geöffnet. Mit einer Hand presste sie die des Typen auf ihre Brust. Die andere zerwühlte seine Haare.

Seine blonden Haare.

Ich schnappte nach Luft.

Darlene hatte in meiner Wohnung Sex mit einem Mann.

Einem blonden Mann.

Beckett.

Darlene hatte in meiner Wohnung Sex mit Beckett.

Die ganze Reaktion hatte nicht länger als drei Sekunden gedauert, aber es kam mir vor wie drei Jahre, bevor ich die Tür wieder schloss. Ich stand mit zugeschnürter Kehle im Flur und versuchte zu verarbeiten, was ich gerade gesehen hatte. Scham und Schock vermischten sich zu etwas Hässlichem.

Außer blonden Haaren hast du nichts gesehen, sagte ich mir. *Das muss nichts bedeuten.*

Doch es war Becketts Wohnung, nicht meine. Darlene und er waren seit einem Jahr Freunde. *Gute* Freunde, wie er gesagt hatte. Und sie hatte mir selbst gesagt, dass sie schon seit einer Ewigkeit versuchte, ihn herumzubekommen.

Sie war einsam. Er distanziert.

Die Details kamen zusammen und bebilderten die Szene in leuchtendem Technicolor. Es war Beckett. Beckett hatte Sex mit Darlene auf der Couch.

Das weißt du nicht.

Und doch brachte ich es nicht über mich, die Tür zu öffnen und nachzusehen, denn wenn dem so war …

»Und wenn?«, flüsterte ich. »Egal. Ist doch nichts dabei.«

Ich schluckte den Klumpen *Nichts* herunter und spürte, wie der Schmerz meine Kehle herunterrutschte. Ich legte die Hand auf die geschlossene Tür und lehnte mich dagegen, um den gedämpften Stimmen auf der anderen Seite zu lauschen.

»Was ist denn hier los?«

Erschrocken wirbelte ich herum.

Vor mir stand Beckett mit seinem Rad, das Gesicht rot vor Kälte.

»Beckett …?«

»Soweit ich weiß.« Er lächelte verwirrt. »Alles okay?«

Er ist hier. Nicht da drin und vögelt eine andere.

Die Erleichterung kam so intensiv und überraschend über mich wie der Schmerz zuvor und wärmte mich von innen. »Alles bestens«, sagte ich und lachte nervös. »Großartig. Könnte nicht besser sein.«

Mein Blick fraß ihn auf, verschlang jedes winzige Detail. Der leichte Regen, der auf seiner Jacke schimmerte, seine roten Wangen, das besorgte Dunkelblau seiner Augen.

»Warum stehst du hier draußen?«, fragte er. »Hast du deinen Schlüssel verloren?«

»Nein, ich …« Ich konnte einfach nicht aufhören zu lachen. »Darlene ist da drin. Mit einem Kerl.«

Einem Kerl, bei dem es sich nicht um dich handelt. Weil du hier bist. Bei mir.

»Und was macht sie?«, fragte er stirnrunzelnd. »Oder will ich das gar nicht wissen?«

»Es beinhaltet Nacktheit und sexuelle Situationen. Freigegeben ab achtzehn.«

Becketts Miene verfinsterte sich. »Im Ernst jetzt? Ich hab ihr schon hundertmal gesagt …«

Ich trat beiseite und sah zu, wie Beckett laut an der Tür klopfte. Mir war fast schwindlig, als hätte ich gerade am stärksten Joint der Welt gezogen. Alles war lustig und hell und perfekt.

»Darlene?«, rief Beckett mit ernster Stimme. »Du hast zehn Sekunden, dann kommen wir rein.« Er sah mich kopfschüttelnd an. »Das tut mir so leid. Sie hat zwar einen Schlüssel für Notfälle von mir, aber ich hab sie gewarnt: keine Drogen, keine Partys, und meine Wohnung ist kein Stundenhotel.«

»Schon in Ordnung«, sagte ich und grinste immer noch wie ein Idiot. »Total in Ordnung.«

Beckett warf mir einen letzten prüfenden Blick zu, dann rief er: »Darlene? Die Zeit ist um.«

Er schloss die Tür auf, und ich blieb dicht hinter ihm. Die Augen hatte ich zugekniffen, für den Fall, dass Darlene und ihr Liebhaber, der nicht Beckett war, immer noch zugange waren. Doch sie standen beide mit zerknitterter Kleidung und zerwühlten Haaren verlegen vor dem Sofa.

»Entschuldige, Becks«, sagte Darlene, während sie sich ihre Stiefeletten anzog. »Wir waren in der Gegend, um hallo zu sagen. Ich wollte, dass Kyle Zel kennenlernt, und es regnete und niemand war zu Hause. Eins führte zum anderen …«

Der Kerl – Kyle – steckte sich das Hemd in die Hose. »Ja, tut mir leid, Mann. Wir haben uns hinreißen lassen.«

Beckett ignorierte ihn. »Auf meinem *Sofa*, Darlene?«

»Na ja, besser als in deinem *Bett*, oder?«, erwiderte sie trotzig. Sie sah mich an. »Hey, Zel. Das alles tut mir leid.«

»Alles in Ordnung, Dar«, sagte ich. »Vollkommen okay.«

Plötzlich verspürte ich das Verlangen, ihr zu sagen, dass sie jeden Mann, der nicht Beckett war, vernaschen konnte, so oft und wo auch immer sie wollte. Ich biss mir in die Backe, um es zu unterdrücken.

»Das ist jedenfalls Kyle Hayes«, sagte Darlene. »Das ist Zelda, und der wütende Typ da ist Beckett.«

Kyle lächelte schwach und winkte. Sein Hosenstall stand noch auf. »Hallo.«

»Hallo, *Kyle*«, erwiderte Beckett langsam und hörbar wütend.

»Hi, Kyle«, sagte ich laut. »Wie *schön*, dich kennenzulernen.«

Beckett warf mir erneut einen Blick zu – jeder wirkte mehr um meine geistige Gesundheit besorgt als der davor – und wandte sich dann wieder an Darlene. »Dies ist kein besonders guter Zeitpunkt für einen Kaffeeklatsch.«

»Verstanden«, sagte Darlene, nahm Kyle an der Hand und zerrte ihn zur Tür. »Wir sind weg. Komm schon, Kyle.«

»Und mach das nicht noch mal, Dar«, ergänzte Beckett, während er sein Rad an die Wand lehnte.

Sie streckte ihm die Zunge raus, dann sah sie mich an und machte eine »Ruf mich an«-Geste.

»*Komm* jederzeit wieder«, rief ich und lachte auf.

Beckett schloss die Tür hinter ihnen, verschränkte die Arme vor der Brust und rieb seinen rechten Ellbogen. »Was ist denn mit dir los?«

»Was meinst du? Das war doch witzig. Wie aus einer Sitcom … nur pornografisch.«

»Als ich dich im Flur gesehen hab, dachte ich zuerst, du würdest …«

»Ich würde was?«

»Weinen.«

Mein Lächeln erstarb, doch ich zwang mich, ihn weiter anzusehen. »Ganz im Gegenteil. Ich hab das Zartgefühl eines fünfzehnjährigen Jungen. Die ganze Situation war zum Totlachen.«

Er nickte langsam, runzelte jedoch weiterhin die Stirn. »Ja, okay.« Mit finsterem Gesichtsausdruck sah er zu der geschlossenen Wohnungstür, als ob er dahinter immer noch Darlene und Kyle sehen könnte.

Mein Hochgefühl stürzte in sich zusammen, als ich mich zu fragen begann, ob *er* vielleicht traurig war, dass *Darlene* jemand anderen vögelte.

»Du siehst nicht besonders glücklich aus«, begann ich zögernd. »Kein Fan von Kyle? Kennst du ihn?«

»Nein, und genau das ist es, was mir nicht gefällt«, sagte Beckett. »Ich mache mir Sorgen um Darlene. Sie macht mit irgendwelchen Typen herum, und Gott allein weiß, ob sie auf irgendwelchen Drogen sind. Wenn ja, ist es nur eine Frage der Zeit, bis sie wieder damit anfängt.«

Beckett drückte sich von der Tür ab und humpelte in die Wohnung. Erst jetzt fiel mir auf, dass er vier Stunden zu früh zu Hause war.

»Warte mal, was ist passiert?«, fragte ich. »Warum gehst du so?«

Er verzog das Gesicht, während er zum Sofa humpelte und sich vorsichtig hinsetzte.

»Ich wurde angefahren«, sagte er.

»Du wurdest *was?*«, rief ich erschrocken, gefolgt von einem geflüsterten »Oh Scheiße«, als er sein zerrissenes Hosenbein hochkrempelte. Seine Socke war blutig, und seine Wade war vom Knöchel bis zum Knie abgeschürft und schmutzig.

»Gott verdammt.« Als er mit dem Hochkrempeln seines Hosenbeins fertig war, bewegte er vorsichtig seinen rechten Arm.

»Und was ist damit?«, fragte ich beunruhigt.

»Nur verstaucht. Ich bin über die Straße gerutscht und auf meinem Ellbogen gelandet, aber ich glaube, es ist okay.«

»Was ist denn nur passiert?«

»So ein Typ ist plötzlich vor mir abgebogen. Ich glaube, er hatte fast verpennt, dass er dort abbiegen wollte. Hat mich nur knapp verfehlt.«

»Was für ein Arschloch«, sagte ich durch zusammengebissene Zähne. Ich kniete mich vors Sofa und untersuchte Becketts Bein. »Die Wunde ist nicht tief, aber da ist viel Schmutz drin.«

»Ich muss das Bein abduschen«, sagte er und zog seinen Schuh und die blutige Socke aus. »Könntest du das Wasser anstellen? Lauwarm.«

»Ja, natürlich.«

Ich tat, was er gesagt hatte, dann half ich ihm ins Badezimmer. Beckett biss die Zähne zusammen und hielt sein Bein unter den Wasserstrahl. Ich sah zu, wie ein Großteil des Bluts und des Schmutzes abgewaschen wurde, doch ein paar kleine Steinchen steckten weiterhin in der Abschürfung oberhalb seines Knöchels.

»Mist. Das muss alles rausgekratzt werden«, sagte Beckett.

»Rausgekratzt?« Ich verzog das Gesicht. »Hast du das schon mal gemacht?«

»Das ein oder andere Mal.« Beckett lächelte schwach. Er wirkte erschöpft.

Das passiert eben, wenn man angefahren wird.

»Geh und leg dich ins Bett«, sagte ich. »Wo ist dein Verbandszeug? Im Badezimmer?«

»Das schaffe ich selbst.«

Aber ich war bereits auf dem Weg. Unter dem Waschbecken, hinter meiner Packung Tampons, fand ich eine Schachtel mit einem kleinen Fläschchen Wasserstoffperoxid, Mull und antibakterielle Salbe. Ganz unten lag ein runder silberner Scheuerschwamm, noch in seiner Originalverpackung.

»Scheiße, das passiert wohl öfter«, murmelte ich.

Ich schnappte mir die Schachtel, und als ich das Wohnzimmer betrat, lehnte sich Beckett im Bett gerade vorsichtig gegen sein Kissen.

»Vielleicht solltest du besser ins Krankenhaus gehen.«

»Nicht nötig«, sagte er. »Ich hatte schon Schlimmeres.«

Mir fiel ein, was Darlene über seine fehlende Krankenversicherung gesagt hatte. Aber in der Notaufnahme durfte man ihn trotzdem nicht ablehnen.

Er sah mich auf meiner Unterlippe herumkauen. »Zel, das kommt schon wieder in Ordnung. Mein Ellbogen ist verstaucht, und ich hab eine fiese Abschürfung. Dafür brauche ich keinen Arzt.«

»Hast du dich am Kopf verletzt? Hast du Kopfschmerzen?«

»Ich hatte meinen Helm auf.«

Ich schaute ihn skeptisch an, während ich die Erste-Hilfe-Box neben das Bett stellte und ein sauberes Handtuch aus dem Schrank holte. Ich legte das Handtuch aufs Bett und hob vorsichtig sein Bein darauf. Er lehnte sich gegen sein Kissen zurück.

»Es ist nicht besonders tief«, sagte ich, während ich die Wunde untersuchte. »Aber es wird furchtbar wehtun. Soll ich dir vorher noch was zu trinken besorgen?«

Er legte den Kopf schief.

»In Filmen geben sie den Leuten immer einen Schluck Whiskey oder Schwarzgebrannten, um den Schmerz zu betäuben, bevor sie irgendeine grauenvolle medizinische Prozedur durchführen.«

»Hast du vor, mir das Bein abzusägen?«

»Das sollte ich wahrscheinlich. Bevor du dich verwandelst.«

Zum ersten Mal seit unserem Ausflug zur Rockefeller Plaza sah ich ihn lachen. »Schon okay«, erwiderte er. »Betrinken kann ich mich eh nicht. Ich muss morgen arbeiten.«

Ich warf ihm einen entsetzten Blick zu. »Du kannst doch morgen nicht arbeiten!«

»Ich muss, Zel. Kann mir nicht leisten, es nicht zu tun.«

Ich schnaubte. »Wir werden sehen.« Ich riss die Verpackung des Scheuerschwamms auf und tränkte ihn mit Wasserstoffperoxid. »Bist du bereit?«

»Bist *du* bereit?«

»Ich bekomme das hin. Denke ich.« Ich legte meine Hand auf seinen Knöchel und dachte plötzlich, dass Beckett echt hübsche Füße hatte. Seine Wade war muskulös. Doch jetzt, da ich so nah war, bemerkte ich weitere kleine Narben um sein Knie. Ich dachte an das, was Darlene gesagt hatte: dass es nur eine Frage der Zeit war, bis er angefahren wurde.

»Warte kurz!«, rief Beckett, gerade als ich seine Haut mit dem Schwamm berührte.

Ich zuckte zusammen. »Mein Gott, was?«

»Du hast mir keinen Stock zum Draufbeißen gegeben.«

»Idiot.« Ich schlug ihm spielerisch auf die Fußsohle. »Wenn du so weitermachst, werde ich nicht mehr so vorsichtig sein.«

Er grinste und lehnte sich mit geschlossenen Augen zurück. »Das war der Plan.«

Ich schnaubte und machte mich an die Arbeit. Zögerlich und mit so wenig Druck wie möglich entfernte ich die winzigen Steinchen, die in seiner Wunde steckten. Becketts Fuß zuckte ein paarmal, und sein Wadenmuskel spannte sich an, doch er gab keinen Mucks von sich.

Als ich fertig war, sah die Schürfwunde rot und geschwollen, aber sauber aus. Ich gab das Wundgel darüber und wollte mit dem Bandagieren anfangen, aber Beckett hob seine Hand.

»Das muss atmen. Verbinden wir es morgen.«

»Jetzt mal im Ernst«, sagte ich. »Wie oft ist das schon passiert?«

Er sah mich erschöpft an. »Keine Ahnung«, antwortete er. »Oft genug.«

Ich blieb einen Moment bei ihm sitzen und überlegte, was ich sagen oder tun konnte. Draußen begann es zu dämmern.

»Ich mach jetzt Abendessen«, sagte ich. »Du ruhst dich aus, aber schlaf ja nicht ein, sonst, das schwöre ich dir, werde ich einen Krankenwagen rufen.«

»Ich hab mir nicht den Kopf angeschlagen«, sagte er. »Ich fahre lange genug, Zel. Ich weiß, wie man fällt.«

»Oh, jetzt fühle ich mich ja gleich *viel* besser.«

Er lachte. »Meinetwegen, ich verspreche dir, dass ich nicht einschlafe. Aber leg vielleicht eine Platte auf, ja?«

»Ja. Was Lautes.«

Ich ging seine Sammlung durch und fand *Paul's Boutique* von den Beastie Boys. Kurz darauf ertönte *Hey Ladies*.

»Dabei werde ich garantiert nicht einschlafen«, sagte Beckett.

»Ganz genau.«

Ich machte einen Kürbis-Rucola-Salat, Tomatensuppe und wärmte im Ofen ein Stück Baguette auf, während die Beastie Boys gegen die Discomusik der Siebziger rappten. Beim Kochen ließ der Schock über den Zwischenfall mit Darlene und Becketts Unfall nach, was mir Gelegenheit gab, über das überwältigende Gefühl von Verlust nachzudenken, als ich dachte, dass Beckett etwas mit einer anderen Frau hätte, sowie über das noch viel überwältigendere Glücksgefühl, als sich herausstellte, dass dem nicht so war.

Ich stellte den Couchtisch neben Becketts Bett, und wir aßen. Als das Album zu Ende war, schauten wir Nachrichten, um das Schweigen zwischen uns fernzuhalten. Es war, als würde ich den Atem anhalten, Worte zurückhalten, die ich nicht auszusprechen vermochte. Ich wusch ab und ging ins Badezimmer, um mir was Bequemeres anzuziehen.

Als ich mir kaltes Wasser ins Gesicht spritzte, fiel mir ein, wie ich meinen Freund Theo in Vegas mal bekniet hatte, er solle endlich aufhören, seine Gefühle zu verleugnen, und dem Mädchen, in das er verliebt war, sagen, dass er mit ihr zusammen sein wollte. Ich erinnerte mich daran, wie leicht mir der Rat über die Lippen gekommen war. Es war so einfach, am Rand zu sitzen, zu spotten und zu necken und nie selbst etwas zu riskieren. Es war eine Million Mal leichter, jemand anderem einen Rat zu geben, als ihn selbst zu befolgen, besonders, wenn der Rat lautete, jemandem sein Herz anzuvertrauen.

»Danke fürs Abwaschen und Aufräumen«, sagte Beckett, als ich aus dem Badezimmer kam.

»Kein Problem. Genau so habe ich mir meinen Donnerstagabend vorgestellt.«

Er lächelte nicht. »Tut mir leid, dass ich in den letzten Tagen so ein Arsch war.«

»Du warst doch kein …«

»Doch.« Er starrte an die Decke. »Auf der Eisbahn habe ich eine Weile vergessen, was ich getan habe. Es war wie ein Urlaub irgendwo, wo es warm und hell ist. Und als es mir wieder einfiel, fühlte es sich an, wie in ein kaltes, dunkles Zuhause zurückzukehren.«

Ich nickte. »Ich weiß, was du meinst. Mein Zuhause ist nicht mehr, was es mal war. Es ist kein Zuhause mehr für mich. Und das wird es niemals wieder sein.«

»Und das tut mir auch sehr leid, Zel.«

»Was meinst du?«

»Dass ich nicht mit dir nach Philly fahren kann.«

»Oh.« Ich beschäftigte mich damit, meine Haare für die Nacht zu einem Zopf zu binden. »Muss es nicht. Ich hätte an deine Bewährungsauflagen denken sollen.«

»Wirst du es trotzdem machen?«

»Es würde meine Mom zu sehr verletzen, wenn nicht.« Ich zwang mich zu einem Lächeln. »Ich werde es schon überleben. So machen wir das, oder?«

Er nickte und sah zu, wie ich die blaue Decke aufschüttelte. Eigentlich war er dran, auf der Luftmatratze zu schlafen, aber wenn er auch nur versuchen sollte, darüber zu diskutieren, würde er was zu hören bekommen.

Wir schwiegen eine Weile. Dann sagte er: »Ich glaube, ich werde mir morgen freinehmen.«

»Ach ja?«, erwiderte ich. »Dann hast du dir bei dem Unfall vielleicht wirklich nicht den Kopf gestoßen.«

Er lächelte. »Würde es dir was ausmachen, mir meinen Laptop und die Kopfhörer zu geben? Ich will mir einen Film anschauen. Heute war echt ein mieser Tag. Ich brauche ein bisschen Aufheiterung.«

»Na klar.« Ich brachte ihm beides. »Was siehst du dir an?«

»*Dumm und Dümmer.*«

»Ah. Ein Klassiker.«

»Willst du mitgucken?«

Ich zögerte. Etwas auf seinem Laptop zu schauen würde bedeuten, neben ihm im Bett zu liegen. Bevor mein Gehirn die

Gelegenheit hatte, eine Antwort zu formulieren, nickte mein Kopf, und ich hörte mich »Gern« sagen.

Ich legte mich – *auf* die Decke – neben Beckett, Schulter an Schulter. Wir verfolgten die unglaublich dämlichen Kapriolen von Harry und Lloyd und lachten an denselben Stellen, bis mein Körper schwer wurde und mir die Augen zuzufallen begannen.

»Bist du gerade am Einpennen?«, fragte Beckett leise.

»Vielleicht«, murmelte ich. »War das dein geheimer Plan? Mich von der Luftmatratze zu locken?«

»Ich habe keine Ahnung, wovon du da redest.«

Ich sah zu Becketts wunderschönem Gesicht im Profil auf. Wir lagen so dicht beieinander, und plötzlich fiel mir wieder der Moment ein, als ich glaubte, er würde mit Darlene schlafen. Fünf Sekunden, die mich bis ins Mark erschüttert hatten. Es war, als hätte ich etwas verloren, von dem ich nicht mal wusste, dass ich es wollte.

Und mir wurde klar, dass man sich an alles gewöhnen konnte – selbst daran, jahrelang allein zu sein –, bis zu dem Moment, in dem man mit etwas in Berührung kam, was besser war als das, was man hatte.

14

Beckett
23. Dezember

Als ich aufwachte, lag Zelda zusammengerollt neben mir. Um sie nicht aufzuwecken, drehte ich mich vorsichtig zu ihr um. Ihre Haare lagen ausgebreitet auf dem Kissen, und ihr Gesicht war im Schlaf frei von den harten Zügen um den Mund, den Falten zwischen den Brauen. Sie sah friedlich aus, wenn die Schatten der Vergangenheit nicht über ihr hingen. Sie berührte mich nicht, aber ich hätte sie leicht an mich ziehen können. Meine Arme um sie legen und spüren können, wie die Wärme zwischen uns stärker wurde als die Kälte.

Und was dann? Würdest du sie küssen? Oder mehr? Und sie dann morgen nach Philly fahren lassen? Ihr nachwinken, während sie sich allein ihren Ängsten stellen muss?

Ich stieg aus dem Bett und humpelte in die Küche. Die Haut an meiner rechten Wade spannte, und es brannte fürchterlich, als ich den Knöchel bewegte. Doch ein genauerer Blick zeigte, dass es bereits etwas besser als gestern aussah. Zelda hatte gute Arbeit geleistet. Ich sah zu meinem Bett, in dem sie immer noch schlief, und es war so leicht, es mir als Dauerzustand vorzustellen.

Geh nach Philly. Sei tapfer. Ich werde hier sein, wenn du zurückkommst. Es ist nicht viel, aber mehr kann ich nicht tun.

Ich war gerade dabei, Kaffee zu machen, als ich stattdessen

zu dem schmalen Schreibtisch sah, an dem Zelda arbeitete. Ich schnappte mir den erstbesten Stift, der mir in die Hände fiel, und ein leeres Blatt Papier und begann zu schreiben.

23. Dezember
Liebe Mrs J,

ich träume oft von dem Überfall. Sie bestimmt auch. Es erwischt mich mindestens einmal in der Woche, und es ist fast immer der gleiche Traum.
Das Meiste ist verschwommen oder im Zeitraffer, wie ein Film, den man vorspult. Ich sehe mich selbst und drei Komplizen, wie wir ein Wohnzimmer plündern, Wertsachen – Ihre Erbstücke? – wahllos in unsere Säcke werfen. Ich kann die Waffe im Bund meiner Jeans spüren, wo sie gegen meinen Rücken drückt.
Dann läuft der Film langsamer und wird scharf. Das ist der Moment, der mich für immer verfolgen wird. Ein Schlüssel dreht sich im Schloss, das bereits aufgebrochen ist, die Tür öffnet sich, und Sie und Ihr Mann kommen herein. Ich greife nach der Waffe, genau wie es mir mein Kumpel Nash – unser Anführer – gesagt hat. Um Ihnen Angst zu machen.
Und das habe ich.
Ich weiß nicht, warum ich das schreibe. Ihnen tut es bestimmt mehr weh als mir, und das tut mir leid. Aber, Mrs J, ich frage mich, ob Sie sich auch so in diesem Moment gefangen fühlen wie ich. Erleben Sie den Augenblick auch immer wieder, in dem Mr J zu Boden sinkt? Sind auch Sie dort gefangen? Oder konnten Sie es hinter sich lassen?
Es hinter sich lassen. Man sagt mir immer, ich soll die Sache hinter mir lassen, aber ich weiß nicht, was das heißt. Wie kann jemand eine solche Tragödie hinter sich lassen? Ich glaube, wir

finden einfach nur einen Weg, damit zu leben, denn die Zeit läuft weiter und schleppt uns durch die Tage wie ein Laufband unter unseren Füßen, ob wir wollen oder nicht. Ob wir bereit sind oder nicht.

Mein Weg führt in eine Zukunft, in der ich mit meinem Rad Kurierfahrten erledige, Tische abräume und mir wie verrückt wünsche, ich könnte den Film zurückspulen und verhindern, was passiert ist. Denn völlig egal, wie viel Zeit zwischen jenem Moment und jetzt vergeht, er wird niemals weit genug zurückliegen. Ich kann mich immer noch umdrehen und diesen schrecklichen Tag hinter mir sehen. Direkt dort, als klebte er mir an den Fersen. Aber wenn ich nach vorn schaue, sehe ich nichts als Grau.

Zumindest war das so, bevor Zelda kam.

Erinnern Sie sich an sie? Ich habe Ihnen letzten Monat von ihr erzählt. Sie wurde zu meiner Mitbewohnerin. Sie brauchte einen Ort, an dem sie leben kann, während sie an einem Projekt arbeitet, und ich brauchte das Geld. Jetzt kommt es mir so vor, als ob ihre Anwesenheit hier irgendein Versprechen bricht, das ich Ihnen gegeben habe. Die graue Zukunft, die ich immer noch vor mir sehe, ist nicht definiert. Sie ist nicht konkret. Aber ich schwöre, ich kann im Nebel ein Flüstern hören. Einen Hauch leuchtenden Grüns, der mich zu etwas anderem führt.

Ich bitte Sie nicht, mir zu vergeben, Mrs J. Das habe ich nie und werde ich auch nie, ganz egal, wie pathetisch meine Briefe scheinen mögen. Ganz egal, wie viel ich über meine Zukunft herumheule. Denn Ihr Mann hat keine mehr.

Aber ich weiß nicht, was ich tun soll. Ich bin in diesem grauen Nebel verloren, und ich frage mich, ob Sie das vielleicht auch sind.

Es tut mir leid.

Beckett Copeland

Ich starrte auf das, was ich geschrieben hatte, auf Zeldas Zeichenblock mit einem ihrer Spezialstifte. Leise riss ich das Blatt ab und faltete es ein paarmal, um es auf Briefgröße zu bekommen. Meine Hände zitterten. Meine Gedanken waren durcheinander. Der Frieden des Aufwachens neben Zelda war in meinem Herzen verschlungen mit dem entsetzlichen Tag des Einbruchs. Ihre Lebendigkeit und Wärme standen in scharfem Kontrast zu der Erinnerung daran, wie vor meinen Augen ein Mann starb.

Ich steckte den Brief in einen Umschlag und schrieb Mrs Js Namen darauf. Dann holte ich mein Handy und schrieb Roy eine Nachricht.

Ich arbeite heute nicht. Wäre ein guter Zeitpunkt für unsere monatliche Sitzung, wenn du Zeit hast.

Die Antwort kam nur wenige Momente später. **Das passt mir. Zehn Uhr?**

Gut. Bis dann.

Ich legte das Handy beiseite und drehte den Brief in den Händen. Ein verrückter, verzweifelter Drang, ihn so schnell wie möglich in Mrs Js Hände zu bekommen, ließ meine Haut jucken.

Zelda rührte sich, setzte sich auf und sah den Umschlag in meiner Hand.

»Ein bisschen Morgenkorrespondenz?«, fragte sie lächelnd. »Brauchst du eine Briefmarke?«

»Ja.« Immer wieder drehte ich den Brief in meiner Hand um. »Er ist für … schon gut. Hör mal, ich hoffe, ich kling jetzt nicht wie ein Arsch, aber ich habe Roy gefragt, ob er heute für unser monatliches Treffen kommen kann. Ich gehe nicht zur Arbeit, also dachte ich, das passt ganz gut.«

Zelda lächelte verwirrt. »Okay. Warum solltest du deshalb wie ein Arsch klingen?«

»Weil ich nicht will, dass du hier bist, wenn er kommt.« Sie zuckte zusammen. Das hatte ich befürchtet. »Tut mir leid«, sagte ich und fuhr mir durchs Haar. »Es ist nur so schon erniedrigend genug.«

Zelda setzte sich auf die Bettkante. »Was denn? Dass du dich mit Roy triffst? Das ist doch nicht …«

»Doch, ist es, Zelda. Es ist erniedrigend, dass ich einen verdammten Bewährungshelfer habe, der die Wohnung – unsere Wohnung – nach Schmuggelware durchsucht und mir persönliche Fragen über mein Leben stellt.«

Zelda stand auf und schlang die Arme um sich. »Das wusste ich doch schon von dir, Beckett«, sagte sie leicht gekränkt. »Das ist doch keine große Neuigkeit. Ich weiß es und …« Sie zuckte mit den Schultern und wich meinem Blick aus. »Und es ist mir egal.«

Oh Gott, sie war einfach zu schön. Sie hatte wohl noch nie schöner ausgesehen als in diesem Moment, gerade aufgestanden, wie sie mir mit sanfter Stimme sagte, dass sie darüber hinwegsehen konnte, was ich war.

Weil sie nicht sehen kann, was ich sehe, wenn ich zurückblicke.

Wut und Frustration lösten sich auf, und zurück blieb nichts als Reue. »Mir aber«, sagte ich leise. »Mir macht es was aus. Und ich will nicht, dass du es siehst.«

Sie sah mich einen Augenblick an, dann schüttelte sie den Kopf. »Es ist ohnehin kein Problem«, sagte sie. »Ich bin bis mindestens vierzehn Uhr im *Annabelle's*.« Sie schnappte sich ihre Arbeitskleidung und ging ins Badezimmer. »Ich geh duschen. Sag der Kaffeefee, dass sie sich beeilen soll, okay?«

Die falsche Leichtigkeit ihres Tonfalls war fast schlimmer, als wenn sie mich beschimpft hätte.

Nach dem Kaffee und schmerzhaft unnatürlichem Geplauder ging Zelda zur Arbeit, und ich humpelte nervös in der Wohnung herum, bis Roy eintraf. Noch bevor er mir auch nur einen guten Morgen wünschen konnte, hielt ich ihm den Brief hin.

»Sag mir die Wahrheit.« Ich sah ihn an. »Gibst du sie ihr?«

Roys überraschter Gesichtsausdruck schmolz zu einem traurigen Lächeln. »Das tue ich. Jeden einzelnen.«

»Aber du schickst sie ihr, oder? Du gibst sie ihr nicht in die Hand?«

»Ich schicke sie ihr.«

Ich nickte und humpelte weiter im Kreis. Ich hatte mein Hosenbein bis zum Knie hochgekrempelt, um es aus der Wunde zu halten.

»Mein Gott, Beckett, was ist passiert?«

Ich ignorierte ihn, denn meine Gedanken rasten mit ihrer eigenen Geschwindigkeit dahin. »Du hast also keine Ahnung, ob sie die Briefe liest? Du schickst sie ab, und das war's. Vielleicht wirft Mrs J sie jeden Monat ungelesen weg, richtig?«

»Na ja, ich …«

»Wahrscheinlich tut sie das. Wahrscheinlich sieht sie, von wem sie sind, und befördert sie in Ablage P.«

»Das weißt du nicht.«

»Was ich *nicht weiß*, ist, warum ich mir überhaupt die Mühe mache.« Ich humpelte zum Abfalleimer in der Küche und warf den Brief hinein. Roy starrte mich an, während ich mich aufs Sofa setzte. »Leg los«, sagte ich. »Fang mit deiner Durchsuchung an. Bringen wir es hinter uns.«

Roy schwieg einen Moment, dann setzte er sich neben mir in den Sessel. Er legte sein Klemmbrett auf den Tisch und sah mich an. »Sag mir, was passiert ist.«

»So ein Arschloch ist vor mir abgebogen. Ich bin gestürzt. Alles okay.«

Er lehnte sich vor und inspizierte mein Bein. »Sieht sauber aus.«

»Zelda hat die Wunde versorgt.«

Roy sah mich an, aber ich wollte seinem Blick ausweichen. Plötzlich hatte ich einen Kloß im Hals, der sich einfach nicht herunterschlucken ließ.

»Ich bin ein Riesenidiot.« Meine Stimme klang wie ein Krächzen. »Ich hätte sie niemals hier einziehen lassen dürfen. Das war mir in dem Moment klar, als sie gefragt hat. Nein, noch davor. Als ich sie das erste Mal getroffen hab. Ich wusste, dass es ein Fehler ist.«

»Warum ein Fehler?«, fragte Roy. »Ist was passiert?«

»Nein«, sagte ich. »Und das wird es auch nicht, weil ich von einer verdammt dämlichen Entscheidung gefangen gehalten werde, die ich vor drei Jahren getroffen habe.«

»Du bist nicht …«

»Ach nein?«, blaffte ich Roy an. Die Wut kochte in mir hoch, und ich würde explodieren, wenn ich sie nicht auf irgendetwas richten konnte. »Ich muss nach Philadelphia, Roy.« Meine Stimme triefte vor Sarkasmus. »Ich stelle hiermit einen Antrag darauf, vom vierundzwanzigsten bis zum sechsundzwanzigsten den Staat verlassen zu dürfen. Vielleicht länger. Klingt das gut? Könntest du mir das unterschreiben?«

Roys Mund wurde zu einer schmalen Linie. »Das musst du dreißig Tage im Voraus …«

»Ich weiß. Dreißig Tage Vorlauf, um den Staat verlassen zu können. Aber so funktioniert das Leben nicht. Zelda braucht mich *jetzt*, nicht in dreißig Tagen. Also erklär mir noch mal, dass ich hier nicht gefangen bin.«

Roy verdiente diese Tirade nicht. Es war nicht seine Schuld, dass ich mir mein Leben versaut hatte. Aber in diesem Moment wollte ich mir das nicht eingestehen. Stattdessen saß ich da wie ein Stein, unbeweglich und wütend.

Roy nahm sein Klemmbrett unter den Arm, stand ruhig auf,

ging zum Mülleimer in der Küche und holte den Brief heraus. Er wischte ein bisschen feuchten Kaffeesatz an einer Ecke weg und steckte ihn sich in die Tasche. An der Wohnungstür blieb er stehen.

»Ich kann dich nicht morgen nach Philly lassen, und als dein Bewährungshelfer rate ich dir stark davon ab, deine Auflagen zu verletzen.« Dann wurde sein Gesichtsausdruck milder. »Aber die Einladung, Weihnachten bei Mary und mir zu verbringen, steht immer noch. Du bist uns herzlich willkommen. Zelda auch.«

Ich ballte meine Hände zu Fäusten, um nicht nach ihm zu greifen wie ein gottverdammtes Baby. Er ging hinaus, und mir wurde klar, dass er den Brief an Mrs J nicht vor mir gelesen hatte.

Na und? Er wird ihn schon lesen, bevor er ihn verschickt. Ist sowieso verschwendetes Porto.

Ich saß lange da und ließ meinen Emotionen freien Lauf. Ich fühlte mich schlecht, weil ich Roy so behandelt hatte. Ich würde ihm später eine Entschuldigung schicken. Doch jetzt musste ich mich erst mal in meinem Elend suhlen und fühlte mich schlimmer als mein aufgeschürftes, wundes, brennendes Bein. Meine Augen landeten auf einem Flecken oranger, roter und gelber Blüten auf dem Schreibtisch, einer Zimmerpflanze, die ich bis jetzt nicht mal bemerkt hatte.

Ich humpelte zum Schreibtisch, setzte mich und starrte die Explosion von Farbe vor dem winterlichen Grau der Stadt an. Zelda hatte die Pflanze mitgebracht. Und die Weihnachtsdeko. Und den Läufer. Hatte diese schäbige Wohnung mit Farbe und Licht gefüllt.

Mein Blick fiel auf ihre Arbeit. Eine Skizze von Ryder, der aus dem Raum-Zeit-Äther sprang, um Kira vom Töten abzuhalten.

Ich blinzelte. »Ryder«, sagte ich.

Ryder.

Rider.

Ich sah auf die Sprechblase über Ryders Kopf. *Es gibt einen anderen Weg.*

Ich gab Zelda ein stummes Versprechen: Ich würde ihr helfen, einen besseren Weg zu finden, um den schrecklichen Schmerz, ihre Schwester verloren zu haben, zu ertragen. Ich konnte sie nicht nach Philadelphia begleiten …

… *damit sie sich sicher fühlt* …

Aber vielleicht konnte ich trotzdem etwas für sie tun. Ich musste es versuchen. Ich hatte kein Butterfly Project, um mich in die Vergangenheit zu schicken. Ich war für zwei weitere Jahre in New York gefangen.

Dennoch gab es vielleicht einen anderen Weg.

ICH HÄTTE DEN KRANKEN MISTKERL TÖTEN SOLLEN, STATT MICH VON DIR AUFHALTEN ZU LASSEN. HALTE MICH NIE WIEDER AUF.
ES IST MEIN JOB, IHN UND ALLE ANDEREN MISSGEBURTEN WIE IHN ZU TÖTEN.
ES BRINGT DICH UM.
IST MIR EGAL.
ES WIRD SIE NICHT ZURÜCKBRINGEN.
ICH WEISS.
SCHENK DIR ETWAS SEELENFRIEDEN, KIRA. LASS SIE GEHEN.
ICH ... ICH WEISS NICHT WIE.
ICH WERDE DIR HELFEN.

15

Zelda
23. Dezember

Nach meiner Schicht im *Annabelle's* war mir nicht danach, den Zug nach Brooklyn zu nehmen. Stattdessen suchte ich mir eine *Starbucks*-Filiale, bestellte einen Latte und ein Croissant und rief Darlene an. Sie hatte ein Dutzend Entschuldigungsnachrichten geschickt, die ich während der Arbeit nicht hatte beantworten können.

Sie ging beim ersten Klingeln dran. »Oh mein Gott, Zel, das mit gestern tut mir so leid. Es war so geschmacklos. Ich schäme mich so.«

Ich lächelte. »Brauchst du nicht. Ist keine große Sache.«

»Du bist viel zu nett zu mir«, sagte Darlene. »Ist Becks sauer?«

»Nein, er ist nur besorgt, dass Kyle nicht gut für dich sein könnte.«

Darlene machte ein nicht zu deutendes Geräusch und sagte dann: »Zelda, ich sage dir, ich war noch nie glücklicher. Im Ernst jetzt.«

»Wirklich?« Ich zupfte an meinem Croissant herum. »Wie hast du ihn kennengelernt?«

»Oh mein Gott, stell dir nur vor: er kam für ein Blind Date ins *Giovanni's,* aber sie tauchte nicht auf. Wir kamen ins Gespräch und … keine Ahnung, es hat einfach gepasst. Er ist so *nett*, Zelda. Netter als jeder andere, mit dem ich je zusammen war.« Ihre Stimme wurde leiser und zitterte. »Um ehrlich zu sein, hab ich ein bisschen Angst.«

»Du hast Angst, weil du ihn so gernhast«, sagte ich und begann, lange Streifen buttriger Kruste von dem Croissant abzureißen.

»Ja, aber ich hab zu früh mit ihm geschlafen. Ich hatte mir versprochen, dass ich es nicht tun würde, aber wir können einfach nicht die Hände voneinander lassen.«

»Ist mir aufgefallen«, sagte ich schmunzelnd. Mein Croissant lag in Fetzen auf dem Teller. »Aber das ist doch gut, Dar. Ich freue mich, dass du glücklich bist.«

»Ich hab eher Angst als dass ich glücklich wäre. Oder vielleicht hab ich Angst, weil ich glücklich bin. Ich will das hier nicht verpatzen, Zel. Aber andererseits will ich nicht … keine Ahnung, ich will mich nicht zurückhalten. Ich werde es einfach wagen, weißt du?«

Nein, weiß ich nicht, dachte ich. Ich bin nicht so mutig wie du.

»Ich hoffe für ihn, dass er deiner würdig ist«, sagte ich.

»Meiner würdig?«, wiederholte sie skeptisch.

»Ja«, sagte ich. »Wenn er dir wehtut, werde ich ihm in den Hintern treten.«

»Zel, du bist die Beste. Wie geht es dir? Sehen wir uns noch mal vor Weihnachten?«

Die wenigen Schlucke Kaffee, die ich getrunken hatte, machten mir Magenschmerzen.

»Wahrscheinlich nicht. Ich fahre morgen zu meiner Familie.« Ich beugte mich über den Tisch. »Hey, Dar, wenn Beckett Roys Einladung nicht annimmt, schaust du dann mal nach ihm?«

»Ich kann sogar noch mehr tun«, sagte Darlene. »Ich ertrage meine Familie nur in kleinen Dosen, selbst an Weihnachten.

Nach den morgendlichen Festivitäten werden wir ausgehen, so wie letztes Jahr.« Ich konnte sie lächeln hören. »Ich will, dass Becks Kyle kennenlernt. Ich meine, offiziell kennenlernt. Und ihn mag. Ich will unbedingt, dass sie sich mögen.«

»Ich bin mir sicher, das werden sie«, sagte ich.

»Das hoffe ich. Okay, ich muss los. Frohe Weihnachten, Zel. Hab dich lieb!«

»Ich dich auch.«

Ich spazierte durch SoHo, um Geschenke zu kaufen. Ein Musikladen lockte mich hinein. Es gab hauptsächlich Instrumente, aber in einem Regal entlang der hinteren Wand gab es Vinylplatten. Ich ging sie durch und dachte, dass es hoffnungslos sei, bei dieser großen Auswahl an Musik etwas zu finden, was Beckett gefallen würde, bis ich am Buchstaben S angelangt war. Ein Lächeln breitete sich auf meinem Gesicht aus, und ich zog das Album heraus, ohne auf den Preis zu schauen.

Draußen, zurück in der Kälte, ließ mein Lächeln nach. Ich hatte noch nicht für meine Reise nach Philly gepackt. Der Gedanke daran ließ meine Haut kribbeln, als würde sich die Luft wie kurz vor einem Blitzeinschlag aufladen. Mein Zug ging am nächsten Tag um zwölf, und je näher dieser Zeitpunkt rückte, desto mehr schien ich hin- und hergerissen. Aus dem Durcheinander an Gefühlen, die ich für Beckett empfand, schrie eines lauter als all die anderen: Ich wollte, dass er mich begleitete.

Aber er kann nicht. Und er fühlt sich deshalb offensichtlich schlecht, also geh nicht in diesem Zustand nach Hause, sonst fühlt er sich noch schlechter.

Dank meines beschränkten Budgets war ich ziemlich schnell mit meiner Shoppingtour fertig und stellte entsetzt fest, dass es erst neunzehn Uhr war. Also ging ich ins nächstbeste Kino, um mir Popcorn in den Mund zu schieben und die Geschichte von jemand anderem zu verfolgen. Eine Geschichte, die ich schon während des Abspanns wieder vergessen hatte.

Ich kehrte auf die Straße zurück und flanierte an den Schaufenstern des Times Square vorbei. Ich verspürte einen Drang, zum Rockefeller Center zurückzukehren und mir den Baum anzusehen, doch die Luft war eiskalt, und es sah nach Schnee aus. Resigniert ging ich zur U-Bahn und fuhr nach Brooklyn zurück.

Es war fast elf, als ich die Wohnungstür aufschloss. Nur die Weihnachtsbeleuchtung war an. Beckett lag auf der Luftmatratze unter der blauen Decke, obwohl ich dran war.

»Natürlich«, flüsterte ich lächelnd. Sofort begannen sich meine Nerven zu beruhigen, allein dadurch, mit ihm im selben Raum zu sein. Vielleicht würde ich heute Nacht sogar etwas Schlaf bekommen.

Doch eine Stunde später drehte ich mich immer noch hin und her.

Ich warf die Decke zurück, schlich zum Schreibtisch und knipste die Lampe an. Dabei versuchte ich so leise wie möglich zu sein. Ich legte mir Papier und Stift zurecht und hoffte, mich in der Arbeit verlieren zu können. Doch meine Arbeit war meine Vergangenheit. Sie war Rosemary und ich und mein schreckliches Versagen.

Ich kann das nicht. Ich kann nicht nach Philly …

»Hey«, sagte Beckett leise.

Ich wischte mir die Nase am Ärmel ab. »Selber hey«, sagte ich, ohne ihn anzusehen. »Hab ich dich aufgeweckt?«

»Nein. Kann nicht schlafen.«

»Ich auch nicht«, sagte ich. »Ich hatte gehofft, noch ein bisschen was zu schaffen, bevor ich fahre, aber … es steckt alles in diesen dämlichen Zeichnungen.«

»Was meinst du, Zel?«

»Meine Familie. Rosemary. All das ist für sie. Und meine Mom …« Meine Stimme begann zu zittern. »An manchen Tagen fühlt sich die Arbeit wie eine Bestrafung an. Jedes Mal, wenn Kira jemanden tötet, ist es keine *Erleichterung*. Es fesselt sie nur noch stärker an ihren Verlust.«

Beckett legte seine Hand auf die Rückenlehne des Stuhls, während er sich über meine Schulter beugte. Ich sah zu, wie er die Zeichnungen überflog. »Wo sind wir gerade?«

Ich ging die Blätter durch, um zu finden, wonach ich suchte. »Ryder und Kira sind gerade in ihre eigene Zeit zurückgekehrt. Sie ist wütend, dass er sie davon abgehalten hat, ihre Zielperson zu töten. Der Kerl steckt im Gefängnis, aber das ist für sie einfach nicht genug. Sie findet, er verdient es nicht, zu leben, aber … tief in ihrem Inneren weiß sie, dass sie nicht so weitermachen kann. Nicht mehr.«

Ich sah zu ihm auf und spürte, wie mir Tränen in die Augen zu steigen drohten.

»Was passiert als Nächstes?«, flüsterte ich. »Er hat gesagt, dass es einen anderen Weg gibt. Wie sieht der aus, Beckett? Ich kann ihn nicht sehen.«

»Er sagt ihr, dass es sie umbringt«, sagte Beckett sanft. »Dass die Schuld sie von innen auffressen wird, bis nichts mehr übrig bleibt als Hass.« Er sah mich an. »Oder überhaupt nichts. Nicht mal Hoffnung.«

»Woher weiß er das?«

»Weil er da war.« Beckett blinzelte und schaute wieder auf die Zeichnungen. »Er will nicht, dass das, was ihm geschehen ist, auch mit ihr geschieht.«

»Was ist ihm denn geschehen? Was ist seine Backstory?«

Becketts Lächeln wirkte angespannt. »Ryder hat mal einen Unschuldigen getötet. Aus Versehen. Sie haben ihn zurückgeschickt, doch die Informationen stimmten nicht. Der Mann war überhaupt kein Kindermörder. Dadurch wurde Ryder der Kriminelle, und er wünscht sich wie verrückt, dass jemand in der Zeit zurückreisen würde, um *ihn* aufzuhalten.«

Ich wollte etwas sagen, doch Beckett redete mit schwerer Stimme weiter.

»Aber das können sie nicht, also will er Kira helfen. Ryder sagt ihr, dass es nicht ihre Schuld war.« Im Halbdunkel fanden seine Augen wieder meine. »Nichts von dem, was passiert ist, war ihre Schuld. Nicht eine Sekunde.«

»Aber sie hat zugesehen«, flüsterte ich. »Sie war da, und sie konnte es nicht verhindern.«

Er legte seine Hand auf meine Wange, und sein Daumen strich sanft über meine Haut.

»Und er sagt ihr, dass es ihm so unglaublich leidtut, dass sie das für den Rest ihres Lebens mit sich herumtragen muss. Er sagt, dass er es ihr abnehmen würde, wenn er könnte.«

Zum ersten Mal seit Jahren flossen Tränen über meine Wange. Sie verschwanden zwischen seiner Haut und meiner.

»Er hat sich schon genug aufgeladen«, flüsterte ich. »Mehr, als er sollte.«

Beckett schüttelte den Kopf. »Das ist nicht seine Geschichte.« Langsam ließ er seine Hand von meiner Wange gleiten. »Sondern ihre. Und sie verdient ein bisschen Seelenfrieden.«

Ich spürte, wie sich der Knoten aus Nervosität in meiner Brust zu lösen begann. Genug, um wieder ein bisschen freier zu atmen, nachdem ich zehn Jahre lang das Gefühl hatte, zu ersticken.

Beckett wollte wieder zur Luftmatratze gehen.

»Nein«, sagte ich und wischte mir mit dem Ärmel über die Augen. Ich knipste die Schreibtischlampe aus und erhob mich. Du schläfst nicht auf dem Boden. Nicht heute Nacht.«

Bevor er etwas erwidern konnte, nahm ich seine Hand und führte ihn zum Bett. Wir kletterten hinein und deckten uns zu. Ich lag neben ihm. Wir berührten uns nicht, doch ich konnte seine Körperwärme spüren.

»Gute Nacht«, sagte ich.

Er atmete tief aus. »Verdammt, Zelda …« Dann zog er mich an sich und legte die Arme um mich.

Ein Schluchzen wollte sich meiner Kehle entringen, doch ich unterdrückte es und hielt mich an ihm fest. So fest, wie er mich hielt, und jene Stellen, an denen wir uns berührten, wurden für uns gegenseitig zum Beweis, dass wir nicht allein waren.

16

Zelda
24. Dezember

Ich schlief gut, ohne Albträume, und erwachte am nächsten Morgen in einem schläfrigen Zustand angenehmer Wärme. Als ich blinzelnd die Augen öffnete, sah ich, dass Becketts Bettseite leer war. Mir fiel ein, dass er an Heiligabend arbeiten musste. Last-Minute-Shopping hielt die Kuriere den ganzen Tag und bis spät in den Abend beschäftigt.

Ich zog sein Kissen an mich und atmete tief seinen Geruch ein, als ob ich so meine Knochen mit seiner Ruhe erfüllen, sie für meine Reise nach Philly in meinen Zellen speichern könnte.

Der Kaffee in der Kanne war kalt. Ich stellte ihn auf die Heizplatte, während ich mich duschte und anzog.

Wie fühlst du dich, fragte ich mich selbst.

Meine Therapeutin in der Highschool hatte mich das ständig gefragt, und ich hatte immer gelogen und »Okay« gesagt.

»Ich fühle mich okay«, sagte ich zu den grünen Fliesen des Badezimmers. Doch an diesem Morgen stimmte es. Und es war keine schlechte Wahrheit. Verglichen mit der Alternative, ungebremster Panik, war *okay* … in Ordnung.

»Es geht mir gut«, murmelte ich, während ich mich anzog und packte und herumtrödelte, bis es an der Zeit war, nach Manhattan zu fahren.

Ich schlage mich ganz gut, dachte ich während der Zugfahrt zur Penn Station. *Ich bin okay*, während ich meinen Rollkoffer die Stufen hinauf zum Amtrack-Gleis brachte. Ich war früh dran, also kaufte ich mir ein paar Zeitschriften und einen Latte von *Starbucks*. Dann setzte ich mich auf eine Bank und legte die Füße auf den Koffer.

Alles ist vollkommen okay.

Mein Handy klingelte. Es war Beckett.

»Hi«, sagte ich.

»Hey, Zel.« Im Hintergrund hörte ich den Lärm der City. »Ich hab gerade eine Fahrt erledigt und bin nur einen Block von Penn Station entfernt. Bist du schon da?«

»Gerade angekommen.«

»Wo bist du?«

»Im Amtrack-Wartebereich. Auf einer Bank vorm *Starbucks*.«

»Bleib, wo du bist. Bin in zehn Minuten da.«

»Stimmt was nicht?«

»Nein, ich will nur mit dir reden.« Der Anruf wurde beendet.

Ich ließ die Hand in meinen Schoß fallen und fragte mich, was das zu bedeuten hatte. Für einen Moment erstrahlte ein Stern der Hoffnung in meinem Herzen, dass er es irgendwie geschafft hatte, die Dreißig-Tage-Regel seiner Bewährungsauflagen zu umgehen, vielleicht mit Roys Hilfe. Doch selbst wenn nicht, war es schön, Beckett ein letztes Mal zu sehen, bevor ich nach Philly fuhr. Ich brauchte ihn. Seine Sicherheit. Selbst wenn es nur bedeutete, ein weiteres Mal seine Arme um mich zu spüren.

Beckett kam von der Rolltreppe und sah sich auf dem Gleis um, bis er das *Starbucks* entdeckte und in meine Richtung kam. Seinen Helm trug er am Kinngurt. Seine Haare waren verschwitzt und platt gedrückt. Die Wangen über seinem Bart waren rosa vor Kälte.

Er ist wunderschön.

»Hey«, sagte er, als er näher kam.

»Selber hey. Du humpelst ja kaum noch«, bemerkte ich, denn ihm zu sagen, dass er wunderschön war, stand nicht zur Debatte.

»Ich weiß«, erwiderte er. »Du hast das Bein echt gut verarztet.«

»Ich ekle mich nicht so schnell. Dafür lese ich zu viele Horrorcomics.« Ich zog meinen Mantel dichter an mich, um ihm Platz auf der Bank zu machen.

»Ich hab nicht viel Zeit«, sagte er. »Dein Zug kommt, und ich hab einen anderen Auftrag.« Er warf mir einen kurzen Blick zu, dann zog er mit dem Finger ein Muster im Holz der Bank nach. »Also, es gibt keine gute Möglichkeit, eine Anekdote aus meiner Gefängniszeit einzuleiten, also springe ich einfach direkt rein, okay?«

»Okay.«

Er lehnte sich zurück. »Wie du dir bestimmt vorstellen kannst, ist es scheiße, im Gefängnis zu sein«, sagte er, den Blick starr geradeaus gerichtet. »Oder vielleicht kannst du das auch nicht. Das Schlimmste daran ist nicht das Offensichtliche. Es sind nicht die kleinen Zellen, der Mangel an Privatsphäre und Würde oder die gefährlichen Typen, die mit dir dort eingeschlossen sind. Versteh mich nicht falsch, das ist alles ziemlich schrecklich. Aber die wahre Bestrafung besteht darin, was das Gefängnis innerlich mit dir macht.«

Seine Stimme klang kratzig, als ob dieses Thema rostig war.

»Die Langeweile ist ziemlich schlimm. Man lebt in dieser hirnbetäubenden Monotonie, durchsetzt mit Gewaltausbrüchen. Wenn man Glück hat und sich unauffällig verhält, ist die

Langeweile das Beste, worauf man hoffen kann. Ich hab viel gelesen. So viel ich konnte, und das kam einer Flucht aus all dem am nächsten. Es gibt keine Freude in deinem Leben. Kein Glück.« Er verzog das Gesicht. »Ich meine, es ist schließlich das Gefängnis, kein Urlaub.«

Ich lächelte sanft. »Red weiter.«

»Man hat viel Zeit, herumzusitzen und die Entscheidungen zu überdenken, die man in seinem Leben getroffen hat«, sagte er mit einem gezwungenen Lächeln. »Die meisten dort leben in ihrer Erinnerung. Ein paar Typen – wie mein erster Zellengenosse – halten nie den Mund. Er erzählte den ganzen Tag Geschichten. Ich behielt meine in meinem Kopf und sah sie mir immer wieder an wie Filme auf DVD. Und wenn ich an eine gute Erinnerung – einen guten Moment – geriet, tat ich mein Bestes, um dorthin zurückzukehren. Mich nicht nur daran zu erinnern, sondern ihn erneut zu *erleben*. Mir ins Gedächtnis zu rufen, was ich gerochen hatte, wie sich Dinge, die ich berührt hatte, anfühlten. Und was ich empfunden hatte. Wenn ich an eine glückliche Erinnerung geriet – zum Beispiel, wie mich mein Gramps mal nach Coney Island mitgenommen hatte, als ich zwölf war –, klammerte ich mich daran fest und durchlebte sie immer wieder.

»Und hat es funktioniert?«, fragte ich.

»So habe ich überlebt.« Als er mich ansah, war sein Blick voller Bedauern. »Wenn du wieder in Philly bist, in deinem Zuhause, und dich das schlimme Zeug zu überwältigen droht, schnapp dir eine gute Erinnerung, Zel. Halt dich an ihr fest und durchlebe sie. Es könnte helfen.« Er schüttelte den Kopf, löste seine fest verschränkten Arme und hob die Hände. »Ich weiß, es ist nicht viel, aber es ist alles, was ich hab.«

Eine Stimme aus den Lautsprechern verkündete die Ankunft meines Zugs.

»Das ist meiner«, sagte ich.

»Komm«, erwiderte er. »Ich bring dich hin.«

Schweigend gingen wir zum wartenden Zug. Beckett beobachtete mit zusammengekniffenen Augen den Ansturm der Reisenden, die den Zug verließen oder bestiegen. »Zelda …«

»Denk nicht mal dran«, sagte ich. »Wenn du erwischt wirst, stecken sie dich direkt wieder ins Gefängnis, oder?«

Seine Kiefermuskulatur zuckte.

Ich hakte nach. »Stimmt doch, oder?«

Er sah weg. »Wahrscheinlich. Für ein paar Monate.«

»Ein paar Monate ist zu lang. Und ich würde mir das niemals verzeihen.« Ich drückte meine Faust gegen seine Schulter. »Ich schaff das schon. Du bleibst hier. Für mich. Okay?«

Er atmete tief aus und ließ seine Schultern sinken. »Okay«, sagte er schließlich.

»Versprich es mir.«

»Ich verspreche es«, sagte er. »Aber nur, weil der verdammte Staat New York sagt, dass ich es muss.«

Ich lachte auf und berührte erneut seine Schulter. »Und jetzt halt still, damit ich dich abspeichern kann.«

Er bewegte sich nicht und lachte nicht. Er hielt still. Ich tat nicht mehr, als mit meiner Hand von seiner Schulter über seinen Arm zu streichen, aber es war ein Sammeln. Ich sammelte seine Scherze, sein Lächeln, seine blauen Augen und das Gold in seinen Haaren ein. Dass er mit dem Gedanken gespielt hatte, seine Auflagen für mich zu verletzen. Das war absolut dämlich. Dennoch rührte es mich, dass er ein solches Risiko für mich eingehen würde. Ich musste nur fragen.

Auf keinen Fall. Ich würde nie seine Freiheit aufs Spiel setzen. Diese Heldin muss sich selbst retten.

»Ich werde dich vermissen, Zel«, sagte er.

Ich schlang meine Arme um seinen Hals. Er umarmte mich

ebenfalls, und wir hielten einander fest. Ich schloss meine Augen und sank gegen ihn, atmete tief ein, hielt ihn so lange an mich gedrückt, wie ich konnte, bevor es zu lang war.

»In ein paar Tagen bin ich wieder da«, sagte ich und brachte irgendwie den Willen auf, ihn loszulassen. »Hab Spaß mit Darlene, und mach es Kyle nicht zu schwer, in Ordnung? Sie mag ihn wirklich. Aber wenn er ein Arschloch ist, schlag ihm die Zähne ein.«

Beckett lachte auf. »Ruf mich an, wenn du angekommen bist. Ruf mich an, wann du willst. Zum Beispiel, wenn es dir zu viel wird. *Besonders* dann. Okay?«

Ich nickte schnell. »Mach ich.«

»Versprich es mir.«

»Ich verspreche es«, sagte ich. »Aber nur, weil du so verdammt gut aussiehst.«

Er sah mich mit hochgezogenen Augenbrauen an. »Ist das so?«

»Ja, du bist eine Augenweide, Copeland. Hat dir das noch nie jemand gesagt?«

Sein Lächeln verschwand, während er meinen Blick mit seinen saphirblauen Augen erwiderte. »Niemand von Bedeutung.«

Mein Herz begann wild zu klopfen, während sich der Moment immer weiter elektrisierend in die Länge zog, bis die Lautsprecher die Abfahrt des Zugs verkündeten.

»Ich muss einsteigen«, sagte ich. »Ich melde mich.«

»Ja, Zel. Das hoffe ich.«

Ich ging zur Zugtür. Dabei schaute ich nicht zurück, doch ich wusste, dass er mir nachsah. Ich wusste, dass er stehen bleiben würde, bis der Zug den Bahnhof verlassen hatte. Ich fand meinen Platz, schloss die Augen und fühlte mich sicher in dem Wissen, dass Beckett da sein würde, wenn ich zurückkam.

17

Zelda
24. Dezember

Ich saß in einem Taxi nach Rittenhouse und ballte die Hände in den Manteltaschen zu Fäusten. Immer wieder schnürte es mir die Kehle zu, doch ich zwang mich, ruhig ein- und auszuatmen.

Ich schaffe das.

Ich betrachtete die Reihenhäuser, die zu beiden Seiten der schmalen gepflasterten Straße standen. Die Bäume waren Skelette, die ihre schwarzen knochigen Hände in den Himmel streckten. Im Herbst waren sie in Gelb und Orange gehüllt und bedeckten die Straßen mit einem goldenen Teppich.

Als Rosemary und ich noch klein waren, hatten wir immer große Laubberge zusammengefegt und uns hineinfallen lassen, Arme und Beine bewegt und Blattengel geschaffen …

Das ist eine gute Erinnerung, hörte ich Beckett sagen. *Halt dich daran fest. Behalte sie bei dir.*

Mit dem Klang von erinnertem Gelächter im Kopf stieg ich die Stufen zu dem roten Haus mit den dunkelgrauen Rahmen um Tür und Fenster hinauf. Ich stellte meinen Koffer ab, hob meine zitternde Hand und klopfte.

Die Tür wurde geöffnet, und meine Mutter stand darin. Ihre Augen, genauso grün wie meine, strahlten vor Freude.

»Hi, Mom«, sagte ich.

Wortlos zog sie mich in ihre Arme. Ich lehnte mich an sie,

nahm das Parfüm meiner Mutter wahr, die Weichheit ihres Pullovers, die Kraft ihrer Umarmung. Ich schloss die Augen und ließ diesen Moment mein Zuhause werden. Dad war auch da, und ich tat das Gleiche bei ihm, als wir uns umarmten.

»So schön, dich zu sehen«, sagte er in mein Haar.

Drinnen nahm mir mein Vater den Rollkoffer ab, um ihn nach oben zu tragen, wo sich mein altes Zimmer befand.

»Warte, ich will im Hobbyraum schlafen, auf dem Sofa«, sagte ich zu ihm.

Er zögerte. »Das Sofa ist ziemlich durchgelegen, Kleine. Und ich muss es wissen – deine Mom lässt mich immer darauf schlafen, wenn ich Mist gebaut hab.«

»Was ziemlich häufig vorkommt«, sagte meine Mutter. Sie lächelte mich an, runzelte aber die Stirn. »Bist du dir sicher, Schatz?«

»Bin ich«, antwortete ich. Mein Zimmer war zu voll mit Erinnerungen. Rosie, die auf meinem Bett saß, während ich ihr die Haare flocht. Eine Kissenschlacht, die damit endete, dass sie auf dem Boden landete …

Ich blinzelte und ballte die Hände in meinen Taschen wieder zu Fäusten. Ich hatte noch kein Medikament genommen, überlegte aber, ob ich es vielleicht besser tun sollte.

Sonst werde ich es nicht schaffen …

Dad musterte einen Augenblick mein Gesicht. »Also der Hobbyraum.«

»Hast du Hunger?«, fragte meine Mutter und hakte sich bei mir unter. »Alle sind wie immer in der Küche. Besorgen wir dir einen Snack.«

»Alles sieht so hübsch aus«, sagte ich, während wir durch das Wohnzimmer gingen. Am Fenster stand der große Weihnachtsbaum, und der Kaminsims war mit einer beleuchteten Girlande und Kerzen geschmückt.

Nach Rosemarys Verschwinden hatte ich erwartet, dass meine Eltern bestenfalls umziehen oder sich schlimmstenfalls scheiden lassen würden. Ich hatte gelesen, dass der Verlust eines Kindes oft Eheleute auseinandertrieb. Doch nicht Lydia und Paul Rossi. Meine Eltern liebten einander und das Haus, das sie nach ihrer Hochzeit gekauft hatten. Sie wollten weder das eine noch das andere aufgeben.

Mom war Innenarchitektin, und das Haus wurde zu ihrem Betätigungsfeld. Sie renovierte alle drei Stockwerke – bis auf Rosies Zimmer, das für immer unberührt bleiben würde –, und selbst das war nicht genug. Sie hörte nie auf, Dinge zu verändern oder Details hinzuzufügen. Ich glaube, so gelang es meinen Eltern, zu überleben.

Für mich war es noch dasselbe Haus, nur anders dekoriert. Die Erinnerungen lagen immer noch unter dem neuen Anstrich verborgen. So, wie in Clark Kent mit Brille und Anzug keiner mehr Superman erkannte.

Außer mir.

»Du hast wieder gestrichen«, sagte ich. »Das Grau hier ist neu. Gefällt mir.«

»Ist es nicht hübsch?«, sagte Mom, während sie schmutziges Geschirr vom Couchtisch abräumte. »Hat dein Vater ausgesucht«, fügte sie hinzu. Ihr Lächeln wirkte angestrengt. »Es wurde Zeit für eine Veränderung.«

Aus der Küche konnte ich den Lärm der Familie Rossi-De Luca hören. Ein Dutzend Stimmen erhoben sich über dem Geklapper von Töpfen und Pfannen. Meine beiden Großmütter standen am Herd und zankten sich auf Italienisch, während sie in Töpfen herumrührten wie die Hexen aus Macbeth. Sie wechselten sich damit ab, Onkel Mike auf die Finger zu klopfen, wenn dieser etwas kosten wollte.

»Seht mal, wer da ist«, sagte meine Mutter.

Als hätte jemand einen Schalter umgelegt, erstarrte der ganze Raum, und das Geplauder erstarb. Ein Moment des Schweigens entstand, dann stürzten sich alle gleichzeitig auf mich. Sofort war ich von Stimmen und Gerüchen und Umarmungen umgeben, die mich von einem Kliff in ein Meer wunderschöner Erinnerungen zu stoßen drohten, durchsetzt mit schwarzer Schuld und Trauer.

Ich atmete tief ein und erinnerte mich an Beckett, wie er mich in der Nacht zuvor gehalten und am Bahnhof umarmt hatte.

Sei einfach hier.

Ich atmete aus und fand mein Lächeln. »Hallo, ihr alle. Fröhliche Weihnachten.«

Aber schon bevor ich mich an den Esstisch setzte, wusste ich, dass es zu viel war.

Der Tisch war dicht beladen mit Schüsseln und Tellern voller Essen und funkelte durch Moms bestes Silberbesteck. Beilagen wurden herumgereicht, von Großmüttern und Großvätern, Onkel Mike, Tante Stella und Onkel Louie zu meiner dreiundachtzigjährigen Großtante Lucille, genannt Tantchen.

Auf den ersten Blick sahen wir aus wie eine glückliche Familie. Keine leeren Plätze am Tisch. Doch ich konnte das klaffende Loch sehen, das Rosemarys Abwesenheit immer noch verursachte. Es war, als ob jemand meine laute italienische Familie gedimmt hätte, um sie ein bisschen weniger strahlen zu lassen. Traurige Blicke und Stille fielen in die Ritzen zwischen den Gesprächen, wenn jemand nicht über Kinder oder Weihnachten oder Schule reden wollte oder sonst etwas, was zu nah an dem war, was Rosemary eigentlich jetzt erleben sollte.

Allein Tantchen Lucille schien alles vergessen zu haben. Sie saß rechts von mir und roch nach Shalimar und Mentholbonbons. Sie erinnerte mich immer an einen Kranich – groß und dünn, mit knubbligen Knien unter ihrem Blumenmusterkleid und dicken Brillengläsern, durch die sie uns mit großen Augen ansah. Ihre Augen waren ebenfalls grün – das lag in der Familie De Luca – und unergründlich. Es war, als ob in ihnen das Wissen des ganzen Universums verborgen lag – in scharfem Kontrast zu den oft wirren Dingen, die sie von sich gab.

»Es gab mal dieses Kino ... wie hieß das noch? Ach ja, Phantasus. Jetzt erinnere ich mich wieder.« Ihr schief mit rotem Lippenstift angemalter Mund verzog sich zu einem Lächeln, und sie lehnte sich zu mir vor. »Es hieß Phantasus. Aber es zeigte nicht nur Filme. Es war ein Land, in dem all deine Wünsche wahr wurden.«

»Phantasus?«, fragte Onkel Mike zu ihrer Rechten. »Klingt wie Phantasos aus Ovids *Metamorphosen*, wenn ich mich richtig an mein Studium erinnere. Ein Geist, der in Träumen erscheint?« Er grinste Lucille breit an, um sie bei Laune zu halten. »Kommt da der Name her, Luce?«

Sie starrte ihn an, als sei er ein kleines Kind, und tätschelte seine Wange. »Psst«, sagte sie. »Der Film fängt gleich an.«

Onkel Mike lachte und gab auf. Tantchen Lucille plapperte weiter vor sich hin. Das Gespräch ging hin und her und über mich hinweg. Die Stimmen waren zu laut, das Licht zu hell. Ich saß vorsichtig da und bewegte mich nur langsam, da ich befürchtete, dass mich der kleinste Stoß zerspringen lassen würde. Ich konnte spüren, wie mich die Erinnerungen wie Geister umkreisten, und ich sank auf meinem Platz in mich zusammen. Wenn ich mich klein genug machte, würde mich die Panik nicht finden.

»Wirklich schade, dass dein Freund nicht mitkommen konnte, Zelda«, sagte meine Mutter, während sie mir die Schüssel mit grünen Bohnen und Knoblauch in Butter reichte. »Ist er bei seiner Familie?«

»Ab morgen.« Meine Stimme schien vollkommen losgelöst von meinem Kopf. »Heute muss er noch arbeiten.«

»Was macht er denn beruflich?«

Er beschützt mich.

»Er ist Fahrradkurier«, gelang es mir zu sagen. Der Tisch verschwamm wie bei einer Rückblende in einer dieser alten Fernsehsendungen. Neben mir plapperte Tantchen Lucille weiter von ihrem mythischen Kino.

»Phantasus. Ist das nicht ein wunderbarer Name?«

Jetzt wurden auch die Stimmen undeutlich. Sie pressten gegen mein Trommelfell, dann verhallten sie. Ich bemühte mich, zu tun, was Beckett mir gesagt hatte. Ich griff zurück in die Vergangenheit, nach goldenem Laub unter einem herbstblauen Himmel. Ich versuchte die Erinnerung an die Umarmung meiner Mutter heraufzubeschwören, ihren Duft und ihre Weichheit. Ich suchte nach Becketts Hand auf meiner Wange. Seine langen, gleichmäßigen Atemzüge in der Dunkelheit. Die Stärke und Sicherheit seiner Umarmung.

Doch es rann mir alles durch die Finger wie Wasser.

Jemand berührte mich am Arm, und es war wie der Startschuss bei einem Rennen. Die Panik sprintete durch mich hindurch und zwang mich auf die Beine. Mein Stuhl kippte hintenüber, und alle drehten sich zu mir um.

»Tut … tut mir leid«, sagte ich. »Tut mir so leid … bitte entschuldigt mich …«

Blind vor Tränen, floh ich den Flur entlang in den Hobbyraum, krümmte mich auf dem Sofa zusammen und zitterte, als würde ich zerspringen.

Rosie, tut mir leid, es tut mir so leid …

Dann stieg mir der Geruch von Mentholbonbons und Shalimar in die Nase, und Tantchen Lucille legte ihre dünnen, knochigen Arme um mich. Ich war sicher, dass mein heftiges

Schluchzen zu viel für sie sein würde, doch die Kraft ihrer Umarmung überraschte mich, genau wie der beruhigende Trost ihrer Hand, die mir über die Haare streichelte.

»Im Phantasus können Kinder jeden Film sehen, den sie wollen«, sagte sie mit ruhiger Stimme. »Es gibt nur eine Leinwand, doch die zeigt den Lieblingsfilm jedes Kindes. Sie essen Eis und Süßigkeiten, und jedes bekommt einen Luftballon ans Handgelenk gebunden. In seiner Lieblingsfarbe.«

Sie brachte ihre Lippen an mein Ohr. »Kannst du sie dort sehen, Liebling?«

»Rot«, flüsterte ich. »Ihre … L-Lieblingsfarbe war Rot.«

»Ihr Ballon im Phantasus ist rot. Und sie lacht mit den anderen kleinen Engeln und isst so viele Süßigkeiten, wie sie will, und ihr wird nie übel, und sie hat nie Angst und ist stets glücklich. Für immer.«

Meine Brust, die zu explodieren drohte, implodierte stattdessen langsam. Ich brach in mich zusammen und weinte in Tantchen Lucilles Armen. Ich weinte, bis die Tränen versiegten.

Dann schlief ich.

18

Beckett
24. Dezember

Ich kam von der Arbeit nach Hause und duschte heiß, um wieder aufzutauen. Nach zwölf Stunden auf dem Rad war mir die Kälte bis in die Knochen gekrochen, und es dauerte ganze zwanzig Minuten unter dem heißen Wasserstrahl, bis mir wieder warm wurde.

Ich trocknete mich ab und warf einen Blick auf mein Handy. Ich legte Blondies *Parallel Lines* auf. Ich aß etwas, nippte an meinem Bier und lauschte der Musik. Dabei betrachtete ich entweder die Lichterketten, die Zelda aufgehängt hatte, oder ich schaute auf mein Handy.

Als sie sich gegen Mitternacht immer noch nicht gemeldet hatte, wusste ich nicht, ob ich enttäuscht oder erleichtert sein sollte. Ich hatte ihr gesagt, dass sie anrufen sollte, wenn es ihr zu viel wurde. Kein Anruf bedeutete, dass alles okay war.

Oder es könnte bedeuten, dass es ihr so schlecht geht, dass sie nicht mal anrufen kann.

»Scheiß drauf«, sagte ich und begann ihr eine Nachricht zu schreiben, als das Handy in meinen Händen plötzlich klingelte. Es war Zelda.

»Alles okay?«, platzte ich heraus.

»Dir auch ein großes Hallo«, sagte sie heiser.

»Zelda?«

»Ich bin okay.« Sie atmete zitternd ein. »Na ja. Eigentlich nicht.«

Ich stand auf. »Was ist passiert?«

»Ich hatte wieder eine Panikattacke«, sagte sie. »Und es war … schlimm. Richtig schlimm.«

Ich schlug mir die Hand vor die Augen, massierte meinen Nasenrücken. »Scheiße, Zel. Das tut mir leid.«

»Aber mein verrücktes Tantchen Lucille … sie ist gar nicht verrückt. Irgendwie ist sie ein verdammtes Genie. Und meine Eltern … Gott, sie sind so gut. Ich hab sie vermisst.«

»Ich weiß«, sagte ich. »Und wie geht es dir jetzt?«

»Ich bin total erschöpft«, antwortete sie. »Es war eine ziemlich schlimme Attacke. Aber irgendwann hat sie nachgelassen, und ich bin eingeschlafen. Oder vielleicht hab ich auch das Bewusstsein verloren. Jedenfalls kann ich jetzt nicht mehr schlafen. Ich hab so sehr versucht, zu tun, was du mir gesagt hast. Mich an einem Moment festzuhalten, weißt du? Aber es ist so schwer …«

Sie klang heiser und zittrig, und ich hasste es, dass ich nicht bei ihr sein konnte. Ihr leises Weinen brach mir das Herz.

»Zelda …«

»Ich weine nicht«, sagte sie. »Sobald ich anfange, kann ich nicht mehr aufhören.«

»Zelda, hör mir zu. Hörst du mir zu?«

»Ja«, flüsterte sie.

»Erinnerst du dich an den Baum?«

»Den Baum …?«

»Den Weihnachtsbaum auf der Rockefeller Plaza. Kannst du ihn sehen?«

Eine Pause. Sie schniefte. »Ja.« Sie atmete abgehackt ein und glatt aus. »Ich sehe ihn.«

»Leg dich wieder mit mir auf das Eis. Schau zu dem Baum

auf. All die Lichter in den Ästen, direkt über deinem Kopf. Sei dort.«

»Bist du auch dort?«

»Direkt neben dir.«

Eine lange Stille. »Wie machst du das nur, Beckett?«

»Was denn?«

»Gerade hab ich mich noch so furchtbar verloren gefühlt, aber deine Stimme … es ist, als wäre sie ein Leuchtturm im Nebel.«

»Ich bin hier«, sagte ich. »Aber ich wünschte, ich könnte bei dir sein, verdammt noch mal.«

»Wage es ja nicht.«

»Keine Angst«, beruhigte ich sie. »Ich wünsche es mir nur.«

»Ich schaffe das. Dieser ganze Besuch … weißt du, so scheiße ich mich auch gerade fühle, ist es doch besser als vorher. Dank dir. Und meinem verrückten Tantchen Lucille.«

»Du kannst mir ja mal was von ihr erzählen.«

»Oder ich stelle sie dir vor«, sagte Zelda. »Das würde mir gefallen.«

»Mir auch.«

»Beckett?«

»Ja?«

»Kannst du … am Telefon bleiben? Ich glaube, ich kann besser einschlafen, wenn du weiter mit mir redest.«

»So langweilig findest du mich?«

»Besser als Xanax«, lachte sie leise.

»Ich bleibe dran«, sagte ich. »Die ganze Nacht, wenn du willst.«

»Danke, Beckett«, sagte sie. »Ich bin so erschöpft, aber wenn ich die Augen schließe …« Ich hörte, wie sie schlucken musste. »Erzähl mir von der Arbeit. Erzähl mir was Lustiges. Erzähl mir irgendwas.«

Ich setzte mich aufs Bett und sprach über eine Stunde mit Zelda. Ich erzählte ihr all meine lustigen Kuriergeschichten, wie die von dem Geschäftsmann, der das Weihnachtsgeschenk für seine Frau versehentlich an seine Geliebte hatte liefern lassen und umgekehrt.

Zelda hörte hauptsächlich zu und lachte ab und an leise. Um kurz nach eins sagte sie schließlich: »Ich bin so müde.«

»Dann versuch doch mal zu schlafen.«

»Okay, ich versuche es, aber …« Ich hörte sie einatmen. »Was passiert als Nächstes? Was tun wir, wenn ich zurück bin?«

In meinem Herzen stiegen tausend hoffnungsvolle Möglichkeiten empor, doch ich ließ sie alle gehen. Manchmal war zu viel Hoffnung schlimmer als überhaupt keine.

»Wir arbeiten weiter an der Graphic Novel«, sagte ich. »Ich will, dass sie fertig wird. Für dich. Das will ich mehr als alles andere.«

»Aber wir sind doch fast fertig«, sagte sie.

»Stimmt.« Ich schloss die Augen und legte mich aufs Kissen. »Lass uns das zu Ende bringen. Wenn ich das verpatze, werde ich mir das niemals verzeihen.«

Zelda war einen Moment lang still, dann sagte sie: »Davor hatte ich früher auch Angst. Nicht, dass du es vermasseln würdest, sondern ich. Und dass wir dann zusammen in diesem Schuhkarton wohnen …«

»Wir werden es nicht vermasseln«, sagte ich.

»Versprochen?«

»Ich verspreche es, Zel.«

»Ich glaube dir. Das ist ein nettes Gefühl.« Sie seufzte erschöpft. »Bis bald.«

Komm zu mir nach Hause …

»Bis bald.«

19

Beckett
25. Dezember

Als Darlene am nächsten Morgen klingelte, stand ich in der Küche und trank einen Kaffee nach dem anderen. Nach nur zwei Stunden Schlaf war ich kaum zu etwas zu gebrauchen. Langsam wie ein Faultier stellte ich meinen Becher ab, um sie reinzulassen, doch offenbar hatte sie keine Lust, so lange zu warten, und ließ sich mit ihrem eigenen Schlüssel rein.

»Fröhliche Weihnachten, Becks«, rief sie und stürmte in meine Wohnung wie ein Hurrikan. Sie warf die Arme um meinen Hals, drückte mir einen Schmatzer auf die Wange, dann trat sie zurück und betrachtete mich auf Armlänge.

»Was tust du da?«, fragte ich, nachdem gute zehn Sekunden vergangen waren.

»Ich versuche zu sehen, wie verschossen du in Zelda bist, damit ich weiß, wo ich mit dir hingehe, um das Geschenk für sie zu kaufen.« Sie runzelte die Stirn. »Wir gehen doch noch shoppen, oder? Gott, du siehst richtig scheiße aus. Bist du verkatert?«

»Hab nur nicht viel geschlafen.« Ich löste mich von ihr und nahm meine Jacke. »Und sagt man *verschossen* überhaupt noch?«

»Ihr Kerle wahrscheinlich nicht«, gab sie zu und folgte mir in den Flur. »Wie wäre es hiermit: Ich will sehen, wie dringend du mit ihr vögeln willst.«

»Mein Gott, Dar.«

Sie gackerte. »Zel hat genau das Gleiche gesagt, als ich sie das gefragt habe.«

Ich erstarrte. »Du hast … warte mal, was?«

Sie lachte noch lauter und schlug mir spielerisch gegen die Schulter. »Oh mein Gott, du solltest dein Gesicht sehen. Jetzt ganz im Ernst, das solltest du.« Sie wühlte in ihrer Handtasche herum. »Lass mich schnell ein Foto machen …«

»Hör auf«, sagte ich. »Nicht heute, okay? Ich brauche keine Beziehungsratschläge, nur deine Hilfe, um etwas für Zelda auszusuchen. Anständiges Zeichenmaterial. Das ist alles.«

Darlene schnaubte. »Laaaangweilig. Zeichensachen kann sie sich selbst aussuchen. Du musst ihr etwas Besonderes schenken.«

Den gleichen Gedanken hatte ich auch schon so etwa tausend Mal gehabt, aber irgendwie schreckte ich immer wieder davor zurück.

»Okay, aber was?«, fragte ich, während wir durch den kalten, feuchten Morgen zur Bushaltestelle gingen.

Sie zuckte mit den Schultern. »Keine Ahnung. Vielleicht nichts, was du dir vorher überlegst, sondern etwas, was du siehst, und dann einfach weißt, dass sie es haben muss.«

Ich nickte. »Ja. Gute Idee.« Ich spürte, wie mich Darlene anstarrte. »Was?«

»Du lächelst.«

»Ich lächle nicht.«

»Du lächelst innerlich.«

»Das gibt es gar nicht.«

»Oh doch. Ich kann es in deinen Augen sehen, Becks, und es macht mich so glücklich, dass du *so* dicht davor bist, glücklich zu sein.«

»Zelda und ich sind nur Freunde. Und wir bleiben Freunde, bis die Graphic Novel fertig ist.«

»Wie praktisch«, sagte Darlene und verdrehte die Augen.

»Das müssen wir«, sagte ich. »Ich darf nichts tun, was sie davon abbringen könnte, ihre Arbeit zu veröffentlichen.«

Sie runzelte die Stirn. »Ist es jetzt nicht auch deine Arbeit?«

»Nur zu einem kleinen Teil«, sagte ich. »Aber es ist ihre Geschichte. Es wird immer ihre Geschichte bleiben.«

»Ich glaube, du siehst es als einen Ausweg, Becks.«

»Ausweg aus was?«

»Kurierfahrten. Tische abräumen. In dir steckt so viel mehr als dieses Zeug.«

»Ich hab mich nie als Comic-Künstler gesehen.«

»Macht es dir Spaß?«

»Ich denke schon. Es gefällt mir zu sehen, wie eine Geschichte entsteht.« Ich steckte meine Hände tiefer in meine Jackentaschen. »Aber es wird immer ihre sein.«

Darlene schnaubte erneut.

»Wie bitte?«, fragte ich. »Ich hab dich nicht verstanden.«

Sie sah mich so ernst an, wie ich es nur selten von ihr kannte. »Wann gönnst du dir selbst auch mal ein kleines bisschen Glück?«

Ihre Frage ließ mich erstarren, und ich blickte über ihren Kopf hinweg ins Nichts.

»Ich weiß, was du dir ansiehst«, sagte sie leise. »Und du musst dir endlich vergeben, Becks. Du *musst.*«

»Du warst nicht dabei, Dar«, sagte ich.

»Das nicht, aber ich sehe, wie es dich von innen auffrisst, Tag für Tag, und ich hasse es.«

Sie wandte sich mit zitternder Unterlippe ab, und ich wusste, mir blieben 3,2 Sekunden, um den Tag zu retten.

»Tja, Mist, dieser Einkaufsbummel fängt ja schon mal ziemlich blöd an.« Ich stach Darlene in die Rippen. »Komm schon, Dar. Kopf hoch. Willst du mir nicht alles über Kyle erzählen? Hängen wir nicht heute Abend zusammen ab? Egal wo, Hauptsache, nicht auf meinem Sofa?«

Sie musste lachen und begann wieder zu strahlen. »Wechsel nicht das Thema.«

Aber es funktionierte. Die ganze Busfahrt zur Montague Street in Brooklyn Heights plapperte sie vor sich hin. Wir bummelten an den kleinen Läden vorbei, die offen hatten. Dabei hielt ich die Augen auf, um etwas für Zelda zu finden, hatte jedoch kein Glück. Wir aßen zu Mittag, und ich kaufte einen kleinen Laib Zimtbrot für Mrs Santino, dann suchten wir weiter.

Ich wollte schon aufgeben, als mich Darlene in einen kleinen Geschenkladen brachte, der Kunsthandwerk, Schnickschnack, Glückwunschkarten, Kerzen und Räucherwerk verkaufte. Die Gänge waren voll mit Touristen, und ich nahm an, dass der Laden überhaupt nur deshalb heute geöffnet hatte. Ich sah mich skeptisch um.

»Das hier ist nicht Zeldas Stil«, sagte ich zu Darlene.

»Ich gebe zu, das Zeug hier ist eher was für Mädchen, aber sie ist ein Mädchen. Ist dir bestimmt schon aufgefallen.«

Gelegentlich … so um die eine Milliarde Mal.

Dann fiel mein Blick auf einen Tisch mit Schneekugeln. Einige bestanden aus billigem Plastik, mit dem Empire State Building und Schneeflocken, die aussahen wie Fischfutter. Andere waren aus Keramik, mit pummeligen Engeln, die auf Steinen saßen und Harfe spielten. Doch die einzige, die meinen Blick auf sich zog, befand sich auf einer Spieldose. Der Sockel bestand aus schwerem Zinn, und in der Glaskugel befand sich ein Weihnachtsbaum. Er war sehr detailliert – man konnte die einzelnen Äste erkennen – und geschmückt mit hunderten kleiner Punkte in allen Farben. Sie waren so gemalt, dass sie wirklich zu leuchten schienen. Ich drehte sie auf den Kopf und wieder richtig herum. Ein kleiner Sturm schimmernden Schnees wirbelte um den Baum.

»Das ist hübsch«, sagte Darlene. »Was spielt sie?«

Ich zog sie auf und stellte die Schneekugel wieder auf den Tisch. Sie drehte sich langsam, während die Spieldose eine blecherne Version von *Have Yourself a Merry Little Christmas* spielte.

»Gefällt mir«, sagte Darlene.

»Mir auch.«

Sie ist perfekt.

Ich brachte die Schneekugel zur Kasse, und Darlene quietschte nervös, als die Frau mir den Preis nannte: dreiundsechzig Dollar.

»Ich nehme sie«, sagte ich, ohne mit der Wimper zu zucken. »Und könnten Sie sie als Geschenk einpacken?«

»Das kostet noch mal acht Dollar«, sagte die Frau.

»Kein Problem.«

Darlene rammte mir ihren Ellbogen in die Rippen. »Von wegen *nur Freunde*.«

Wir trennten uns, um uns fürs Ausgehen mit Kyle und meinen Kollegen fertig zu machen. Doch ich war nicht bei der Sache. Mir gefiel die Vorstellung nicht, mich mit Freunden zu amüsieren, während Zelda in Philly litt.

Ich blieb vor 2C stehen, um das Zimtbrot abzugeben. Mrs Santino nahm es mit ihrem üblichen Schnuppern und schlug mir die Tür vor der Nase zu.

»Frohe Weihnachten«, sagte ich und wollte gerade weitergehen, als sich die Tür wieder öffnete.

Mrs Santino hielt einen Pullover an den Schultern. Einen dicken Rollkragenpulli in grellem Grün.

Ich blinzelte. »Ist der … für mich?«

Sie hielt mir den Pullover an, um die Größe abzuschätzen, dann nickte sie zufrieden. Sie warf mir den Pullover über die Schulter, dann nahm sie mein Gesicht in ihre Hände.

»Che bravo ragazzo che sei, che ti prendi cura di Signora Santino. Tieniti questo per non prendere freddo. È verde come gli occhi del la tua ragazza. Magari lei che ti scalda invece, eh?«

Sie gab mir einen dicken Schmatzer auf beide Wangen, dann verschwand sie wieder in ihrer Wohnung und schloss die Tür. Leise.

Ich stand eine ganze Minute lang schockiert da und starrte vor mich hin.

»Ist das gerade wirklich passiert?«

Der Pulli rutschte mir von der Schulter, aber ich schnappte ihn, bevor er auf den Boden fiel. Dann schob ich mein Rad zu meiner Wohnungstür weiter.

Ich stellte das Geschenk für Zelda unter unseren kleinen Weihnachtsbaum, dann duschte ich und kleidete mich an. Über Jeans und T-Shirt zog ich Mrs Santinos Pullover und betrachtete mich im Badezimmerspiegel.

»Ich bin bereit für das Treffen des Debattierclubs«, murmelte ich grinsend. Meine Freunde würden mich wegen dieses Pullovers ohne Ende auf den Arm nehmen, aber es war ausgeschlossen, ihn *nicht* zu tragen.

Ich hörte, wie die Tür aufgeschlossen wurde.

»Darlene, kannst du nicht wenigstens einmal in deinem Leben klopfen?« Ich spähte aus dem Badezimmer und wäre vor Überraschung fast gestorben.

Zelda. In ihrem Mantel. Schnee auf den Schultern und ihrem Strickbeanie, unter dem ihr langes schwarzes Haar hervorschaute.

»Hey«, sagte ich.

»Selber hey«, erwiderte sie. Mit einem kleinen Schmunzeln musterte sie meinen Pullover. »Schachturnier?«

»Debattierclub«, sagte ich. »Ich dachte, du kommst erst morgen zurück. Alles okay?«

»Nicht wirklich.« Sie stellte ihren Rollkoffer beiseite und schloss die Tür hinter sich. »Ich konnte nicht bleiben. Ich hatte das Gefühl, in eine Million Stücke zu zerspringen. Deine Magie hat nachgelassen.«

»Meine Magie?«, fragte ich heiser.

Zelda lächelte traurig. Ihre Augen waren rot und geschwollen. »Ja, Copeland«, sagte sie leise. »Magie.« Sie nahm ihre Mütze ab und ließ sie um ihre Hand kreisen. »Aber ich will jetzt nicht mehr darüber reden, okay? Über den Besuch, meine ich. Ich bin einfach nur froh, dass ich zurück bin.«

»Ich auch«, sagte ich.

Wir verfielen in Schweigen. Schließlich entdeckte sie das Geschenk unter dem Bäumchen. »Der Weihnachtsmann war da«, sagte sie. »Hat er uns eine neue Heizung gebracht?«

Ich blinzelte. »Nein, das … das ist für dich. Von mir.«

Zelda ging zum Schrank und holte ein flaches rechteckiges Geschenk heraus, in rotem Papier mit einer schwarzen Schleife.

»Du wirst nie erraten, was das ist«, sagte sie und ging zum Schreibtisch. »Nicht in einer Million Jahren wirst du darauf kommen, was in diesem plattenförmigen Geschenk drin sein könnte.«

Sie legte ihr Geschenk neben meines, dann ließ sie sich aufs Sofa sinken. »Hast du was vor?«

»Ja. Ich wollte mit Darlene und ein paar Jungs von der Arbeit was trinken gehen. Willst du mitkommen? Du kannst gern mitkommen. Wenn du dich danach fühlst.«

»Ich fühl mich nicht danach.« Dann stahl sich ein kleines

Leuchten in ihren Blick zurück. »Aber nur, um das klarzustellen: Gehst du in diesem *Pullover*?«

Ich setzte mich in den Sessel. »Du wirst nie erraten, von wem ich ihn hab.«

»Steve Urkel? Nein … Sheldon Cooper?«

»Falsch, Rossi. Du wirst dich so schämen, wenn ich dir sage, dass es Mrs Santino war.«

»Hör auf.« Sie lehnte sich vor und schlug mir gegen den Arm. »Im Ernst?«

»Sie hat sogar mit mir gesprochen.«

»Sie *spricht?*«

»Jede Menge Italienisch, das ich nicht verstanden habe, aber ja.«

»Meins ist ziemlich eingerostet. Kannst du dich an irgendwas erinnern? Vielleicht hat sie dir die Geheimnisse des Universums verraten.«

Ich hob die Hände. »Ich hatte zwei Jahre Spanisch, und das Einzige, woran ich mich erinnere, ist *¿Dónde está el baño?*«

»Wow«, sagte sie. »Da ist man einen Tag weg, und alles verändert sich.«

Stimmt, dachte ich.

»Also«, sagte Zelda. »Wann geht's denn los mit den Feierlichkeiten?«

Ich warf einen Blick auf mein Handy. »Darlene und Kyle sind in zwanzig Minuten hier. Der Rest trifft sich in der Bar. Aber ich muss nicht gehen.«

»Doch, musst du. Aber dann hast du ja noch ein bisschen Zeit.« Sie stand auf und gab mir das quadratische Geschenk. »Frohe Weihnachten.« Dann machte sie es sich wieder auf dem Sofa bequem, die Füße angezogen und die Arme verschränkt.

Ich öffnete das Papier, und *The Sinatra Christmas Album*

rutschte mir in die Hände. Ich saß einen Moment lang wie erstarrt da. »Woher wusstest du das?«

»Was denn?«

»Mein Großvater hatte dieses Album«, sagte ich und strich über das Cover, während in meinem Kopf die Erinnerungen durcheinanderwirbelten. »Wir haben es jedes Jahr zu Weihnachten aufgelegt. Irgendwann ist es verkauft worden oder verloren gegangen. Es war nicht mehr in seiner Sammlung, als ich aus dem Gefängnis entlassen wurde.« Ich sah in ihre grünen Augen auf. »Danke.«

»Gern geschehen.«

Ich holte Zeldas Geschenk und legte es ihr in den Schoß.

»Mann, Copeland, das wäre echt nicht nötig gewesen«, sagte sie, zog die champagnerfarbene Schleife von der beigen Schachtel und öffnete sie.

»Oh mein Gott«, flüsterte sie und nahm die Schneekugel aus ihrem Nest aus Seidenpapier. Ich sah zu, wie sie ihr Geschenk hin und her drehte und schließlich schüttelte. Schneeflocken wirbelten um den Baum und sanken wieder zu Boden.

Verlegen rieb ich meinen Nacken. »Es ist auch eine Spieldose.«

Zelda fand den kleinen Schlüssel und zog sie auf. Die winzige Wohnung füllte sich mit *Have Yourself a Merry Little Christmas.*

»Also, ich hab ein frohes kleines Weihnachtsfest, Zel«, sagte ich. »Du auch?«

Ihre grünen Augen fanden meine, über die Schneekugel hinweg. »Jetzt schon.«

Ein Klingeln an der Tür zerstörte den kleinen Moment.

»Drück Darlene fest für mich«, sagte Zelda, während sie aufstand.

»Warte doch kurz.«

»Ich komm klar, Beckett«, sagte sie mit einem angespannten Lächeln. »So gern ich mir mit Alkohol die Erinnerung an den gestrigen Tag aus dem Kopf vertreiben würde, bin ich gerade einfach nicht auf Gesellschaft eingestellt. Ich werde duschen, mir vielleicht was zu essen bestellen und *Tatsächlich … Liebe* schauen.«

»Zelda …«

»Hab Spaß mit deinen Freunden«, sagte sie und stieß mich leicht mit der Schulter an. »Die Welt wartet nur darauf, dich in diesem Pulli zu sehen.«

Sie ging ins Badezimmer und schloss die Tür. Ich sah ihr einen Moment hinterher, wie erstarrt, bis mich ein erneutes Klingeln in den Moment zurückholte. Ich schnappte mir Portemonnaie, Schlüssel und Jacke, dann eilte ich nach unten.

20

Zelda
25. Dezember

Das Wasser der Dusche konnte gar nicht heiß genug sein, um die schlimmsten Teile meiner Reise fortzuwaschen. Immer noch konnte ich die Panik spüren wie ein schlafendes Monster. Ruhelos und schnarchend, jederzeit bereit, wieder zu erwachen und mich in Stücke zu reißen.

Ich ließ das Wasser über mich fließen und erinnerte mich an Tantchen Lucilles Worte. Sie hatten mich in Philly gerettet, aber am besten konnte ich beim Zeichnen nachdenken. Ich musste mal eine Weile vollkommen abstellen.

Ich eilte aus der Dusche, zog mir eine bequeme Pyjamahose aus Flanell, Socken, ein T-Shirt und darüber ein Sweatshirt an. Dann ging ich zum Sofa, nahm das Geschenk von Beckett in die Hand und beobachtete, wie die kleinen Schneeflocken darin herumwirbelten. Doch die Stille in der Wohnung war viel zu laut. Ich wollte nicht allein sein.

Warum sagst du ihm das nicht?

Einige Gewohnheiten, wie alles allein hinbekommen zu wollen, hatte ich so verinnerlicht, dass ich gar nicht mehr über sie nachdachte. Selbst wenn ich mich dadurch schrecklich einsam fühlte.

Dann zieh dich an, und schreib ihm. Finde heraus, wo sie sich treffen, und geh hin.

Doch die Vorstellung, mir angemessene Sachen anzuziehen, mich zu schminken und dann mit Bus oder Bahn bei dieser klirrenden Kälte unterwegs zu sein, um *dann* in einer überfüllten Bar zu sitzen und Smalltalk mit Becketts Freunden zu machen … Jeder einzelne Punkt auf dieser Liste kam mir vor wie eine monumentale Aufgabe.

Vorsichtig machte ich zwei Schritte auf meinen Koffer zu, als ich hörte, wie die Tür aufgeschlossen wurde.

Beckett kam herein, in diesem abscheulichen grünen Rollkragenpullover unter seiner Jacke, die Arme voll mit Tüten. Mit ihm kam der Duft von Rindfleisch mit Brokkoli, gebratenen Nudeln und Orangenhühnchen.

Mein Herz warf sich wie wild gegen meine Rippen, als ginge es darum, ein riesiges Ei aufzubrechen, und Wärme überflutete mich.

Ich stemmte die Hände in die Hüften und bemühte mich, streng zu klingen. »Du solltest doch irgendwo anders sein.«

»Hattest du vor, eine Party zu schmeißen, während ich weg bin?«, fragte er und stellte das Essen auf den Küchentresen. »Erwischt.«

Ich musste so breit grinsen, dass mir das Gesicht wehtat. »Was ist das alles?«

Beckett packte das chinesische Essen aus. »Unser Weihnachtsessen.« Er griff in eine andere Tüte und holte eine Packung Eierpunsch und eine Flasche Rum heraus. »Und unser Weihnachtsnachtisch.«

»Du bist ein Heiliger«, sagte ich. »Aber was ist mit deinen Freunden?«

»Die können sich auch ganz hervorragend ohne mich besaufen«, sagte er.

»Waren sie nicht sauer?«

»Nicht den ganzen Abend auf diesen Pulli starren zu können? Und wie! Aber sie sind darüber hinweggekommen.« Er verteilte den Reis, das Fleisch und die Frühlingsrollen auf zwei Teller. Dann bemerkte er, dass ich ihn anstarrte. »Hast du nicht gesagt, du wolltest einen Film gucken?«

Ich blinzelte. »Äh, ja. Ich stell ihn an.«

Beckett kümmerte sich um das Essen, und ich mischte Eierpunsch und Rum. Dann setzten wir uns vorsichtig mit unseren Tellern aufs Bett und starteten *Tatsächlich … Liebe.*

»Der beste Weihnachtsfilm«, erklärte ich. »Aller Zeiten.«

»Aber es ist doch ein Frauenfilm, oder?«, fragte Beckett skeptisch.

»Wie kommst du darauf?«

»Hugh Grant spielt mit.«

Wir aßen, lachten und tranken, während wir die unterschiedlichen Romanzen des Films verfolgten. Als Hugh Grant als Premierminister seine ehemalige Assistentin bei der Schulweihnachtsfeier küsste, wurde mir klar, dass ich mehr Eierpunsch getrunken hatte als geplant. Als der Film zu Ende war, fühlte ich mich wie unter Wasser. Das Bett schwankte. Der Raum schien zu verschwimmen, und ich musste blinzeln, um ihn wieder scharf zu stellen.

»Wie geht's dir so da drüben?«, fragte Beckett in dem amüsierten Tonfall einer nüchternen Person, die mit einer betrunkenen redet.

»Eventuell habe ich eine Spur mehr Alkohol getrunken, als ich eigentlich vorhatte«, sagte ich und sprach jedes Wort perfekt betont aus.

Beckett lächelte. »Fühlst du dich besser?«

»Ja, tue ich.« Ich starrte blinzelnd an die Decke. »Aber diese Lampe bringt mich noch um.«

Er stand auf und machte die Deckenlampe aus, sodass die

Wohnung nur noch vom sanften Leuchten der Lichterketten erhellt wurde.

»Stürzt du ab?«, fragte Beckett.

»Ich nicht. Mach mal Musik an. Frank, bitte.«

Er lachte und holte die Sinatra-Platte aus ihrer Hülle. Fast ehrfürchtig setzte er die Nadel auf, und kurz darauf ertönten die ersten Klänge von *I'll Be Home For Christmas.*

Er warf einen Blick aus dem Fenster. »Es schneit. Kein Eisregen oder sonst was. Richtiger Schnee.«

»Echt?« Ich schwankte durch den Raum und stellte mich neben ihn. »Wie hübsch.«

Beckett und ich standen Seite an Seite, und ich wünschte, ich hätte nicht so viel getrunken. Meine wirren Gedanken bewegten sich in Zeitlupe, während sich mein Puls beschleunigte, als Beckett mich ansah. Er machte den Mund auf, als wollte er etwas sagen, nahm dann aber meine rechte Hand in seine und legte seinen Arm um meine Taille.

»Was machst du da?«, fragte ich.

»Mit dir tanzen.«

Ich sah zu ihm auf. »Solltest du mich nicht erst fragen?«

»Wahrscheinlich«, sagte er und schwang uns weg vom Fenster in die Mitte des Raums. »Aber fragen bedeutet überlegen und abwägen und hinterfragen, und ich wollte einfach nur … diesen Moment ohne all diesen Kram.« Er sah mich an. »Soll ich aufhören?«

Auf gar keinen Fall …

»Nein, es ist … nett.«

Wir sahen uns in die Augen, und ich konnte das, was ich wollte, in seinem Blick gespiegelt sehen. Was wir beide wollten, was wir uns aber nicht gestatten wollten. Und über allem hing unsere Abmachung, Freunde zu bleiben.

»Hör auf, so viel nachzudenken«, sagte Beckett und zog

mich näher. »Ich hab unsere Abmachung nicht vergessen. Aber lass uns diesen Abend haben.«

»Klingt gut.«

Genau genommen klang es perfekt. Ich war ausgelaugt von meinem Abstecher nach Philly und ziemlich beschwipst. Ich sank in seine Arme und ließ den alten Schmerz, die Angst und die Schuld zurückweichen.

Sei einfach hier in diesem Moment.

Ich lehnte meinen Kopf gegen seine Brust und rieb meine Wange an der weichen hellgrünen Wolle. »Ich liebe diesen Pulli«, murmelte ich. »Das ist der beste Pulli aller Zeiten.«

Beckett schmunzelte an meinem Ohr. »Ach ja? Erzähl mir mehr.«

Ich schüttelte den Kopf und schmiegte mich enger an ihn. Wir bewegten uns kaum; kleine Schritte in einem langsamen Kreis. »Ich bin nicht so eine Betrunkene.«

»Was für eine?«

»Eine, die sich abschießt und jegliche Selbstkontrolle verliert. Ich werde nichts sagen oder tun, was ich morgen bereue.«

»Da hab ich ja Glück«, sagte Beckett.

Ich lachte an seiner Brust. »Ich wollte mich überhaupt nicht betrinken. Wirklich nicht. Aber hier bin ich. Total beschwipst. An Weihnachten.«

Er fasste mich fester um die Taille. »Das ist bestimmt kein Verteidigungsmechanismus oder so was.«

»Haha.«

Wieder lachte Beckett auf, dann wurde seine Stimme sanft. »Sei so betrunken, wie du sein musst, Zel. Mach mal 'ne Pause. Ich glaube, du brauchst es.«

»Ja.« Mein Arm um seinen Hals war zu schwer. Ich legte ihn stattdessen um seine Taille. »Ich brauche es. Ich brauche das hier.«

Frank Sinatra sang, dass er zu Weihnachten nach Hause kommen würde, aber nur in unseren Träumen. Beckett lehnte sein Kinn gegen meinen Kopf, und ich versank tiefer in der Wonne seiner Gegenwart. Mir war jede Stelle bewusst, an der sich unsere Körper berührten, und durch den Nebel aus Rum und Behaglichkeit fragte ich mich, was passieren würde, wenn ich meinen Kopf heben und ihn küssen würde.

Allein der Gedanke jagte mir einen wohligen Schauer über den Rücken, intensiv und voller Möglichkeiten.

Doch der Rum war stärker. Ich sank gegen Beckett und lauschte seinem beständigen Herzschlag. Er zählte die Sekunden, die zwischen uns vergingen, während wir versuchten, niemals wieder verletzt zu werden.

Es muss einen anderen Weg geben ...

Das Lied endete, und wir hörten auf zu tanzen. Ich konnte mich kaum bewegen. Wollte es auch gar nicht.

»Bist du noch wach?«, fragte Beckett.

»Nein.«

Er manövrierte mich zum Bett und legte mich hin. Ich versank sofort in den Kissen und fühlte mich so schwer ... viel zu schwer, um mich zu bewegen. Es war so still.

»Ist das Lied zu Ende?«

»Ja, ist es.«

»Das war nett, Beckett«, versuchte ich meine Gefühle in Worte zu fassen, doch mein Gehirn wollte nicht so recht kooperieren. »Alles an diesem Abend war so gut und warm und ... gut.«

Ich spürte, wie sich Beckett neben mich legte, und schaffte es, meine Augen weit genug aufzumachen, um zu sehen, wie er sich mit dem Kopf auf seiner Hand aufs Kissen stützte.

»Schläfst du mir jetzt ein?«, fragte er sanft.

»Nein«, erwiderte ich und gab mir alle Mühe, die Augen offen zu halten. Ihn weiter anzusehen. Er war so nah, und es wäre so einfach für ihn, mich zu küssen … Aber ich wusste, dass er das nicht tun würde. Selbst betrunken wusste ich, dass Beckett mich nicht küssen würde, *weil* ich betrunken war. Aber er war hier, so nah, sein Blick so sanft und schwer, und ich kämpfte, um mich an diesem Moment festzuhalten, in ihm zu bleiben, während der Rum versuchte, mich nach unten zu ziehen.

»Ich werde mich morgen an alles erinnern«, sagte ich.

Er lächelte. »Bist du dir da sicher?«

»Mmhm. Rede weiter. Ich mag deine Stimme. Sie ist wie ein Leuchtturm im Nebel … sodass ich immer meinen Weg zurück finde.«

Er bewegte sich neben mir. »Was soll ich sagen?«

Erneut bemühte ich mich, ihn anzusehen. *Gott, er ist wunderschön.* Ohne meine Erlaubnis hob sich meine Hand vom Kissen und berührte eine Narbe auf seinem Nasenrücken. »Erzähl mir, was da passiert ist.«

»Gefängnis. Hab mich mit jemandem im Hof geprügelt.«

Ich runzelte die Stirn. Meine Finger berührten ihn noch immer, streichelten seine Wange, spürten die kratzigen Stoppeln seines Dreitagebarts. »Ich hoffe, du hast gewonnen.«

»Ich hab überlebt«, sagte er. »Im Gefängnis ist das schon ein Sieg.«

Meine Fingerspitzen lagen nun auf seinen Lippen, und einen Moment lang spürte ich ihre Weichheit … Dann sank meine Hand aufs Kissen zurück, und mir fielen die Augen zu. Meine Lider waren zu schwer.

»Erzähl mir noch was anderes, Beckett. Was Gutes.«

Schweigen. Dann sagte er leise: »Du hast keine Ahnung, wie schön du bist«, und jetzt spürte ich seine Finger auf meiner Haut, seinen Daumen, der über meine Wange strich. »Das ist was Gutes. Und das liebe ich an dir.«

Oh Gott … wach auf. Erinnere dich an das hier …

»Beckett …«

»Ich bin so froh, dass du hier bist«, sagte er sanft. »Nicht in meinem Bett – auch wenn mich das ebenfalls nicht gerade stört. Sondern hier. In dieser Wohnung.«

»Bist du?«

»Ich habe das hier nie als Zuhause betrachtet«, sagte er. »Sondern nur als Ort, an dem ich wohne. Manchmal, wenn das Geld knapp ist, bin ich mir sicher, dass ich rausgeworfen werde. Und das wäre aus diversen Gründen scheiße, aber nicht, weil ich an dieser schäbigen Wohnung hängen würde. Doch jetzt … jetzt fühlt sie sich nach einem Zuhause an, Zel.«

Seine Stimme und seine Berührung waren meine ganze Welt. *Erinnere dich an diesen Moment. Erinnere dich an alles …*

Ich schmiegte mich an seine Hand. »Ach ja?«

»Ja.« Er strich mir eine Strähne aus dem Gesicht. »Aber das liegt nicht nur an dem Zeug, das du besorgt hast. Nicht nur an den Lichterketten, dem Bäumchen oder der Zimmerpflanze. Sondern an dir. Diese Wohnung fühlt sich nach einem Zuhause an, weil du darin bist.«

Es gelang mir, die Augen zu öffnen. »Beckett?« Er lag mit seinem Kopf auf dem Kissen neben mir.

»Psst.« Er streichelte meine Wange und Schläfe. »Wenn du jetzt nicht einschläfst, wirst du dich vielleicht an das erinnern, was ich gerade gesagt habe. Wir wollten doch nur Freunde sein.«

»Ich will …«, flüsterte ich, rutschte näher an ihn heran und schmiegte mich an ihn. Ich seufzte und versank tiefer in diesem wohligen Gefühl, während er seine Arme um mich legte und mich an sich zog. »Ich will …«

»Was?«, flüsterte er. »Was willst du?«

Ich will dich …

Jetzt lösten sich meine Gedanken auf, während ich tiefer in diesem Dämmerzustand zwischen Wachen und Schlafen versank. Und Becketts Stimme war dort bei mir.

»Zelda?«, flüsterte er in mein Haar. »Ich hab es mir anders überlegt. Hörst du zu?«

»Mm.« *Ja. Ich bin hier. Ich bin direkt hier …*

»Gut, denn ich will, dass du dich an diesen Teil erinnerst.«

»Okay …« *Das werde ich, Beckett. Sag es mir …*

»Das ist das beste Weihnachten, das ich je hatte.«

Ich seufzte und kuschelte mich enger an ihn, während ich gegen den angenehmen Sog des Schlafs ankämpfte. Meine Lippen berührten die warme Haut an seinem Hals, so dicht hielt er mich an seinem Körper.

»Für mich auch, Beckett«, flüsterte ich. »Ich bin nach Hause gekommen.«

21

Zelda
30. Dezember

Ich saß am Schreibtisch und ging die neuen Seiten von *Mutter, darf ich …?* durch, während es draußen Bindfäden regnete. Nach dem ersten Weihnachtsfeiertag hatten Beckett und ich uns in die Arbeit gestürzt. Ich konzentrierte mich fieberhaft auf die Graphic Novel, um mich von den Erinnerungen an diesen Abend abzulenken. Das Essen, der Tanz, die Worte, die er mir zugeflüstert hatte.

Er findet mich schön.

Meinetwegen ist dies sein Zuhause.

Das war sein bestes Weihnachten.

Meines war es auch. Seine Worte waren das schönste Geschenk, das ich je bekommen hatte. Beckett war das Beste, was mir seit langer Zeit passiert war.

Oh Gott, was mache ich jetzt nur?

Ich war Profi im Ignorieren, aber dieses überwältigende nackte Verlangen ließ sich nicht ignorieren. Wir hatten uns zu oft berührt, als dass mein Körper es vergessen konnte, und jetzt litt ich den köstlichen Schmerz, etwas zu wollen, was ich nicht haben konnte. Diesen außergewöhnlichen Schmerz, wenn die Person, die man will, in Greifweite ist. Die aufgeladene Atmosphäre, die Spannung, die sich mit einem einzigen Blick oder Wort plötzlich entladen könnte …

Ich schüttelte mich.

Meine Güte, reiß dich zusammen. Konzentrier dich.

Ich beugte mich über meine Arbeit. *Mutter, darf ich …?* war fast vollendet, was seinen ganz eigenen Nervenkitzel mit sich brachte. Eine Mischung aus Hochgefühl und Schrecken.

Was, wenn es ihnen nicht gefällt?

Was, wenn doch?

Ein Windstoß peitschte Regen gegen das Fenster wie eine Handvoll Kiesel, und ich kaute nervös auf meinem Stift herum. Beckett war irgendwo da draußen in diesem Mistwetter unterwegs, sollte aber jede Minute nach Hause kommen. Ich stand auf, um das Chili umzurühren, das im Topf vor sich hin brodelte, und atmete erleichtert auf, als ich den Schlüssel in der Tür hörte.

»Hey«, sagte Beckett.

»Selber hey«, sagte ich. »Mein Gott, du bist ja klatschnass.«

Und hinreißend. Du bist absolut hinreißend. Sei verdammt, Copeland.

Von seiner wetterfesten Jacke tropfte das Wasser auf den Boden. Er zog seine Handschuhe aus und blies auf seine Finger. Seine Wangen waren rot, und seine Haare schimmerten feucht.

»Was ist das?«, fragte er leicht atemlos vor Kälte. »Chili? Das duftet ja. Ich wärme mich kurz auf, dann können wir essen und arbeiten.«

»Klingt nach einem Plan.«

Beckett duschte und zog sich was Trockenes an. Wir aßen das Chili mit dem Maisbrot, das ich bei Afsheen gekauft hatte, dann setzten wir uns an den kleinen Schreibtisch. Das Schweigen war laut, erfüllt von unserem rumgetränkten Tanz an Weihnachten und all den Worten, die danach gekommen waren …

»Macht es dir was aus, wenn ich Musik anmache?«, fragte ich. »Irgendwas, was keine hundert Jahre alt ist?«

Beckett lächelte. »Leg los.«

Auf meinem Handy öffnete ich eine Radio-App, die auf Alternative spezialisiert war und *Wonderwall* von Oasis zu spielen begann. Es klang ein bisschen blechern, weil wir keine Lautsprecher hatten, aber es würde ausreichen.

»Ich hab den Text für die letzten zwei Panels fertig. Was kommt jetzt?«, fragte Beckett, über die Zeichnungen gebeugt.

Ich holte die neuesten Entwürfe heraus, die groben Skizzen, die als Vorlage für die endgültigen Zeichnungen dienten.

»Kira und Ryder sind ins Jahr 1983 gesprungen. Sie hat einen Perversen gestellt, der sich nachts auf einem Spielplatz herumtreibt, um am nächsten Morgen zuzuschlagen. Sie hat ihre Waffe gezogen und ist bereit, ihm das Hirn rauszupusten, aber …« Ich beiße mir auf die Unterlippe und blase die Wangen auf. »Das ist der Moment der Wahrheit. Hört sie auf Ryder und verschont den Kerl? Oder nicht?«

Beckett sah erst mich an, dann die Zeichnung eines ängstlich aussehenden Mannes auf dem Boden zu Kiras Füßen. Er zog die Skizze zu sich heran und schrieb *B-Bitte, Mutter … d-darf ich l-leben …?* in eine Sprechblase über dem Kopf des Perverslings.

»Kiras Antwort lautet immer Nein«, sagte ich. »Was passiert, wenn sie Ja sagt? Was wird aus der Rache für ihre Tochter? Sie übt Selbstjustiz, um den Schmerz zu lindern. Das ist alles, was sie kennt. Was passiert, wenn das alles wegfällt?«

Beckett lächelte sanft. »Wir wissen es nicht. Es ist das Finale des Buchs. Natürlich hat es Auswirkungen, wenn sie wieder Nein sagt. Oder Ja. Und ihn leben lässt.«

»Ich weiß nicht, was mit ihr passieren wird.«

Wieder lächelte er. »Es gibt nur einen Weg, das herauszufinden.«

Ich schaute Beckett in die Augen und versank in ihren blauen Tiefen wie in einem warmen Becken, in dem ich immer sicher war. Die Musik füllte die Stille zwischen uns.

Because maybe, you're going to be the one that saves me …

Ich schluckte nervös. »Sie sagt Ja.«

Beckett strahlte mich an. Er schrieb den Dialog und legte den Stift beiseite.

»Sieht gut aus, Zel«, sagte er. »Echt gut.«

Ich atmete zitternd aus. »Es ist ein Anfang. Keine Ahnung, was danach kommt.« Ich sah zu ihm auf. »Für sie.«

Er nippte an seinem Bier. »Vielleicht denkt sie darüber nach, was sie nicht getan hat, und findet darin ein bisschen Trost. Wie sie sich selbst davor bewahrt hat, zusehen zu müssen, wie das Leben in den Augen dieses Typen erlischt.«

Mir entging weder sein wissender Blick noch die Tatsache, dass er nicht mehr über meine Comicheldin sprach.

»Ist das deine subtile Art, mir zu sagen, dass du gegen die Todesstrafe bist?«, fragte ich gereizt. »Dass du findest, ich sollte nicht zusehen, wie das Arschloch, das meine Schwester getötet hat, hingerichtet wird?«

»Ja.«

Ich hatte keine so direkte Antwort erwartet. Es verschlug mir kurzzeitig den Atem, und ich sank in mich zusammen. »Aber ich warte seit zehn Jahren darauf, Beckett. Seit zehn Jahren.«

»Ich weiß«, sagte er leise. »Und ich weiß, dass es weder meine Sache ist, noch geht es mich etwas an. Aber ich hab es erlebt, Zel. Ich hab einen Mann sterben sehen. Es verändert einen. Für immer.«

Ich blickte aus dem Fenster. Es war inzwischen dunkel, und

der Regen fiel wie silberne Fäden gegen das Glas. »Das ist nicht das Gleiche«, sagte ich. »Das bei dir war ein Unfall. Er war kein krankes, zutiefst böses Monster.«

»Das stimmt«, sagte Beckett mit jetzt ebenfalls angespannter Stimme. »Aber zuzusehen, wie es passiert, Zel, ganz egal, warum oder wie …« Er schüttelte den Kopf. »Ich weiß nicht. Hör nicht auf mich. Vielleicht bringt es dir ja den Seelenfrieden, den du dir wünschst, und dem will ich auf keinen Fall im Weg stehen.«

Ich sah ihn an. »Was ist mit deinem Seelenfrieden, Beckett?«

Er lehnte sich zurück. »Das ist eine ganz andere Situation.«

»Du hast recht«, sagte ich. »Bei dir war es ein Unfall.«

»Aber es hatte das gleiche Ergebnis. Der Mann ist tot. Doch du hast eine Wahl, Zel. Du hast sie immer noch. Ich hab meine getroffen, als ich mich entschied, dieses verdammte Haus auszurauben.«

Er stand auf, um seine leere Bierdose wegzuwerfen, und blieb in der Küche, die Hände in die Hüften gestemmt, den Kopf gesenkt. Er tat mir leid. Ich wollte ihm wenigstens ein bisschen von dem Trost und der Erleichterung zurückgeben, die er mir gegeben hatte. Irgendwie.

»Ich weiß von deinen Briefen an Mrs J«, sagte ich leise.

Beckett riss den Kopf hoch. »Was? Woher?«

»Darlene«, sagte ich. »Sei nicht sauer auf sie«, fügte ich hinzu, als sein Gesichtsausdruck wütend wurde. »Du weißt, wie sie ist. Sie redet, ohne nachzudenken. Sie kann nichts dafür. Außerdem hat sie es nur erwähnt, weil du ihr wichtig bist.«

Seine Miene blieb finster, doch sein Blick wurde weich genug, um mir den Mut zu geben weiterzusprechen.

»Das ist auch der einzige Grund, warum *ich* es erwähne«, sagte ich langsam. »Weil du mir auch wichtig bist.«

Er starrte mich an, in seinen Augen lauter Gedanken, und ich wusste, dass sich jeder einzelne um mich drehte. Doch er schüttelte den Kopf, als ob er sie vertreiben wollte, und sagte kontrolliert: »Die Briefe bedeuten nichts. Sie sind sinnlos. Ich wette, dass sie sie nicht mal liest.«

»Schickt sie sie denn zurück?«

»Nein.«

»Dann liest sie sie vielleicht doch.«

»Sie hat nie geantwortet«, sagte er. »Ich habe ihr neununddreißig Briefe geschrieben, Zelda. Wenn sie sie alle gelesen hat, warum hat sie dann nie geantwortet?«

Seine Stimme war hart wie Stein, aber leicht brüchig. Hätte ich ihn in diesem Moment zeichnen müssen, hätte ich ihn zu einem schweren Felsen gemacht. Aber durchzogen von Hoffnung, die den massiven Schmerz auseinanderbrechen könnte.

»Beckett …«

»Dazu gibt es nichts mehr zu sagen«, unterbrach er mich.

»Aber Mrs J hast du viel zu sagen«, erwiderte ich und schlang die Arme um mich. »Du willst von ihr die Erlaubnis, wieder zu leben, oder? Und wenn sie sie dir nicht gibt, was dann? Was passiert, nachdem wir mit der Graphic Novel fertig sind?«

Was passiert mit uns?

Er war einen Moment lang still, dann sagte er: »Ich kann dir nichts bieten, Zelda.«

»Das stimmt nicht.«

»Ich bin ein verurteilter Straftäter. Das wird mich für den Rest meines Lebens verfolgen. Wenn ich mich um einen Job bewerbe, eine Wohnung mieten will. Weißt du, wie schwer es war, auch nur diese hier zu bekommen? Ohne Roy wäre ich erledigt gewesen, weil es nicht viele Leute gibt, die an Kriminelle vermieten wollen. Ich kann nicht mal ein verdammtes Konto eröffnen, ohne es vorher mit ihm abzusprechen.«

»Ich hab dir doch schon gesagt, dass mir das egal ist.« Ich wandte meinen Blick ab, strich mir eine Strähne hinters Ohr und umarmte mich fester. »Das ist mir alles egal.«

»Mir aber nicht«, sagte Beckett. »Mir ist es nicht egal. Mir ist nicht egal, dass ich jedes Mal, wenn ich die Augen schließe, Mr J sterben sehe. Sehe, wie das Licht in seinen Augen erlischt, und verglichen mit diesem Moment wirkt all die Scheiße, die ich für den Rest meines Lebens ertragen muss, so *verdammt leicht*. Dieser eine verdammte Moment …«

Er fuhr sich durchs Haar und schüttelte den Kopf. »Ich hab mir die Zukunft versaut«, sagte er schließlich. »Das Letzte, was ich will, ist, deine auch noch zu versauen.«

Ich überlegte fieberhaft, was ich darauf sagen könnte, doch er legte bereits die Luftmatratze auf den Boden.

»Heute war es ziemlich schlimm bei diesem Wetter«, sagte er. »Ich bin kaputt. Lass uns jetzt hier Schluss machen, okay?«

Ich sah zu, wie er seine eins neunzig auf diese dämliche Luftmatratze zwängte, und stieg widerwillig in sein Bett. Bis auf das leise Keuchen des Heizlüfters war die Wohnung still.

Ich starrte an die Decke. »Vielleicht schreibt dir Mrs J ja eines Tages zurück«, sagte ich leise in die Dunkelheit. »Vielleicht aber auch nicht. Du könntest ihr lange Zeit jeden Tag schreiben, vielleicht zehn Jahre, und nie etwas von ihr hören. Das heißt aber nicht, dass du nicht auch ein bisschen Seelenfrieden verdient hast.«

Beckett antwortete nicht. Das Schweigen zog sich immer mehr in die Länge und führte zu einer schlaflosen Nacht, in der ich Beckett keine drei Schritte von mir entfernt liegen spürte, doch er war in einer Vergangenheit gefangen, die er nicht ändern konnte. Genau wie ich. Unser Schmerz bestand aus dem gleichen Stoff, selbst wenn die Muster unterschiedlich waren. Doch *er* half mir.

Und ich kann ihm nicht helfen. Ich habe versagt.

Ich vergrub mein Gesicht in Becketts Kissen und fiel schließlich in einen ruhelosen Schlaf. Irgendwann im Grau des frühen Morgens hörte ich ihn aufstehen und sich an den Schreibtisch setzen. Er nahm sich Papier und Stift, und unter dem Leuchten der Lichterketten begann er zu schreiben.

Als er fertig war, zog er sich für die Arbeit an, steckte den Brief in seine Tasche und verließ die Wohnung.

22

Beckett
31. Dezember

Liebe Mrs J,

ich werde von Worten heimgesucht.
Ich habe damit angefangen, Ihnen zu schreiben. Worte der Reue aneinanderzureihen wegen dessen, was ich Ihnen und Ihrer Familie angetan habe. Ihrem Leben. Die Strafe dafür war Gefängnis, Bewährung und ein Leben mit Etiketten. Ich trage sie wie Ketten um den Hals. Straftäter. Krimineller. Häftling. Ich bin all diese Dinge und werde sie bleiben, selbst nachdem ich meine Zeit abgesessen habe. Ein freigelassener Häftling, der doch lebenslänglich bekommen hat.
Jetzt gibt es eine Frau in meinem Leben, die alles, was kalt und grau war, in Wärme und Farbe verwandelt hat. Sie hat neue Worte auf mein Herz geschrieben.
Wir. Zusammen. Glück. Zuhause.
Erinnern Sie sich, was ich über das Licht im Nebel geschrieben habe? Es ist smaragdgrün, und es zeigt mir einen anderen Weg. Tag für Tag fühlt es sich immer weniger so an, als dürfte ich es nicht besitzen, und mehr wie etwas Kostbares, das ich nicht wegwerfen darf.
Ich darf das nicht wegwerfen. Ich weiß, dass es für mich immer ein Drahtseilakt bleiben wird, und der kleinste Fehler wür-

de mich in den Abgrund stürzen lassen. Ich weiß, dass ich die Schuld an dem, was ich getan habe, niemals hinter mir lassen werde.
Aber ich habe eine Frau getroffen.
Sie hat sich so fest in mein Leben verwoben, dass ich selbst auseinanderfallen würde, sollte ich versuchen, diese Stränge zu durchtrennen. Die Wärme würde heraussickern und das Licht sich verdunkeln, bis nichts mehr von mir übrig wäre.
Ich weiß nicht, was ich verdient oder nicht verdient habe, aber ich helfe ihr. Ich sorge dafür, dass sie sich sicher fühlt.
Die Worte, um ihr zu sagen, dass sie das Gleiche für mich tut, und zwar millionenfach, bleiben hinter meinen zusammengebissenen Zähnen weggeschlossen. Ich kann Zelda nicht weiterhin sagen, wie sie ihren Frieden finden kann, während ich sie aus meinem aussperre. Ich will sie nicht aussperren. Ich will diese Tür nicht schließen. Ich will Ja sagen.
Es tut mir leid.
Beckett Copeland

23

Zelda
31. Dezember

Beckett kam gegen siebzehn Uhr von der Arbeit und meinte, er hätte früher frei bekommen wegen der Vorbereitungen zur Silvesterfeier am Times Square. Er hätte reichlich Zeit, etwas zu essen und sich zu erholen, bevor wir zu einer Party gingen.

Nach dem gestrigen Abend hatte ich erwartet, dass er sich wieder von mir zurückziehen würde. Doch sein Lächeln wirkte echt, und die Unterhaltung während des Essens war ungezwungen. Mehr als einmal erwischte ich ihn dabei, wie er mich verstohlen ansah und dann schnell wieder wegschaute. Jedes Mal, wenn das passierte, bekam ich Herzklopfen. Nichts hatte sich zwischen uns geändert, und selbst der kleinste Blick, das beiläufigste Lächeln hatte die Macht, mich mit Hoffnung zu erfüllen.

Wir zogen uns dick an, mit Mützen, Schals und Mantel beziehungsweise Jacke. Draußen kündigte sich das neue Jahr mit Schneeregen und eisigen Temperaturen an. Beckett trug Mrs Santinos grünen Rollkragenpullover, da er behauptete, dass er diesen an Weihnachten nicht genug hatte zur Schau stellen können.

»Wer schmeißt die Party noch mal?«, fragte ich.

»Freunde von Freunden«, antwortete Beckett und setzte seine Mütze auf. »Ich kenne sie nicht, aber Darlene und Kyle werden da sein. Und mein Kumpel Wes mit seiner Freundin Heidi. Mein anderer Kumpel Nigel und … mit wem auch immer er gerade schläft.«

Ich warf einen skeptischen Blick auf meine Leggings, die Ankle Boots und den übergroßen Sweater. »Bin ich gut genug angezogen? Moment mal, was sage ich denn da? Du trägst diesen Pulli. Ich könnte als Taco verkleidet gehen, und du würdest trotzdem mehr angestarrt werden.«

Es klingelte. Beckett drückte den Knopf der Gegensprechanlange. »Sind sofort unten.« Er grinste mich an. »Du bist ja nur neidisch, Rossi.«

Er nahm zwei Flaschen Champagner mit in den Flur, und ich nahm an, dass sie beide für die Party waren, doch er blieb vor 2C stehen und klopfte an die Tür. Mrs Santino machte auf und starrte uns durch den Spalt an. Beckett hob eine Flasche Champagner.

»Guten Rutsch, Mrs S.«

Die Tür wurde zugezogen, die Vorlegekette rasselte, dann machte Mrs Santino wieder auf. Sie starrte auf die Flasche Champagner und riss überrascht die Augen auf, als sie den hellgrünen Pulli unter Becketts Jacke sah.

Sie presste eine Hand auf ihr Herz. »La tua gentilezza mi lascia senza parole«, sagte sie, nahm die Flasche und zog sich in ihre Wohnung zurück. Die Tür knallte zu.

Ich lächelte Beckett zu. »Und jetzt weiß sie, dass du ihn trägst. Dein Geschenk an sie.«

Er zuckte mit den Schultern. »Was hat sie gesagt?«, fragte er mich, während wir zum Treppenhaus gingen.

»Ich glaube, so was wie *Ihre Freundlichkeit macht mich sprachlos.*«

Beckett schmunzelte. »Okay«, sagte er und nickte zur Glastür des Haupteingangs. »Darlene hat ein Taxi besorgt.«

»Wer hat Lust auf Party?«, rief Darlene und stürzte sich auf mich. Sie umarmte mich fest, und ihre Goldkreolen fühlten sich kalt auf meiner Wange an. Sie trug eine enge Jeans, eine kurze Kunstpelzjacke und Stiefel. Schließlich ließ sie mich los, um Beckett zu umarmen.

»Oh mein Gott, dieser Pulli«, lachte sie schrill. »Du siehst aus wie Bob Ross. Können wir los?«

»Wo ist Kyle?«, fragte ich, während wir ins Taxi einstiegen.

Darlene winkte ab. »Ach, wir haben Schluss gemacht. Beschissenes Timing, oder? Aber was will man machen? Ich bin bereit für einen Neuanfang.«

Ich quetschte mich zwischen die beiden auf die Rückbank und warf Beckett einen Blick zu.

»Dar«, sagte er stirnrunzelnd. »Bist du okay?«

»Ich bin absolut okay«, antwortete sie und gab dem Fahrer die Adresse. »Es hat nicht funktioniert, aber so sind Männer nun mal, oder?« Sie stieß mir den Ellbogen in die Rippen. »Aber ich bin schon drüber weg. Über ihn. Und bereit zu feiern.«

Darlenes Augen waren stark geschminkt, wirkten aber klar. Ich warf Beckett noch einen Blick zu und zuckte mit den Schultern.

Die Party fand in einem Loft im Meat District statt, einer riesigen umgebauten Industriehalle. Freiliegende Rohre, Backsteinmauern und mehr als hundert Gäste, die lachten und sich unterhielten.

»Beckett, mein Bruder«, sagte ein großer, sportlich aussehender Mann mit rotblonden Haaren, einem australischen Akzent und einer zierlichen dunkelhaarigen Frau am Arm. »Wie schön, dass du es dieses Mal geschafft hast, nachdem du uns an Weihnachten so unhöflich hast sitzen lassen.« Er kniff die Augen zusammen und bedeckte sie mit einer Hand, als

Beckett seine Jacke auszog und sie auf den Stapel neben der Tür warf, sodass der Pulli in seiner vollen Pracht zu sehen war. »Wenn ich es mir recht überlege, muss ich dich bitten, zu gehen. Ich werde blind.«

»Wenn du blind wirst, wissen wir wohl alle warum«, sagte ein kleinerer Mann mit dunklem Haar. Beckett und er stießen ihre Fäuste aneinander, dann musterte er mich. »Ich bin Wes. Du bist bestimmt Zelda, die Comics macht.«

»Graphic Novels«, sagte ich automatisch und schüttelte ihm die Hand. »Schön, dich kennenzulernen.«

Nigel, der Australier, grinste Beckett anerkennend zu, weil er wohl dachte, ich sei zu klein, um es zu bemerken. Danach stellte er die Brünette als Jackie vor. Dann kam Wes' Freundin Heidi dazu. Sie war in meinem Alter, hatte blasse Haut, Sommersprossen und schulterlange blonde Dreadlocks. Wes, Heidi und Nigel begrüßten Darlene wie alte Freunde und fragten nach Kyle. Doch sie winkte jemandem in der Menge zu und verschwand.

»Was ist denn mit Kyle passiert?«, fragte Heidi Beckett.

»Keine Ahnung. Sie meinte, sie hätten Schluss gemacht«, antwortete Beckett, während er Darlene nachsah.

»Vielleicht sollten wir sie besser im Auge behalten«, sagte Heidi.

»Ja, wahrscheinlich. Sie sollte nicht trinken«, sagte Beckett. »Sie übertreibt es schnell mal. Besonders, wenn sie traurig ist.«

»Ich hingegen werde erst gehen, wenn ich so betrunken bin, dass ich mich nicht mehr an mein Weihnachten bei der Familie erinnere«, sagte Wes.

Als wir den Eingangsbereich hinter uns ließen, hakte sich Wes bei mir unter und ging langsamer, sodass die anderen vorgingen. »Danke.«

»Wofür?«

Er nickte zu Beckett vor uns, der mit Heidi plauderte. »So hab ich ihn noch nie gesehen«, sagte er leise. »So glücklich.«

Ein Wonneschauer durchlief mich, doch ich sagte: »Wir sind nicht zusammen. Nur Freunde.«

Wes schnaubte. »Der sture Trottel braucht dringend jemanden, der ihm in den Hintern tritt.« Er zwinkerte mir zu. »Ich glaube, du könntest für den Job genau die Richtige sein.«

Ich bemühte mich, gelassen zu wirken, aber seine Worte schlugen ihre angenehmen Zähne in mich und wollten nicht mehr loslassen.

Wir gingen tiefer in das Loft hinein und verschmolzen mit der Party. Am anderen Ende des Raums spielte ein DJ mit einem kleinen Turntable Techno für ein paar Tänzer. Die Fenster der Wohnung waren drinnen mit Lichterketten geschmückt und draußen mit Schneeflocken. Im offenen Küchenbereich standen zwei Tische mit Essen, Alkohol und roten Plastikbechern für die Gäste bereit.

Darlene hüpfte auf mich zu und nahm meine Hand. »Ich muss dich ganz vielen Leuten vorstellen.«

Sie zog mich durchs Loft und machte mich mit ihren Freunden bekannt, deren Namen ich eine Nanosekunde, nachdem ich sie gehört hatte, wieder vergaß. Sie unterhielt sich, lachte und nippte an einem leichten Bier.

Irgendwann zeigte ich ihr meinen leeren Becher und ließ sie mit den beiden Typen stehen, mit denen sie gerade plauderte. Ich kehrte zu Nigel, Wes und Beckett zurück, die an einem Fenster standen.

»Es ist offiziell«, sagte ich über die pulsierende Musik hinweg. »Darlene kennt hier jeden, und ich habe sie alle kennengelernt.«

Beckett reichte mir einen Becher Bier. »Wie schlägt sie sich?«

»Sie wirkt okay. Ist guter Dinge.«

»Bist du für diesen Pulli verantwortlich?«, fragte Nigel und deutete auf Beckett. »Ich hab versucht, mir einen angemessenen Witz dazu einfallen zu lassen, aber mir vernebeln zu viele das Hirn.«

»Er muss eine Wette verloren haben«, sagte Wes. »Ich wage zu behaupten, nicht mal Crayola hat einen Namen für diese Farbe.«

»Doch, haben sie«, erwiderte Nigel. »Sie heißt *Ach du Scheiße, meine Augen!*«

Beckett grinste nur und zuckte mit den Schultern. Dann nahm er einen Schluck aus seinem Plastikbecher. Die Witze schienen alle an ihm abzuprallen. Ich spürte Stolz in mir aufsteigen.

Ich bin mit ihm hier.

Wir vier unterhielten uns gut. Nigel hatte eine Menge dreckiger Witze auf Lager, und wir lachten uns kaputt. Jackie rügte ihn für seine vulgäre Sprache. Er entschuldigte sich, was Wes dazu veranlasste, seinen Kumpel auf den Arm zu nehmen, weil dieser unter der Fuchtel seiner Freundin zu stehen schien. Jackie wurde rot, während ihn Nigel über ihren Kopf hinweg mit Blicken erdolchte.

Ich sah zu Beckett auf. »Ich mag deine Freunde.«

»Die sind Arschlöcher«, sagte er laut. Wes hörte ihn und kratzte sich mit seinem Mittelfinger am Auge.

»Nigel ist zwar ein hoffnungsloser Fall«, sagte ich. »Aber der da …« Ich nickte Wes zu. »Der ist ein Guter.«

»Er ist in Ordnung«, sagte Beckett, doch mir entging nicht der liebevolle Blick, den er seinem Freund zuwarf.

»Und du bist auch ein Guter«, sagte ich.

»Warum? Wegen meines Kleidungsgeschmacks?«

Bevor ich antworten konnte, kam eine der Gastgeberinnen

mit einem Tablett voller Sektgläser vorbei. »Es ist fast so weit«, sagte sie. »Noch drei Minuten.«

Beckett nahm zwei Gläser und reichte mir eins.

»Dafür gibt es viele Gründe«, sagte ich. »La tua gentilezza mi lascia senza parole.« Mein Akzent war bei Weitem nicht so flüssig wie der von Mrs Santino, und Beckett starrte mich nur an.

»Deine Freundlichkeit macht mich sprachlos, Copeland.« Es gelang mir nicht, ihm in die Augen zu sehen.

»Du machst mich sprachlos, Zelda.«

Wärme schoss mir in die Wangen, und als ich aufblickte, stellte ich fest, dass er mich unverwandt ansah. »Das ist ja ganz schön romantisch. Der Copeland, den ich kenne, würde so was niemals in der Öffentlichkeit zu seiner Mitbewohnerin sagen. Hast du zu viel getrunken?«

»Ich bin vollkommen nüchtern.« Er sah mir weiter in die Augen. »Und leichtsinnig.«

»Du bist …« Meine Stimme verlor sich. Denn alles, was mir einfiel, war *wunderschön*.

Freundlich.

Gut.

Verdammt sexy …

Die Gäste begannen von zehn herunterzuzählen.

»Was bin ich?« Über den Lärm hinweg formten seine Lippen die Worte. Er riss die Augen auf, und ihr Blau wurde noch intensiver.

Der Mann, den ich liebe, dachte ich.

»Fünf … vier … drei … zwei … eins … Frohes neues Jahr!«

Die Menge jubelte, und die Leute ließen Champagner oder Cocktails auf den Boden schwappen, als sie sich vorbeugten, um einander zu küssen. Nigel schnappte sich Jackie, wirbelte sie herum und küsste sie, während sie ihre Arme und Beine um ihn schlang. Ich starrte sie fasziniert und ein bisschen neidisch an. Dann sah ich zu Beckett. Sein Blick war voller Leidenschaft.

»Dann sind jetzt wohl wir dran«, sagte ich und rückte ein Stück näher.

»Ich schätze schon«, sagte er und kam ebenfalls näher.

»Frohes neues Jahr, Freund.«

»Frohes neues Jahr.«

Wir starrten einander an.

»Du musst mich nicht küssen, wenn du nicht willst«, sagte ich. »Das ist nur so eine dumme Tradition.«

»Ach ja?« Er sah mich ruhig an, doch er klang etwas kurzatmig. An seinem Hals sah ich, wie schnell sein Puls ging.

»Ich weiß nicht«, sagte ich, während mir mein eigener Herzschlag in den Ohren dröhnte und die Party übertönte. Er übertönte alles außer Beckett. »Ich dachte nur …«

»Zelda?«

»Ja?«

»Hör auf zu reden.«

Ich hob trotzig das Kinn. »Zwing mich doch.«

Beckett hob die Augenbrauen. Sein Lächeln wurde breit und verschlagen, dann verwandelte es sich in etwas Wunderbares. In einem Raum voller Menschen sah er nur mich. Er legte seine Hand auf meine Wange und streichelte mich mit dem Daumen.

»Frohes neues Jahr, Zel.«

Beckett brachte seine Lippen an meine. Eine zarte Berührung, dann ein Zögern, bevor er forscher wurde. Flüchtig spürte ich seine Zunge. Sein Mund war sanft und abwartend, doch voller Leidenschaft.

Ich war auf diesen Kuss vollkommen unvorbereitet. Er verwandelte meine Knochen in Sand und raubte mir den Atem. Meine Beine zitterten, und mit meiner freien Hand klammerte ich mich an Becketts Arm, auf der Suche nach Halt. Sein Körper stand unter Strom, und meiner antwortete. Wir besaßen diese Art von magnetischer Anziehungskraft, die uns erst voneinander wegtrieb, bis wir dann endlich in diesem Moment zusammenstießen.

Und es fühlt sich ...

In weiter Ferne hörte ich die Partygäste jubeln, als die Tanzmusik begann. Beckett hielt mein Gesicht jetzt in beiden Händen und legte den Kopf schief, um mich besser küssen zu können, und nun tauchte seine Zunge tief in meinen Mund ein. Ich schmeckte Champagner, eine Süße, dicht gefolgt vom Biss des Alkohols. Süß und stark. Genau wie er.

Ich stellte mir vor, dass er auch ohne den Champagner so schmecken würde, jeden Tag, immer, und verspürte das plötzliche Verlangen, zu wissen, ob das stimmte. Ihn im heißesten, dunkelsten Teil der Nacht zu küssen, in der schläfrigen Wärme des Morgens oder selbst nach zehn Stunden auf dem Rad im Sommer, sodass sich sein salziger Schweiß mit dieser berauschenden Mischung verband, die ihn repräsentierte.

Das bist du.

Becketts Mund bewegte sich über meinen, und Hunderte von Türen öffneten sich. Ich war vollkommen in dem Moment. Ich war *hier*. Ließ es geschehen, die Alarmglocken ausgeschaltet, die Schilde unten. Dieser wunderbare Mann küsste mich, und ich wollte für den Rest meines Lebens nichts anderes tun, als ihn zurück zu küssen.

»Nehmt euch ein Zimmer!«, rief Nigel.

Schwer atmend lösten Beckett und ich uns voneinander. Die warme Perfektion des Kusses war vorüber. Wir starrten einander an. Hinter Becketts Augen tanzten tausend unausgesprochene Gedanken. Er riss seinen Blick von mir los, um seinen Freund wütend anzusehen.

»Das war nicht cool.« Er sah aus, als würde er Nigel am liebsten eine verpassen.

Nigel hob abwehrend die Hände. »War doch nur ein Witz, Mann.«

Wes trat dazwischen und klopfte Nigel auf die Schulter. »Auszeit für dich, Alter. Du hast jetzt genug Schaden angerichtet«, sagte er augenzwinkernd und schob Nigel zurück zu Jackie.

»Mein Gott«, murmelte Beckett.

Dann kam Wes wieder zu uns. »Nigel ist so ein Idiot«, sagte er zu mir. »Es ist besser, wenn er nüchtern ist. Nein, wartet, wenn ich so drüber nachdenke, ist er dann immer noch ein Idiot.«

Ich lachte ein bisschen, brachte es aber nicht über mich, Beckett anzusehen. Die Party war in vollem Gange, und der DJ trieb die Tänzer mit *HandClap* von Fitz and The Tantrums an. Meine Nervenenden standen in Flammen, und meine Lippen kribbelten von Becketts Kuss. Mein ganzer Körper verlangte nach ihm – nach mehr Berührungen, mehr Küssen. Ich wollte seine Hände auf meiner nackten Haut spüren statt auf der dicken Winterkleidung. Ich fragte mich, ob es ihm auch so ging. Ob wir von hier verschwinden und woanders hingehen sollten. Egal wohin. Ich hatte von der stärksten, euphorisierendsten aller Drogen gekostet und brauchte mehr.

Doch einige Leute, die Wes kannten, gesellten sich zu uns, und eine neue Vorstellungsrunde begann. Ich lächelte und sagte Hallo. Versuche, mich zu unterhalten, kamen aus meinem Mund. Doch ich wollte nur Beckett. All meine Sinne waren auf ihn gerichtet. Er könnte sich mitten in der Menge verstecken, und ich würde spüren können, wo er war. Mein Körper vibrierte vor Spannung, und als Beckett seine Hand in meine schob, hielt ich sie fast reflexartig fest.

Dann brachte er seinen Mund an mein Ohr. »Kann ich dich kurz sprechen?«

Ich nickte und murmelte der Gruppe eine Entschuldigung zu. Beckett führte mich in die Küche. Sie war voller Gäste, die sich unterhielten und aus den diversen Flaschen Cocktails mixten. Dahinter lag ein T-förmiger Flur. Am Ende musste ein Badezimmer liegen, denn dort war eine Schlange ungeduldiger Leute – hauptsächlich Frauen –, die sich lautstark über die Wartezeit beschwerten.

Beckett versuchte es mit der ersten Tür links. Dahinter lag ein dunkler, vollgestopfter Arbeitsraum. Ich erhaschte einen Blick auf zusammengerollte Poster, einen Grafikdesign-Schreibtisch und einen großen Posterdrucker. Dann war die Tür wieder zu, der Lärm der Party war plötzlich gedämpft, und Beckett drängte mich gegen die Wand. Er presste sich an mich, groß und stark in der Dunkelheit, und begann mich leidenschaftlich zu küssen.

Ohne Publikum und ohne Sektglas in der Hand erwiderte ich den Kuss ebenso wild. Meine Hände wanderten in sein Haar und über seinen muskulösen Rücken. Er presste mich gegen die Wand und küsste mich hart und tief. Ich klammerte mich an ihn und erwiderte seine Küsse mit einer verzweifelten Intensität. Überall, wo ich ihn berührte, spürte ich Muskeln, und die Vorstellung, was er damit anstellen könnte, wenn wir zu Hause wären, raubte mir den Atem. Was er mit mir anstellen könnte, wenn die Energie, die ich unter meinen Händen spürte, entfesselt würde.

Seine Hände wanderten an meinen Seiten entlang, bis sie auf meinem Becken landeten. Er zog mich fest an sich und begann sich an mir zu reiben.

»Bitte«, flehte ich an seinem Mund. »Fass mich an. Ich muss dich auf meiner Haut spüren, Beckett …«

Meine Fingernägel gruben sich durch den Pullover in seine Haut, während er seine Hände unter mein Shirt steckte.

»Gott, Baby«, flüsterte er, als er zum ersten Mal die nackte Haut meines Bauchs berührte. »Du bist so warm. So weich …«

Noch nie hatte ich mich von einem Mann Baby nennen lassen. Es hatte immer albern oder herablassend geklungen. Doch dieses *Baby* aus Becketts Mund jagte eine Hitzewelle durch meinen Körper. Ich drückte den Rücken durch, um mich seiner Berührung anzubieten. Seine Hände bewegten sich höher, und meine kleinen Brüste passten perfekt hinein.

»Beckett … mehr …«

Er drückte mich fester gegen die Wand, küsste mich, als wäre er ein Ertrinkender und ich seine Luft. Seine Hände wanderten über meinen Rücken zu meinem Hintern. Er packte mich und presste mich gegen sich. Blind steckte ich meine Hand unter seinen Pullover, gierig nach nackter Haut. Ich fand die Rillen eines Sixpacks. Wohin meine Finger auch wanderten, berührten sie harte Muskeln.

»Gott, Zelda.« Seine Stimme war ein tiefes Knurren an meiner Kehle. Er zog meinen Sweater hoch, dann sank er auf die Knie und begann mich zu küssen, erst unter den Brüsten, dann meinen Bauch.

»Oh Gott, was tust du?«, fragte ich atemlos, als sich sein Mund weiter nach unten bewegte und meine Haut mit köstlichen, bissartigen Küssen übersäte.

»Etwas, was wir nicht mehr zurücknehmen können«, knurrte er an meiner nackten Haut.

Als sich seine Finger in den Bund meiner Leggings krallten, riss ich den Kopf in den Nacken. *»Ja.«*

Er zog mir die Leggings runter, und seine Zunge umkreiste meinen Nabel. »Willst du es?«, fragte er voller Verlangen. »Ich weiß, es ist plötzlich, aber verdammt, Zelda, ich brauche dich. Ich will, dass du dich gut fühlst. Das will ich so sehr. Bitte …«

»Ja«, hauchte ich, flüsterte dann lauter: »*Ja.* Mach, was du willst.«

Er befreite eines meiner Beine von den Leggings, zog dabei auch gleich den Ankle Boot aus und schob meinen Slip beiseite.

»Ich will das für dich«, flüsterte er, sein Atem heiß an der Innenseite meines Oberschenkels. »Ich will alles für dich.«

Ich unterdrückte einen Aufschrei, als Becketts Mund zwischen meine Beine sank und Feuerzungen durch meinen Körper jagte. Ich tastete nach der Tür hinter mir, auf der Suche nach etwas, woran ich mich festhalten konnte.

Er legte eines meiner Beine über seine Schulter, damit er besser drankam. Seine Fingerspitzen bohrten sich in meine Hüfte. Meine suchenden Hände fanden sein Haar, griffen hinein und zogen seinen Kopf an mich. Jetzt, da er mich endlich berührte, konnte ich nicht genug bekommen.

»Du schmeckst so gut«, flüsterte er. »Ich will, dass du kommst …«

Innerhalb von Sekunden brachte er mich zu einem welterschütternden Höhepunkt, und ich fragte mich im Fieber der Ekstase, wie ich mich durch ihn so begehrt und gleichzeitig so wertgeschätzt fühlen konnte. Hier ging es weder um seine eigene Befriedigung, noch war es eine Art Verpflichtung für ihn, sondern sein aufrichtiges Verlangen, mir alles zu geben, was er hatte.

Ich kam ein zweites Mal und flüsterte seinen Namen, obwohl ich ihn am liebsten geschrien hätte. Ich wollte mehr Haut, mehr Nacktheit, mehr von allem. Verzweifelt sehnte ich mich danach, ihm auch nur einen Bruchteil der brennenden Lust zu schenken, die mich erfüllte. Sie ließ mich zitternd und so schwach zurück, dass ich kaum noch stehen konnte.

»Ich kann nicht …«, flüsterte ich und lehnte den Kopf gegen die Tür. Meine Beine fühlten sich wie Gummi an. »Ich kann nicht noch mal …«

Noch auf den Knien zog Beckett meinen Slip zurecht und half mir wieder in die Leggings. Vollkommen erschöpft rutschte ich an der Tür entlang zu Boden. Beckett setzte sich vor mich, und selbst in der Dunkelheit konnte ich sein befriedigtes Grinsen sehen, als wäre ich es gewesen, die ihm die zwei intensivsten Orgasmen seines Lebens geschenkt hätte.

»Das ist also passiert«, sagte ich mit einem erschöpften Lachen.

»Zu viel?«, fragte Beckett unsicher.

Ich schüttelte den Kopf. »Nein, es hat sich richtig angefühlt. Und unglaublich und überwältigend und …« Ich lachte erneut. Wieder fühlte ich mich beschwipst, doch nicht vom Champagner. »Du kannst das ziemlich gut.«

»Das mache ich gern«, erwiderte er.

»Ach ja?«

»Für dich«, sagte Beckett. »Ich mache es gern für dich.«

»Du weißt, was das bedeutet, oder?«, fragte ich, kam mühsam hoch und setzte mich rittlings auf seinen Schoß.

»Das bedeutet viele Dinge«, sagte Beckett mit leiser Stimme. »Meinst du etwas Bestimmtes?«

Ich legte meine Finger an seine Schläfen. »Ich meine, dass ich, sobald wir zu Hause sind, die Luftmatratze aus dem nächsten Fenster schmeißen werde.«

»Sie wird nicht durchs Fenster passen.«

»Ich werde schon einen Weg finden.« Ich hielt sein Gesicht in meinen Händen und küsste ihn zärtlich.

»Lass uns nach Hause gehen«, flüsterte er an meinem Mund.

Ich nickte und wollte ihn erneut küssen, hielt jedoch inne, als ich auf der anderen Seite der Tür einen hektischen Aufruhr hörte. Jemand lief den Flur entlang. Dann schrie eine Frau: »Wir brauchen einen Krankenwagen!«

Beckett sah mich in der Dunkelheit entsetzt an.

»Darlene.«

24

Beckett
1. Januar

Zelda und ich sprangen auf und rissen die Tür des Arbeitszimmers auf. Im Flur vor dem Badezimmer hatten sich Gäste versammelt. Panisch drängte ich mich durch die Menge und schnappte Gesprächsfetzen auf.

»Wie lange ist sie schon da drin?«

»Mindestens zwanzig Minuten.«

Zwanzig Minuten, während Leute an die Tür klopften. Und ich war keiner von ihnen gewesen. Ein Kerl hantierte mit einem Schraubendreher an der Badezimmertür, um die Türklinke abzuschrauben. Ich schubste ihn beiseite.

Vollgepumpt mit Adrenalin, trat ich mit Wucht gegen die Tür, und sie sprang auf.

Darlene saß, in sich zusammengesunken, zwischen Toilette und Waschbecken. Aus Nase und Mund kam weißer Schaum.

Mein Gott, sie ist tot.

Ich sank auf die Knie, während sich Wes seinen Weg ins Badezimmer bahnte und sich neben mich hockte. »Wir haben einen Krankenwagen gerufen. Such mal nach ihrem Puls, hat sie einen Puls?«

Wir probierten es beide. Ich spürte etwas unter meiner Fingerspitze und presste stärker. »Ich hab ihn«, sagte ich. »Ich kann ihn fühlen.«

»Ich auch. Sie atmet.«

»Was hat sie nur genommen?«, fragte ich. »Wer hat es ihr gegeben?«

Wes schüttelte den Kopf. Die Leute in der Tür starrten nur.

»Was sollen wir tun?« Seine Stimme klang verzweifelt. »Ich weiß nicht, was wir tun sollen. Ich kenne nur diese Szene aus *Pulp Fiction*.«

»Lass sie uns hier rausschaffen«, sagte ich wütend. Weg vom Boden und weg von dieser gottverdammten Toilette.

Wir trugen Darlene aus dem Badezimmer und legten sie auf den Teppich im Flur, mit ihrem Kopf in meinem Schoß. Mit dem Ärmel von Mrs Santinos Pullover wischte ich ihr das Gesicht ab. Ihre Lippen waren bläulich. Ihr flacher Atem stank beißend, wie Essig. Sie stöhnte und schlug die Augen auf. Die Pupillen waren winzige schwarze Punkte.

Heroin? Ich wusste es nicht. Darlene war keine besonders treue Süchtige, sondern probierte viel. Zu viel.

»Darlene«, versuchte ich mit meiner Stimme ihren Nebel zu durchdringen. Ich klopfte ihr gegen die Wange. »*Darlene*, komm schon. Wach auf.«

Ihr Kopf bewegte sich unkoordiniert in meine Richtung. »Becks.«

»Ich bin hier, Süße.«

Ihre Stimme war ein Krächzen. »Niemand will … bei mir bleiben. Ich versuche es. Ich versuche es so sehr …«

»Ganz ruhig, du kommst wieder in Ordnung.«

Zelda kniete sich mit einem nassen Waschlappen neben mich. Ich strich Darlene die Haare aus der Stirn und säuberte sanft ihr Gesicht.

»Der Krankenwagen hält gerade«, rief jemand.

Darlenes Kopf fiel ihr auf die Brust. Immer wieder verlor sie das Bewusstsein, und wenn sie wach war, weinte sie.

Schließlich stürmten die Sanitäter herein und scheuchten uns weg. Einer von ihnen leuchtete Darlene mit einer Taschenlampe in die Augen und sprach mit lauter, klarer Stimme. Er sagte, sein Name sei Julio, und er fragte sie, was sie genommen hatte. Doch Darlene war nicht ansprechbar.

»Weiß es sonst jemand?«, fragte Julio in den Raum.

»Nein«, sagte Wes. »Wir haben sie so gefunden. Wir wissen nicht, was sie genommen oder wer es ihr gegeben hat.«

»Sieht nach Heroin aus«, sagte der zweite Sanitäter und deutete auf den weißlich gelben Schaum, der ihr aus der Nase kam. »Ist leicht, zu viel zu schniefen.«

Er ließ ihre Arme los. Ihre Hände fielen in ihren Schoß und blieben dort liegen, die Handinnenflächen nach oben gedreht. Zitternd stand ich da, Zelda neben mir, und sah zu, wie die Sanitäter Darlene eine Dosis Naloxon verabreichten. Ihre Atmung normalisierte sich ein bisschen, und in ihre Wangen kehrte etwas Farbe zurück. Dann wurde sie auf eine Trage geschnallt und weggeschoben.

Ich ging mit und hielt dabei Darlenes Hand. Ich sah Zelda und streckte ihr meine freie Hand entgegen. Ihre Finger verschränkten sich mit meinen, während wir den Aufzug nach unten nahmen.

»Ist sie abhängig?«, fragte Julio.

»Auf Entzug«, sagte ich und betrachtete Darlene. Sie hatte eine Sauerstoffmaske über dem Mund, und ihr verschmiertes Augen-Make-up sah aus wie schwarze Tränen. »Oder wohl eher rückfällig.«

»Kommt sie wieder in Ordnung?«, fragte Zelda leise.

»Sie ist ziemlich stabil«, sagte Julio. »Ihre Vitalfunktionen sind gut. Aber Genaueres kann nur der Notarzt sagen.«

Der Aufzug hielt an, und als wir hinaustraten, stiegen gerade zwei Polizisten aus ihrem Streifenwagen. Sie redeten mit den

Sanitätern, während Darlene in den Krankenwagen verladen wurde. Ich wollte Zelda gerade beim Einsteigen helfen, als Julio uns aufhielt.

»Es kann nur einer mit.«

Zelda schlang die Arme um sich und sah mich besorgt an.

»Geh du«, sagte sie. »Begleite sie. Ich werde sehen, ob ich hier helfen kann, und wir treffen uns dann im Krankenhaus. Ich hab Darlene vorhin mit zwei Typen reden sehen. Vielleicht haben sie es ihr verkauft? Oder wissen etwas?«

»Ich schicke dir eine Nachricht aus dem Krankenhaus.«

Wir tauschten einen letzten Blick, dann wurden die Krankenwagentüren zwischen uns geschlossen. Darlene war durch das Naloxon stabilisiert, und die Sanitäter fragten mich nach ihren persönlichen Informationen – ihrem Namen, Kontaktpersonen und ihrer Drogenvorgeschichte. Ich erzählte ihnen so viel ich konnte und fühlte mich dabei wie ein Verräter. Doch ich konnte nicht lügen oder etwas verschweigen. Die Behörde würde ohnehin davon erfahren. Man würde ihre Bewährungszeit verlängern oder ihre Auflagen verschärfen.

Oder sie landet wieder im Gefängnis.

Ich drückte ihre Hand.

Darlene konnte da nicht wieder rein. Sie hatte es nach ihrer letzten achtzehnmonatigen Haftstrafe kaum aus Bedford Hills geschafft. Ein Jahr lang hatte sie sich den Hintern abgearbeitet, um clean zu bleiben, und das alles war an einem einzigen Abend zerstört worden.

Kyle, dieser Mistkerl …

Es war nicht seine Schuld, aber das hielt mich nicht davon ab, ihm alles Schlechte zu wünschen. Und ich wünschte, dass Roy auch Darlenes Bewährungshelfer wäre. Stattdessen hatte sie so ein striktes Arschloch, dem es egal war, ob sie lebte oder starb, solange sie nur tat, was er sagte.

Ich fragte mich, ob ich Roy trotzdem anrufen könnte. Um ihn um Rat zu bitten oder zu fragen, ob er sich irgendwie für Darlene einsetzen, ihr einen Platz in einer besseren Entzugsklinik verschaffen könnte oder so etwas. Mein Portemonnaie steckte in meiner Gesäßtasche, aber nicht mein Handy. Natürlich nicht. Mein Handy befand sich in meiner Jacke, die noch im Loft war.

Scheiße.

Der Krankenwagen hielt vor dem Presbyterian Hospital. Darlene wurde in die Notaufnahme geschoben und verschwand hinter einem Vorhang. Julio deutete auf eine Reihe von Stühlen an einer Wand, und ich setzte mich.

Und wartete.

Schließlich kam ein Arzt mit Glatze und freundlichen Augen hinter dem Vorhang hervor. »Der Zustand Ihrer Freundin ist stabil, aber sie braucht Ruhe und muss beobachtet werden. Sie können heute Abend nichts mehr für sie tun.«

Ich wollte ihm sagen, dass ich gar nichts für sie getan hatte. Sie war abgestürzt, und ich war nicht da gewesen, um sie aufzufangen.

Eine Schwester erschien und legte mir ihre Hand auf den Arm. »Gehen Sie nach Hause, und schlafen Sie etwas. Die Besuchszeit ist morgen ab acht Uhr. Sie können dann wiederkommen und Ihre Freundin sehen.«

Ich ließ mich von ihr vom Vorhang wegführen und rief mir vom Telefon der Notaufnahme aus ein Uber. Ich kannte Zeldas Nummer nicht auswendig, also rief ich mein eigenes Handy an, in der Hoffnung, dass es bei Zelda war. Doch es ging nur die Mailbox dran. Ich hinterließ eine kurze Nachricht und legte auf, um auf mein Uber zu warten.

Draußen schneite es. Der eisige Wind trieb die großen Flocken in Wirbeln über den dunklen, sternenlosen Himmel.

25

Zelda
1. Januar

Ich erzählte den Polizisten von den beiden Typen, die mit Darlene geredet hatten, doch viele Gäste waren bereits gegangen, und ich sah sie nicht mehr unter den wenigen verbliebenen. Der Zwischenfall mit Darlene hatte die Party im Prinzip beendet.

Wes und Heidi, Nigel, Jackie und ich warteten draußen an der Straße auf ein Taxi. Wir standen dicht gedrängt und zitterten in der Kälte. Nigel war nicht mehr zu Scherzen aufgelegt, und Heidi trocknete ihre Tränen an Wes' Schulter.

»Ich hätte auf sie aufpassen sollen«, sagte sie.

Mein Herz stimmte ihr zu. Ich war zu sehr mit meinem Schäferstündchen mit Beckett beschäftigt gewesen. Berauscht vor Lust, während Darlene keine sechs Meter entfernt fast gestorben wäre.

Auf meinem Handy waren keine Anrufe oder Nachrichten von Beckett. Ich machte mir Sorgen um ihn, weil er bei dieser Kälte nur mit einem Pullover unterwegs war. Ich hängte mir seine Jacke über die Schultern, und die Tasche schlug mir gegen die Seite. Ich griff hinein und fand sein Handy.

Das Display zeigte eine Mailbox-Nachricht von einer unbekannten Nummer an. Der Anruf war vor zehn Minuten eingegangen, während ich mit der Polizei geredet hatte. Ich drückte auf den Knopf.

»Hey, hier ist Beckett. Ich weiß nicht, ob du das hier zu hören bekommst, aber ich bin im Pres. Darlene kommt wieder in Ordnung. Sie schmeißen mich jetzt bis zum Morgen raus. Ich rufe mir ein Uber nach Hause. Wir sehen uns dort, ja? Bis dann.«

Ich gab die Info an die anderen weiter. »Was ist das Pres?«

»Das Presbyterian Hospital«, sagte Jackie. »Sollen wir hinfahren?«

»Die werden uns erst morgen früh reinlassen«, sagte Wes. »Wir sind nicht ihre Familie.«

»Doch, das sind wir«, sagte Nigel und verdiente sich damit meine lebenslange Zuneigung.

»Wir gehen morgen hin«, sagte Heidi.

Wir stiegen in das Uber, das Nigel gerufen hatte. Niemand sagte viel während der Fahrt. Die Penn Street war gesperrt, also musste mich der Fahrer einen Block früher rauslassen.

Ich ging schnell, den Kopf gesenkt, Becketts Jacke um die Schultern. Es war eiskalt. Schneeregen und Wind peitschten gegen meine Wangen und trieben mir Tränen in die Augen.

Das ist nur der Wind, nicht mehr.

Drinnen ging ich sofort zum Heizlüfter und trat dagegen. Er keuchte protestierend, doch er begann einen warmen Luftstrom auszuspucken. Draußen wurde der Sturm immer stärker.

Gott, Beckett.

Ich zog die feuchten Klamotten aus und schlüpfte in eine Schlafanzughose, ein T-Shirt und eine Sweatjacke. Während ich in der Wohnung auf und ab ging, verwandelte sich meine Sorge um Darlene in Sorge um Beckett.

Er ist okay. Er hat sich ein Uber gerufen. Er ist auf dem Weg nach Hause.

Nach Hause …

Ich rollte mich auf dem Bett zusammen und wartete.

Ein Schlüssel im Türschloss riss mich aus meinem Dämmerzustand. Beckett kam herein und brachte einen kalten Luftzug mit sich. Er warf den Schlüssel auf die Küchentheke und rieb sich die Hände. Er sah müde aus. Ausgelaugt und niedergeschlagen.

»Hey«, sagte er.

Ich setzte mich auf. »Was ist passiert? Wie geht es ihr?«

Er lehnte sich gegen die Arbeitsfläche, den Blick auf das Fenster gerichtet, vor dem der Schnee vom Wind verwirbelt wurde. »Sie haben sie mit Naloxon vollgepumpt. Sie kommt wieder in Ordnung, schätze ich. So in Ordnung, wie sie jemals sein wird.«

Becketts Stimme klang unglaublich schwer, und er ließ seine Schultern sinken. Wieder rieb er sich die Hände und schüttelte sie, als würden sie wehtun. Die Lichterketten zeigten, dass sein Pullover feucht vor geschmolzenem Schnee war, und sein Gesicht und seine Ohren waren ganz rot.

»Du hattest keine Jacke«, sagte ich. »Und die Straße war einen Block weit gesperrt …«

Er nickte. »Ich kann meine Hände nicht spüren.«

»Oh mein Gott, komm her.«

Er zog seine Stiefel und den Pullover aus. Darunter trug er nur ein weißes T-Shirt.

»Die auch«, sagte ich und deutete auf seine Hose, die ebenfalls feucht vom Schnee war.

»Zelda …«

»Komm *her*«, sagte ich erneut.

Er zog sich bis auf das T-Shirt und eine schlichte Boxershorts aus und kletterte zu mir ins Bett. Wir lagen, einander zugewandt, auf der Seite, und ich nahm seine Hände in meine.

»Scheiße, die sind ja wie Eiszapfen.« Ich brachte seine Finger an meine Lippen, um sie abwechselnd anzupusten und warm zu reiben. »Wird sie sich wieder erholen?«

Beckett nickte, den Kopf auf dem Kissen. So aus der Nähe waren seine Augen so dunkelblau wie der Himmel, kurz bevor die Sonne aufgeht.

»Und wie geht es dir?«, fragte ich, ohne seine Hände loszulassen. Ich hauchte warmen Atem auf seine Finger und sah ihm unverwandt in die Augen.

»Jetzt besser«, sagte er sanft.

Ein kleines Lächeln umspielte seine Lippen, dann verschwand es wieder. Ausdruckslos starrte er mich an. Er lag neben mir, seine Hände in meinen, doch die Nacht zerrte ihn fort. Ich packte ihn fester.

»Rede mit mir«, sagte ich. »Was denkst du gerade?«

Zuerst sagte er nichts, sondern blickte mir tief in die Augen. »Fragst du dich manchmal, Zelda, ob du glücklich sein darfst?«

Tränen schossen mir in die Augen. »Ja«, flüsterte ich. »Die ganze Zeit. Jede Minute.«

Er runzelte die Stirn und strich mir mit dem Handrücken über die Wange. »Ich hasse es, dich das sagen zu hören. Ich hasse es, dass ich dir diesen Schmerz nicht nehmen kann.«

»Ich auch«, sagte ich. »Bei dir. Die Last, die du auf den Schultern trägst, ist zu groß.«

»Vielleicht ist das bei uns beiden so«, sagte er. »Aber ich weiß nicht, was ich tun soll oder was zu viel verlangt ist. Ich kann nur noch an dich denken und daran, wie du mein beschissenes Leben genommen und es in jeder Hinsicht besser gemacht hast.«

Eine einzelne Träne rollte mir über die Wange. Er wischte sie mit seinem Daumen weg, schüttelte den Kopf und drehte sich auf den Rücken, um auf die Risse in der Decke zu starren. Sie sahen aus wie schwarze Blitze. »Verdammt, Zelda. Du verdienst etwas so viel Besseres als das hier.«

»Was meinst du mit *das hier*?«, fragte ich, nachdem ich meine Stimme wiedergefunden hatte.

»Das.« Er deutete nach oben. »Diese kalte Wohnung und mit der Polizei über Drogendealer reden zu müssen und …«

»Nicht«, sagte ich. »Hör auf, dich von mir zurückzuziehen. Ich habe auch Angst.«

Er drehte den Kopf in meine Richtung. »Nein, du bist stark. Du bist stärker als alle anderen, die ich kenne.«

»Bin ich nicht. Ich hab Todesangst. Ich weiß nicht, was ich hier tue oder wie ich für irgendjemanden etwas taugen kann. Ich bin scheiße in Beziehungen. Was sage ich da? Ich hatte nie eine. Keine echte. Ich habe keine Ahnung, was ich hier mache, und ich habe eine Scheißangst, dass ich es vermassele. Ich habe Angst davor, glücklich zu sein. Oder vielleicht ist es auch genau so, wie Darlene gesagt hat. Ich habe Angst, *weil* ich glücklich bin.«

»Bist du das, Zel? Glücklich?«

In seinen Augen leuchtete ein Hoffnungsschimmer auf.

Jetzt. Dieser Moment. Nimm ihn.

Ohne lange darüber nachzudenken, setzte ich mich rittlings auf ihn. Ich beugte mich vor und stützte meine Arme auf seine Brust, sodass unsere Gesichter nur Zentimeter voneinander entfernt waren. Meine Haare fielen um uns herum wie ein Vorhang, der den Rest der Welt ausschloss.

»Lass uns einfach du und ich sein und niemand anders«, sagte ich. »Keine Vergangenheit, keine Schuldgefühle, keine Mrs J. Oder Rosemary. Nur du und ich. Lass uns aufhören, so viel über die Vergangenheit oder die Zukunft nachzudenken. Hören wir auf, uns zu fragen, was wir verdienen. Was *willst* du, Beckett? Willst du mich?«

Seine Hände kamen unter meinen Haaren hervor, um sich auf meine Wangen zu legen. »Gott, Baby, ja.« Seine Stimme zitterte. »Ich will dich so sehr. So was hab ich noch nie gefühlt, und es macht mir auch eine Scheißangst. Ich habe Angst davor, dir nicht alles geben zu können, was du haben solltest.«

»Du hast mir schon mehr gegeben als jeder andere«, flüsterte ich, während meine Lippen über seine strichen. »Ich will das hier nicht vermasseln. Weder die Graphic Novel noch, dass ich hier wohne.«

»Das hier ist auch dein Zuhause«, sagte er entschlossen.

»Und wenn was schiefgeht?«

»Das lassen wir nicht zu«, sagte er. »Wir haben zu viel zu verlieren. Oder?«

Ich nickte und wusste, dass er nicht nur von dem Buch oder der Wohnung sprach. »Da ist so viel zwischen uns«, flüsterte ich mit Nachdruck, weil es mir Angst machte, es zuzugeben. Ich musste wissen, dass er das Gleiche empfand.

Das Lächeln, das sein Gesicht erhellte, war wunderschön und sagte mir alles.

»Ja, Zel. Ist es. Und ich will mehr …«

Er zog mich an sich und küsste mich. Es war der zärtlichste Kuss meines Lebens. Mehr als ein Neujahrskuss, mehr als jeder Kuss, den ich je bekommen hatte. Er war *mehr*. Es lagen Versprechen in unserem Kuss. Unausgesprochene Schwüre, auf das, was wir hatten, aufzupassen; auf das, was wir in genau diesem Moment erschufen, denn nach heute gab es kein Zurück mehr.

Wir küssten uns, holten Luft und küssten uns wieder. Er zog sich das T-Shirt aus, und ich setzte mich auf, um mich an seinem Anblick zu weiden. Wieder wurde mir ganz heiß.

»Mein Gott, Beckett …«

Sein Körper war unfassbar sexy – muskulös und glatt und stark. Auf seinen Brustmuskeln waren zueinander passende Tattoos, von denen ich nichts geahnt hatte, klein und präzise:

ein diagonaler Pfeil und ein Blutstropfen. Sofort beugte ich mich vor, um jeden Pfeil zu küssen, als würde ich damit die Wunden heilen können, die sie repräsentierten.

Wieder griff Beckett nach mir und zog meinen Mund an seinen. Während wir uns küssten, wanderten unsere Hände über nackte Haut. Seine Berührung war jetzt warm, sein Mund heiß. Ich spürte seine Erektion unter mir, und ich ließ mein Becken kreisen, während unser Kuss immer leidenschaftlicher wurde, bis er nur noch aus Beißen, Lecken und Knabbern bestand.

Beckett ließ seine Hände in meine Haare gleiten und ballte sie zu Fäusten. Sanft zog er das Haar zurück, legte meinen Hals frei und presste seinen Mund darauf. Ich keuchte, während er saugte und lutschte, während sich sein Becken unter meinem aufbäumte. Ich riss an meinem T-Shirt und zog es aus, um meine nackten Brüste zu enthüllen.

»Oh Gott, Baby«, stöhnte er, während er den Anblick bewunderte. »Ich wusste, dass du wunderschön sein würdest, aber verdammt, Zelda …«

Seine Worte sandten weitere Hitzewellen durch meinen Körper, und das Verlangen, ihn zu spüren, wurde übermächtig. Er drehte mich auf den Rücken und legte sich auf mich. Ich spürte ihn zwischen meinen Schenkeln, an meiner Schlafanzughose. Ich bog mich zurück und hob mein Becken, bot mich ihm an.

Er machte sich mit meinen Brüsten vertraut, hielt eine in seiner Hand, während er an der Brustwarze der anderen knabberte und saugte. Unartikulierte Laute der Lust kamen aus meinem offenen Mund, und meine Finger spielten mit seinem Haar.

»Beckett«, hauchte ich. »Bitte.«

Ich wusste nicht, worum ich genau bat. Egal was. Weitere

Küsse. Weitere Berührungen. Sein Körper auf meinem und in mir – Gott, noch nie hatte ich einen Mann so sehr in mir gewollt wie ihn in diesem Moment.

»Ich will alles von dir«, sagte er, seine Worte voller Feuer.

Er kam auf Hände und Knie hoch und fand meinen Mund. Ein Kuss, der nur aus Zunge, Zähnen und einem Knurren tief in seiner Brust bestand. Seine Hände glitten an meiner Taille hinab und zerrten an meiner Schlafanzughose. Ich stieß ihn beiseite und setzte mich auf, um es selbst zu tun, während er seine Boxershorts auszog.

Ich starrte ihn an.

»Oh Gott …«

Mir fielen keine anderen Worte ein. Sein Anblick, hart und bereit, vertrieb alle Gedanken, ließ nichts als intensives Verlangen zurück. Sein Blick, dunkel und gierig, wanderte über meinen nackten Körper, und nie hatte ich mich schöner gefühlt.

Wir griffen gleichzeitig nach einander, unsere Münder prallten zusammen, sein Arm legte sich um mich. Ich packte seine Schultern, zerkratzte seine Haut in meiner Verzweiflung, ihn zu spüren, und wir landeten auf dem Kissen, ich auf dem Rücken und Beckett über mir. Er stützte sich auf seine Ellbogen, um mich immer und immer wieder zu küssen. Ich versank im Bett, unter dem Gewicht seines Körpers, endlich herrlich nackt.

Ich schlang meine Arme um seinen Hals und brachte meinen Mund an sein Ohr. »Jetzt, Beckett«, flüsterte ich. »Gott, jetzt. Ich brauche dich.«

Meiner Kehle entrang sich ein Stöhnen der Erleichterung und der Ekstase, als er in mich eindrang. Er war groß und hart und doch warm und sanft, eben *Beckett*. Immer tiefer, bis sich unsere Becken berührten und sein Mund meinen Hals fand.

So blieben wir einen halben Atemzug lang. Ich konzentrierte mich allein auf das Gefühl, ihn in mir zu spüren. Es war wie nichts und niemand zuvor. Eine perfekte Schwere. Eine Vervollständigung. Ich wusste, dass ich niemanden je so wollen würde, wie ich Beckett Copeland wollte.

»Verdammt, Zel.« Sein Atem war heiß auf meiner Haut. »Was machst du mit mir?«

Er hob seinen Kopf, um mir in die Augen zu sehen. Seine Hände legten sich auf meine Wangen. Ich gehörte ihm. Auf jede erdenkliche Weise. Und er mir. In diesem einen Herzschlag wusste ich, dass er es auch fühlte, und das schönste Lächeln der Welt umspielte seine Lippen, bevor er mich küsste. Ein weiterer Schwur. Ein weiteres Versprechen, mich zu beschützen.

Die Küsse wurden intensiver und entflammten unsere Körper. Er bewegte sich in mir, erst langsam, in der engen Hitze schwelgend, die ihn nicht loslassen wollte, bevor er wieder so tief wie möglich hineinglitt. Mein Atem war seiner. Er nahm ihn aus meiner Lunge und gab ihn mir zurück. Geben und nehmen. Hart und schnell. Ich klammerte mich an seinen starken Körper, der über und in mir war, mich zum höchsten Gipfel führte und mich einen Herzschlag lang dort hielt.

Dann noch einen.

»Beckett«, stöhnte ich. Es war nicht mehr als ein Hauch, denn mehr hatte ich nicht übrig, als sich alles in mir in einer Ekstase anspannte, die ich nicht für möglich gehalten hatte.

Da schrie ich auf. Schrie seinen Namen und das Wort Ja, denn das war alles, was ich noch kannte. Das war es, was ich gewollt hatte. Ja zu sagen zu allem, was er war, was wir waren, und zu dem Leben, das wir haben würden, wenn die Sonne am nächsten Morgen aufging.

Ich erschauerte, als mein Orgasmus von mir Besitz ergriff, jedoch ohne Beckett loszulassen. Ich hielt ihn fest und zog sein Becken an meines. Er griff unter mich, hob meine Hüfte, um tiefer in mich zu kommen, und stieß hart und unerbittlich zu. Sein eigener Höhepunkt kam wenige Momente später. Sein wunderschönes Gesicht verzerrte sich vor etwas, das mehr nach Schmerz als nach Lust aussah. Dann brach er in sich zusammen, vergrub sein Gesicht wieder an meinem Hals und stöhnte an meiner Schulter, während er kam. Sein Körper zuckte ein letztes Mal, dann blieb er still liegen.

»Zel«, flüsterte er.

»Ich weiß«, sagte ich und ließ meine Arme und Beine um ihn geschlungen, erhitzte Haut an erhitzter Haut. Draußen heulte der Wind und schlug gegen das Fenster, doch hier drinnen waren wir zusammen. Und zusammen konnte uns die Kälte nicht mehr erreichen.

26

Zelda
1. Januar

Ich konnte nicht schlafen.

Noch nie in meinem Leben hatte sich mein Körper so befriedigt und schwer und warm angefühlt, doch mein Verstand wollte einfach nicht zur Ruhe kommen. Ich hatte Sorge um Darlene, vermischt mit einem Schuldgefühl, weil ihr Abend das komplette Gegenteil von meinem Abend gewesen war.

Ich hob meinen Kopf von Becketts Schulter. Wärme durchdrang das Bett, unsere Haut, den Raum zwischen uns. Er schlief tief und fest, sein hübsches Gesicht frei von Sorgen oder Schmerz. Ich begann zu lächeln und bemerkte eine kleine Brandnarbe auf seinem linken Bizeps – ein schlichter Kreis mit einem X darüber. Wahrscheinlich ein Souvenir aus dem Gefängnis.

»Mein Straftäter«, flüsterte ich und staunte erneut, wie ich mich bei ihm schon immer sicher gefühlt hatte. Doch jetzt, da ich nackt in seinem Bett lag, spürte ich es noch viel stärker.

So etwas hatte ich noch nie.

Und das werde ich auch nie wieder.

Mit der Handvoll Typen, mit denen ich etwas gehabt hatte, war Sex immer nur etwas Unausweichliches gewesen. Wenn ich lange in der Nähe eines Mannes gewesen war, hatten wir irgendwann das Gefühl gehabt, es tun zu müssen. Und jedes

Mal hatte ich auf einen Bruchteil dessen gehofft, was ich jetzt mit Beckett fühlte.

Ich hatte keine Ahnung gehabt, dass Sex so sein konnte. Hatte nicht gewusst, dass ich mich gleichzeitig verehrt und begehrt fühlen konnte. Dass Sex primitiv, fast brutal sein konnte, und doch gleichzeitig erhaben. Becketts Lust und Begehren waren die leuchtendsten Farbklekse, während die sanfte Intensität seiner Augen offenbarte, was in seinem Herzen war – mit unauslöschlicher Tinte quer über meines geschrieben.

Danach hatte Beckett mich gehalten, als würde er mich niemals wieder loslassen. Er hatte mich geküsst, bis ihn seine eigene Erschöpfung hatte einschlafen lassen, und doch hatte er mich weiter gehalten.

Ich legte den Kopf zurück aufs Kissen und versuchte wieder einzuschlafen. Doch ich hatte kein Glück. Ich lag noch etwa eine Stunde wach, bis sich Beckett rührte, erwachte und sich vorsichtig von mir löste, um ins Badezimmer zu gehen.

Die Tür schloss sich mit einem Klicken hinter ihm. Jetzt, da die Luft rein war, tauchten meine alten Abwehrmechanismen wieder auf. Musste Beckett weg von mir? Brauchte er Freiraum? Oder würde er den Drang verspüren, zurückzukommen und zu kuscheln, was die meisten Männer meiner Erfahrung nach hassten?

Die Badezimmertür ging auf. Beckett kehrte zurück ins Bett. Er zog mich an sich und legte seine Arme um mich, sodass mein Gesicht in seiner Halsbeuge lag. Binnen zehn Sekunden waren meine Sinne wieder von ihm erfüllt. Der warme, saubere Geruch seiner Haut, überlagert von einem leicht salzigen Hauch Schweiß. Sein süßer Atem, der gegen meine Wange blies.

In diesem Moment hörte ich auf, mich mit meinen Gefühlen zu zieren. Hörte damit auf, jedes Mal, wenn ich mich auch nur ein bisschen verletzlich fühlte, diese lächerlichen Mauern wieder zu errichten.

Stattdessen legte ich meine Arme um ihn und hielt ihn fest. Ich schlang mein Bein um sein Becken, sodass wir miteinander verschlungen waren wie Ranken. Irgendwie spürte ich, wie er lächelte.

»Kommst du gleich mit ins Krankenhaus?«, flüsterte er.

»Natürlich. Sie ist meine Freundin.«

Er streichelte über meine Haare. »Danke.«

»Wofür?«

»Dass du da bist«, sagte er. »Mich begleitest. An meiner Seite bist, wenn ich mit etwas Hässlichem und Schwerem konfrontiert bin. Ich weiß, dass sie auch deine Freundin ist, aber das ist nicht das erste Mal für mich, und es wird nie einfacher.«

»Ich werde da sein.« Ich vergrub meine Stirn an seinem Schlüsselbein, schob meine Hand in seine und drückte sie. »Von jetzt an werde ich da sein.«

Als wir ein paar Stunden später im Presbyterian Hospital ankamen, war Darlenes Familie schon da. Ihre Mutter und ihre Schwester hatten die gleichen üppigen braunen Haare und trugen viel Make-up und Schmuck. Ihr Vater war ein pragmatisch wirkender Mann mit intensiven grauen Augen. Während die Frauen beieinanderstanden und sich unterhielten, fiel mir auf, dass er für sich auf einer Bank saß, die Hände im Schoß gefaltet, die Lippen zusammengepresst.

Heidi, Wes und Nigel kamen zusammen aus Darlenes Zimmer.

»Wie geht es ihr?«, fragte Beckett.

»Nicht gut«, sagte Wes. »Körperlich ist sie okay, aber ihr Bewährungshelfer war heute Morgen schon hier. Er wird dem Richter eine Verlängerung ihrer Bewährung und einen Entzug empfehlen, aber ich hatte nicht den Eindruck, dass er sich groß wehren würde, wenn jemand Gefängnis vorschlägt.«

Beckett rieb sich das stoppelige Kinn. »Scheiße.«

»Ja, sie nimmt es ziemlich schwer«, sagte Nigel. »Und dieses Arschloch Kyle hat sich auch nicht blicken lassen.«

Beckett und ich gingen in Darlenes Zimmer. Sie wirkte blass zwischen der weißen Bettwäsche, und in ihrem rechten Arm steckte eine Nadel, die durch einen Schlauch mit einem Tropf neben dem Bett verbunden war.

Als wir reinkamen, starrte sie aus dem Fenster und sah uns nicht an.

»Hey«, sagte Beckett sanft und setzte sich auf die Bettkante. Sie schüttelte den Kopf, als würde es ihr wehtun, ihn anzusehen.

Ich ging auf die andere Seite und legte vorsichtig meine Arme um sie. Schließlich gab sie nach, hielt sich schwach an mir fest und begann zu weinen.

»Warum tue ich mir das immer wieder an?«, schluchzte sie. »Warum zerstöre ich mir mein Leben?«

»Das kommt schon wieder in Ordnung, Dar«, sagte ich und rückte näher, damit sie sich an mich lehnen konnte.

»Ach ja?«, fragte Darlene, während sie sich über die Augen wischte. »Ich weiß einfach nicht, wie ich sonst mit irgendetwas fertigwerden soll, verstehst du? Als Kyle gegangen ist, war da wieder diese große Leere, und ich musste sie mit etwas füllen.«

»Du hast gerade jede einzelne Person auf diesem Planeten beschrieben«, sagte ich. »Wir alle müssen die Leere mit etwas füllen.« Ich strich ihr eine Strähne aus dem Gesicht. »Du hast dir bloß zufällig eine stark süchtig machende illegale Substanz ausgesucht.«

Darlene lachte verheult und sah zum ersten Mal, seit wir den Raum betreten hatten, zu Beckett. Ihr Lächeln erstarb, und ihre Augen füllten sich wieder mit Tränen. »Oh, Becks«, sagte sie und griff nach seiner Hand. »Es tut mir so leid.«

»Es gibt nichts, wofür du dich entschuldigen müsstest«, sagte Beckett.

»Nein, ich weiß, aber du warst immer so gut und stark.«

»War ich nicht«, erwiderte er. »Ich hab nur so getan. Auch wenn ich keine Drogen nehme, habe ich mich genauso betäubt wie du.« Becketts Augen fanden meine. »Bis vor Kurzem. Wenn man nichts riskiert, hat man auch nichts. Du bist mutig, Darlene. Vergiss das niemals.«

Darlene weinte noch ein bisschen mehr, dann wischte sie sich die Augen. Ihre Freunde und Familie kamen und gingen, bis sich die Besuchszeit dem Ende näherte. Schließlich kam die Krankenschwester, um alle rauszuwerfen, doch ich blieb zurück. Ich drückte Becketts Hand und reckte mich, um ihm einen Kuss zu geben.

»Ich komme gleich nach. Gib mir eine Minute.«

Darlene beobachtete uns und begann zu lächeln, während gleichzeitig frische Tränen in ihren Augen schimmerten. »Ihr zwei …?«

Ich nickte und setzte mich auf den Platz neben ihrem Bett.

»Oh mein Gott, ich freue mich so für dich. Für euch beide. Ich hatte immer gehofft, dass Becks mal so etwas finden wird. Ich wäre nicht die Richtige gewesen. Selbst wenn ich kein hoffnungsloser Junkie wäre.«

»Du bist nicht hoffnungslos«, sagte ich. »Und du bist zwar drogensüchtig, aber das ist nicht alles, was du bist.«

»Sag das mal meinem Bewährungshelfer«, sagte Darlene. »Oder meinem Vater. Ich hab ihn so schwer enttäuscht. Aber wie auch nicht? Sieh mich an.« Sie deutete in das Krankenhauszimmer und auf den Schlauch, der aus ihrem Arm kam.

»Ich sehe dich an, Darlene«, sagte ich und nahm meine Tasche auf den Schoß. »Als Künstlerin ist es meine Aufgabe, die Menschen zu beobachten, und da ich eine *unglaublich gute* Künstlerin bin, ist die Art, wie ich die Welt sehe, die absolute Wahrheit.«

Ein kleines Lächeln stahl sich auf Darlenes Gesicht. »Ist das so?«

»Hundertprozentig.« Meine Stimme zitterte ein wenig. Ich zog ein Blatt Papier aus meiner Tasche und reichte es ihr. »Das bist du, Darlene.«

Sie nahm die Skizze, an der ich seit Wochen immer mal wieder gearbeitet hatte, und hielt sie wie etwas Zerbrechliches in beiden Händen. Die Zeichnung zeigte sie in der U-Bahn, an dem Tag, als wir die Lichterketten gekauft hatten. Sie lehnte an ihrem Arm, lachte, und ihre Augen waren groß und klar.

»Zel«, flüsterte sie.

Ihre Rührung schnürte mir die Kehle zu. »Das bist du. Okay?«

Darlene nickte, wischte sich die Tränen von den Wangen und atmete tief durch. »Okay«, sagte sie. »Ich hab dich lieb.«

»Ich dich auch«, sagte ich, umarmte sie schnell und beschäftigte mich dann mit meiner Handtasche.

Ein Klopfen an der Tür. Sie öffnete sich, und ein junger blonder Mann mit Tattoos am Hals steckte seinen Kopf ins Zimmer. In der Hand hielt er einen Strauß pinker Rosen.

Darlene riss überrascht die Augen auf. »Kyle?«

»Ich weiß, ich bin spät dran«, sagte er und trat in den Raum. »Die Krankenschwestern wollten mich nicht mehr reinlassen, aber ich musste kommen. Mein Gott, Darlene, bist du okay? Ich wusste nicht, wo du bist.«

Ich stand auf und schulterte meine Tasche. »Ich lasse euch zwei mal allein …«

»Nein. Bleib«, sagte Darlene, ohne den Blick von Kyle zu nehmen. »Was machst du hier?«

Er runzelte die Stirn. »Ich besuche dich.«

»Aber wir haben Schluss gemacht«, erwiderte Darlene mit brechender Stimme.

»Haben wir?« Kyle wirkte vollkommen verblüfft. »Babe, wir hatten einen Streit. Das passiert manchmal, oder?«

»Aber du bist weggegangen«, sagte Darlene. »Ich dachte, ich würde dich nie mehr wiedersehen.«

Ich trat zurück, und Kyle setzte sich auf meinen Platz. Ich wollte ihnen diesen Moment geben, traute aber Kyle und seiner Version der Geschichte noch nicht. Dennoch wirkte die Sorge in seinem Gesicht aufrichtig. Er nahm ihre Hand in seine und brachte ihre Finger an seine Lippen. »Ich war einfach nur sauer, Babe. Ich bin rausgegangen, um ein bisschen frische Luft zu schnappen, das hab ich dir doch *gesagt*.«

Darlene schaute weg. »Ich weiß«, sagte sie kleinlaut. »Es ist nicht das erste Mal, dass ich das gehört habe, aber … niemand ist je zurückgekommen.«

Kyle berührte mit seiner anderen Hand ihre Wange. »Es tut mir so leid, Babe. Bitte verzeih mir …«

Ich schlüpfte aus dem Zimmer. Draußen auf dem Krankenhausflur lehnte ich mich gegen Darlenes Tür und atmete tief aus.

»Hast du ihm in den Hintern getreten?«, fragte Nigel. »Das schmierige kleine Wiesel war an mir vorbei, bevor ich Gelegenheit dazu hatte.«

Ich lachte und trocknete mir die Tränen. »Nein, das war nicht nötig. Es ist alles gut.«

Beckett sah mich verwirrt an, als ich zu ihm ging und meine Hand in seine schob.

Ich lächelte. »Ich erkläre es dir auf dem Weg nach Hause.«

TEIL 3

»Jene Dinge, die die Natur dem menschlichen Auge verweigert, enthüllt sie den Augen der Seele.«
Ovid

B-BITTE, MUTTER ... D-DARF ICH L-LEBEN ...?
KIRA ... NICHT.
JA.
CHACK
HI! ICH BIN EIN PÄDOPHILER UND KINDSMÖRDER. BITTE DURCHSUCHEN SIE MEINEN VAN. DANKE!
SIEH MAL EINER AN, WAS HABEN WIR DENN DA ...?

27

Beckett
12. Januar

Die morgendliche Wintersonne fiel golden auf unseren Schreibtisch, während wir das Spielplatz-Panel fertigstellten. Darin verschonten Kira und Ryder das Leben ihrer neuesten Zielperson. Zelda entschied, ein bisschen Humor einzufügen, und ließ den Kerl, mit den Ketten der Schaukel gefesselt, für die Polizei zurück. Ich nahm den Humor als gutes Zeichen.

»Kann ich dir eine Frage stellen?«

»Das hast du gerade«, sagte Zelda.

»Lass es mich anders formulieren: Kann ich dir eine Frage stellen, ohne dass du auf mich sauer wirst?«

»Das kann ich unmöglich sagen.« Hinter ihrer Brille kniff sie die Augen zusammen. »Warum? Willst du etwas Dämliches fragen, was nur ein Mann fragen würde?«

»Wahrscheinlich.«

Sie lachte. »Du bist so verdammt süß, dass du damit davonkommen könntest. Schieß los.«

»Warum hat Kira eine so strenge Frisur?« Ich tippte auf den kurzen schwarzen Bob der Heldin. »Ihr Pony sieht aus, als könne man damit Glas schneiden.«

»Weil es cool aussieht. Sie ist überhaupt nicht eitel. Sie muss sich nicht hinter Haaren verstecken, und sie sollen ihr auf keinen Fall in die Quere kommen, wenn sie mit den Schurken kämpft.« Sie runzelte die Stirn. »Sie gefällt dir nicht?«

Ich ließ Zeldas lange, seidige Haare durch meine Finger gleiten. »Deine mag ich lieber.«

»Ja, aber wie wir bereits festgestellt haben, bin ich nicht Kira.«

»Das haben wir.«

»Sie ist auf keinen Fall so was wie mein Alter Ego.«

»Natürlich nicht.«

»Und Ryder ist kein potenzieller romantischer Partner.«

»Auf keinen Fall.« Ich lehnte mich vor und küsste sie.

Ich liebte es, dass ich das tun konnte. Dass ich sie berühren, sie küssen und eng mit ihr verschlungen schlafen konnte. Wir hatten die Luftmatratze gespendet, und nun schlief Zelda jede Nacht in meinen Armen. Zusammen trotzten wir der Kälte – für gewöhnlich, indem wir unsere eigene Wärme erzeugten, die bis zum Morgen anhielt.

Zeldas Mund war warm und feucht, und ihre Zunge umspielte meine. Ich spürte ein angenehmes Ziehen in der Leistengegend, während der Kuss zu Sex zu werden drohte, was regelmäßig geschah. Doch in diesem Moment klingelte ihr Handy auf einer Ecke des Schreibtischs. Stirnrunzelnd betrachtete sie die Nummer auf dem Display.

»Keine Ahnung, wer das ist.« Sie drückte den grünen Knopf. »Hallo?« Nach einer Sekunde sagte sie langsam: »Oh. Hi, Iris.«

Ich hatte keine Ahnung, wer Iris war. Ich machte mich wieder an die Arbeit und hörte mit halbem Ohr zu, wie Zelda ein paar der neuen Konzepte erläuterte, die sie in *Mutter, darf ich …?* eingearbeitet hatte. Die Figur des Ryder und Mutters Zwiespalt, ihren Rachedurst mit ihrem Bedürfnis nach Seelenfrieden in Einklang zu bringen.

Ich beugte mich über den Schreibtisch und beschriftete das

Spielplatz-Panel so sorgfältig, als würde es sich um das Endprodukt handeln. Zum ersten Mal, als eine ihrer Zielpersonen »Mutter, darf ich leben?« fragte, antwortete Kira mit Ja. Ich lächelte und legte den Stift beiseite, als Zelda die Augen aufriss und mich in den Arm kniff.

»In einer Woche?«

Ihre Fingernägel gruben sich durch meinen Pulli in die Haut, fest genug, dass ich das Gesicht verzog. Für jemanden mit so kleinen Händen hatte sie ziemlich viel Kraft.

»Sie ist noch nicht fertig«, sagte sie ins Handy. »Sie hat noch kein Ende.« Eine weitere Pause, dann: »Okay. Okay. Nein, das klingt gut. Bis dann. Danke. Vielen Dank.«

Sie beendete das Gespräch und starrte mich an. »Weißt du, wer das war?«

»Iris«, sagte ich. »Wir treffen sie in einer Woche.«

Zelda schlug mir auf den Arm. »Das war Iris von Black-Star Publishing. In einer Woche haben wir einen Termin mit ihr, zwei anderen Redakteuren und jemandem aus der Lizenzabteilung.«

Ich sah sie überrascht an. »Ohne Quatsch?«

»Iris ist die Assistentin, die mir geraten hat, die Novel zu überarbeiten und es noch mal zu versuchen. Seit meinem ersten Pitch im November hat sie das Projekt immer wieder vorgeschlagen. Und es ist ihr gelungen, sie auf die Überarbeitung neugierig zu machen. Oder vielleicht brauchen sie auch nur etwas frisches Blut.«

»Heilige Scheiße«, sagte ich. »Das könnte er sein, Baby. Dein großer Durchbruch.«

»Unser großer Durchbruch«, sagte sie. »*Mutter, darf ich …?* gehört jetzt uns beiden. Oh mein Gott, schau mich nur an.« Sie zeigte mir ihre zitternden Hände. Ich nahm eine und küsste sie. Dann küsste ich Zelda.

»Wir müssen feiern.«

»Wir können nicht feiern«, entgegnete sie. »Wir haben noch zu viel Arbeit vor uns. Wir haben kein Ende.«

»Dann eben eine nicht feierliche Feier. Ich lade dich zum Essen ein.«

»Wirklich?« Ihre grünen Augen strahlten. »Wir hatten noch gar kein richtiges Date, weißt du?«

»Das wird heute geändert.«

»Wo gehen wir hin? Hoffentlich irgendwohin, wo es warm ist.«

Gute Frage.

Ich hatte absolut keine Ahnung, wohin ich Zelda ausführen sollte. Während sie duschte, setzte ich mich an meinen Laptop und gab als Suchbegriffe »warm«, »romantisch« und »New York im Winter« ein. Ich betete, dass ich etwas halbwegs Akzeptables finden würde, wofür ich keinen Kredit aufnehmen musste. Direkt das erste Suchergebnis haute mich um, und ich begann die Existenz von Zufällen zu bezweifeln.

Zelda und ich packten uns warm ein, fuhren mit der U-Bahn nach Manhattan und nahmen von dort die Linie C in die Upper West Side. Der Central Park war eisig weiß, die Bäume schneebedeckt unter dem schweren grauen Himmel. Wir gingen ein paar Blocks in der Kälte des frühen Nachmittags bis zur 79th Street. Zelda starrte auf das riesige Gebäude vor uns, dessen großer Eingang von majestätischen Säulen eingerahmt wurde.

»Das Naturkundemuseum?«, fragte sie.

»Kein Fan?«

»Doch, doch«, sagte sie. »Ich hab nur … kein Museum für unser erstes Date erwartet.«

Ich musste mir auf die Zunge beißen, um nicht zu lachen. »Du wirst es lieben. Sie haben gerade eine Ausstellung: antike Bodenproben der Maya. Die wollte ich mir unbedingt ansehen.«

»Bodenproben?«

Ich sah sie mit hochgezogenen Augenbrauen an. »Äh, *ja*. Die sind Hunderte von Jahren alt. Alle in unterschiedlichen Brauntönen.«

Sie starrte mich noch einen Moment länger an, dann boxte sie meinen Arm. »Du laberst so eine Scheiße.«

»In ein paar von denen ist bestimmt auch ein bisschen Scheiße«, fuhr ich fort, während wir die Stufen hinaufstiegen. »Antike Scheiße von antiken Krähen.«

Sie verdrehte die Augen und ließ sich von mir durch das Museum führen. Vor einer Galerie blieb ich stehen und sah zu, wie Zelda das Schild über der Ausstellungshalle las und erstaunt die Augen aufriss.

»Der Schmetterlingsgarten«, sagte sie, und ein Lächeln tanzte über ihre Lippen.

»Die Bodenproben müssen wir uns ein anderes Mal ansehen«, sagte ich und zog sie hinein.

Wir hängten unsere Jacken, Schals und Mützen an die Garderobe. Dann betraten wir das tropische Paradies.

»Oh mein Gott«, sagte Zelda. »Hier drin muss es um die dreißig Grad sein.«

Wir waren in New York durch eine Schleuse getreten und quasi am Amazonas gelandet. Dort spazierten wir zwischen leuchtend grünen Farnen, breitblättrigen Pflanzen und Bäumen voller leuchtender Blüten umher.

Und überall waren Schmetterlinge.

Die Luft war voll von ihnen. Es waren Schmetterlinge von jeder denkbaren Farbe, Größe und Form. Sie flatterten von Blatt zu Blatt, umschwirrten Blumen oder saßen auf den kleinen Tabletts mit Zuckerwasser, die an Ästen hingen.

»Halt still«, sagte Zelda und tippte mir gegen die Schulter. »Nicht bewegen, dreh nur deinen Kopf.«

Ich sah hin, und ein Schmetterling saß fünf Zentimeter von meinem Kinn entfernt. Das leuchtende Blau seiner Flügel war schwarz umrahmt. Er klappte seine Flügel auf und zu, dann flog er davon und verschwand zwischen den Pflanzen.

»Besser als Bodenproben?«, fragte ich.

Zelda beobachtete einen Monarchfalter, der auf ihrem Handgelenk gelandet war. »Das beste Date aller Zeiten«, sagte sie.

Ich beugte mich vor, um sie zu küssen, und ihr Mund war süß und warm. Ich küsste sie dort im Regenwald, statt umgeben vom grauen Winter New Yorks, und es fühlte sich an, als wäre ich frei.

Ich kann sie überall lieben …

Wir blieben fast eine Stunde, dann aßen wir im *The Smith* zu Abend. Wir saßen an einem kleinen Holztisch. Das Licht der Industrielampen wurde warm von den cremefarbenen Fliesen zurückgeworfen. Zelda aß Lachs mit Reis und ich marinierte Shrimps. Danach brachte ich sie in ein Museum, das mehr ihrem Stil entsprach: (le) poisson rouge in Midtown.

»Das ist schon eher meine Kragenweite«, sagte sie und gab mir einen Kuss auf die Wange. »Gut gemacht, Copeland.«

(le) poisson rouge war ein ungewöhnliches Multimediamuseum mit Cocktailbar. Wir tranken Gin Tonic in einem dunklen Raum voller elektrischer Lämpchen und stampfenden Techno-Klängen, dann betraten wir den Museumsbereich.

Die aktuelle Ausstellung hieß »Gegenüberstellung«. In der Galerie hingen große Fotos von Obdachlosen, die vor grellen Werbeanzeigen saßen oder schliefen. Die Menschen waren in Schwarz-Weiß, die Anzeigen in leuchtendem Technicolor.

Auf einem Foto war eine zutiefst erschöpft wirkende Mutter zu sehen, die ihr schreiendes Kind auf dem Schoß sitzen hatte, während sie auf den Bus wartete. Hinter ihr, an der Wand der Haltestelle, sprang eine unglaublich fitte Athletin über eine Hürde. Auf einem anderen verkaufte ein Blinder Stifte aus einem Kaffeebecher, während hinter ihm eine Anzeigetafel den Betrachter dazu aufforderte, sein Handy gegen das neueste Modell auszutauschen.

»Das ist unglaublich«, sagte Zelda laut, um den Lärm aus den Lautsprechern zu übertönen. Unterschiedliche Werbespots erschollen von der einen Seite, auf der anderen weinten Kinder und baten Bettler um Kleingeld.

»Es ist wirklich schrecklich, oder?«, sagte sie, nachdem wir die Ausstellung verlassen hatten. »Es gibt so viel Ungerechtigkeit auf der Welt. So viel Schönheit und herzzerreißendes Elend, Seite an Seite.«

Ich streichelte ihre Wange. »Und dann gibt es noch die Leute, die etwas Hässliches und Kaltes in etwas Wunderbares verwandeln können.« Ich beugte mich zu ihrem Ohr herab. »Erinnerst du dich, was ich dir zu Weihnachten gesagt habe?«

»Das werde ich nie vergessen«, erwiderte sie. »Du hast gesagt, dass sich die Wohnung wie dein Zuhause anfühlt, weil ich es dazu gemacht habe. Mit Lichterketten und der Pflanze und dem Läufer.«

»Das habe ich gesagt, aber ich lag falsch.«

»Ach ja?«

»Ja, Baby. Du hast sie nicht zu einem Zuhause gemacht, Zelda. Du *bist* mein Zuhause. Wo du bist, ist mein Zuhause.«

Ich hörte, wie ihr der Atem stockte, und ihre Lider flatterten wie die Flügel eines Schmetterlings. »Du verwandelst mich in die weltgrößte Heulsuse, Copeland. Entweder das, oder du versuchst, mich nur in die Kiste zu bekommen.«

»Letzteres«, sagte ich automatisch. »Hat es funktioniert?«

Sie grinste und stellte sich auf die Zehenspitzen, um mir heiß ins Ohr zu flüstern. »Und wie.«

Die Fahrt nach Hause dauerte eine gefühlte Ewigkeit. Dann dauerte es noch unendlich lange, bis wir an unserer Wohnungstür angelangt waren. Ich konnte kaum die Tür aufschließen. Sie fiel hinter uns zu, und dann hielt ich Zelda in den Armen.

Ich presste sie hart gegen die Wand und hob sie hoch, um sie besser küssen zu können. Ich bekam einfach nicht genug davon, sie zu küssen. Sie schmeckte süß und würzig, diese feurige Frau mit dem großen Herzen.

Zelda schlang ihre Beine um meine Taille und ihre Arme um meinen Hals und küsste mich zurück. Zwischen jedem Lecken und Knabbern unserer Münder stöhnte sie leise.

Ich trug sie zum Bett und ließ sie genug los, um Jacke und Hemd auszuziehen. Ich befreite mich von meinen Stiefeln, während Zelda ihren weichen schwarzen Pullover auszog. Ihre Haare fielen wie Seide um ihr blasses Gesicht auf ihre Schultern und über ihren BH.

»Fuck, Zelda«, knurrte ich, riss ihr den Rock herunter und kniete mich hin, um meinen Mund auf ihren Slip zu pressen.

»Beckett, oh mein Gott … warte.« Ihre Hände zogen an meinen Schultern. »Nein, ich brauche dich. Ich brauche dich jetzt …«

Ich zog ihr den Slip aus, trug sie auf Knien über die Matratze, um sie gegen das Brett am Kopfende zu pressen. Ihre Beine legten sich wieder um mich und zogen mich in sie. Ein sanfter Stoß, und ich versank in ihrer engen Wärme.

»Verdammt, Zel. Du fühlst dich so gut an.«

Sie verschränkte die Beine hinter meinem Rücken. »Das hier«, keuchte sie. »Nichts anderes. Ich will nur das hier.«

Mein Körper begann sich synchron mit ihrem zu bewegen.

Ich griff nach dem Kopfteil, um härter in sie zu stoßen, und küsste sie kurz und verzweifelt, bis sie mir schließlich in die Schulter biss und schrie, als sie kam.

Der Schmerz schoss mir das Rückgrat herunter und entlud die Spannung, die sich dort aufgebaut hatte. Ich kam intensiver als je zuvor in meinem Leben, gab ihr alles, erreichte zitternd den Höhepunkt. Dann sank ich auf die Knie und hielt sie dort, noch immer in ihr, während meine Hände über ihren verschwitzten seidigen Rücken glitten und sich in ihren Haaren verfingen.

Das hier, wiederholte ich in Gedanken ihre Worte.

Sie. Sie und niemand anderen. Nie wieder.

28

Zelda
15. Januar

Ich beugte mich über den Schreibtisch und legte sorgfältig letzte Hand an das Spielplatz-Panel. Ich schattierte und fügte kleine Details hinzu. Den Zettel an der Jacke des gefesselten Kinderschänders. Sein angstverzerrtes Gesicht.

Die Arbeit lief in den letzten Tagen wie geschmiert. Beckett hatte ein Talent, die Dynamik der Geschichte und ihrer Charaktere zu begreifen. Er sagte viel mit nur wenigen Worten – etwas, was ich noch nie gekonnt hatte, was aber angesichts der räumlichen Begrenzung eines Comics nötig war.

Dies ließ mich über die Briefe nachdenken, die er Mrs J schrieb. Ich fragte mich, worüber er sprach. Ich wusste, dass er sie niemals um Vergebung bitten würde, aber ich überlegte, ob er von seinem Leben erzählte. Oder von mir.

Ich würde nie fragen. Diese Briefe waren absolut privat. Ein Stück von ihm, das er für sich behielt. Dennoch wollte ich, dass er die gleiche innere Ruhe empfand, die er mir schenkte. Mit jeder fertigen Zeichnung, mit jeder Entscheidung, die Kira traf, fühlte ich mich näher an etwas, was ich nie für möglich gehalten hätte. Vielleicht war es kein Seelenfrieden. Aber die Möglichkeit dazu.

Ich wünschte mir nichts sehnlicher, als dass er das Gleiche finden würde.

Gegen zehn Uhr morgens rief ich Darlene an. »Ich rufe bestimmt nicht an, um dich zu kontrollieren.«

Sie lachte. »Was gibt's?«

»Ach, nichts. Wie geht es dir?«

»Sehr gut. Dank Roy Goodwin. Ich weiß nicht, was Beckett zu ihm gesagt hat, aber er hat mit meinem Bewährungshelfer gesprochen, und ich glaube, das ist der einzige Grund, warum ich nicht schon wieder im Knast bin.«

»Roy ist ein guter Mensch.«

»Apropos versuchen, ein guter Mensch zu sein – ich kann nicht lange reden. Ich muss gleich zu einem Treffen. Zwei am Tag, Zel.«

»Ist es schwer?«

»Am Anfang dachte ich, es wäre zu viel, aber ich muss zugeben, dass sie wirklich helfen.«

»Ich bin froh, das zu hören, Dar.«

»Schöne Grüße von Kyle. Na ja, eigentlich nicht«, fügte sie kichernd hinzu. »Er ist bei der Arbeit, aber ich weiß, wenn er hier wäre, würde er dich grüßen. Ich wollte nur, dass du weißt, dass wir noch zusammen sind.«

»Natürlich seid ihr das. Er ist total verknallt in dich. Bestimmt will er den ganzen Tag nichts anderes machen, als dich zu vögeln.«

»Du bist unmöglich.«

Ich grinste. »Jetzt weißt du mal, wie das ist.«

»Apropos vögeln, wie läuft es zwischen dir und Becks?«

»Da bin ich dir in die Falle getappt, was?« Ich spürte, wie meine Wangen glühten. »Alles bestens. Er ist bei der Arbeit. Ich hab heute frei, weil eine Freundin mit mir tauschen wollte.«

»Schade. Was für ein Pech, dass er nicht auch schwänzen konnte.«

»Ja«, sagte ich. Dabei dachte ich an letzte Nacht und wie

mich Beckett mithilfe seiner Finger, Lippen und Zunge dreimal hatte kommen lassen.

»Okay, ich muss los. Wenn ich zu spät zum Treffen komme, bringt mich mein Bewährungshelfer um.«

»Dann bis später, Dar.«

Ich ging in die Küche, um mir ein Sandwich mit geschmolzenem Käse und eine Tomatensuppe zu machen. Danach wollte ich gerade an der Graphic Novel weiterarbeiten, als mein Handy mit einem Summen eine eingehende Nachricht ankündigte.

Ich lächelte. Sie war von *ihm*. Die Worte trafen mich direkt ins Herz, wo sie sich warm ausbreiteten.

Ich vermisse dich.

Ich war zu glücklich darüber, um Witze zu machen.

Ich dich auch, schrieb ich zurück. **Wie läuft's bei der Arbeit?**

Nicht viel los. Zu kalt, um rumzusitzen und auf einen Job zu warten.

Eine Pause, dann kam eine weitere Nachricht: **Das war gelogen. Ich vermisse dich nicht nur. Ich will dich. Dringend.**

Mein Herz geriet ins Stottern, während ich meine Antwort tippte. **Ach ja?**

Wäre heute zweimal fast falsch abgebogen. Kann nicht aufhören, an dich zu denken. Und an letzte Nacht.

Ich begann auf meiner Unterlippe herumzukauen. Beckett und ich waren jetzt zusammen, oder? Ich hatte seit Jahren keine feste Beziehung gehabt, wenn überhaupt jemals. Ich hatte Jungs gehabt, mit denen ich Zeit verbracht und manchmal auch gevögelt hatte. Aber nichts davon hätte ich jemals als *Beziehung* bezeichnet. Bis jetzt.

Ich war nicht gut in diesem Beziehungskram. Aber ich wollte es versuchen.

Unbedingt.

Komm nach Hause, schrieb ich.

Ich starrte auf die drei Punkte, die anzeigten, dass er gerade etwas schrieb.

Ich hab noch nie die Arbeit geschwänzt.

Meine Daumen flogen über die Tasten, mein Herz klopfte wie wild. **Du wirst es nicht bereuen.**

Spiel nicht mit meinen Gefühlen, Frau.

Mein altes Ich hätte sich nicht getraut, in irgendeiner Form zu sexten. Becketts Freundin hingegen fand es unglaublich aufregend.

Willst du wissen, was ich gerade anhab?

Die Antwort kam fast auf der Stelle. JA.

Ich musste lachen. *Typisch Mann.* Ich warf einen Blick auf meinen unförmigen Pulli, die Leggings und meine Socken. Meine Haare hatte ich zu einem chaotischen Knoten zusammengebunden. Einzelne Strähnen fielen heraus, doch nicht sexy, sondern einfach nur unordentlich. Der Heizlüfter benahm sich zwar, doch es war dennoch zu kalt, um halb nackt herumzulaufen.

Aber für Beckett …

Eins deiner T-Shirts. Sonst nichts.

Ich verzog das Gesicht, als ich auf Absenden drückte, doch in Wahrheit war ich eher erregt als peinlich berührt. Ich wartete auf seine Antwort und war mir sicher, dass er mich auf den Arm nehmen würde, weil es so ein Klischee war.

Du machst mich hart.

Verdammt. Ein weiß glühender Nervenkitzel durchfuhr mich. Meine Finger flogen über die Tasten. **Komm nach Hause. Ich warte auf dich.**

Wirst du deine Brille tragen?

Mir entging nicht, dass seine Nachrichten immer kürzer wurden. **Vielleicht. Warum?**

Weil du damit so verdammt sexy aussiehst, dass ich mich kaum zurückhalten kann.

Mir fiel es gerade auch nicht besonders leicht weiterzuschreiben. Meine Finger gehorchten mir nicht mehr richtig.

Ich will nicht, dass du dich zurückhältst.

Danach kamen keine Nachrichten mehr. Beckett raste durch die Stadt zu mir nach Hause. Ich hatte mindestens vierzig Minuten, bevor er hier war. Dennoch beeilte ich mich. Meine eigene Erregung trieb mich an. Was als kleines Spiel begonnen hatte, war zu einer schweren, verzweifelten Wärme zwischen meinen Schenkeln geworden.

Ich ging ins Badezimmer, um mich frisch zu machen und mir die Zähne zu putzen, dann durchsuchte ich Becketts Schrank, bis ich ein einfaches schwarzes T-Shirt gefunden hatte. Ich zog mich bis auf die Socken aus und streifte das T-Shirt über. Es roch so sehr nach ihm – nach Wind und Eau de Cologne, seiner Seife und Haut. Ich hielt den Stoff an meine Nase und atmete tief ein. Dabei stellte ich mir vor, was passieren würde, sobald Beckett zu Hause wäre.

Komm nach Hause, hatte ich ihm geschrieben. Denn ich wusste, dass er diese Worte liebte. Weil ich sein Zuhause war.

Meine Haare lösten sich aus dem Knoten, und ich bürstete sie, sodass sie mir in sanften Wellen über die Schultern fielen. Dann musste ich warten. Ich hatte Gänsehaut, aber diesmal nicht vor Kälte. Die spürte ich kaum. Mein Blut war heiß, während ich darauf wartete, dass mein Freund zu mir nach Hause kam.

Endlich hörte ich Schritte im Flur. Ich setzte meine Brille auf, schnappte mir eine Zeitschrift und lehnte mich mit dem Rücken zur Tür an den Küchentresen. Als sich der Schlüssel im Schloss drehte, zwang ich mich, ruhig zu wirken. Lässig. Total cool. Beiläufig blätterte ich die Seiten durch und streckte meinen Hintern raus, sodass Becketts T-Shirt ein Stück höher rutschte.

Die Artikel und Hochglanzbilder verschwammen zu einer Collage aus Farben und Text, als Beckett hinter mir die Tür zuschlug. Ich schaute über meine Schulter und warf ihm über den Rand meiner Brille hinweg einen coolen Blick zu.

Verdammt …

Er sah aus wie eine antike Gottheit. Oder ein Rockstar, frisch von der Bühne. Seine Haare waren vom Wind zerzaust, seine Wangen rot vor Kälte. Und seine Augen … Gott, der Blick, mit dem er mich von Kopf bis Fuß betrachtete, ließ meine Haut in Flammen aufgehen. Noch nie hatte ich so viel Verlangen in einem Mann gesehen. Nicht auf mich gerichtet. Mir fiel es schwer, meine Stimme so gelassen wie möglich zu halten.

»Wird auch langsam Zeit«, sagte ich und beugte mich wieder über die Zeitschrift. Ich erkannte mich kaum wieder. Und beugte mich noch ein bisschen weiter vor.

Das T-Shirt rutschte höher.

Ich spürte die kalte Luft an meinen Oberschenkeln und zwischen den Beinen.

Hinter mir erklang das Geräusch von Becketts Handschuhen, die zu Boden fielen, der Reißverschluss seiner Jacke, dann Schritte, als er auf mich zukam. Ich schrie auf, als mich seine Hände berührten. Seine Arme legten sich um meine Taille, sein Mund fand die nackte Haut an meinem Hals.

»Dein Pulli ist kalt.« Immer noch gelang es mir, gleichgültig zu klingen. »Zieh ihn aus.«

Er tat es, dann ließ er seine Lippen wieder über meinen Hals streichen. Ich stöhnte. Unter dem Ansturm seiner Küsse in meinem Nacken und seiner Hände, die meinen Körper unter dem T-Shirt erforschten, fiel meine Fassade auseinander.

Grob wirbelte er mich herum und küsste mich leidenschaftlich. Ich konnte die eisige Winterfrische an ihm schmecken, doch die kühle Haut seiner Wangen wärmte sich, sobald ich seinen Kuss erwiderte. Mein Mund war ebenso gierig wie seiner. Ich war wie ausgehungert. Ich musste ihn verschlingen, ihn auf jede nur denkbare Art in meinen Körper aufnehmen. Egal wie.

Ich sank auf die Knie und öffnete den Reißverschluss seiner Hose. Er stöhnte und spielte mit meinem Haar, während ich ihn in den Mund nahm.

»Oh fuck«, sagte er. »Du bist so warm …«

Ich hörte, wie ihm der Atem stockte, und ich wusste, dass er mich beobachtete. Ich brachte es noch nicht über mich, ihn anzusehen, verspürte jedoch einen Anflug von Genugtuung, als sich seine Finger in meinem Haar verkrallten.

»Du tust das wirklich«, stieß er zwischen zusammengebissenen Zähnen hervor. »Mit dieser Brille …«

Ich wollte ihn zum Höhepunkt bringen, doch ich war zu gierig. Ich massierte ihn ein letztes Mal, dann stand ich wieder auf. Er zog mich hoch und küsste mich ungestüm, presste seinen Mund mit köstlichem Verlangen auf meinen. Dann drehte er mich wieder um, seine Brust an meinem Rücken, und presste mich gegen den Küchentresen.

»Ja«, flüsterte ich. Es war fast ein Wimmern. Beckett legte seine Hand unter mein Kinn und drehte meinen Kopf so weit, dass er mich küssen konnte, während seine andere Hand über mein Becken glitt und mich an ihn zog.

»Du willst das«, sagte er. Es war keine Frage.

»Ja«, hauchte ich erneut, flehentlich. Ich drückte meinen Rücken durch. »Bitte …«

Sein Atem war heiß an meinem Ohr. »Spreiz deine Beine für mich, Baby.«

Sein Körper war hart an meinen gepresst, seine Hände voller Verlangen und grob, und sein Befehl sandte Flammenzungen über meine Haut. Ich fühlte mich stärker, je mehr ich die Kontrolle an ihn abgab.

Ich tat, was er verlangte – eifrig, schamlos –, und Beckett stöhnte an meinem Hals, als er in mich eindrang. Ein kleiner Aufschrei entrang sich meiner Kehle ob der plötzlichen Fülle und Wärme. Ich drückte mich gegen ihn und nahm ihn so tief in mich auf, wie ich konnte. Beckett biss mir in die Schulter. Das perfekte Gleichgewicht von Lust und Schmerz jagte mir Stromstöße durch den Körper bis zu meinen Brüsten. Meine Nippel schmerzten, bis seine Hände unter das T-Shirt griffen, um sich auf sie zu legen. Sie zu kneten, zu kneifen und zu liebkosen, während er immer wieder in mich hineinstieß.

»Oh mein Gott, Beckett …«

Sein Becken stieß fester und schneller gegen meins. Ich konnte spüren, wie sein Verlangen, diese wilde Energie, in mir wuchs und mich zur Raserei trieb. Ich war mir sicher, dass er das nicht lange durchhalten konnte. Es war mir egal. Seine Lust erfüllte mich. Seine verzweifelte Begierde und seine Gier nach meinem Körper faszinierten mich. Ich spürte sie in jeder Berührung, jedem Stoß. Seine Hände glitten zu meinem Becken, seine Bewegungen wurden intensiver, selbst während er seine Brust fest an meinen Rücken gepresst hielt. Ich klammerte mich an den Rand der Theke.

»Komm, Beckett«, sagte ich und schloss die Augen, während ich spürte, wie sich mein Höhepunkt näherte, war mir jedoch sicher, dass seiner näher war. »Ich weiß, dass du es brauchst. Oh Gott, ich will, dass du so hart kommst …«

Seine Antwort war fast ein Knurren. »Du zuerst.«

Beckett nahm eine Hand von meinem Becken und griff zwischen meine Beine. Seine Finger fanden meine empfindlichste Stelle und begannen sanfte Kreise zu beschreiben, ohne den quälenden Rhythmus seiner Stöße zu unterbrechen.

Ich schrie auf, als mich mein Orgasmus mit schockierender Intensität überwältigte. Zitternd spannte ich jeden Muskel an. Es raubte mir den Atem. Ich klammerte mich an die Küchentheke, die Augen geschlossen, und genoss die Empfindungen, die über mir zusammenschlugen wie tosende Wellen.

Nur Sekunden später kündigte ein tiefes Stöhnen Becketts Höhepunkt an, seine Stöße wurden unregelmäßig, langsamer und hörten auf. Er brach über mir zusammen und musste sich mit einem Ellbogen auf die Arbeitsfläche stützen. Ich war vollkommen von ihm eingehüllt. Geschützt. Sein starker Körper war zwischen mir und dem Rest der Welt, und ich wollte für immer so bleiben.

Ich spürte seinen Herzschlag an meinem Rücken, seinen heißen Atem auf meiner Wange, und zusammen erschauerten wir, schnappten nach Luft. Ich drehte mein Gesicht zu ihm, rieb mich an seinen Bartstoppeln, und sein Mund fand meinen.

»Du bist die aufregendste Frau der Welt«, sagte er schwer atmend.

»Damit kann ich leben.«

Er löste sich von mir, und ich ging kurz ins Badezimmer. Als ich zurückkam, hing ihm seine Jeans immer noch um die Knie, und er hatte auch sein Shirt nicht wieder angezogen.

»Musst du nicht wieder los?«, fragte ich.

»Oh, ich verstehe«, sagte er. »Jetzt, da du bekommen hast, was du wolltest, schickst du mich wieder auf die Straße zurück.«

Ich gab ihm einen Klaps auf den Hintern. »Ganz genau.«

Ich wollte an ihm vorbeigehen, doch er schnappte mich und legte seine Hände auf meine Hüften. »Eigentlich wollte ich den Rest des Tages auch schwänzen«, sagte er und schob mich zum Bett. »Da ich jetzt schon mal hier bin.«

»Es wäre eine Schande, dich zu vergeuden.« Ich kreischte auf, als mich Beckett aufs Bett warf. Ich kniete mich hin, und er begann, seine Hose auszuziehen.

»Stopp«, sagte ich. »Ich würde dich gern einen Moment lang lüstern anstarren, wenn ich darf. In dieser Gegend da ist ja eine Menge los …« Ich deutete auf seine breite Brust, seine Bauchmuskeln und dieses verlockende V, das an seinen Hüften begann und in seiner Hose verschwand.

Ich rutschte auf dem Bett auf ihn zu und gab ihm einen Kuss auf sein Herz.

Ich wollte sexy wirken, doch die Wärme seiner Haut zog mich magisch an, also legte ich meine Wange an seine Brust und schlang meine Arme um ihn. Er strich mir übers Haar, dann hob er mein Kinn, sodass ich zu ihm aufsah.

»Zelda«, flüsterte er, als ob mein Name die Antwort auf eine Frage wäre, die er vor langer Zeit gestellt hatte. Er küsste mich zärtlich. Ich sank rückwärts aufs Bett und zog ihn mit mir.

Jede Berührung war sanft und langsam. Er nahm sich Zeit, und als er fertig war, hatte ich keinen Zweifel mehr daran, dass ich für ihn sexy und schön und kostbar war.

29

Beckett
18. Januar

Roy kam am Samstag zu unserem monatlichen Bewährungsbesuch. Zelda war zu einem Brunch mit ein paar Freunden im *Annabelle's* und würde wahrscheinlich nicht zurück sein, bevor ich zu meiner Schicht im *Giovanni's* aufbrach.

Roy durchsuchte das Badezimmer und das Bett, während ich Kaffee machte. Die Tatsache, dass er jetzt auch Zeldas Sachen durchsuchte, trübte meine Laune gewaltig. Eine weitere Erinnerung daran, dass sie noch für mindestens zwei weitere Jahre, wenn nicht länger, von meinen dummen Entscheidungen beeinträchtigt werden würde.

Roy musste mein Unbehagen gespürt haben, denn er beeilte sich, und nach nur wenigen Minuten saßen wir schon beisammen, er auf dem Sofa, ich im Sessel, und tranken Kaffee.

»Siehst gut aus, Beckett«, sagte Roy und lächelte in seinen Becher. »Wie geht's dem Bein?«

»Gut. Alles verheilt.«

»Hast du nicht bald Geburtstag? Die große Fünfundzwanzig?«

Ich zuckte mit den Schultern. »Passiert jedes Jahr.«

Er lachte. »Und Zelda und du …?«

»Ja, Zelda und ich«, sagte ich.

Roys Grinsen wurde breiter, und er schlug sich mit der

Hand auf den Oberschenkel. »Fantastisch«, sagte er. »Ich freue mich für dich.«

»Ach ja? Was ist denn so toll daran?« Ich wusste, wie verdammt wunderbar Zelda war, aber ich dachte, es könnte nicht schaden, es von jemand anderem zu hören.

Roy tat mir den Gefallen. »Sie ist schön, klug und hat Humor.« Er hob bedeutungsvoll die Augenbrauen. »Und sie hat keine Vorstrafen.«

»Ja, das Gesamtpaket stimmt«, sagte ich. Dann wurde ich ernst. »Ich hoffe nur, ich bekomme es hin, Roy.«

»Warum solltest du das nicht tun?«

Ich zog eine Augenbraue hoch. »Sagt mein Bewährungshelfer.«

»Du hast ihr nichts verschwiegen«, sagte Roy. »Sie weiß Bescheid.«

»Sie weiß aber nicht alles«, sagte ich. »*Ich* weiß ja nicht mal alles. Ich weiß nicht, wie es meine Zukunft beeinflussen wird. Was ich tun oder nicht tun kann.« Ich stellte meinen Becher auf den Couchtisch. »Was von Mrs J gehört?«

»Nein«, sagte Roy. »Aber ich frage mich, ob es nicht langsam an der Zeit ist, loszulassen, Beckett.«

»Da ist nichts loszulassen, Roy«, erwiderte ich. »Ich trage es in meinen Knochen. Ich kann es nicht ablegen. Ich muss lernen, damit zu leben. Aber wenn sie vielleicht mal mit mir reden würde …« Ich schüttelte den Kopf. »Scheiße, vergiss es. Sie schuldet mir nichts.«

Roy sah aus, als hätte er über dieses Thema noch tausend Dinge mehr zu sagen, doch stattdessen fragte er: »Wie geht es Darlene?«

»Danke, sehr gut. Um ehrlich zu sein, hast du ihr das Leben gerettet.«

Roy winkte ab. »Ich hab nur ein paar Worte zu Carl gesagt.«

»Diese paar Worte haben sie aus dem Gefängnis gehalten. Was ihr das Leben gerettet hat. Ich glaube nicht, dass sie das noch mal überstanden hätte.«

Roys Lächeln verriet mir, dass er gerührt war. »Grüße von Mary«, sagte er plötzlich. »Sie verlangt nach einem weiteren gemeinsamen Abendessen. Vielleicht an deinem Geburtstag? Valentinstag ist auch in ein paar Wochen. Ich weiß, dass ihr jungen Leute nichts lieber wollt, als euch auf ein Double-Date mit einem alten Ehepaar zu treffen.«

Das brachte mich zum Lachen. »Ich frage Zelda.«

Wir plauderten noch ein paar Minuten, dann stand Roy auf. An der Tür blieb er stehen und rieb sich das Kinn, so wie er es immer tat, wenn er etwas sagen musste, was mir nicht gefallen würde.

»Beckett«, sagte er zögernd. »Wegen Mrs J …«

»Oh Gott, ich wusste, dass ich nicht so einfach davonkomme.«

»Sie zieht nach Australien.«

Ich erstarrte. »Okay«, sagte ich langsam. »Wann? Oder darf ich das nicht wissen?«

»In ein paar Wochen.«

»Also hattest du Kontakt zu ihr.«

»Sie hat mich angerufen, nachdem ich ihr deinen letzten Brief weitergeleitet hatte.«

Ich nickte, sah weg und fuhr mir durchs Haar. »Okay, und was bedeutet das jetzt?«

»Ich weiß es nicht«, sagte er. »Ich weiß nicht, warum sie mich kontaktiert hat. Sie wollte nicht mehr sagen, als dass sie wegzieht.«

»Hat sie dir ihre neue Adresse gegeben? In Australien?«

Roys Gesicht verriet mir die Antwort, bevor er das Wort aussprach. »Nein.«

Wieder nickte ich und versuchte zu ignorieren, wie sehr mir diese Neuigkeit den Magen umdrehte. »Okay, dann danke fürs Vorbeikommen, Roy. Bis bald.«

Roy lächelte, und ich dachte, er würde mir wie üblich die Wange tätscheln, doch diesmal wusste er es besser. Ich machte hinter ihm die Tür zu und schloss ab. Dabei verarbeitete ich die neue Information.

Sie hat Roy kurz nach meinem letzten Brief kontaktiert.

Sie verlässt das Land.

Sie hinterlässt keine Nachsendeadresse.

Die Botschaft war klar: Sie wollte keine Briefe mehr von mir. Ob Mrs J sie las oder nicht, sie war fertig mit ihnen. Und mit mir.

»Okay, gut«, sagte ich. »Das ist gut.«

Das redete ich mir ein, während ich mich für die Arbeit im *Giovanni's* fertig machte und meine ganze Schicht hindurch. Doch es half nichts. Es fühlte sich an, als ob der Zug gerade den Bahnhof verließ, und ganz egal, wie schnell ich rannte, um ihn noch zu erwischen, ich würde es niemals schaffen.

In dieser Nacht vertrieben Zelda und ich uns die Zeit mit schweißtreibendem, intensivem Sex. Wir erfüllten die Wohnung mit ihren Schreien; das Schlagen des Kopfteils gegen die Wand ließ die Nachbarn zurückklopfen. Wir fielen in einen erschöpften Schlaf, eng ineinander verschlungen, um die Kälte abzuwehren. Ich genoss die Nähe dieses anderen menschlichen Wesens und teilte meinen Atem, mein Bett und dieses Zuhause.

Sonntag war mein freier Tag. Ich schlief so lange aus, wie ich wollte, mit Zelda in meinen Armen. Gegen zehn küsste sie mich und sagte: »Ich setze Kaffee auf.«

Ich sah zu, wie sie aufstand, etwas anzog und in die Küche ging. Ihre Haare waren sexy durcheinander nach unseren Aktivitäten der letzten Nacht. Einen Moment lang stand sie, die Hände in die Hüften gestemmt, da und schüttelte den Kopf.

»Willst du vielleicht was anderes?«, fragte sie. »Vielleicht einen Latte? Etwas Interessanteres als einfach nur Filterkaffee?«

»Zel, da draußen herrschen Minusgrade.«

»Du magst doch stärkeren Kaffee, oder? Einen Cappuccino? Und diese Blaubeermuffins aus diesem Café um die Ecke?«

»Ja, mag ich, aber nicht, wenn du dafür in diese Kälte musst. Ich gehe …«

»Bleib, wo du bist«, unterbrach sie mich. »Bin sofort zurück.«

Ich sah zu, wie sie sich dick einpackte, mit Stiefeln, Mütze und Mantel. Sie warf mir von der Tür aus einen Luftkuss zu und ging hinaus. Zwanzig Minuten später kam sie mit Muffins und zwei kleinen Cappuccino zurück.

»Danke, Babe.«

»Gern geschehen«, sagte sie und beugte sich vor, um mich zu küssen. »Ist heute nicht ein Footballspiel?«

»Die Playoffs«, antwortete ich. »Die Falcons spielen gegen die Eagles. Das ist dein Team.«

Sie lächelte spitzbübisch. »Ich habe gar kein Team. Football ist barbarisch. Ich zeichne lieber rachebesessene Frauen, die Typen mit futuristischen Laserkanonen wegpusten. So bin ich nun mal.«

Sie setzte sich an den Schreibtisch und ging ihre Zeichnungen durch.

»Brauchst du heute Hilfe?«, fragte ich.

»Nein, ich überlege nur, wie das Ende aussehen könnte. Außerdem ist heute dein freier Tag. Da gibt es keine Arbeit für dich.«

»Ich kann helfen, wenn du willst.«

Sie warf mir diesen strengen Blick zu, den ich zu lieben gelernt hatte. »Dein. Freier. Tag.«

»Du bist der Boss.« Ich machte es mir mit der Fernbedienung auf dem Sofa gemütlich und stellte das Spiel an. Ich sah, wie Atlanta die Eagles vernichtete, dann antwortete ich auf eine Textnachricht von Wes. Ich war einfach unglaublich faul und war gerade dabei einzudösen, als Zelda ihre Zeichenmappe zuklappte und sich neben mich auf die Couch setzte.

»Mir ist heute einfach nicht danach«, sagte sie und schmiegte sich an meine Schulter.

»So gefällt es mir besser«, sagte ich.

»Mir auch.«

Zelda schaute sich den Rest des Spiels mit mir an, doch immer, wenn ich sie ansah, war ihr Blick überall, nur nicht auf dem Fernseher.

Ich drückte sie. »Alles okay?«

»Ja«, erwiderte sie. »Sogar bestens«, fügte sie nach einem Moment hinzu. Ihre Finger strichen über mein Kinn.

»Wirklich alles okay?«, fragte ich.

»Mmhm.« Sie krabbelte auf meinen Schoß und küsste mich auf eine Weise, auf die mein Körper sofort reagierte. Als ob wir nicht die letzte Nacht damit verbracht hätten, uns gegenseitig zum Höhepunkt zu bringen.

»Zel«, gelang es mir noch zu sagen, als ihr Becken auf mir zu kreisen begann.

»Becks«, imitierte sie mich und zog ihr Shirt aus.

Danach erinnerte ich mich nicht mehr an viel.

»Deinetwegen werde ich noch in ein Sexkoma fallen«, sagte ich eine halbe Stunde später, als ich wieder Kraft zum Sprechen hatte. Ich lag ausgestreckt auf dem Sofa. Weil es so verdammt klein war, hingen meine Beine über das Ende. Zelda lag auf mir, ihre kleinen perfekten Brüste gegen meinen Brustkorb gepresst.

Sie gab mir einen Schmatzer und stand auf. »Ich mach uns mal Mittagessen«, sagte sie und zog sich wieder an.

Ich runzelte die Stirn, setzte mich auf und zog meine Hose hoch. »Musst du nicht, Babe«, erwiderte ich. »Im Kühlschrank ist noch etwas Pizza von letztens.«

Sie tat so, als hätte sie mich nicht gehört. »Du magst doch Pastrami, oder?

»*Mögen* ist die Untertreibung des Jahres.«

Sie lächelte kaum, begann aber den Kühlschrank zu durchsuchen. »Ich glaube, ich hab alles da, um ein Pastrami-Sandwich mit geschmolzenem Käse zu machen. Und dazu vielleicht Essig-Chips? Ich hab letzte Woche welche gekauft.«

»Äh, das klingt unglaublich lecker. Aber auch nach viel Arbeit.«

»Macht mir nichts aus.«

Ich zog die Brauen zusammen. »Zel, was tust du da?«

»Kommt da nicht noch mehr Football heute?«, fragte sie. »Sind das nicht irgendwie voll wichtige Spiele?«

»Ja. Die Playoffs. Aber ...«

»Also ist es ein besonderer Anlass, oder?«

»Nicht wirklich«, sagte ich.

Sie hörte auf, im Schrank zu wühlen, drehte sich zu mir um und stemmte die Hände in die Hüften. »Willst du jetzt Pastrami oder nicht?«

Ich lachte und hob kapitulierend die Hände. »Okay, okay, wenn du dir wirklich die Mühe machen willst.«

Zelda legte los, und nach wenigen Minuten roch die Wohnung köstlich nach Pastrami mit Käse. Sie brachte mir ein Sandwich – der Aufschnitt daumendick –, in zwei Hälften geschnitten und vor geschmolzenem Käse triefend, dazu

Gürkchen und Essigchips, und rundete das Festmahl mit meinem Lieblingsbier ab.

»Wow«, sagte ich. »Das sieht unglaublich aus, Zel.«

»Ist es gut? Ich war mir mit dem Senf nicht sicher.«

Um abzubeißen, musste ich das Sandwich zusammendrücken. Genießerisch verdrehte ich die Augen. »Oh mein Gott«, sagte ich mit vollem Mund. »Das ist irre.«

Sie lächelte zufrieden, schien aber immer noch abgelenkt zu sein, als sie sich mit dem Salat setzte, den sie für sich gemacht hatte. Zweimal erwischte ich sie, wie sie mich beobachtete und dann schnell wieder wegsah.

Als es das dritte Mal passierte, wandte ich mich ihr zu. »Okay, was ist hier los?«

Sie zuckte mit den Schultern. »Was meinst du?«

»Ich meine, was ist heute mit dir? Der besondere Kaffee, der ausführliche Sex, das riesige Sandwich …«

Sie versuchte es mit einem ihrer patentierten Zelda-Blicke, doch diesmal wirkte es nicht. »Ich will nur …«

»Was, Baby?«

Sie stand auf und räumte unsere leeren Teller ab. »Fertig? Ich stell die nur schnell in die Spüle.«

Ich wischte mir mit einer Serviette den Mund ab und folgte ihr in die Küche. Sie stand mit dem Rücken zu mir.

»Zelda, rede mit mir.« Ich drehte sie zu mir um. »Was ist los?«

Sie schüttelte den Kopf, und ihr fielen die Haare ins Gesicht. »Nichts, okay?«

»Hör auf zu sagen, dass nichts ist. Komm schon.«

»Ich weiß es nicht. Ich weiß nicht, was mit mir los ist. Du … du bist mir einfach wichtig, und ich will … ich will, dass du …«

Ich hob ihr Kinn an und strich ihr die Haare aus dem Gesicht. Dann wischte ich die zwei Tränen fort, die ihre Wange hinabrollten. »Du willst nett zu mir sein?«

Es war ein schwaches Wort, und ich erwartete eine ironische Antwort, doch stattdessen schimmerten erneut Tränen in ihren Augen, und sie nickte. »Ich hab nicht viel Übung darin, eine gute Freundin zu sein. Und als ich heute Morgen aufgewacht bin, hatte ich dieses überwältigende Gefühl von … keine Ahnung. Ich will dich glücklich machen. Ist das furchtbar? Verrate ich damit die Frauenbewegung?« Bevor ich antworten konnte, trocknete sie ihre Tränen. »Ich weiß nicht, was mit mir los ist. Vielleicht ist es was Hormonelles oder so. Ignoriere es einfach.«

»Ich kann es nicht ignorieren«, sagte ich. »Und ich verstehe es.«

»Ach ja?«

Ich wusste, dass sie ein Gefühl in ihrer Brust hatte, das sich wie ein größer werdender Luftballon anfühlte. So wie der Moment in einer Achterbahn, kurz bevor man in die Tiefe rast. Wie ein Luftloch. Erschreckend und aufregend. Blitzschnell und furchtbar langsam, bevor einen die Schwerkraft wieder erwischt.

Ich hatte mal gelesen, dass man sich so verliebt, wie man einschläft: zuerst ganz langsam und dann ganz plötzlich.

Weder Zelda noch mir fiel es leicht, unsere Gefühle auszusprechen. Sie brachte sie mit Stift und Tusche auf Papier, und ich hüllte sie in Worte, die ich aufschrieb und wegschickte, um niemals wieder von ihnen zu hören. Doch sie laut auszusprechen …

»Ich liebe es, was du für mich tust«, sagte ich.

In dieser Nacht hielt ich Zelda wieder in meinen Armen und spürte in ihrem zierlichen, aber starken Körper alles, was sie fühlte, aber nicht sagen konnte. Vielleicht hielt ich sie auch deshalb jede Nacht so fest. Damit sich das, was ich für sie empfand, durch eine Art Osmose auf sie übertrug. Ich lag wach, lauschte Zeldas Atem und spürte ihre Wärme an meiner Brust. Ich dachte daran, dass Mrs J nach Australien zog, ans andere Ende der Welt.

So vorsichtig, wie ich konnte, löste ich mich von Zelda und setzte mich an den Schreibtisch. Um einen Brief zu schreiben. Einen letzten Brief.

Liebe Mrs J,
Roy hat mir gesagt, dass Sie nach Australien ziehen. Teils denke ich, dass Sie es ihm gesagt haben, damit er es an mich weitergibt. Stimmt das? Denn sonst hätten Sie doch einfach gehen können. Sie schulden weder ihm noch mir eine Erklärung.
Ich weiß, dass es an der Zeit ist, Ihnen nicht mehr zu schreiben. Vielleicht haben Sie alle meine Briefe gelesen. Oder vielleicht haben Sie ja auch keine Lust mehr, sie von einem gutmütigen Mann namens Roy entgegenzunehmen, nur um sie danach in den Müll zu werfen oder zu verbrennen.
Was auch immer der Grund ist, ich werde ihn respektieren.
Dies ist unser letzter Brief. Der wichtigste.
Ich habe mich in Zelda Rossi verliebt, und mein so gar nicht perfektes Herz will sich einbilden, dass sie sich auch in mich verliebt hat. Ich kann einfach nicht anders. Es ist keine Entscheidung, die ich getroffen habe, und selbst wenn, würde ich sie nicht rückgängig machen wollen. Ich will sie. Für den Rest meines Lebens, wenn sie mich will.
Und ich will Ihren Segen, Mrs J.
Ich glaube, dass ich für Zelda ein besserer Mann sein kann, wenn ich weiß, dass Sie das auch denken.
Es tut mir leid. Es wird mir immer leidtun.

Beckett Copeland

30

Zelda
21. Januar

»Gott, ich bin so nervös«, sagte ich und strich meinen Rock glatt. Er war länger als meine anderen und reichte mir bis zur Mitte der Waden. Kombiniert hatte ich ihn mit einem weiten rotbraunen Pullover und schwarzen Stiefeln. Mein Haar war zu einer Seite geflochten, und beim Make-up hatte ich mich zurückgehalten.

»Wie sehe ich aus?«, fragte ich Beckett. »Professionell? Oder wie eine Hochstaplerin?«

»Du siehst wunderschön aus«, sagte Beckett und beugte sich vor, um mich zu küssen. »Was ist mit mir? So schick habe ich mich seit meiner Bewährungsanhörung nicht mehr angezogen.«

»Ganz nett, Copeland«, sagte ich.

In Wahrheit sah er hinreißend aus in seinem Anzug mit Krawatte unter seiner Winterjacke.

Ich klemmte mir die Zeichenmappe unter den Arm und hielt sie mit meiner anderen Hand fest, als wäre es eine Aktentasche voller Geld, die ein Sicherheitsmann mit Handschellen an sich befestigt hatte. In dieser Zeichenmappe lag unsere Zukunft. *Mutter, darf ich …?* fehlte zwar noch das Ende, aber Iris hatte gesagt, dass wir mitbringen sollten, was wir hatten, und dann würden wir weitersehen.

Wir nahmen den Zug nach Manhattan und mussten dann in den zwölften Stock eines Wolkenkratzers auf der 7th Avenue. Die Aufzugtüren öffneten sich, und vor uns lag ein schickes Büro, das aussah, als würde es einer Steuerberatungsfirma gehören, abgesehen von den Graphic-Novel-Covern in Postergröße an den Wänden.

Ich deutete auf das über dem Empfangsbereich und lehnte mich zu Beckett hinüber. »*Der Siebte Sohn*. Das muss ich an die hundertmal gelesen haben, unter meiner Bettdecke, mit einer Taschenlampe.«

Beckett grinste mich an. »Du bist der hinreißendste Nerd, den ich je getroffen habe.«

»Ruhig jetzt.« Ich ging zum Empfang. »Hi. Zelda Rossi und Beckett Copeland. Wir haben einen Termin um eins.«

»Ja, natürlich«, sagte die Empfangsdame. »Ihr Besprechungsraum ist die zweite Tür rechts. Man wird gleich zu Ihnen kommen.«

Die Tür stand bereits auf, und dahinter befand sich ein kleiner Konferenztisch mit Tellern voller Teilchen, Wasserkrügen und einer Kanne Kaffee.

Noch bevor wir uns setzen konnten, kam Iris dazu, die in ihrem schwarzen Bleistiftrock und der weißen Bluse unheimlich professionell wirkte. Ihr schwarzes Haar trug sie zu einem akkuraten Pferdeschwanz gebunden, und auf ihrer Nase saß eine schwarze Hornbrille wie meine über einem knallrot geschminkten Mund.

»Schön, Sie wiederzusehen«, sagte sie und schüttelte meine Hand. Dann wandte sie sich an Beckett. »Sie müssen Beckett Copeland sein, der Letterer und Partner? Ich bin Iris Hannover, die stellvertretende Redakteurin.«

»Erfreut, Sie kennenzulernen«, sagte Beckett.

Iris trat näher zu uns und sprach schnell und leise. »Also, es sieht folgendermaßen aus: *Mutter, darf ich …?* ist mir seit unserem Treffen im November einfach nicht mehr aus dem Kopf gegangen. Ich habe Ihnen wohl damals schon gesagt, dass ich das Konzept liebe und das Artwork aufregend finde, aber dass es mehr …« Sie machte eine Geste mit ihren Händen.

»Herz«, sagte ich. »Sie meinten, dass es mehr Herz braucht.«

Es erstaunte mich, wie sehr es mich gekränkt hatte, das zu hören, und wie leicht es mir jetzt von den Lippen ging. Sie hatte recht gehabt. Als professionelle Künstlerin musste ich die Kritik annehmen, aber ich hatte nicht gewusst, was ich damit anfangen sollte. Beckett hingegen schon.

Ich sah zu meinem attraktiven Freund und Partner auf. »Beckett hat so viel dazu beigetragen«, sagte ich. »Ihnen wird die Überarbeitung gefallen, glaube ich.«

»Ich bin schon ganz aufgeregt«, sagte Iris. »Ich fand es toll, was Sie mir am Telefon gesagt haben. Dürfte ich mal einen Blick darauf werfen?«

Ich reichte ihr die Zeichenmappe, und sie überflog die Seiten. Dabei murmelte sie vor sich hin. »Ja. Ja, ganz genau.« Dann klappte sie die Mappe wieder zu. »Ich gebe zu, ich war ein bisschen besorgt, dass ich mich zu sehr für Sie eingesetzt habe, ohne es zu sehen. Doch jetzt bin ich beruhigt. Diese Story taugt was.«

Ich bekam Herzklopfen. »Sie ist noch nicht fertig«, sagte ich. »Sie hat noch kein Ende.«

»Darüber können wir uns später Gedanken machen«, sagte Iris. »Jetzt müssen wir erst mal meine Chefs beeindrucken.«

Zwei Männer und eine Frau kamen in den Raum, alle mittleren Alters, alle in Anzügen. Der Jüngste war um die vierzig, und als er meine Hand schüttelte, erhaschte ich einen Blick auf Tattoos an seinem Handgelenk. »Mark Jamison«, sagte er. »Lizenzabteilung.«

Rick Winslow, einer der Redakteure, schüttelte meine Hand als Nächster. »Schön, Sie wiederzusehen, Miss Rossi.« Von unserem Treffen im November wusste ich noch, dass er der harte Hund war, mit strikt zurückgekämmten Haaren.

Eleanor Marshall wirkte immer noch irgendwie zu bieder, um in einem Verlag für Graphic Novels zu arbeiten, aber ich verdrängte diesen Gedanken. Ich wusste, dass solche Klischees nichts taugten.

Ich beruhigte meine Nerven und begrüßte alle höflich und professionell. Beckett und ich setzten uns auf die eine Seite des Tischs, die Verlagsmitarbeiter auf die andere, mit der Zeichenmappe zwischen uns. Iris saß uns am nächsten, wie eine Vermittlerin.

»Also«, sagte Rick und verschränkte die Hände auf dem Tisch. »Was haben Sie heute für uns?«

Ich gab ihnen eine kurze Zusammenfassung der neuen Handlung und schob ihnen meine Zeichenmappe hin. Während sie die Panels überflogen, kaute ich an meinem Daumen herum, bis Beckett meine Hand nahm und drückte. Von der Taille aufwärts wirkte er gar nicht nervös, doch unter dem Tisch wippte er mit dem Bein.

Die beiden Redakteure und Mark aus der Lizenzabteilung gingen die Story durch und stellten gelegentlich Fragen, konzentrierten sich aber hauptsächlich auf das Artwork und diskutierten seine Stärken und Schwächen. Ich kam mir vor, als hätte ich mein Erstgeborenes einem Haufen kritischer Fremder überreicht.

»Ich erinnere mich noch an Ihre Arbeit beim ersten Treffen«, sagte Rick. »Da war viel Potenzial. Und die Überarbeitung ist eine große Verbesserung.«

»Aber was stellen Sie sich für das Ende vor?«, fragte Eleanor. »Was wird aus Mutter nach ihrer Entscheidung, das Leben ihrer Zielpersonen zu verschonen, sie ins Gefängnis zu stecken, statt sie zu töten?«

»Ich weiß es noch nicht«, sagte ich und holte tief Luft. »Das ist etwas, woran Beckett und ich gerade arbeiten. Diese Geschichte ist sehr persönlich für mich, und was mit Mutter als Nächstes geschieht, muss sich authentisch und echt anfühlen. Momentan muss sie sich noch über ihre Gefühle klar werden.«

Eleanor und Mark lächelten, während Rick das Gesicht verzog.

»Wenn Sie bitte einen Moment draußen warten würden«, sagte er. »Ich würde gern ein paar Dinge mit meinen Kollegen besprechen ...«

Iris nickte mir zu, und Beckett und ich verließen den Besprechungsraum und warteten im Flur.

»Er hasst sie«, sagte ich. »Dieser Rick. Er hasst sie dieses Mal genauso wie letztes Mal.«

Beckett schüttelte den Kopf. »Niemand hasst sie, Babe. So läuft eben das Geschäft. Für dich steckt in dieser Graphic Novel dein Herzblut. Ihn interessiert jedoch nur, ob sie sich verkaufen lässt.«

»Aber was ist mit der Kunst?«, fragte ich. »Was ist mit der Qualität? Zählen diese Dinge denn gar nichts?«

»Natürlich tun sie das«, sagte Beckett. »Atme, Baby, atme.«

»Ich weiß, tut mir leid, dass ich so ausraste. Es ist nur ... Was, wenn ich wieder versage? Selbst nach all den Änderungen, mit denen du mir in der Novel geholfen hast – und in mir. Was, wenn sie es immer noch nicht mögen? Ich darf Rosie nicht wieder enttäuschen. Das darf ich einfach nicht.«

Beckett umarmte mich, mitten im Büro.

»Wenn es ihnen nicht gefällt, versuchst du es wieder, Zel. Versuch es woanders. Du versuchst es einfach immer weiter und gibst nicht auf. Wenn du aufgegeben hättest und nach Vegas zurückgekehrt wärst, würden wir jetzt nicht hier stehen. Du und ich, wir wären jetzt nicht hier.« Er hielt mein Gesicht in seinen Händen. »Wenn sie ihnen nicht gefällt, bringen wir sie zu jemand anderem.«

Die Tür zum Besprechungsraum ging auf, und Iris steckte ihren Kopf raus. Ihre Augen strahlten hinter ihrer Brille, und sie trug ein breites Lächeln im Gesicht.

»Würden Sie wieder zu uns reinkommen?«, sagte sie und warf mir einen vielsagenden, triumphierenden Blick zu, der mein Herz wild schlagen ließ.

Oh mein Gott, passiert das wirklich …?

»Ms Rossi, Mr Copeland«, sagte Rick. »Wir würden Ihnen gern Verträge anbieten, um *Mutter, darf ich …?* zu veröffentlichen. Wir beenden diese Storyline und erzählen sie in der Fortsetzung weiter, in der es um Ryders Leben gehen soll. Womöglich könnte es noch einen dritten Band über eine Spin-off-Figur geben, je nachdem, wie gut sich die ersten beiden verkaufen.«

Ich drückte Becketts Hand so fest, dass meine Finger wehtaten.

»Als Angestellte würden Sie hier bei uns mit unseren Formatierern und Koloristen zusammenarbeiten, und Sie würden sich regelmäßig mit Iris besprechen, um uns über Ihre Fortschritte und redaktionellen Vorschläge auf dem Laufenden zu halten. Wie klingt das bis jetzt?«

Ich nickte wie eine dieser Wackelkopffiguren. »Ja. Sehr gern. Gut.« Ich starrte Beckett ausdruckslos an. »Klingt das gut?«

Beckett hatte die Hand auf den Mund gepresst, doch auch das konnte sein Grinsen nicht verbergen. »Ja, das klingt verdammt gut, Mr Winslow.«

Rick lächelte schmallippig. »Wunderbar«, sagte er. »Ich werde Mark den Vertrag aufsetzen lassen. Unser Standardvorschuss beträgt dreitausend Dollar pro Person. Tantiemen sind Industriestandard und zahlbar, nachdem der Vorschuss eingenommen wurde. Und natürlich werden Sie für jedes Mal, wenn Sie hier sind, um Ihr Buch fertigzustellen, bezahlt. Immer noch gut bis jetzt?«

Ich nickte erneut. »Klingt toll.«

»Ausgezeichnet. Wenn Sie dann noch bitte unsere Standard-Kontaktbögen ausfüllen würden, können wir die Verträge aufsetzen.« Er erhob sich und bot uns steif seine Hand an. Wir verabschiedeten uns von ihm, Eleanor und Mark. Sie gingen, und wir blieben allein mit Iris zurück.

»Ich wusste es«, sagte sie. »Ich wusste einfach, dass sie es lieben würden. Herzlichen Glückwunsch.«

»Danke«, sagte ich vollkommen überwältigt.

Rosie. Für dich, Süße …

Iris zog ein paar Formulare aus ihren eigenen Unterlagen und reichte sie uns.

»Es wird ein bisschen dauern, bis die Verträge aufgesetzt sind, aber damit können wir schon mal anfangen. Ich hole sie mir gleich ausgefüllt zurück. Bedienen Sie sich ruhig vom Tisch. Eigentlich wäre Champagner angebracht, aber den heben wir uns für den Moment auf, wenn Sie die Verträge unterzeichnen.«

Als sie gegangen war, fielen Beckett und ich uns in die Arme.

»Ich bin so verdammt stolz auf dich, Baby«, sagte Beckett. »Du hast es verdammt noch mal geschafft.«

»Oh mein Gott, ich kann es noch gar nicht fassen. Es passiert wirklich. Es passiert wirklich, für meine Mom und Rosie …«

»Für dich, Zelda«, sagte Beckett. »Das passiert nur für dich.«

»Und für dich, Beckett«, erwiderte ich. »Ohne dich und deine brillanten Texte wäre nichts davon passiert. Wie du nur einen Blick auf die Geschichte geworfen und sofort gesehen hast, was sie braucht.« Ich drückte ihn erneut. »Komm schon. Lass uns das ausfüllen, dieses Gebäude verlassen und irgendwo hingehen, wo ich schreien kann.«

Wir setzten uns hin und füllten die Formulare aus. Das Übliche: Name, Adresse, Sozialversicherungsnummer, frühere Beschäftigungen. Plötzlich lehnte sich Beckett zurück und starrte stirnrunzelnd auf das Blatt.

»Was ist denn?«, fragte ich.

»Was denkst du?«

Ich überflog das Formular, und ganz unten war es:

Wurden Sie jemals wegen einer Straftat verurteilt? Wenn ja, bitte erläutern:

»Oh.« Mir zog sich der Magen zusammen. »Na und? Füll es aus. Das ist ihnen egal. Wir arbeiten ja nicht im Kundenservice, sondern machen Comics.«

Er sagte nichts.

»Die werden sich nicht darum scheren«, sagte ich. »Das können sie gar nicht. Was für einen Unterschied sollte es für sie machen?«

»Es ist auf ihrem Formular, also macht es einen Unterschied«, sagte Beckett. »Es macht einen Riesenunterschied.« Er beugte sich vor, brachte den Stift langsam aufs Papier und begann zu schreiben.

Ein paar Minuten später kam Iris zurück, um die Formulare einzusammeln. »Bin in zehn Minuten wieder da.«

»Es tut mir leid, Zelda«, sagte Beckett.

»Warum? Es ist doch nichts passiert. Nichts hat sich geändert.«

Wieder wurde er still und verschränkte die Arme, als würde er sich auf etwas gefasst machen.

Die Zeit begann sich in die Länge zu ziehen. Zehn Minuten vergingen. Weitere folgten, und immer noch kam niemand wieder. Es dauerte ganze fünfundvierzig Minuten, bis Iris schließlich zurückkehrte, und ihr Gesichtsausdruck sagte alles. Mein Herz zersprang in tausend Stücke.

Sie räusperte sich. »Es tut mir leid, aber Eleanor fühlt sich mit der Situation nicht wohl. Es geht um Ihre Verurteilung und wie kurz sie her ist«, sagte sie zu Beckett. »Es gab da wohl mal vor ein paar Jahren einen Zwischenfall mit ihrem Stiefsohn. Ich sollte Ihnen das nicht sagen, aber sie ist übervorsichtig, was diese Dinge angeht.«

»Übervorsichtig.« Mir wurde ganz schlecht. »Was bedeutet das, Iris?«

»Es bedeutet, dass sie die Graphic Novel lieben, und sie wollen sie weiterhin«, sagte sie zu mir. »Und da Sie die Schöpferin des Konzepts und seiner Figuren sind, ist der Verlag bereit, Sie wie besprochen unter Vertrag zu nehmen.«

»Und was ist mit Beckett?«

»Der Verlag ist bereit, ihn mit dem Vorschuss von dreitausend Dollar aus seiner Beteiligung am Buch herauszukaufen. Er würde damit aber jedes Copyright aufgeben, das Sie beide während Ihrer Zusammenarbeit etabliert haben.«

»Nein«, sagte ich im gleichen Moment, als Beckett »Einverstanden« sagte.

Ich starrte ihn an. Er erwiderte meinen Blick und schüttelte langsam den Kopf.

Mir war plötzlich eiskalt. Meine Gedanken rasten in hundert Richtungen gleichzeitig.

»Müssen wir uns auf der Stelle entscheiden?«, fragte ich. »Oder kann ich ein paar Tage darüber nachdenken?«

Ich musste über gar nichts nachdenken. Ich wollte es nicht ohne Beckett tun, musste aber aus diesem Büro rauskommen, um mit ihm darüber zu sprechen.

»Natürlich«, sagte Iris zögernd. »Aber warten Sie am besten nicht zu lange.« Sie reichte mir ihre Karte. »Rufen Sie mich an, sobald Sie zu einer Entscheidung gekommen sind.« Sie sah zu Beckett. »Tut mir leid.«

Beckett und ich waren still, als wir den Besprechungsraum verließen und angespannt durch den Flur gingen. Im Aufzug schwiegen wir weiter. Erst als wir wieder unten auf der Straße waren, sagte Beckett: »Du musst annehmen. Du musst diesen Vertrag unterzeichnen.«

»Und was wirst du tun?« Die Temperatur lag unter dem Gefrierpunkt. Dennoch war mir vor Panik ganz heiß. Jemand hatte uns gerade alles angeboten, was wir uns jemals wünschen konnten, nur um es eine Sekunde später wieder wegzureißen. »Es ist auch dein Buch, Beckett.«

»Ist es nicht«, erwiderte er mit steinerner Miene. »Das war es nie, Zelda. Es ist deins. Ich habe dir nur ein bisschen geholfen. Ist doch keine große Sache.«

»Keine große Sache?« Ich bohrte ihm meinen Finger in die Brust. »Ich bin doch nicht bescheuert. Ich weiß ganz genau, was du hier versuchst, aber es wird nicht funktionieren.«

»Was versuche ich denn?«, fragte Beckett. »Da gibt es doch nichts zu überlegen, Zelda. Es ist alles, was du dir gewünscht hast. Du bekommst einen Vertrag, und ich bekomme dreitausend Mäuse. Geht für mich in Ordnung. Das ist doch sowieso eher dein Ding.«

»Mein Ding.« Der eiskalte Wind trieb mir Tränen in die weit aufgerissenen Augen. Das war der einzige Grund. »Vielleicht war es mal *mein* Ding, aber jetzt nicht mehr. Ich kann das nicht ohne dich tun. Ich will es nicht ohne dich tun.« Ich schlang meine Arme um mich. Mir war nicht mehr heiß oder kalt, denn jetzt fühlte ich mich nur noch taub. »Willst du das hier nicht?«

Zärtlichkeit blitzte in Becketts Gesicht auf, abgelöst von einer schmerzerfüllten Grimasse. »Ich will das für *dich*. Mehr als alles andere. Genau davon hast du geträumt. Du musst annehmen.«

Ich schüttelte den Kopf. »Wir reden später darüber. Wir gehen nach Hause, essen was, und dann können wir das noch mal bereden.«

Beckett schüttelte den Kopf. »Da gibt es nichts zu bereden, Zelda. Ich nehme das Geld, du unterschreibst den Vertrag. Ende der Geschichte.«

Ende der Geschichte?

Mutter, darf ich …? fehlte zwar noch ein Ende, doch das hier war es nicht. Das durfte nicht das Ende der Geschichte sein.

31

Beckett
22. Januar

Am nächsten Morgen war ich schon um fünf Uhr wach. Ich duschte und zog mich an, und als ich aus dem Badezimmer kam, war die Kaffeekanne kalt. Zelda lag eingerollt im Bett, das Gesicht zur Wand gedreht. Am Abend zuvor hatte sie noch versucht, mich davon zu überzeugen, dass wir das Buch einem anderen Verlag vorschlagen könnten, dem Vorstrafen egal waren. Oder dass wir als Freelancer arbeiten könnten, nicht als Angestellte.

Ich weigerte mich. Es war zwar möglich, dass einem anderen Verlagshaus die Graphic Novel genauso gut gefiel wie Black-Star, aber ich konnte dieses Risiko nicht eingehen. Zelda hatte eine definitive Zusage bekommen. Der Vertrag war bereit; und man hielt ihr den Stift hin. Sie musste nur noch unterschreiben. Hier ging es nicht nur darum, ob ihr Buch veröffentlicht wurde. Sondern um ihre Schwester. Es ging darum, ihre Geschichte zu erzählen, auf die einzige Art, die Zelda kannte. Es ging darum, ihr endlich ein bisschen Seelenfrieden zu geben. Und das würde ich auf gar keinen Fall gefährden.

Sie hatte aufgehört, mit mir zu reden, und war ins Bett gegangen. Ich hatte praktisch spüren können, wie wütend sie war, aber ich konnte damit umgehen, wenn es bedeutete, dass ihr Buch veröffentlicht wurde.

Ich zog meine Gore-Tex-Jacke und die wasserdichte Hose an. Dann setzte ich meinen Helm auf, nahm mein Rad und ging raus.

Die Straßen waren glatt, aber es schneite nicht mehr. Der Himmel war klar. In Manhattan fuhr ich die Lexington für meine erste Lieferung entlang und fragte mich, ob Zelda meinetwegen wirklich auf den Vertrag verzichten würde. Es kam mir unmöglich vor, aber was, wenn sie es tatsächlich tat? Ich konnte sie das nicht tun lassen. Ich durfte nicht zulassen, dass sie ihren Traum wegwarf …

In Gedanken versunken sah ich den Sedan, der eine rote Ampel überfuhr, erst, als er nur noch ein paar Meter entfernt war, aber da war es natürlich schon zu spät.

32

Zelda
22. Januar

Ich hörte zu, wie sich Beckett für die Arbeit fertig machte und die Wohnung verließ. Ich hatte die ganze Nacht nicht geschlafen. Ich hatte mit dem Rücken zu ihm dagelegen und dem Drang widerstanden, mich umzudrehen und ihn zu umarmen. Ihn anzuflehen, es sich anders zu überlegen. Aber das konnte ich nicht. Ein Teil von mir wollte ihn zwingen, es bei einem anderen Verlag zu probieren, doch sein beschämter Blick, als Iris ihm gesagt hatte, sie würden niemanden mit Vorstrafen einstellen, hatte sich wie ein Stich ins Herz angefühlt. Ich kam mir vor, als säße ich in der Falle. Ich wollte nichts lieber, als *Mutter, darf ich …?* veröffentlicht zu sehen, wollte es jedoch auf keinen Fall ohne Beckett machen.

Ich zog mich an und fuhr zum *Annabelle's* für meine Schicht, aber ich war so aufgebracht und durcheinander, dass ich zwei Tischen die falsche Bestellung brachte und auf einem anderen Orangensaft umkippte. Die Gäste mussten den Tisch wechseln und drohten damit, dem Restaurant die Reinigungsrechnung zu präsentieren.

Maxime schickte mich mit einer Abmahnung früher nach Hause. Beckett war immer noch bei der Arbeit, raste auf seinem Rad in diesem furchtbaren Regen und der Kälte durch Manhattan. Was BlackStar mir anbot, war nicht genug, um unsere Jobs zu kündigen, aber es könnte ihm etwas anderes ermöglichen. Es war eine Tür, die sich geöffnet hatte, und ich gab mein Bestes, um sie offen zu halten, während ein Orkan sie wieder zuschlagen wollte.

Ich musste mir über meine Gefühle klar werden, denn momentan drehten sich meine Gedanken im Kreis, und das machte alles nur noch verworrener. Darlene war eine gute Freundin, doch sie stand Beckett zu nah. Ich brauchte jemanden, der neutral war.

Ich nahm mein Handy und scrollte die Kontakte durch, bis ich zu dem Namen eines Freundes aus Las Vegas gelangte. Eines echten Freundes. Ich drückte auf *Anrufen*.

»Theo Fletcher.«

»Theo, hier ist Zelda.«

Sein Tonfall wurde sofort freundlicher. »Hey, Z. Hab ja ewig nichts von dir gehört. Was treibst du so? Wie läuft's in New York?«

»Es läuft toll«, sagte ich, und plötzlich kam es mir schäbig vor, einen alten Freund anzurufen und ihn sofort mit meinen Problemen zu belasten. »Hör mal, ich will dich nicht lange aufhalten, aber kann ich dir eine … geschäftsbezogene Frage stellen?«

»Natürlich. Schieß los.«

»Als du dein Tattoostudio gekauft hast, wie hat sich das vorher angefühlt? Hattest du furchtbare Angst, oder warst du dir sicher, dass es das Richtige ist, oder was?«

Er lachte. »Beides.«

»Und warum hast du es dann getan?«, fragte ich.

»Ich wollte es einfach dringend genug«, antwortete er. »Aber ich schätze, das ist eben der Punkt, wenn man seinem Traum folgen will. Man muss es tun, trotz des Risikos. Denn genau das Risiko ist es, wodurch sich die Sache am Ende auszahlt.«

Ich nickte, obwohl er es nicht sehen konnte.

»Denkst du darüber nach, ein Geschäft aufzumachen?«

»Das nicht, aber ich habe eine große Entscheidung zu treffen, und ich weiß nicht, was das Richtige ist.«

»Mist, hier ist gerade ein Kunde reingekommen. Tut mir wirklich leid, Z. Ich wünschte, ich wäre dir eine größere Hilfe, aber ich muss Schluss machen.«

»Klar, kein Problem.«

»Oh, aber eines kann ich dir noch zu großen Entscheidungen sagen, was helfen könnte.«

»Was denn?«

Gott, sag es mir, egal was …

»Das mit dem Risiko und dem Auszahlen ist gut und schön, aber das alles bedeutet gar nichts, wenn du nicht im Herzen das Gefühl hast, das Richtige zu tun. Also lautet mein Rat: Hör auf dein Bauchgefühl. Wie würdest du dich fühlen, wenn du Nein sagst? Und wie, wenn du Ja sagst?«

»Danke, T«, sagte ich. »Das hilft mir wirklich weiter.«

»Jederzeit. Ruf bald wieder an, damit wir quatschen können.«

»Mach ich.«

Ich hatte das Handy gerade auf den Tisch gelegt, als es summte. Es war ein Anruf von einer New Yorker Nummer, die ich nicht kannte.

»Hallo?«

»Zelda? Hier ist Wes.«

Seine Stimme klang angespannt, und mein Herz begann zu rasen. »Was ist los?«

»Ich bin in unserem alten Treff, dem Presbyterian, mit Beckett. Es geht ihm gut, er ist okay …«

»Im Krankenhaus?« Mir rutschte das Herz in die Hose, und mir wurde eiskalt. »Was ist passiert?«

»Tja, das Übliche. Irgend so ein Arschloch hat eine rote Ampel überfahren.«

»Oh mein Gott, wurde er angefahren?«

»Ja und nein«, sagte Wes. »Beckett hat den Kerl gesehen und gebremst. Soweit ich das verstehe, ist er gestürzt, sein Rad ist ein paar Meter weitergerutscht und hat das Schlimmste abbekommen. Er selbst sagt nicht viel, aber ein Zeuge hat ausgesagt, dass nicht das Rad, sondern Beckett unter dem Auto gelandet wäre, wenn er nur eine Sekunde später reagiert hätte.«

Ich keuchte entsetzt. »Oh Gott …«

»Scheiße, sorry, Zel. Ich wollte dir keine Angst machen. Er ist okay. Aber könntest du herkommen und den alten Sturkopf dazu bringen, über Nacht zu bleiben? Die wollen ihn weiter beobachten.«

Ich war bereits an der Tür und nahm meinen Mantel vom Haken. »Ich bin gleich da.«

Ich rannte ungefähr in Richtung Krankenhaus, bis ich ein Taxi erwischte. Zehn quälende Minuten später war ich dort. Am Empfang verwies man mich in die Notaufnahme. Ich fand Wes, und er zeigte mir den durch Vorhänge abgetrennten Bereich, in dem Beckett lag. Sein rechtes Bein war fixiert und sein Knöchel verbunden. An seiner Wange war etwas getrocknetes Blut, und eine Krankenschwester kümmerte sich um weitere Abschürfungen an seinen Ellbogen.

Sein Gesicht war wie versteinert, bis er mich sah. Dann verzog er es zu einer Grimasse und schaute weg. Ich ging mit verschränkten Armen zu ihm.

»Bist du okay?« Meine Stimme klang viel zittriger, als ich beabsichtigt hatte. »Sag mir die Wahrheit.«

»Es geht mir gut«, sagte er. »Hier zu bleiben ist dämlich und kostet mich ein verdammtes Vermögen.«

Ich starrte ihn an. »Du wurdest von einem Auto überfahren.«

Beckett warf Wes einen bösen Blick zu. »Ich wurde nicht überfahren, sondern mein verdammtes Rad, und das ist jetzt Schrott.«

»Und dein Knöchel?«

»Nicht gebrochen«, sagte er. »Was ich schon vor dem Röntgen wusste, aber das hat sie nicht davon abgehalten.«

»Er hat eine Weichgewebezerrung zweiten Grades im Sprunggelenk«, sagte die Krankenschwester.

»Was bedeutet das?«, fragte ich.

»Dass sein Fuß kaputt ist«, sagte Wes.

»Es ist nur eine Zerrung und spielt sowieso keine Rolle mehr«, sagte Beckett.

Der Notarzt kam vorbei und sagte, dass sie Beckett lieber über Nacht zur Beobachtung dabehalten würden, aber weil die Tests auf Gehirnerschütterung negativ gewesen waren, würden sie ihn auch widerwillig entlassen.

Sie legten ihm eine Orthese an und gaben ihm ein Paar Krücken. Doch weil sein rechter Ellbogen verletzt war, konnte er sie nicht benutzen. Mit zusammengebissenen Zähnen saß er also in einem Rollstuhl und ließ sich zum Eingang des Krankenhauses schieben, wo das Taxi wartete, das ich gerufen hatte. Wes, Beckett und ich quetschten uns auf die Rückbank und fuhren zu unserer Wohnung.

»Pass auf dich auf, Alter«, sagte Wes.

Beckett erwiderte nichts, sondern lag mit geschlossenen Augen in seinem Bett.

Wes seufzte. »Er gehört ganz dir. Der Arzt hat gesagt, er soll den Knöchel die nächsten achtundvierzig Stunden kühlen und so hoch wie möglich lagern. Ich muss zurück zur Arbeit.«

»Was ist mit seinem Rad?«, fragte ich an der Tür.

Wes schüttelte den Kopf. »Völlig zerstört. Die Reparatur würde fast so viel wie ein neues kosten.«

»Und wie teuer ist ein neues?«

»Ein anständiges? Mindestens tausendzweihundert.« Er schüttelte den Kopf. »Ja, keine Ahnung. Aber lasst euch jetzt von dem Scheiß nicht runterziehen. Er kann eh nicht fahren, bis sein Knöchel verheilt ist. Zwei Wochen und keine Minute früher.« Er gab mir einen Kuss auf die Wange. »Ruft mich an, wenn ihr was braucht.«

Wes ging. Ich lehnte mich mit dem Rücken gegen die geschlossene Tür und atmete zitternd aus.

Er ist okay. Das Rad ist Schrott, aber er ist okay.

Ich ging in die Küche und schlug eine Tüte Tiefkühlerbsen in ein Geschirrtuch ein, um sie als Eisbeutel zu benutzen. Dann setzte ich mich auf die Bettkante, löste vorsichtig die Schiene und legte den Beutel auf Becketts verbundenen Knöchel.

»Kannst du das fühlen?«

Er zuckte mit den Schultern. »Ist gut so, danke.«

»Brauchst du sonst noch was?«, fragte ich sanft.

Er hob langsam die Augenlider, als würden sie hundert Kilo wiegen. »Ja, Zel, ich brauche was. Nämlich diese dreitausend Dollar. Für ein neues Rad und die verdammte Krankenhausrechnung. Und du musst diesen Vertrag unterschreiben.«

Ich saß einen Moment nur da, ließ meine Wut hochkochen und dann nachlassen. Plötzlich war ich sehr erschöpft. Vorsichtig stieg ich zu ihm ins Bett und achtete darauf, nicht an seinen Ellbogen zu kommen. Er verzog dennoch das Gesicht, doch dann legte er seinen Arm um mich.

»Ich will das nicht ohne dich machen«, sagte ich. »Es muss einen anderen Weg geben. Das ist doch unser Ding, oder?«

»Nicht dieses Mal, Zel«, sagte Beckett. »Ich brauche das Geld. Es ist meine Entscheidung.«

»Aber wir wollten das doch zusammen machen. Wir können

mit dem Buch zu einem anderen Verlag gehen, genau wie du gesagt hast. Es immer wieder versuchen. Wir können als Freelancer arbeiten. Wir können zu jemandem gehen, dem deine Vorgeschichte scheißegal ist.«

»Aber ich muss in der Zwischenzeit arbeiten, Zel. Und dafür brauche ich ein neues Rad.«

»Ich könnte Doppelschichten machen. Ich könnte mir einen zweiten Job suchen, nur bis es dir besser geht. Wir könnten was sparen.«

»Ich lasse nicht zu, dass du deinen Traum aufgibst«, sagte er langsam und nachdrücklich. »Er ist jetzt direkt vor dir, Zel. Du musst nur noch danach greifen. Wenn nicht …«

Ernst schüttelte er den Kopf, doch seine Augen verrieten alles. Ich wusste, was er sagen wollte. Wenn ich den Vertrag nicht unterschrieb, würde er sich das niemals verzeihen, und es würde ihn von innen heraus auffressen. Vielleicht uns beide.

Ich dachte an Theos Rat, auf mein Bauchgefühl zu hören. Und das sagte mir, dass es nicht richtig war, es ohne Beckett durchzuziehen, trotz all seiner Argumente, trotz meines Verlangens, *Mutter, darf ich …?* für Rosemary gedruckt zu sehen.

Mein Handy klingelte. Genervt stieg ich aus dem Bett und holte es vom Küchentresen. Dabei murmelte ich: »Was ist denn jetzt wieder?«

Ich warf einen Blick auf das Display, und mein Herz setzte einen Schlag aus. Wie in Zeitlupe drückte ich auf den grünen Knopf.

»Hi, Mom«, sagte ich. »Was gibt's?«

»Hallo, Schatz.« In ihrer Stimme lag eine Mischung aus Aufregung und Angst. »Wir haben den Anruf bekommen, Liebling. Es ist so weit. Endlich ist es so weit. Diesen Freitag.«

»Was denn?«

»Gordon James wird hingerichtet.«

33

Zelda
24. Januar

Mein Rollkoffer lag offen auf dem Bett, und ich warf wahllos Kleidung hinein. *Wie zieht man sich an, um einen Mann sterben zu sehen? Eher schick oder Freizeitlook?*

Ein hysterisches Lachen stieg in mir auf, doch ich zwang es wieder hinunter.

»Ich hab Nigel angerufen«, sagte ich zu Beckett. »Er kommt später vorbei, um dir zur Hand zu gehen. Darlene hat gesagt, sie würde morgen kommen.«

»Zelda …«

»Bitte kühle deinen Knöchel weiter, und leg ihn hoch. Versuch nicht, ihn zu belasten. Er braucht noch zwei Wochen Ruhe.«

»Zelda, sieh mich an.«

Ich hielt inne und drehte mich zu ihm um. Er saß auf dem Sofa, das Bein auf den Couchtisch hochgelegt. Sein Gesichtsausdruck war flehend, schuldverzerrt.

»Was wirst du tun?«, fragte er leise.

»Weiß ich noch nicht«, sagte ich. »Ich meine, ich fahre hin. Ich muss. Selbst wenn ich eine Panikattacke bekommen sollte. Vielleicht ist es das ja. Vielleicht kann ich ja endlich damit abschließen, wenn ich diesen Mistkerl sterben sehe. Vielleicht bekomme ich dann keine Attacken mehr. Ich weiß es nicht.«

Ich plapperte vor mich hin, meine Gedanken flogen in alle Richtungen, befeuert vom Adrenalin in meinen Adern. Ich war außer Atem. Meine Nerven waren vollkommen angespannt.

»Nigel wird bald hier sein«, sagte ich und drehte mich wieder zu dem Koffer um.

»Das hast du schon gesagt. Ich brauche keine Hilfe.«

»Tja, aber ich brauche die Gewissheit, dass du nichts Verrücktes anstellst.« Wieder hielt ich inne, in einer Hand einen BH, in der anderen einen Schal. »Versprich mir, dass du nichts Verrücktes anstellst.«

Mithilfe der Krücken humpelte Beckett langsam zum Fenster. Er verzog das Gesicht, als er es öffnete, da seine Ellbogen immer noch wehtaten. Er setzte sich auf die Fensterbank und zündete sich eine Zigarette an. Sein geschienter Fuß hing herunter.

»Wann geht dein Zug?«, fragte er.

»In einer Stunde.« Ich ging zum Fenster und nahm ihm die Zigarette aus der Hand. Der erste Zug brachte mich zum Husten, doch der zweite war besser. Ich reichte sie ihm zurück. »In zwei Tagen bin ich wieder da.«

Er nickte. »Und dann sagst du BlackStar zu.«

»Darüber kann ich jetzt nicht nachdenken, Beckett. Ich kann kaum erkennen, was drei Schritte vor mir liegt.«

Doch was ich erkennen konnte, war die Schuld in seinen Augen. Die Selbstvorwürfe und der Selbsthass, weil er mich wieder nicht begleiten konnte.

»Ich komm schon klar«, sagte ich. »Ich werde es überstehen. Und es wird mir besser gehen, wenn ich weiß, dass du hier bist.«

Beckett sah weg. »Nicht, dass du noch deinen Zug verpasst.«

Es klingelte, und ich ließ Nigel rein.

»Schwester Nigel ist hier«, rief er beim Betreten der Wohnung. »Ich hoffe, du hast keine knappe weiße Uniform erwartet.« Er blieb stehen und rieb sich die Arme. »Es ist so verdammt kalt da draußen.« Er entdeckte Beckett am Fenster. »Hey, da ist ja unser kleiner Evil Knievel. Hab gehört, du hast einen irren Stunt hingelegt, mein Freund.«

»Danke, dass du gekommen bist, Nigel«, sagte ich und umarmte ihn. Dann flüsterte ich ihm ins Ohr: »Lass ihn nicht weggehen.«

Nigel nickte und zwinkerte mir zu. »Also, Becks, soll ich dich jetzt baden?«

Beckett ignorierte ihn.

»Also gut, ich muss los.« Ich ging zum Fenster. Becketts Kiefermuskulatur zuckte, doch sie entspannte sich unter meiner Hand, als ich ihn küsste.

»Gott, Zel.«

»Das ist das Ende«, sagte ich. »Was auch immer geschieht, es ist das Ende der Geschichte.«

Wir fuhren in einem Auto. Meine Eltern, Tantchen Lucille und ich. Onkel Mike saß am Steuer und fuhr die drei Stunden von Philly nach Benner Township, zum State Correctional Institute. Onkel Mike erzählte mir, dass Gordon James gerade aus dem Hochsicherheitsgefängnis in Greene in die Todeskammer gebracht wurde.

»So nennen die das«, sagte er. »Die Todeskammer.«

Klingt nach einem guten Titel für einen Comic.

Wir erreichten Benner kurz vor einundzwanzig Uhr und checkten im Holiday Inn ein. Der Staat bezahlte für unsere Unterkunft. Wir versammelten uns im Zimmer meiner Eltern, redeten, weinten und erzählten uns Anekdoten über Rosemary. Die Erinnerungen griffen mit geisterhaften Fingern nach mir, doch weil wir nicht im Haus meiner Kindheit waren, fiel es mir leichter, sie beiseitezuschieben.

Ich hielt mich an Tantchen Lucille. Sie wirkte bedrückt und nicht wie sonst überraschend temperamentvoll für ihr Alter. Ich setzte mich neben sie in einen der unbequemen Sessel am Fenster und legte meine Hand in ihre.

»Geht es dir gut, Tantchen?«

Sie schüttelte traurig den Kopf. Um ihre Hand hatte sie sich einen Rosenkranz gewickelt. »Ihrer Sünden und ihrer Gesetzlosigkeiten werde ich nicht mehr gedenken.«

»Woher ist das?«

»Aus der Bibel«, sagte Onkel Mike. »Brief an die Hebräer. Sie sagt es, seit der Anruf kam. Irgendwann hab ich es nachgeschlagen.«

Ich runzelte die Stirn. Unsere Familie war zwar katholisch, aber nicht besonders strenggläubig. In meiner Kindheit waren wir an den Feiertagen immer in die Messe gegangen, aber soweit ich mich erinnern konnte, hatte niemand je außerhalb der Kirche einen Bibelspruch zitiert.

»Morgen haben wir das alles hinter uns«, sagte Onkel Mike. »Ich denke, das bedeutet der Spruch. Oder, Tantchen?«

Lucille gab keine Antwort. Sie wirkte nicht getröstet, sondern aufgebracht. Ihre Hände spielten mit den dunkelbraunen Perlen des Rosenkranzes, und ich fragte mich, ob sie die gleichen Zweifel hatte wie ich. Es ging um den Mann, der unser aller Leben mit einer sinnlosen Tat zerstört hatte. Ich wünschte mir Vergeltung, wollte, dass auch Gordon James' Leben ausgelöscht wurde. Aber sollte ich wirklich zusehen?

Ich fragte mich auch, ob Gordon James gerade Angst hatte. Schaute er auf die Uhr, in dem Wissen, dass er nur noch wenige Stunden zu leben hatte? Hatte er den Seelenfrieden gefunden, nach dem ich immer noch suchte?

Die ganze schlaflose Nacht hindurch sprangen meine Gedanken hin und her wie ein Tischtennisball.

Ich will ihn sterben sehen.

Ich kann mir das auf keinen Fall anschauen.

Ich will nach Hause zu Beckett.

Ich will hierbleiben und es zu Ende bringen.

Am nächsten Morgen rief meine Mutter an, um mich aufzuwecken und mir zu sagen, dass der Gefängnisbus draußen wartete.

Es war so weit.

Der Morgen war kalt und grau. Lucille saß neben mir und drückte meine Hand mit ihrer, die sich wie Pergamentpapier anfühlte. Wieder murmelte sie die gleiche Litanei vor sich hin: »Ihrer Sünden und ihrer Gesetzlosigkeiten werde ich nicht mehr gedenken.«

Der Bus fuhr uns zum Gefängnis. Schweigend gingen wir über den Parkplatz und ins Hauptbüro. Man überprüfte unsere Ausweise, und wir mussten durch die Metalldetektoren gehen. Mein Herz begann so laut zu schlagen, dass ich nichts anderes mehr hören konnte. Keine Stimme, keinen Atemzug, keine hallenden Schritte. Durch ein Sicherheitstor, einen Gang entlang, nach links, nach rechts, und schließlich waren wir da. Die Zeugenkammer. Lucille blieb davor stehen.

»*Seiner* Sünden und Gesetzlosigkeiten werde ich nicht mehr gedenken«, sagte sie und setzte sich entschieden auf eine Bank im Korridor.

»Lucille?«, fragte mein Vater, doch sie rührte sich nicht. »Kommst du hier draußen klar?«

Sie faltete die Hände in ihrem Schoß und starrte geradeaus. Doch als ich an ihr vorbeiging, nahm sie meine Hand.

»Erinnerst du dich an den roten Ballon?«, sagte sie mit tränenfeuchten Augen. »Ich schon. Ich kann ihn sehen. Ich kann sehen, wie er an ihr Handgelenk gebunden ist. Und sie lächelt.« Lucille schüttelte den Kopf. »Das ist es, was ich sehe. Einen roten Luftballon und das Lächeln eines Kindes. Klingt das nicht nett?«

Ich nickte stumm. Mir rauschte das Blut in den Ohren. Mein Vater nahm meine andere Hand und ging mit mir in die Zeugenkammer.

In dem kleinen Raum standen zwölf Stühle. Zwei Lokalreporter waren da. Einer stellte eine Frage, doch ich starrte ihn nur ausdruckslos an. Dann setzte ich mich zwischen meine Eltern in die erste Reihe. Wir hielten uns fest an den Händen. Meine Mutter zwang sich zu einem Lächeln, doch ihre Augen waren voller Angst und Wut.

Ich erinnerte mich an James' Verurteilung. Keiner aus meiner Familie hatte auf die Todesstrafe statt lebenslänglich gedrängt. Wir hatten nur Gerechtigkeit gewollt, wie auch immer uns der Staat die verschaffen würde. Wir hatten damit abschließen, es hinter uns lassen wollen.

Keines dieser Worte hatte gerade noch irgendeine Bedeutung für mich.

Auf der anderen Seite der Glasscheibe war eine Liege und eine Trennwand. Neben der Liege stand eine seltsame Maschine mit drei Tropfflaschen, in denen sich klare Flüssigkeiten befanden.

Jeden Moment würde Gordon James in den Raum geführt und an diese Maschine angeschlossen werden. Wir würden seine letzten Worte hören. Mir war gesagt worden, dass er während des Prozesses nie Reue oder Bedauern gezeigt hatte. Vielleicht würden wir grausames Lachen oder Fluchen ertragen müssen. Vielleicht hatten die zehn Jahre Einzelhaft auch seinen Verstand beeinträchtigt. Vielleicht bereute er inzwischen, was er getan hatte. Vielleicht würde er um Verzeihung flehen.

Ganz egal, was er sagte oder tat, wir würden ihn sterben sehen.

Vergebung.

Das Wort war ein Flüstern in meinem Kopf. Wenn ich es zeichnen würde, wären es kleine Buchstaben in einer riesigen Sprechblase. Neun winzige Buchstaben in einem Meer aus Weiß. Wie ein Ballon.

Ein roter Luftballon und das Lächeln eines Kindes …

In mir begann Trauer zu toben. Ich spürte, wie sie Kraft sammelte, wie ein Hurrikan, der mein Herz, meinen Verstand und meine Seele aufwühlte.

Oh Gott … ich kann nicht. Ich kann ihm nicht vergeben. Ist es das, was von mir erwartet wird? Unmöglich …

Trauer, wie ich sie nie gekannt hatte, vielschichtig und verworren. Trauer um Rosemary, Trauer um meine Familie, um den Mann, der gleich sterben würde, und um mich.

Um mich …

Zehn Jahre lang hatte ich mir selbst die Schuld gegeben. Dass ich nicht schlau genug gewesen war, nicht schnell genug, nicht mutig genug. Dass ich nicht lauter geschrien hatte, obwohl ich mir die Lunge aus dem Leib gebrüllt hatte. Nicht schneller hinterhergelaufen war, obwohl ich so schnell gerannt und so oft gestürzt war, dass beide Knie geblutet hatten.

Ich war vierzehn gewesen. Zu jung, um eine entsetzliche Tragödie zu verhindern, doch alt genug, um zu glauben, ich hätte es schaffen können.

Vergebung.

Nicht für ihn, flüsterte der Gedanke. *Nicht für ihn, sondern …*

Auf der anderen Seite des Einwegspiegels ging eine Tür auf. In der Glasscheibe sah ich einen Luftballon gespiegelt. Dieser war gelb – meine Lieblingsfarbe – und hing am Handgelenk eines schmächtigen Mädchens mit langen schwarzen Haaren und großen grünen Augen. Sie hielt die Hand ihrer Schwester Rosemary, die einen roten Ballon am Handgelenk trug.

Ich starrte das größere Mädchen an. Das war ich. Mein vierzehn Jahre altes Selbst, dort in Tantchen Lucilles Kino – Phantasus. Ein schüchternes, unsicheres Mädchen, das Comics mochte, während ihre Freundinnen Modezeitschriften lasen. Sie hielt die Hand ihrer kleinen Schwester, und sie würde sie niemals loslassen.

Ich vergebe dir, flüsterte ich diesem Mädchen zu.

Ihr Lächeln war so strahlend wie die Sonne. *Danke.*

Ein Schluchzen entrang sich meiner Kehle, und ich stand auf, verschloss die Augen vor dem Mörder, der gerade in den Raum geführt wurde. Blind schob ich mich durch die Stuhlreihen und ignorierte die besorgten Rufe meiner Familie. Ich stieß die Tür auf und rannte hinaus in den Korridor. Tantchen Lucille rief mir hinterher, aber gegen meinen hämmernden Herzschlag war es nur ein Flüstern.

Ich ging erneut durch die Sicherheitstore, stieß die Haupteingangstür auf und rannte durch die eisige Kälte weiter zum Parkplatz. Ich hatte keinen Plan. Vor lauter Tränen konnte ich kaum noch etwas sehen. Ich wusste nur, dass ich von diesem Ort weg musste. Gordon James hatte nichts mit mir zu tun. Er verdiente nicht das geringste Fünkchen meiner Aufmerksamkeit. Er bedeutete gar nichts. Rosemary war alles. Ich hatte keinen Grund, hier zu sein.

Ich brauchte Beckett. Ich musste seine Arme um mich spüren. Seine Stimme hören, um mich durch diese Trauer zu leiten, die endlich bereit war, sich aus mir zu lösen.

Nach Hause. Ich muss nach Hause.

Ich stolperte über den Parkplatz. Ein Taxi tauchte auf und musste einen Schlenker machen, um mir auszuweichen. Reifen quietschten, und der Fahrer hupte. Ich blieb stehen. Die hintere Tür des Wagens flog auf, bevor ich sie berühren konnte.

»Zelda!«

Beckett …

Ein inniger, süßer Schmerz breitete sich in meiner Brust aus – mein Herz und meine Seele riefen nach ihm. Ich sank neben dem Taxi auf die Knie und begann zu schluchzen. Dann spürte ich starke Arme, die mich hochhoben. Beckett trug mich humpelnd zu einer Bank, weg von den Autos, und ließ sich neben mich sinken. Ich stürzte mich in seine Arme und hielt mich an ihm fest, während Trauer, Wut und Schmerz aus mir herausströmten.

»Schon gut«, sagte er mit schwerer Stimme. »Ich schwöre, alles wird wieder gut. Das schwöre ich.«

Ich weinte hemmungslos an seiner Brust, während ich mich an seine Jacke klammerte. Er strich mir übers Haar, küsste meinen Kopf und hüllte mich in Sicherheit.

»Ich hab nicht zugesehen. Ich bin rausgerannt. Ich konnte nicht …«

Beckett hielt mich fester, doch er seufzte erleichtert auf. »Ich bin froh, Baby«, sagte er. »Ich weiß nicht, ob es richtig ist, mich so zu fühlen, aber ich bin so froh.«

»Ich glaube … ich auch«, sagte ich. »Du hattest recht. Keine Erleichterung … nur neue Albträume. Rosemary … ist nicht hier. Nicht an diesem hässlichen Ort. Nicht hier. Sondern irgendwo, wo es wunderschön ist. Daran will ich mich erinnern.«

Er hielt mich, bis mein Schluchzen nachließ, erst zu einem Weinen, dann schließlich zu einem zittrigen Atmen wurde. Meine Erleichterung, in seinen Armen zu liegen, verwandelte sich langsam in Besorgnis.

»Wieso bist du hier?«, krächzte ich heiser. Ich ließ ihn nicht los, hatte aber Angst, dass ich es musste. »Du darfst nicht hier sein. Wenn das jemand herausfindet …«

Beckett lehnte sich gerade weit genug zurück, um meinen Kopf in seine Hände zu nehmen und mir die Strähnen aus dem Gesicht zu streichen, die an meinen tränenfeuchten Wangen klebten. In seinen blauen Augen leuchteten seine eigenen Gefühle.

»Zusammen, Zel. Alles, was wir in diesem Leben tun … tun wir zusammen. Oder?«

Ich nickte. Meine Augen und meine Kehle brannten.

»Die hätten mich eh nicht da reingelassen.« Er nickte zu dem Gefängniseingang und lächelte durchtrieben. »Das wäre das erste Mal, dass jemand versucht, in ein Gefängnis einzubrechen. Meine einzige Hoffnung bestand darin, hier zu sein, wenn du rauskommst, und dass ich nicht zu spät sein würde.« Sein Lächeln erstarb. »Es war schrecklich für mich, dich gestern wegfahren zu lassen.«

»Ich weiß, aber …«

»Wenn sie mich zurückschicken, sitze ich meine Zeit ab, und es wird mir leichtfallen. Denn das ist es wert, jetzt hier bei dir zu sein.« Er schluckte nervös und sah mir in die Augen. Seine Hände hielten mich fest, mit all der sanften Güte, die in ihm war. »Ich liebe dich, Zelda.«

Ich starrte ihn an und spürte, wie ich von einem Mantel aus Glück eingehüllt wurde, der mich vor der Winterkälte schützte. »Tust du das?«

»Gott, ja.« Für einen Moment biss er die Zähne zusammen, und seine Kiefermuskulatur zuckte. »Ich liebe dich. Auch wenn ich es nicht tun sollte. Auch wenn ich wirklich keine Ahnung habe, womit ich dieses Glück verdient habe. Doch ich liebe dich trotzdem. Ich liebe dich, und ich weiß, dass ich das für den Rest meines Lebens tun werde.«

Frische Tränen stiegen mir in die Augen. Ich nahm seine Worte in mich auf wie die Luft, die ich zum Atmen brauchte. Ich war an meiner eigenen Angst und Schuld erstickt, aber jetzt war ich frei.

Ich war frei …

Meine Tränen quollen über, doch nichts konnte mich davon abhalten, das zu sehen, was vor mir war. Alles, was schön und liebenswert und gut war. Meine Stimme war leise, aber fest.

»Ich liebe dich auch, Beckett. Ich liebe dich so sehr. Ich will es eine Million Mal sagen, um auszugleichen, dass ich es vorher nie gesagt habe, als ich zu viel Angst hatte …« Meine Stimme verlor sich, und ich berührte sein Gesicht. »Was ist denn?«

»Nichts, ich …« Sein Lächeln ließ nach, doch er sah mir fest in die Augen. »Ich kam her in dem Wissen, dass ich dir sagen würde, wie sehr ich dich liebe, und ich hab natürlich gehofft, dass du es erwidern würdest. Aber es dich tatsächlich sagen zu hören …«

»Ich liebe dich.« Ich küsste ihn und hauchte die Worte in den Kuss. »Ich liebe dich über alles, Beckett, und das werde ich für immer.«

»Zusammen«, sagte Beckett heiser. »Für den Rest meines Lebens … will ich mit dir zusammen sein.«

Er brachte mein Gesicht an seines und küsste mich zärtlich. Ich schmeckte Tränen, seine und meine, und konnte keinen Unterschied feststellen.

34

Zelda
25. Januar

Ich schickte meiner Mutter eine Nachricht, wo ich war, dann beschloss ich, mit Beckett ins Hotel zu fahren. Ich wollte bei meiner Familie sein, hatte aber das Gefühl, dass es ein Unglück geben würde, wenn ich Beckett nicht schnell wieder nach New York brachte. Doch er bestand darauf, dass ich im Hotel auf meine Familie wartete.

»Sie brauchen dich auch, Baby.«

Die Tür des Taxis war immer noch offen, und auf der Rückbank sah ich Becketts Krücken. Erst da wurde mir klar, dass er mich hochgehoben und ein paar Meter weit getragen hatte.

»Gott, dein Knöchel«, sagte ich, während wir vom Gefängnis wegfuhren.

Er zuckte mit den Schultern. »Ich werd's überleben.«

Ich stieß ihm den Ellbogen in die Rippen. »Ich würde ja die Augen über deinen männlichen Stolz verdrehen, aber die sind vom Heulen zu geschwollen.«

»Du bist wunderschön«, sagte er nachdrücklich und küsste mich.

»Du auch«, flüsterte ich an seinen Lippen. »Ich bin so froh, dass du hier bist. Ich bin wütend auf dich und noch wütender auf Nigel, aber trotzdem bin ich froh, dass du hier bist.«

Froh war gar kein Ausdruck. Ich nahm seine Hand und verschränkte unsere Finger. Genau so fühle ich mich, dachte ich. Dafür sollte es ein Wort geben.

Müde lehnte ich mich an seine Schulter. Erschöpft, aber ruhig. Teils, weil er bei mir war, teils wegen dessen, was ich getan hatte. Oder vielmehr nicht getan hatte.

»Du hattest recht«, sagte ich erneut, als das Taxi vorm Holiday Inn hielt. »Es wäre nicht gut gewesen, wenn ich zugesehen hätte, wie Gordon James stirbt. Aber ich hoffe, meine Eltern und die anderen finden dadurch etwas Erleichterung.«

Eine Stunde später kam meine Familie nach. Die Augen meiner Mutter waren rot und geschwollen, und mein Vater sah aus, als hätte er mit einem großen Problem zu kämpfen. Onkel Mike war ungewöhnlich still, und Tantchen Lucille zappelte mit ihren Händen herum und sah mich durch ihre dicken Brillengläser an. Dann lächelte sie breit, als ob sie nach etwas gesucht und es nun gefunden hatte. Sie setzte sich in einen Sessel am Fenster und summte leise vor sich hin.

Ich umarmte meine Mutter fest. »Bist du okay?«

Sie lächelte mich unsicher und mit Tränen in den Augen an. »Ich habe so lange darauf gewartet, endlich Erleichterung zu empfinden. Doch sie kommt nicht. Ich habe zehn Jahre umsonst gewartet.«

Ich umarmte sie erneut und versuchte meinen neu gefundenen Seelenfrieden auf sie zu übertragen. »Wenn ihr heute Abend wieder zu Hause seid, frag Tantchen Lucille mal nach ihrem Kino … und den Luftballons. Okay?«

Verwirrt sah sie zu Lucille, die am Fenster saß und lächelnd vor sich hin summte, doch sie nickte und trocknete ihre Tränen. Dann legte sie ihre Hände auf meine Wangen. »Mein wunderschönes Mädchen.«

Hinter mir hielt sich Beckett am Sessel fest und stand auf.

Ich stellte mich neben ihn, damit er sich an mich lehnen konnte. »Hört mal alle her, das ist mein Freund Beckett Copeland.«

Ich verspürte einen solchen Stolz, während ich dabei zusah, wie sich mein Vater und er die Hand gaben. Meine Mutter gab ihm einen Kuss auf die Wange. »Ich freue mich so, dich kennenzulernen«, sagte sie. Dann bemerkte sie seine Orthese und die Krücken. »Sind Sie den ganzen Weg für unser Mädchen hergekommen?«

Er sprach mit meiner Mutter, doch seine Worte waren für mich. »Ich würde für sie bis zum Ende der Welt gehen, Mrs Rossi.«

Ich steuerte den Mietwagen, mit dem Beckett und ich nach Philly fuhren. Immer wieder sah ich in den Rückspiegel, weil ich Angst hatte, dass plötzlich die Polizei hinter uns auftauchen würde, um Beckett zu verhaften, und es fiel mir schwer, mich an das Tempolimit zu halten.

»Wie in aller Welt bist du Nigel entkommen?«

»Das war leicht«, sagte Beckett. »Ich hab so getan, als würde ich es nicht mehr aushalten, in New York festzusitzen, und als würde mein Knöchel unerträglich wehtun. Die einzige Lösung bestand darin, mich zu besaufen. Also hab ich ihn in den nächsten Spirituosenladen geschickt, und sobald er weg war, bin ich abgehauen.«

»Der arme Nigel«, sagte ich. »Wahrscheinlich ist er krank vor Sorge.«

»Nein, ich hab ihm geschrieben«, sagte Beckett amüsiert. »Der langen, lallenden Nachricht auf meiner Mailbox nach zu urteilen, hat er den ganzen Alk selbst getrunken. Er hat mich endlos verflucht, also ist alles gut zwischen uns.«

Wir gaben den Mietwagen ab und fuhren mit einem Taxi zum Bahnhof. Beckett ließ sich gähnend auf eine Bank sinken.

Ich setzte mich neben ihn, dachte an unsere Zukunft und daran, was Theo darüber gesagt hatte, im Herzen zu wissen, was richtig war.

»Ich liebe dich«, sagte ich.

Beckett sah mit einem überraschten Lächeln zu mir auf – es laut auszusprechen war noch so neu für uns. »Ich liebe dich auch, Baby. So sehr.«

»Ich liebe dich, und ich liebe es, es dir zu sagen …« Ich streichelte seine Wange und spürte seine Bartstoppeln. »Ich liebe dich so sehr, dass ich auf den Vertrag bei BlackStar verzichten werde.«

Er runzelte die Stirn. »Zelda …«

»Es ist jetzt unsere Geschichte, deine und meine. Wenn ich mir vorstelle, sie ohne dich zu veröffentlichen, vergeht mir jegliche Freude daran. Aber wenn ich daran denke, es zusammen zu tun, sagt mir mein Herz, dass es richtig ist. Ich weiß, dass wir das Geld brauchen, aber wir werden schon eine andere Lösung finden. Wir werden überleben. So machen wir das, oder?«

»Ja«, sagte er. »So machen wir das, Baby.«

Er lehnte sich vor, um mich zu küssen, hielt dann aber inne und starrte auf etwas über meiner Schulter. Ich drehte mich um und sah eine Frau mittleren Alters mit perfekt frisierten platinblonden Haaren, einem schicken Anzug und einer Aktentasche in der Hand. Sie stand da wie eine Statue, während Reisende an ihr vorbeieilten. Sie starrte Beckett mit weit aufgerissenen Augen und offenstehendem Mund an.

»Verdammte Scheiße …«, flüsterte er.

»Wer ist das?«, fragte ich.

Beckett schluckte nervös. Sein Blick folgte der Frau, als sie den Kopf senkte und schnell davonging.

»Mrs J.«

35

Beckett
25. Januar

Es war fast acht Uhr, als wir erschöpft in unserer Wohnung ankamen. Zelda machte uns schnell ein Abendessen aus Pasta und Salat, doch ich schmeckte es kaum. Mein Blick war wie gebannt auf mein Handy gerichtet, und ich wartete auf den Anruf. Oder vielleicht würde es auch ein Klopfen an der Tür sein. Die Polizei, die mich zuerst ins Rivers und dann ins Otis bringen würde.

Zelda versuchte mich von den drohenden Konsequenzen meines Ausflugs über die Staatsgrenze abzulenken. »Vielleicht weiß Mrs J ja gar nicht über deine Situation Bescheid«, sagte sie, als wir im Bett lagen. »Über deine Bewährungsauflagen?«

»Sie weiß alles über uns vier, die beim Einbruch dabei waren.« Ich fuhr mir durchs Haar. »Ich sollte Roy anrufen. Ich hätte ihn sofort nach unserer Rückkehr anrufen sollen. Ich werde ihn jetzt anrufen.«

»Tu das nicht. Vielleicht weiß er es gar nicht. Vielleicht sagt Mrs J ja gar nichts. Du würdest grundlos wieder ins Gefängnis gehen.«

»Nicht grundlos, Zel. Ich hab das Gesetz gebrochen. Schon wieder. Ich bereue es zwar nicht, keine Sekunde. Nicht zu dir zu fahren hätte mich für immer verfolgt. Aber es gibt Konsequenzen, denen ich mich stellen muss. Denen ich mich stellen *will.*«

Bevor ich zu lange darüber nachdenken oder Zelda es mir ausreden konnte, rief ich Roy an. Ich landete direkt auf der Mailbox.

»Hi, Roy.« Meiner Stimme fehlte plötzlich jegliche Energie. »Hier ist Beckett. Bitte ruf mich so schnell wie möglich zurück. Danke.«

»Würden die dich wirklich zurück ins Gefängnis schicken?«

»Ich stelle kein hohes Risiko dar«, sagte ich. »Vielleicht schicken sie mich wieder rein, vielleicht verlängern sie aber auch nur meine Bewährung. Gott, es gibt echt kein schlimmeres Gefühl, als darauf zu warten, dass etwas passiert.«

Ich legte mich zurück, und sofort kuschelte sich Zelda an mich.

»Denkst du, Roy wird sauer sein?«, fragte sie.

»Keine Ahnung. Wahrscheinlich eher enttäuscht, was fast schlimmer ist als jede Bestrafung für die Verletzung der Bewährungsauflagen.«

»Du hast ihn gern«, sagte sie sanft. »Und er dich auch.«

Ich räusperte mich und starrte an die Decke. »Ich hatte nie einen richtigen Vater. Meiner war immer mal wieder monatelang weg und betrunken, wenn er nach Hause kam. Ich kann mich kaum noch an ihn oder meine Mutter erinnern. Als ich acht war, sind beide abgehauen. Mein Großvater hat mich aufgenommen, aber als ich älter wurde, habe ich mich mehr um ihn gekümmert als umgekehrt. Doch Roy …«

Zelda legte ihren Arm um meinen Brustkorb und hielt mich. »Er wird nicht zulassen, dass dir was Schlimmes passiert. Das weiß ich. Nur deshalb werde ich heute Nacht ein Auge zutun können.«

Doch ich fand keinen Schlaf. Roy Goodwin hatte mich vielleicht gern, aber er hielt sich auch streng an die Vorschriften und hatte ein solides Gefühl für richtig und falsch.

Aber Zelda brauchte mich heute. Und das ist alles, was zählt.

Der Gedanke ließ mich schließlich einschlafen, und ich erwachte, als am nächsten Morgen mein Handy klingelte. Es war Roy.

»Hey«, sagte ich angespannt. »Hör mal …«

»Du musst in einer Stunde ins *Plaza Hotel* kommen«, sagte Roy streng. »In die Napoleon Lounge. Allein.«

»Ins *Plaza*?«

»In einer Stunde.«

»Roy, hör mal. Es tut mir leid, dass ich dir nicht gesagt habe …«

»Wir reden dort.«

Er legte auf, und ich starrte auf das Handy in meiner Hand.

Zelda sah mich erwartungsvoll an. »Und? Was war?«

»Er will, dass ich mich mit ihm im *Plaza Hotel* treffe.«

Sie runzelte die Stirn. »Ist das nicht eines der teuersten Hotels der Stadt?«

Ich nickte und stand auf, um mich anzuziehen. »Ich muss jetzt los, wenn ich es pünktlich schaffen will.«

»Warte kurz, was passiert in diesem Hotel?« Zelda setzte sich auf und strich sich die Haare aus den Augen. »Wirst du verhaftet, oder trinkst du Tee mit der Queen?«

»Ich schreibe dir, sobald ich was weiß«, sagte ich und küsste sie zärtlich. Sie hielt meine Handgelenke fest.

»Warte, ich komme mit.«

»Das geht nicht, Baby. Ich melde mich bald. Versprochen.« Ich küsste sie erneut.

»Beckett, warte …«

»Ich liebe dich, Zelda. Jetzt muss ich los.«

Sie schloss die Augen und presste ihre Stirn an meine. »Komm bald nach Hause.«

Ich nahm die U-Bahn nach Manhattan und dann ein Taxi zum *Plaza Hotel*. Mein Ellbogen beschwerte sich jedes Mal, wenn ich die Krücken benutzte, und mein Knöchel pulsierte wie ein zweiter Herzschlag voller Angst und Verwirrung.

Ich betrat die prachtvolle Lobby des *Plaza Hotels* mit all ihrer Eleganz und ihrem Reichtum. Ich humpelte zum Empfang und fragte den Concierge, wo es zur Napoleon Lounge ging. Er rief jemanden, um mich persönlich hinzubringen. Sie lag im vierten Stock, im Konferenzbereich. Der Page öffnete die Tür zu einem kleinen Salon mit antiken Möbeln und einem Kronleuchter, der wahrscheinlich mehr kostete als mein ganzes Wohnhaus.

Roy stand am Fenster und blickte auf die Stadt hinab, die Hände hinter dem Rücken gefaltet. Und in einem der Sessel saß, mit einer Teetasse in der Hand, Evelyn Johannsen.

Mrs J.

Roy drehte sich um, und als er die Krücken und meinen Fuß sah, blitzte Besorgnis in seinem Gesicht auf. »Beckett, was ist passiert?«

»Es ist nichts, alles in Ordnung«, sagte ich, ohne den Blick von Mrs J zu nehmen. Ich hatte sie vor meinem Abstecher nach Philadelphia nur zwei Mal gesehen – einmal während des Einbruchs und das zweite Mal bei der Verurteilung. Sie trug Schwarz und einen netzartigen Halbschleier.

Die Augen, die mich musterten, waren hellblau, eingerahmt von ein paar Fältchen. Ihr Hosenanzug wirkte streng, doch die Bluse darunter war weich. Mit zitternder Hand stellte sie ihre Teetasse ab, sodass diese auf der Untertasse klirrte.

»Hallo, Beckett«, sagte sie.

Mein Mund versuchte, eine Antwort zu formen, doch es kam kein Laut heraus.

Roy nahm mir die Krücken ab, damit ich mich setzen konnte. Ich starrte sie weiter an, stumm und betäubt, während mein Hirn brüllte: *Was bedeutet das? Was zum Teufel hat das zu bedeuten?*

»Ich habe nicht viel Zeit«, sagte Mrs J, ihre Stimme tief und wohltönend. Es war die Stimme einer perfekten Gastgeberin, die Dinnerpartys gab und Wohltätigkeitsveranstaltungen organisierte. »Mein Flug nach Melbourne geht heute Abend.«

Sie griff nach der kleinen Aktentasche neben ihrem Sessel und stellte sie auf den Tisch. Dann öffnete sie den Verschluss, klappte sie auf und holte ein Bündel Papier heraus.

Mir stockte der Atem. Da waren sie. Meine Briefe. Alle einundvierzig. Die meisten aus der Haftanstalt Otisville, der Rest aus Brooklyn.

Alle Umschläge waren geöffnet.

»Sie haben sie gelesen?« Endlich hatte ich meine Stimme wiedergefunden.

»Jeden einzelnen«, sagte sie. »Einige sogar öfter. Die letzten paar bestimmt zwanzig Mal.« Sie lächelte schwach. »Die Briefe über Zelda.«

Ich schluckte nervös und blinzelte. »Ach ja?«

Sie nickte und ließ ihre Finger über den obersten Brief gleiten. Den neuesten. Den, in dem ich sie um ihren Segen gebeten hatte.

»Ich hatte gar nicht vor, vor meinem Abflug mit Ihnen zu reden«, sagte sie. »Ich wollte in die Maschine steigen, ohne eine Nachsendeadresse zu hinterlassen, und ans andere Ende der Welt fliegen. Aber ich konnte es nicht über mich bringen. Nicht, ohne zwei Ihrer Fragen zu beantworten.«

Sie faltete ihre Hände auf dem Tisch und sah mich unverwandt an. »Ja.«

»Ja ...« Meine Stimme war ein Krächzen, erstickt von so viel Hoffnung, dass ich kaum noch atmen konnte.

»Sie haben gefragt, ob ich in dem Moment gefangen bin, in dem mein Mann starb. Die Antwort ist ja. Ich habe diesen Moment in den vergangenen drei Jahren immer wieder durchgespielt, genau wie Sie. Er beschäftigt mich tagsüber und sucht mich nachts in meinen Träumen heim. Aber Ihr Gesicht ebenso.«

»Meins?«

»Noch nie zuvor hatte ich solche Qual gesehen. Es war, wie in einen Spiegel zu schauen«, sagte sie und lächelte zitternd. »Als ob eine fünfzigjährige Frau sich im Gesicht eines hübschen jungen Mannes wiedererkennen würde. In Ihren Augen sah ich, was ich fühlte: dass das alles ein entsetzlicher Fehler war. Und wenn wir die Zeit nur ein paar Minuten zurückdrehen könnten, um es ungeschehen zu machen ... würden wir es tun.«

Ich sah zu Roy. Sein Gesicht wirkte angespannt, als wäre da ein Damm, der gewaltige Emotionen zurückhielt. Mit leuchtenden Augen sah er Mrs J an.

»Bevor ich Ihre zweite Frage beantworte«, sagte sie, »muss ich etwas wissen.«

Ich nickte. »Natürlich. Egal was.«

»In einundvierzig Briefen in drei Jahren haben Sie mich nie um Vergebung gebeten. Warum nicht?«

»Es hat sich nicht richtig angefühlt«, antwortete ich. Die Worte kratzten in meiner Kehle. »Ich weiß, dass ich es nicht verdient habe.«

»Lieben Sie sie?«

»Ja«, flüsterte ich. Dann sagte ich lauter: »*Ja.* Ich liebe sie über alles.«

»Ist sie der Grund, warum Sie gestern gegen Ihre Bewährungsauflagen verstoßen haben und nach Philadelphia gefahren sind?«

»Ja.« Ich setzte mich auf. »Und wenn ich noch mal vor der Entscheidung stünde, würde ich es genau so wieder machen.«

Mrs J nickte. »Sie haben mich nie um Vergebung gebeten, aber in Ihrem letzten Brief um meinen Segen. Ich kam her, um Ihre zweite Frage zu beantworten. Sie haben mich um die Erlaubnis gebeten, glücklich zu sein, oder?«

Ich begann zu sprechen, doch sie schüttelte den Kopf.

»Das liegt nicht in meiner Hand. Ihr Glück kann ich Ihnen nicht verschaffen, aber ich kann Ihnen meinen Segen geben, zu versuchen, es zu finden. Mit Zelda.« Ihre Augen schimmerten vor Tränen, und ihre Stimme zitterte. »Ja, Beckett. Das ist meine Antwort. Sie haben meinen Segen, und auch wenn Sie mich nie darum gebeten haben – oder vielleicht auch gerade *deshalb* –, haben Sie auch meine Vergebung.« Ihr liefen jetzt Tränen über die Wangen und tropften auf das Revers ihres teuren Jacketts. »Ich vergebe Ihnen.«

Ich hatte das Gefühl zu schweben. Ich klammerte mich an den Sessel, um sitzen zu bleiben, und sah stumm zu, wie Mrs J um den Tisch auf mich zu kam. Mit zitternden Beinen stand ich auf, und sie legte ihre Arme um mich.

Die Zeit dehnte sich in eine surreale Dimension, die nur noch daraus bestand, dass ich mich entschuldigte, und Mrs J sagte, dass sie mir vergab.

Ich sagte es wieder. *Es tut mir leid.*

Sie sagte es wieder. *Ich vergebe Ihnen.*

Wieder und wieder, bis ich schließlich zwei andere Worte fand. »Vielen Dank.«

»Oh mein Gott, dieses Gefühl …«, sagte Mrs J an meiner

Schulter. »Wenn ich gewusst hätte, dass es sich so anfühlen würde, hätte ich es schon viel früher getan.«

Ich umarmte sie vorsichtig, aus Angst, ich könnte es übertreiben und sie erdrücken. Es fühlte sich an, als hätte ich drei Jahre lang die Luft angehalten und könnte jetzt endlich wieder atmen. Atmen und leben und Zelda mit jeder Faser meines Herzens lieben, das jetzt wieder frei war.

Nach einem Moment ließ mich Mrs J los und legte ihre Hand auf meine Wange. »Seien Sie gut«, sagte sie. »Lieben Sie Ihr Mädchen, und seien Sie glücklich. Ich denke, wir haben jetzt beide die Chance dazu.«

Ich sah ihr dabei zu, wie sie die Briefe zurück in ihre Aktentasche packte. Sie schüttelte Roy wortlos die Hand, schenkte mir ein letztes Abschiedslächeln und ging davon.

Ich spürte, wie mich die Kraft verließ, und sackte mit zitternden Schultern in den Sessel. Roy legte seine Arme um mich und hielt mich eine lange Zeit.

36

Zelda
26. Januar

Ich rief im *Annabelle's* an und meldete mich krank. Dann lief ich in unserer kleinen Wohnung umher wie ein eingesperrtes Tier. In der schweißnassen Hand hielt ich mein Handy und wartete auf ein Lebenszeichen von Beckett, das mir sagen würde, ob ich wieder atmen konnte. Dass ich ihn nicht verlieren würde. Zehnmal nahm ich mir vor, zum *Plaza* zu fahren, und zehnmal redete ich es mir wieder aus. Roy hatte ihn gebeten, allein zu kommen, und ich befürchtete, es nur schlimmer zu machen, wenn ich mich einmischte.

Als das Handy klingelte, schrie ich auf. Aber es war nicht Beckett, sondern Iris.

»Ms Rossi, ich konnte es nicht mehr abwarten, mit Ihnen zu sprechen.«

»Hey, Iris. Tut mir leid, dass ich mich noch nicht bei Ihnen gemeldet habe, aber die Antwort lautet nein. Ich werde das nicht ohne Beckett durchziehen.«

Sie lachte über mein nervöses Gestammel. »Als ich nichts mehr von Ihnen gehört habe, dachte ich mir das schon. Also habe ich einen anderen Vorschlag für Sie. Ich finde es dumm von Eleanor, Sie gehen zu lassen, aber ihr Verlust ist mein Gewinn, richtig? BlackStar schluckt einen kleineren Verlag, und sie haben mich gebeten, ihn zu leiten. Die Sache lief bereits, aber ich glaube, Rick hat sie beschleunigt. Er sieht das Potenzial in *Mutter, darf ich …?* und will es sich nicht durch die Finger schlüpfen lassen. Selbst wenn er nicht direkt mit Ihnen arbeiten kann. Ich jedoch schon. Sie beide könnten als Freelancer für meinen Verlag arbeiten, und zusammen sorgen wir dafür, dass *Mutter, darf ich …?* veröffentlicht wird.«

Ich sank auf die Couch. »Meinen Sie das ernst?«

»Ich kann Ihnen nicht so viel Geld bieten wie BlackStar, aber dreitausend Dollar als Vorschuss sind drin. Insgesamt, nicht für jeden. Ich weiß, es ist nicht viel, aber …«

»Es ist perfekt«, sagte ich. »Und sehr großzügig von Ihnen. Oh mein Gott.« Die Worte fielen mir einfach so aus dem Mund. »Aber warten Sie, was ist mit Becketts Vorstrafenregister?«

»Das ist mir vollkommen egal. Mir geht es um die Arbeit. Um die Leute, die diese Arbeit machen. Und ich glaube fest an das Konzept der zweiten Chance.«

»Ja.« Ich beruhigte mich langsam. »Das weiß ich. Sie sind der Grund, warum ich immer noch in New York bin und all das passiert ist.«

Warum Beckett jetzt in meinem Leben ist.

»Eine Heilige bin ich aber nicht«, entgegnete sie lachend. »Ich sehe die Möglichkeit für uns drei, eine umwerfende Graphic Novel zu veröffentlichen und damit vielleicht ein bisschen Geld zu machen. Klingt das gut?«

»Klingt absolut großartig.«

»Toll. Ich lasse Ihnen die Verträge zukommen, Sie schicken sie mir unterschrieben zurück, und wir sprechen nächste Woche noch mal. Vielleicht bei einem Mittagessen. Oh, und wann werden Sie wohl mit *Mutter, darf ich …?* fertig sein? Haben Sie schon ein Ende?«

Ich dachte daran, wo Beckett gerade war und was wohl mit ihm geschah. »Noch nicht«, sagte ich leise. »Aber bald.«

Ich hatte den Anruf gerade beendet, da kam eine Nachricht von Beckett. Halb lachend, halb weinend sah ich die vier Worte schwarz auf weiß.

Ich komme nach Hause.

37

Zelda
29. Januar

Drei Tage später unterschrieben wir den Vertrag mit BlackStars neuestem Imprint, Second Time Around. Iris sagte, der Name wäre eine Anspielung auf einen Antiquitätenladen in einer Comicreihe, die sie liebte. *Mutter, darf ich … ?* würde die erste Graphic Novel ihres Programms sein, und da sie unsere Chefin war, hatte sie uns eine Deadline von einer Woche gegeben, um sie fertigzustellen.

Roy und Mary Goodwin gingen abends mit uns in der *Gramercy Tavern* essen, um den Vertrag und Becketts Geburtstag zu feiern.

Wir bestellten Filet Mignon und teuren Wein, weil Roy und Mary darauf bestanden.

»Eigentlich haben wir drei Sachen zu feiern«, sagte Roy und tauschte einen verstohlenen Blick mit Mary.

»Drei?«, fragte Beckett, während er sich einen Bissen Filet in den Mund steckte. »Der Vertrag ist die eine Sache.«

»Das gesegnete Datum deines Geburtstags die zweite«, sagte ich und drückte seine Hand. Dann sah ich zu Roy. »Und was ist die dritte?«

Roy holte tief Luft, als wolle er etwas sagen, winkte dann aber ab. »Später, später. Nach dem Dessert.«

Es war das reichhaltigste, schwerste Mahl, das ich seit Jahren gehabt hatte. Danach stellten die Kellner ein Stück Kirschkäsekuchen mit einer einzelnen Kerze darauf vor Beckett und machten ihn verlegen, indem sie *Happy Birthday* sangen.

»Wünsch dir was«, sagte ich.

Er warf einen Blick in die Runde, zu Roy und Mary, die ihn anlächelten, und zu mir. »Ich habe alles, was ich mir nur wünschen könnte.«

Mary stieß ihren Mann an und formte mit ihren Lippen wortlos *Jetzt*.

Roy räusperte sich. »Es freut mich, dass du das sagst.« Er zog einen dicken Umschlag aus seiner Anzugtasche und reichte ihn Beckett mit zitternder Hand. »Du musst nicht sofort etwas dazu sagen, aber ... denk darüber nach.«

Danach wirkte Roy, als würde er nicht wissen, was er mit sich anstellen sollte. Er nahm eine Serviette in die Hände, legte sie wieder hin, änderte seine Sitzhaltung und schüttelte den Kopf, als Mary ihm etwas zuflüsterte. Dabei ließ er Beckett keinen Moment aus den Augen.

Beckett holte ein paar Unterlagen aus dem Umschlag. Schnell überflogen seine blauen Augen die Seiten.

»Was ist das?«

Stumm reichte mir Beckett die Unterlagen.

New York State, Familiengericht, Antrag auf Adoptionspapiere ...

»Oh Beckett ...« Ich griff nach seiner Hand und drückte seine Finger.

»Aber ich bin doch schon vierundzwanzig«, sagte er heiser.

»Fünfundzwanzig, seit heute«, erwiderte Mary lächelnd.

Roy räusperte sich. »Wir sind der Meinung, dass das Alter nicht viel damit zu tun hat, wie wichtig einem jemand ist«, sagte er. »Familie ist Familie.«

Er setzte sich wieder anders hin, und seine Frau tätschelte

beruhigend seinen Arm. Beide sahen Beckett voller Erwartung und Hoffnung an.

»Ich … ich weiß nicht, was ich sagen soll«, murmelte Beckett.

»Wir haben versucht, deine biologischen Eltern zu finden«, erklärte Roy. »Leider ohne Erfolg, also fehlen ein paar Details. Aber weil du nicht mehr minderjährig bist, liegt die Entscheidung bei dir. Wenn du deine Einwilligung gibst, wärst du …« Er räusperte sich erneut. »Dann wärst du unser Sohn. Wir wünschen uns, dass du unser Sohn wirst.«

Ich musste mir in die Backe beißen, um nicht laut loszuheulen. Beckett starrte Roy und Mary an, und seine Unterlippe begann zu zucken. »Ja«, flüsterte er. Dann räusperte er sich und sagte lauter: »Ja, das … würde mir gefallen.« Er lachte und wischte sich die Augen. »Das würde mir sehr gefallen.«

»Gut.« Roy gab sich alle Mühe, ungerührt zu klingen, als wären sie gerade zu einem Geschäftsabschluss gekommen. »Dann ist es entschieden.«

Mary und ich sahen uns an, dann begannen wir gleichzeitig zu lachen und zu weinen. Mary sprang auf und umarmte Beckett. Dann kam sie zu mir und tat das Gleiche. Ich drückte sie fest und sah zu, wie Roy Becketts Hand schüttelte, nur um ihn dann doch in eine Umarmung zu ziehen. Er schloss die Augen über Becketts Schulter, wohl wissend, dass er etwas sehr Wertvolles hielt.

Als wir nach Hause kamen, ließ sich Beckett aufs Sofa fallen und legte die Füße hoch. Ich machte es mir neben ihm gemütlich.

»Na, das war doch ein nettes Essen«, sagte ich. »Das Filet war einfach großartig. Perfekt gebraten. Der absolute Höhepunkt des Abends, oder was denkst du?«

Beckett begann schallend zu lachen. Dann zog er mich auf seinen Schoß und küsste mich. »Ja, das war der Höhepunkt.«

»Ich freue mich so für dich, Baby«, sagte ich. »Und das ist noch untertrieben. Hattest du eine Ahnung?«

»Nicht die geringste.«

Ich strich mit meinen Fingerspitzen über seine Lippen. »Ich liebe es. Ich liebe dich.« Ich küsste ihn zärtlich. »Alles Gute zum Geburtstag.« Als mir ein Gedanke kam, musste ich an seinen Lippen schmunzeln. »Heute war in mehr als einer Hinsicht dein Geburtstag.«

»Das stimmt wohl.« Er schüttelte den Kopf. »Meine Güte, ich bin völlig durcheinander. Ich muss mich auf etwas anderes konzentrieren. Und wir müssen *Mutter, darf ich ...?* zu Ende schreiben.«

Ich setzte mich auf. »Jetzt gleich? Heute Abend?«

»Lass es uns einfach raushauen, Baby«, sagte er, während seine Hände über meine Schenkel wanderten. »Das Ende ist doch praktisch in Reichweite, oder?«

»Schätze schon.«

Wir zogen uns bequemere Sachen an. Der Heizlüfter gab ein störrisches Scheppern von sich, als ich dagegen trat, und keuchte genug warme Luft aus, dass uns die Hände nicht froren. Wir setzten uns an den kleinen Schreibtisch, und ich holte die Graphic Novel heraus.

»Da sind wir gerade: Kira hat den Mann verschont. Ihn ins Gefängnis gesteckt, statt ihn zu töten. Und jetzt ist sie bereit, ins Jahr 2111 zurückzuspringen.« Ich sah zu Beckett auf. »Also was passiert, wenn sie dort ankommt?«

»Ryder wartet auf sie. Er trägt sie davon, und sie haben die ganze Nacht heißen, schweißtreibenden Zukunftssex.«

Ich schlug ihm auf den Arm. »Er ist kein romantischer Partner.«

»Der arme Kerl. Haben sie im Jahr 2111 was gegen blaue Hoden?«

»Jetzt reiß dich mal zusammen«, sagte ich. »Das Ende …«

»Ihr Ende, Zel …«, korrigierte Beckett sanft. »Sie verdient ein gutes Ende.«

Ich dachte an mein Leben und wie eine einzige Entscheidung es auf die bestmögliche Art verändert hatte. Eine Kettenreaktion. Eine Reihe sich öffnender Türen, eine nach der anderen, und sie alle hatten mich zu diesem Moment geführt. Diesem Glück. Mit diesem Mann. Ich bedeckte einen Moment lang seine Hand mit meiner, dann schnappte ich mir einen Stift.

»Vielleicht hat es ja einen Schmetterlingseffekt verursacht, dass sie ihn nicht getötet hat«, dachte ich laut nach, während mein Stift über das Papier kratzte. »Vielleicht hat er sich im Gefängnis gebessert und seine Geschichte aufgeschrieben, in der Hoffnung, dass andere nicht den gleichen Weg gehen wie er. Eine Entscheidung, die immer größere Kreise gezogen hat. Die winzige Verringerung der Qual eines Mannes hat mehr Güte entstehen lassen. Und daraus folgte noch mehr. So ging es weiter über die Jahre, in kleinen Schritten. Bis es schließlich nach Jahrzehnten den Mann erreichte, der Kiras Tochter töten würde.«

»Chaostheorie«, sagte Beckett. »Eine einzige Entscheidung …«

»Ja.« Ich strich über das Papier. »Es änderte nichts an seinem kranken Verstand. Und als ihn die Güte erreichte, war es eine kleine Sache – kleiner als der Flügelschlag eines Schmetterlings. Aber das reichte aus. Vielleicht fuhr er auf dem Weg über eine rote Ampel, oder jemand hielt ihn auf der Arbeit mit einer lustigen Geschichte auf. Das Fenster schloss sich. Kiras Tochter war gerettet.«

Ich starrte auf das, was ich skizziert hatte. Das Panel zeigte das Jahr 2111, der Himmel war etwas weniger verschmutzt. Kiras Haare fielen weich um ihre Schultern, während sie ihre Tochter umarmte. Verschwunden war der schwarze Kampfanzug. Jetzt trug sie eine Krankenschwesternuniform. Sie rettete Leben, statt sie zu beenden.

Kira erinnerte sich nicht mehr an das Butterfly Project oder Ryder. Der Kurs ihres Lebens stimmte nun wieder mit dem überein, der ihr immer vorherbestimmt gewesen war, und Ryder war da, um diesen Moment zu bezeugen. Er lächelte und ging davon.

»Wie sieht es aus?«, fragte ich.

»Perfekt«, sagte Beckett. »Du hast ihr Herz gefunden.«

Ich hob meine Hand, um sein Kinn zu berühren, seine Wange, seine Lippen. »Nein, Beckett. Das warst du.«

Er lehnte sich vor und küsste mich. Zuerst zärtlich, dann immer leidenschaftlicher. Ich küsste ihn mit allem, was ich hatte. Nichts hielt mich mehr zurück. Ich spürte, wie sich seine Arme um mich legten, mich hielten und dann nach meiner nackten Haut, nach der Wärme unter meiner dicken Kleidung suchten. Wir zogen uns aus und erzeugten unsere eigene Wärme. Bildeten unseren eigenen Schutz gegen die eisigen Winterwinde schwarzer Erinnerungen, während sich unsere Körper berührten und im Einklang bewegten. Durch seine Stärke fühlte ich mich sicher. Meine Arme um ihn vertrieben seine Einsamkeit.

»Ich liebe dich, Beckett«, flüsterte ich hinterher, während ich mich fest an ihn presste. »Nur dich. Für immer.«

»Ich dich auch, Baby.« Sein Mund fand meinen in der Dunkelheit. Er küsste mich und flüsterte sein Versprechen: »Ich werde niemals eine andere lieben als dich.«

ICH HOLE DICH GENAU UM DREI HIER AB, OKAY?
OKAY, MAMI.

EPILOG

Zelda
25. Januar, ein Jahr später

Ich stand am Fenster unserer neuen Wohnung in Brooklyn Heights. Die weißen Wände rochen noch nach frischer Farbe. Parkettböden, neue Einrichtung. Wir waren vor drei Monaten eingezogen, und ich hatte mich immer noch nicht an die Wärme gewöhnt, die wie ein Wunder aus der Zentralheizung kam.

Die Lichterketten hatten wir natürlich mitgenommen. Ich hatte sie über das Fenster gehängt, durch das man auf den East River und Manhattan blicken konnte. An der Wand neben dem Fenster hing eine vergrößerte Seite von *Mutter, darf ich …?* mit einem Auszug aus einer Kritik des *Guardian*:

»Eine Geschichte über Ursache und Wirkung. Über Gewalt, Rache und Erlösung, mit einem Hauch Chaostheorie. Eine kompromisslose Bejahung der Macht der Vergebung.«

Wir hatten viele solch wohlgesonnener Kritiken bekommen – so viele, dass ich mich manchmal daran erinnern musste, dass dies mein Leben war, kein Traum. Doch die Rezension des *Guardian* stach heraus. Alles, was ihr fehlte, war die Erwähnung von Liebe.

Für mich war *Mutter, darf ich …?* letztendlich eine Geschichte über Liebe. Aber war Liebe nicht auch eine Art Chaostheorie? Ein kurzer Blick, ein Lächeln oder ein Wort konnten den Verlauf eines Lebens für immer verändern. Beckett und ich waren der lebende Beweis.

Die Leser schrien nach Ryders Geschichte. In einer Ecke unseres großzügigen Wohnzimmers stand ein neuer Schreibtisch mit stylischer Lampe und zwei Stühlen, wo wir daran arbeiteten, *Mutter, darf ich …? Band II – Die Sünden des Vaters* zum Leben zu erwecken.

Beckett stellte sich hinter mich, legte seine Arme um meine Taille und küsste meinen Hals.

»Sie sind hier. Bist du fertig?«

Ich nahm die kleine Zeichnung mit, die ich am Tag zuvor vollendet hatte. Im Gegensatz zum Schwarz-Weiß der Graphic Novel war sie eine Explosion von Gelb und Rot. Ich legte sie in meine Zeichenmappe und schaltete die Deckenlampe aus. Die Lichterketten ließ ich natürlich an.

Im sterbenden Licht des Winternachmittags tanzten Glühwürmchen über die weißen Wände.

»Fertig.«

Wir zogen unsere Mäntel und Mützen an, schnappten uns unsere Rollkoffer und gingen nach unten. Roy und Mary Goodwin warteten in einem Taxibus auf uns. Hinten saß Mrs Santino, dick eingepackt, in ihrem Kunstpelzmantel. Sie trug ihn jede Woche, wenn wir sie zum Essen oder ins Kino ausführten.

Kein Händeschütteln mehr – Roy umarmte seinen Sohn, klopfte ihm auf den Rücken und zauste sein Haar. Mary nahm seinen Kopf zwischen ihre Hände, küsste Beckett auf die Wangen und nörgelte scherzhaft, er solle sich endlich die Haare schneiden lassen.

Eines Tages würde ich mir diese neue kleine Familie ansehen können, ohne dass mir Tränen in die Augen stiegen. Doch jetzt schob ich es auf den Wind und stieg ins Taxi.

»Wie geht es Ihnen, Mrs Santino?«, fragte ich in holprigem Italienisch.

Unsere ehemalige Nachbarin zuckte mit den Schultern und begann eine Liste von Beschwerden herunterzurasseln – ich bekam etwas von schmerzenden Gelenken mit, aber das meiste war zu schnell, als dass ich es hätte übersetzen können. Als ich zu antworten versuchte, winkte sie ab, nahm meine Hand und drückte sie fest. Als Beckett einstieg, folgte ein erneuter Ausbruch von Italienisch, so schnell wie ein Maschinengewehr.

»Bel giovanotto, siediti accanto a me e dammi un bacio.«

Beckett sah mich verwirrt an.

Das war leicht zu übersetzen. Ich deutete auf Mrs Santinos andere Seite. »Setz dich da hin, Hübscher, und gib der Dame einen Kuss.«

Er tat wie geheißen, und weiteres Italienisch sprudelte aus ihr hervor. Beckett zog seine Augenbrauen hoch, doch ich zuckte nur mit den Schultern und grinste breit.

Das Taxi brachte uns zur Penn Station. Von dort waren es zwei Stunden mit dem Zug bis Philadelphia, gefolgt von einer weiteren Taxifahrt zum Haus meiner Eltern. Als wir die Stufen zur Haustür hinaufstiegen, drückte Beckett meine Hand.

»Geht's dir gut?«

Ich lächelte ihn an. »Ging mir nie besser.« Es war eine abgedroschene Antwort, doch in diesem Fall die absolute Wahrheit.

Wir versammelten uns vor der Haustür. Beckett half Mrs Santino, die sich an seinem Arm festhielt. Mary wirkte nervös, während sie den Weihnachtsstern umklammerte, den sie als Gastgeschenk mitgebracht hatte. Roy richtete seine Krawatte.

Die Tür ging auf.

»Meine Süße«, rief Mom lachend und umarmte mich herzlich. Dann gab sie Beckett einen Kuss auf die Wange. »Frohe Weihnachten, Schatz.«

»Frohe Weihnachten, Mrs Rossi«, sagte Beckett. »Das sind meine Eltern, Roy und Mary Goodwin.«

Wieder trieb mir der Wind Tränen in die Augen. Früher hatte ich nie geweint, weil ich Angst gehabt hatte, der Schmerz würde mit herausströmen. Jetzt weinte ich über jede Kleinigkeit. Schmerz konnte unterdrückt werden, Glück jedoch nicht. Es sprudelte heraus, ob ich wollte oder nicht.

Also ließ ich es einfach sprudeln.

Meine ganze Familie stand im Flur und zog die Goodwins mit Umarmungen und Händeschütteln ins Haus. Mom machte großen Wirbel um den Weihnachtsstern, und Dad freute sich über den von Roy mitgebrachten Single Malt.

»Und das ist Mrs Santino«, sagte Beckett und half der alten Dame die Stufen hinauf.

Meine Mutter begrüßte sie auf Italienisch, und Mrs Santino antwortete mit einem Wortschwall, der fast zu schnell für mich war, um alles mitzubekommen. Doch für Tantchen Lucille und meine Großmütter war es der Ruf ihres Volkes. Sie stürzten wie Krähen herbei und zogen Mrs Santino in ihren Kreis. Mit weiteren Bemerkungen über Gelenke, die Kälte und Rezepte zogen sie in die Küche, wo sie sicherstellten, dass niemand Hand an die Soße legte.

Dieses Weihnachtsessen war völlig anders als das im Jahr zuvor. Rosemarys Abwesenheit wurde allgemein anerkannt. Wir erzählten uns Geschichten, lachten, und auch ein paar Tränen wurden vergossen. Ich wusste, dass meine Eltern – und insbesondere meine Mutter – noch nicht damit fertiggeworden waren, aber wie sollten sie das auch jemals? Ich beobachtete, wie das Lächeln meiner Mutter kam und ging, während Gedanken und Erinnerungen sie in verschiedene Richtungen zerrten, und sie machte eine Bemerkung, dass sie mit der Idee spielte, neue Vorhänge zu besorgen.

Als sie sich entschuldigte, um das Badezimmer zu benutzen, schnappte ich mir die Zeichenmappe, die unterm Tisch zu meinen Füßen gelegen hatte. Beckett drückte meine Hand und küsste mich.

»Ich liebe dich«, sagte er.

»Ich dich auch.«

Vor dem Badezimmer wartete ich auf meine Mutter. Als sie herauskam, trocknete sie sich gerade die Tränen, begann jedoch breit zu lächeln, da sie mich sah.

»Die Feiertage werden niemals leicht sein«, sagte sie. »Nur leichter.«

»Ich weiß.«

Meine zitternden Hände klappten die Zeichenmappe auf und zogen das kleine Bild von Rosemary und mir heraus. Kleine Schwestern in goldenem Licht. Wir hielten Luftballons in unseren Lieblingsfarben. Ich hatte mich jünger gemacht. Eine beste Freundin für Rosemary, nicht nur eine Schwester.

Moms Hände zitterten ebenfalls, als sie das Bild betrachtete.

»So denke ich von ihr. Von uns. Zusammen«, sagte ich. »Und es hilft. Ich dachte, dass es dir vielleicht auch helfen würde, so von ihr zu denken.«

Mom schlug sich die Hand vor den Mund. Über ihren Fingern füllten sich ihre Augen mit Tränen. »Zelda …«

»Frohe Weihnachten, Mom.«

Sie zog mich in ihre Arme und hielt mich lange umschlungen. All die Jahre, die ich nicht nach Hause gekommen war, weil mich die Schuld aufgefressen hatte, wurden für immer ausgelöscht.

Das Essen dauerte zwei Stunden, und als großes Finale gab es Großmutter Stellas Tiramisu. Danach schleppten wir uns ins Wohnzimmer, wo ein Feuer im Kamin loderte. Während wir plauderten, flossen Wein und Brandy in Strömen. Ich wusste nicht, ob es die Hitze der Flammen oder der Alkohol war, aber mein Gesicht wurde immer wärmer, bis ich mich entschuldigte, um etwas frische Luft zu schnappen. Mir fiel auf, dass Beckett nirgendwo zu sehen war. Genauso wenig wie mein Vater.

Ich ging nach oben ins Gästezimmer und betrat den kleinen Balkon.

Die kalte Luft fühlte sich gut an und holte mich aus meinem Essenskoma. Nach ein paar Minuten öffnete sich die Schiebetür, und Beckett kam zu mir nach draußen.

»Hey.« Er legte von hinten die Arme um mich.

»Selber hey. Schön hier draußen, oder?«

Die Straße war ruhig, die Fenster der Häuser auf der anderen Straßenseite gelbe Rechtecke, erfüllt von warmem Licht. In den Vorgärten leuchteten bunte Lichterketten. Der Himmel über uns war schwarz und voller Sterne.

»Das ist es«, sagte Beckett. »Und *du* bist wunderschön.«

Er drehte mich zu sich um und küsste mich.

»Ich hatte eben ein nettes Gespräch mit deinem Vater«, sagte er.

»Ich hab mich schon gefragt, wo ihr steckt«, erwiderte ich. »Worüber habt ihr geredet? Lass mich raten, über Football.«

Er zuckte mit den Schultern. »Über dies und das. So Zeug eben. Das Leben. Die Zukunft.«

Ich kniff die Augen zusammen. »Was soll dieser Blick?«

»Was für ein Blick?« Sein üblicher scherzender Tonfall hatte einen nervösen Unterton.

»Du siehst aus, als hättest du ein Geheimnis.«

»Ich bin ein offenes Buch. Frag mich irgendwas.«

»Das könntest du bereuen, Goodwin«, sagte ich. »Wo soll ich anfangen?«

»Du könntest anfangen, indem du mich fragst, was in meiner Tasche ist.«

»Klingt wie der Anfang eines dreckigen Witzes.«

Er schüttelte den Kopf. »In etwa acht Sekunden wird es dir leidtun, das gesagt zu haben, Rossi.«

Ich lachte. »Ach ja?«

Seine Stimme wurde sanft. »Ja.«

Beckett zog aus seiner Manteltasche ein kleines Samtkästchen.

Ich schnappte nach Luft und spürte, wie sich ein Kribbeln in mir ausbreitete. Die kalte Winterluft war nichts gegen die Wärme, die mich plötzlich erfüllte. »Beckett …«

»Sag noch nichts«, protestierte er. »Wenn du das tust, werde ich alles vergessen, was ich mir überlegt habe, und stattdessen was Albernes sagen wie: *Wir heiraten, ja oder nein?*«

Ich schlug die Hände vor den Mund und unterdrückte ein Lachen. Oder ein Schluchzen. Ich wusste nicht genau, was.

Beckett nahm meine Hand in seine.

»Zelda«, begann er und lächelte verlegen, weil er genau wusste, wie belegt seine Stimme klang. Er räusperte sich und versuchte es erneut.

»Zelda, Ja zu sagen, als du mich gefragt hast, ob du bei mir einziehen kannst, war die beste Entscheidung meines Lebens. Und ich denke oft daran, wie tapfer es von dir war. Es erneut zu versuchen, nachdem dich das Leben in die Knie gezwungen hatte. Und wie du mir an jenem Abend die gleiche Chance gegeben hast. Es erneut zu versuchen, als ich mich bereits aufgegeben hatte.«

»Ich hatte auch aufgegeben«, flüsterte ich. »Ohne dich war ich verloren in der Dunkelheit, Beckett. Du hast mich gefunden. Du hast mich nach Hause gebracht.«

»Du bist mein Zuhause, Baby«, sagte er. »Ich will niemals irgendwo anders sein.«

Beckett küsste mich leidenschaftlich, dann klappte er das Kästchen auf. Darin war ein Ring aus Weißgold mit einem quadratischen Diamanten zwischen zwei kleinen Schmetterlingen, die weitere winzige Diamanten in den Flügeln trugen.

Beckett sank auf ein Knie, und seine Stimme zitterte, als er den Ring aus dem Kästchen nahm.

»Du und ich, Zel«, sagte er heiser und schob mir den Ring auf den Finger. »Was sagst du? Willst du mich heiraten?«

In diesem Augenblick sah ich die Szene als Schwarz-Weiß-Skizze. Die einsame Küchenhilfe und das verzweifelte Mädchen ohne Dach über dem Kopf, die auf einer Stufe in einer kalten Gasse hockten und sich eine Zigarette teilten. Ich dachte an die vielen kleinen Entscheidungen, die zu diesem Moment geführt hatten, in dieses Haus voller Liebe und Freude. Es hatte damit begonnen, dass Beckett Ja zu mir gesagt und mich aufgenommen hatte. Und hier würde es enden, indem ich Ja dazu sagte, seine Frau zu werden.

Ich blickte in Becketts tiefblaue Augen, endlos in ihrer Liebe zu mir. Tränen rollten mir über die Wangen, die nichts mit dem Wind zu tun hatten und alles mit dem perfekten Glück.

»Ja.«

Rossi

DANKSAGUNG

Dieses Buch existiert durch die Liebe, Hilfe und Unterstützung von Melissa Panio-Petersen, Robin Renee Hill, Joy Kriebel-Sadowski, Angela Bonnie Shokley, Sarah Torpey, Hilaria Alexander, K. Larsen, Emma Adams, Noemie Heloin, Bill Hairston, Christopher Stewart, Kathleen Ripley und Jennifer Balogh sowie jedem einzelnen Mitglied von Emmas Entourage. Ihr erstaunt mich immer wieder; eure Unterstützung ist so unglaublich, so konstant, so warmherzig und enthusiastisch, dass ich jeden Tag davon überwältigt bin.

Blogger und Leser … wo in aller Welt wäre ich ohne euch? Jedes Mal, wenn ich ein Buch veröffentliche, werde ich wieder aufs Neue an die Großzügigkeit der Blogger-Community erinnert, eine freiwillige Armee, die aus reiner Liebe zu Büchern liest, sie rezensiert und bewirbt. Ich bin euch allen so dankbar für das, was ihr tut, für mich und alle anderen Autoren.

Melissa Panio-Petersen, du bist so viel mehr als meine rechte Hand. Du bist eine unglaubliche Künstlerin, Grafikdesignerin und einer der aufmerksamsten und gutherzigsten Menschen, die ich kenne (und dazu noch mit einem großartigen Sinn für Humor ausgestattet). Wenn ich mal groß bin, will ich du sein. Danke und alles Liebe.

Susanne Laqueur … dies ist mein viertes Buch, das von deinem Genie als Lektorin profitiert, und seit vier Büchern verspreche ich, dass ich den Text nicht erst im allerletzten Moment abgeben werde. In allen vier Fällen geschah es trotzdem auf den letzten Drücker, und dennoch hast du mir mit Humor, Liebe und jeder Menge versauter Witze zur Seite gestanden. Lass uns immer so bleiben, wie wir sind.

TRIGGERWARNUNG

Be My Tomorrow enthält Elemente, die triggern können. Diese sind: Tod von Angehörigen / Kind, Kindesentführung (off screen, Erinnerungsszenen), Drogenmissbrauch

Manchmal braucht man die Worte eines anderen, um seine Geschichte zu erzählen ...

Emma Scott
NEVER DOUBT
Aus dem amerikanischen
Englisch von
Inka Marter
496 Seiten
ISBN 978-3-7363-1280-7

Für das, was vor einem Jahr geschah, hat Willow keine Worte. Erst als sie die Rolle der Ophelia am städtischen Theater bekommt, sieht sie eine Chance, ihren Schmerz mit den Zeilen Shakespeares in die Welt zu schreien. Ihr Hamlet ist Isaac Pearce, der Bad Boy der Stadt. Instinktiv versteht Isaac ihren Hilferuf, und mit jeder Konfrontation der tragischen Liebenden auf der Bühne kommen Willow und Isaac sich näher. Doch um wieder wirklich zu leben, muss Willow ihre eigenen Worte finden ...

»Es gibt nicht genug Worte, die beschreiben könnten, welche Gefühle Emma Scotts Geschichten in einem auslösen.« TOTALLY BOOKED BLOG

LYX